Melissa Foster

Im Dschungel der Liebe

Die Remingtons

Die Autorin

Melissa Foster ist eine preisgekrönte *New-York-Times-* und *USA-Today*-Bestsellerautorin. Ihre Bücher werden vom *USA-Today-Bücherblog*, vom *Hagerstown Magazin*, von *The Patriot* und vielen anderen Printmedien empfohlen. Melissa hat mehrere Wandgemälde für das *Hospital for Sick Children*, eine Kinderklinik in Washington, D. C., gemalt.

Besuchen Sie Melissa auf ihrer Website oder chatten Sie mit ihr in den sozialen Netzwerken. Sie diskutiert gern mit Lesezirkeln und Bücherclubs über ihre Romane und freut sich über Einladungen. Melissas Bücher sind bei den meisten Online-Buchhändlern als Taschenbuch und E-Book erhältlich.

www.MelissaFoster.com

Melissa Foster

Im Dschungel der Liebe

Die Remingtons

LOVE IN BLOOM – HERZEN IM AUFBRUCH

Aus dem Amerikanischen von Anna Wichmann

Die Originalausgabe erschien erstmals 2014 unter dem Titel
»Stroke of Love – The Remingtons« bei World Literary Press, MD, USA.

Deutsche Erstveröffentlichung
2020 bei World Literary Press, MD, USA
© 2014 der Originalausgabe: Melissa Foster
V1 5.3.2020
© 2020 der deutschsprachigen Ausgabe: Melissa Foster
Lektorat: Judith Zimmer, Hamburg
Umschlaggestaltung: Natasha Brown

ISBN: 9781948868518

*Für all jene, die die Hand ausstrecken und das Leben anderer in
positiver, bedeutsamer Weise beeinflussen.*

In meiner Familie gibt es mehrere Künstler, daher habe ich mich sehr darauf gefreut, Sages Geschichte zu schreiben. Er hat ein so großes Herz, und als er Kate kennenlernt, eine Frau, die ebenso wie er anderen helfen möchte, hat er endlich die Richtige gefunden. In ihrer Geschichte brechen wir zu einer romantischen Reise nach Belize auf, und ich hoffe sehr, dass Ihnen dieser Ausflug gefällt.

Im Dschungel der Liebe ist der zweite Band der Serie »Die Remingtons« und gehört zur Reihe »Love in Bloom – Herzen im Aufbruch«, meiner großen Sammlung von Liebesromanen, in denen die Mitglieder der weitverzweigten Familien der Bradens und der Remingtons die Hauptrollen spielen. In allen Büchern treten immer wieder Figuren auf, die Sie aus anderen Bänden schon kennen. Alle Geschichten dieser Reihe können für sich gelesen werden, machen jedoch viel mehr Spaß, wenn Sie auch die anderen Romane kennen.

Abonnieren Sie meinen Newsletter und bleiben Sie immer auf dem Laufenden über alle Neuerscheinungen: www.MelissaFoster.com/Newsletter_German

Am Ende dieses Buches finden Sie eine vollständige Liste aller Serientitel sowie Hinweise auf geplante Neuerscheinungen.

Melissa Foster

Eins

Dicke Äste schabten über die Seiten des Kleinbusses, der über die schmale, ungeteerte Straße durch den dichten, gnadenlosen Dschungel holperte. Sage Remington schrak zusammen, als riesige Blätter gegen das dreckige Fenster schlugen. Hinter ihnen wurde die Straße von gewaltigen Staubwolken verschluckt, und er fragte sich, ob sie wirklich in Richtung Zivilisation fuhren oder sich nicht vielmehr davon entfernten. Der Bus neigte sich nach links, und Sage rutschte ebenso wie alle anderen Fahrgäste zur Seite, bis der Wagen im nächsten Augenblick wieder zurückkippte und auf allen vier Rädern weiterfuhr. So etwas wie die Fahrt zum abgelegenen Dorf Punta Palacia hatte Sage noch nie zuvor erlebt, doch er ignorierte das Schimpfen und Stöhnen und konzentrierte sich mit seinem Künstlerauge auf den grünen Dschungel mit einigen der strahlendsten und interessantesten Farbtöne, die er je gesehen hatte. Er hatte die letzten fünf Jahre im Betondschungel New York gelebt und selten die Gelegenheit gehabt, etwas anderes als Straßen, Büros und U-Bahn-Stationen zu sehen. Als er dann von *Artists for International Aid* (AIA) hörte, einer Organisation, die Projekte in Entwicklungsländern förderte, um die Bildung, medizinische Versorgung und den Umweltschutz zu verbessern, hatte er sich sofort für ein zweiwöchiges Freiwilligenprogramm gemeldet.

»Das ist vielleicht ein Schwachsinn. Belize, hat meine Agentin zu mir gesagt.« Schauspielerin Penelope Price umfasste ihr langes blondes Haar mit einer Hand, warf es sich über die Schulter und fächelte sich mit erschöpftem Seufzen Luft zu. »Stell dir wunderschöne Strände und Sonnenschein vor, hat sie gesagt.« Nach einigen geschickten Drehungen und der Zuhilfenahme einer langen goldenen Nadel sah sie aus, als könnte sie nun über den roten Teppich schreiten – oder zumindest ihr Haar. Der Rest ihres Körpers, darunter auch ihre langen Beine, die den Anschein erweckten, als könnte sie sie zweimal um die Taille eines Mannes schlingen, glitzerte vor Schweiß. »Meine Chanel-Bluse ist ruiniert!«

Sage schüttelte bei ihrer Oscar-reifen Darbietung den Kopf. AIA arbeitete mit Künstlern und Prominenten zusammen, und während er ihrer Schimpftirade lauschte, fragte er sich, warum sie sich überhaupt freiwillig gemeldet hatte. Er holte ein Bandana aus einer Tasche seiner Cargohose und wischte sich damit die Stirn ab, die schon lange nicht mehr nur mit Schweißperlen bedeckt, sondern aufgrund der Hitze und Feuchtigkeit im Süden von Belize mit einer ständigen feinen Schweißschicht überzogen war. Trotz des durchgeschwitzten Tanktops, das wie eine zweite Haut an seinem Oberkörper klebte, und der Primadonnen, die zu seiner Reisegruppe gehörten, bedauerte er seine Entscheidung kein bisschen.

»Hör auf zu jammern«, fauchte Clayton Ray, der ein Countrymusikstar und – nach allem, was Sage am Flughafen und während des langen Fluges mitbekommen hatte – ein ausgemachtes Arschloch war. »Vor Ort wird es schon eine Klimaanlage geben.«

Sage musste sein Lachen durch ein Hüsteln verbergen. *Eine Klimaanlage, dass ich nicht lache.* Wenigstens wusste er, worauf er sich eingelassen hatte. Die anderen schienen allerdings keine Ahnung zu haben, was sie in Punta Palacia erwartete. Sage freute sich schon auf den einfachen Lebensstil, darauf, dass er der Hitze und Feuchtigkeit des Dschungels trotzen musste und vielleicht, nur vielleicht, herausfand, warum in aller Welt ein Mann, der genug Geld hatte, um sich halb New York zu kaufen, und dazu sehr erfolgreich in dem war, was er liebte, sich im Inneren so verdammt leer fühlte.

»Also, wenn es keine Klimaanlage gibt, dann reise ich zurück nach Belize City, und zwar auf der Stelle.« Cassidy Bay, eine zweitklassige Schauspielerin, tupfte an ihrem verschmierten Eyeliner herum. »Ich kann bei diesem Wetter nicht schlafen, und wenn ich zu wenig schlafe, bekomme ich ganz verquollene Augen.«

Penelope bedachte sie mit einem mitfühlenden Blick. »Das geht? Wieso sind wir nicht gleich da geblieben?«

Sage war abgelenkt gewesen, als sie auf der Landebahn gehetzt in den Kleinbus gestiegen waren, daher hatte er nur einen kurzen Blick auf Kate Paletto, die Projektleiterin von AIA, werfen können. Er war eins dreiundneunzig groß und schätzte sie auf gerade mal eins achtundfünfzig und höchstens fünfzig Kilo. Ihr Gesicht hatte er noch gar nicht genauer gesehen, aber ihre schmalen Hüften und schlanken Arme waren ihm nicht entgangen. Von seinem Sitz in der zweiten Reihe konnte er ihr langes, seidiges dunkles Haar sehen sowie die Hand, mit der sie die Armlehne so fest umklammerte, dass ihre Fingerknöchel weiß anliefen. Er fragte sich, ob die Unterhaltung oder die holprige Fahrt der Grund dafür war.

»Nein, Penelope. Wir haben doch darüber gesprochen.

Erinnerst du dich nicht mehr?« Luce Palmer, Penelopes PR-Managerin, saß ganz hinten im Kleinbus. Sie war in Entertainmentkreisen bekannt dafür, knallhart zu verhandeln und jeden noch so schlechten Ruf eines Promis deutlich verbessern zu können. »Du bist hier, um den Schaden wiedergutzumachen, den du deinem Image zugefügt hast. Das werden zwei … harte Wochen, in denen du zeigen kannst, dass dir auch andere Menschen am Herzen liegen.«

Hart? Sage freute sich richtiggehend darauf, dem Stress und der Reizüberflutung von New York zu entrinnen. Meist arbeitete er bis spät abends an seinen Kunstwerken und hörte das Telefon kaum, wenn es klingelte. Vielleicht würde ihm die Auszeit helfen, damit er sich auch auf andere, wichtigere Dinge konzentrieren konnte und nicht immer nur auf die Arbeit. Die beiden Wochen in Punta Palacia würden für ihn ganz und gar nicht hart werden, vermutete er.

Kate drehte sich auf ihrem Sitz um und er sah ihre strahlend blauen Augen. Sie hatte dunkle Wimpern und ihre Haut sah unfassbar weich aus. *Das Gesicht eines Engels. Grundgütiger, wo kommt dieses Klischee denn her?*

»Mir ist noch immer nicht klar, wieso ich nicht woanders Urlaub machen und dieselbe Publicity bekommen kann«, meinte Penelope zu Luce.

»Weil Sie hier sind, um anderen Menschen zu helfen, und nicht, um Urlaub zu machen.« Kate hatte die Selbstsicherheit eines erfahrenen Drill Sergeants an sich. Ihr schroffer Tonfall bildete einen starken Kontrast zu ihren sanften Zügen und ließ sie weich und hart zugleich erscheinen – was sie offensichtlich nicht einmal bemerkte, während Sage es nicht ignorieren konnte.

Er war mit einem Plan nach Belize gekommen. Seine

Kunstwerke verkauften sich für sechsstellige Beträge, was ihm ein komfortables Leben ermöglichte, zugleich jedoch auch ein gewisses Unbehagen bei ihm hervorrief. Er hatte schon seit Langem den Wunsch, etwas zurückzugeben, aber wie viel Geld er auch für wohltätige Zwecke spendete oder wie viele ehrenamtliche Stunden Sozialarbeit er in New York leistete – diese Leere in seinem Inneren wollte nicht verschwinden. Das Gefühl, dass nichts, was er tat, etwas bewirkte. Daher hatte er gehofft, dass eine andere Art von Wohltätigkeit in einem weniger übersättigten Land ihm diese Erfüllung bringen würde. Und nun, wo er die feuchte Dschungelluft einatmete und die Schönheit des an ihm vorbeifliegenden Regenwalds in sich aufnahm, kam ihm eine Idee – und eine Frau war nicht Teil des Plans, nicht einmal eine derart schöne und faszinierende wie Kate.

Ein Gedanke brach sich Bahn, während sich die anderen im Bus weiterhin über ihr Dilemma beklagten. Anstatt nur Geld zu spenden, konnte er die Landschaft und die Menschen vor Ort malen und diese Bilder zurück nach New York schicken, um sie zu verkaufen. Der Profit würde dann zurück nach Punta Palacia fließen. Dort konnte man das Geld doch gewiss gebrauchen, und er konnte sich nichts Erfüllenderes vorstellen, als das, was er so gern tat, für einen guten Zweck einzusetzen. Ein paar Gemälde pro Jahr konnten genug Geld für Gegenden einbringen, die es dringender brauchten als er. Sein Herzschlag beschleunigte sich, je mehr er sich mit dieser Idee anfreundete.

»Das ist definitiv nicht das, wofür ich mich angemeldet habe, daher werden wir noch sehen, wie es weitergeht«, fauchte Penelope.

Cassidy machte nur »Ts, ts, ts« und wandte sich ab.

Das Allradfahrzeug war höher und breiter als ein normaler

Kleinbus, daher führte eine schmale Gasse zwischen den beiden Sitzreihen hindurch. Kate stand auf und drückte ein Klemmbrett gegen ihre kleinen, aber perfekten Brüste. »Das ist genau das, wofür Sie sich angemeldet haben«, sagte sie zu Penelope.

Clayton streckte die Beine in den Mittelgang, als wäre das sein gutes Recht, und er versuchte gar nicht erst, den gierigen Blick zu verbergen, mit dem er Kate genüsslich von Kopf bis Fuß musterte. Sage spannte die Muskeln an. Dieser Kerl war der Inbegriff eines eingebildeten Promis, wie Sage sie nicht ausstehen konnte. Wegen seines Reichtums und Ruhms glaubte er, sich jedes Recht herausnehmen, andere Menschen benutzen und auf jedem, der ihm in die Quere kam, ohne Rücksicht auf dessen Gefühle herumtrampeln zu können.

Kate starrte ihn mit zusammengekniffenen Augen an. »Haben Sie ein Problem, Mr. Ray?«

Sage war beeindruckt von ihrer Selbstsicherheit, denn sie schreckte nicht davor zurück, Clayton herauszufordern. Er konnte den Blick nicht abwenden, und ihre heißen Jeansshorts machten die Sache auch nicht einfacher. Sein geschulter Blick wanderte über ihr Gesicht, wobei er versuchte, es weniger auffällig zu machen, indem er sich gleichzeitig den Schweiß von der Stirn wischte. Ihre tief liegenden rauchblauen Augen bewirkten, dass ihm der Atem stockte.

»Sie jetzt auch noch, Mr. Remington?« Kate beäugte ihn missbilligend.

Verdammt. Jetzt stand er auch nicht besser da als Clayton. *Bin ich das denn?* Er klappte den Mund auf, um sich zu erklären … *Ich habe dich nur vom künstlerischen Standpunkt aus betrachtet. Es war nur ein kurzer Blick. Himmel, du hast die schönsten Augen, die ich je gesehen habe. Gottverdammt. Ach, vergiss es.* Glücklicherweise sprach sie weiter, bevor er sich den Mund verbrennen konnte.

»Eine Sache sollte Ihnen allen klar sein. Das hier ist garantiert völlig anders als die exotischen, an einen Harem erinnernden Resorts, die Sie gewohnt sind, aber hier in Punta Palacia verfolgen wir ein Ziel: Wir wollen der Gemeinde helfen. Und dazu gehören definitiv keine sexuellen Aktivitäten von mir oder einem anderen AIA-Freiwilligen.« Sie beäugte Penelope, die Sage nicht aus den Augen ließ, und Cassidy, die Clayton interessiert musterte. »Was Sie unter sich machen, ist Ihre Sache, aber wir erwarten, dass Sie bei Ihrem humanitären Einsatz unseren Mitarbeitern und der Gemeinde gegenüber respektvoll sind. Haben Sie das verstanden?«

Ohrenbetäubendes Schweigen senkte sich über den Bus. Kates Miene gab ihnen zu verstehen, dass man sich besser nicht mit ihr anlegte.

»Verstanden.« Sage hatte gesprochen, ohne es bewusst zu registrieren.

Sie nickte knapp.

»In Ordnung. Wir werden ja sehen, wo das hinführt«, meinte Clayton mit starkem Südstaatenakzent.

Kate und Luce grinsten sich schief an, als wüssten sie etwas, das den anderen unbekannt war. »Wenn wir auf dem Gelände angekommen sind, wird Ihnen eine Hütte zugewiesen. Sobald Sie sich eingerichtet haben, treffen wir uns im gemeinschaftlichen Erholungsbereich. Bitte versuchen Sie, innerhalb von dreißig Minuten dort zu sein, damit wir Sie alle so schnell wie möglich einweisen können.« Kate drehte sich um und setzte sich wieder, während der Bus nach rechts schwenkte und abrupt anhielt.

Unverhofft fragte sich Sage, wie Kate wohl war, wenn sie

nicht mit egozentrischen Promis zu tun hatte. Während er einen kurzen Blick auf ihr Profil warf, wurde ihm bewusst, dass sie ihn mit Clayton in einen Topf geworfen hatte, was ihn mächtig wurmte. Sie waren noch nicht einmal angekommen und schon stand er auf ihrer mentalen schwarzen Liste – wenn nicht sogar auf der auf ihrem Klemmbrett.

Kate wartete ungeduldig, während die Primadonnen die staubigen Stufen des Kleinbusses hinunterstiegen. Sie arbeitete jetzt seit beinahe fünf Jahren für AIA und dies war ihr zweiter Auslandseinsatz. Eine solche Mission dauerte im Allgemeinen zwei Jahre und man wurde vorher drei Monate darauf vorbereitet. In wenigen Wochen war ihre Zeit hier um, dann würde sie nach Hause fliegen und ihre Eltern besuchen. Sie sah dem Ende ihrer Zeit hier jedoch mit gemischten Gefühlen entgegen. Punta Palacia war über zwei Jahre lang ihre Heimat gewesen. Die Kinder in der Schule waren ihr ans Herz gewachsen, und sie versuchte, den Bau eines Brunnens im Dorf durchzusetzen. Allein die Vorstellung, alle zu verlassen, erst recht, bevor die Entscheidung über den Brunnenbau gefallen war, bewirkte, dass sich ihr Brustkorb zusammenzog. Kate war in vielen Dingen gut, aber nicht im Abschiednehmen.

Sie erwiderte Claytons Blick, als er aus dem Bus stieg. Schon sehr früh hatte sie gelernt, dass sie die eingebildeten Promis nur in Schach halten konnte, indem sie sich behauptete. Diese Leute waren doch alle gleich: großspurig, unwirsch, wenn sie ihre sexuellen Avancen zurückwies, und unfassbar hilfebedürftig. Es dauerte meist keine fünf Minuten, nachdem sie ihre kleinen

Hütten inspiziert hatten, bis sie wieder angerauscht kamen und abreisen wollten. Kate hatte nie groß darüber nachgedacht, wie es wohl sein musste, aus einer Welt, in der einem alles sofort zur Verfügung stand, in ein Entwicklungsland wie Belize zu reisen. Sie war bei Eltern aufgewachsen, die mit dem Friedenscorps umherreisten, umgeben von Familien, die schon ihr ganzes Leben lang für das Friedenscorps arbeiteten. Nach ihrem Collegeabschluss hatte sie es daher kaum erwarten können, die Vereinigten Staaten zu verlassen und Menschen in Not zu helfen. In letzter Zeit sehnte sie sich allerdings noch nach etwas mehr, auch wenn sie bisher noch nicht genau wusste, wie dieses »Mehr« aussehen sollte.

»Wo muss ich hin, Süße?« Claytons perfekte weiße Zähne blitzten bei seinem Grinsen auf.

»Sie sind in Hütte eins. Das ist gleich die erste Hütte dort drüben.« Sie deutete in die Richtung, und als sein Grinsen noch breiter wurde, wusste sie, dass es Ärger geben würde.

Schweiß quoll unter Claytons Stetson-Hut hervor und er wischte ihn mit dem Unterarm weg. »Sie müssen sich unseretwegen keine Sorgen machen. Wir sind harmlos.« Er trat einen Schritt näher.

Kate war sich überdeutlich bewusst, dass Sage hinter ihm stand, die dunklen Augen zusammenkniff und die Kiefermuskeln anspannte.

»Es sei denn, Sie haben Lust darauf, einen Hengst zu reiten.« Clayton zog den linken Mundwinkel hoch und starrte sie lüstern an.

Kate hatte schon früher eindeutige Angebote von Prominenten bekommen, was jedoch nichts daran änderte, dass sie den Stift in ihrer Hand fester umklammerte und sich das Klemmbrett an die Brust drückte. Sie wollte gerade den Mund aufmachen und ihm sagen, was er mit seinem Vorschlag machen konnte, als Sage in seinem verschwitzten Tanktop und der Cargohose hervortrat und sich laut räusperte.

»Hütte eins, Ray.« Es war eindeutig ein Befehl.

Seine tätowierten Arme waren sehr muskulös und so wohlgeformt, dass sie am liebsten mit den Fingern darübergestrichen hätte. Dieser Mann war ein starker Beschützer, ein … *Nein.* So etwas durfte sie gar nicht erst denken. Sie hatte während ihrer Mission zu viele Romanzen gesehen, um sich in eine Affäre hineinziehen zu lassen und gleich wieder vergessen zu werden, sobald der Kerl nach Hause gefahren war.

Clayton ging mit lässigem Schritt davon, drehte sich noch einmal um und lüpfte den Hut vor Kate.

Sie stöhnte auf.

»Es tut mir wirklich leid, dass ich Sie im Bus so angestarrt habe.«

Der Befehlston in Sages Stimme war verschwunden und durch einen himmlischen, weichen Bariton ersetzt worden. Kate spürte, dass sie errötete. *Verdammt noch mal! Was ist denn los mit mir?* Sie senkte den Blick und kämpfte gegen die Wärme an, die sich in ihrem Bauch breitmachte und langsam tiefer wanderte. Dann wagte sie doch einen Blick in sein attraktives Gesicht. Er hatte ein kräftiges Kinn und seine Augenfarbe lag irgendwo zwischen Blaugrau und Indigo. *Echt jetzt?* Wenigstens hatte er nicht wie die anderen perfekt manikürte Fingernägel. Seine Augenbrauen sahen ein bisschen buschig aus, auf seinen Wangen zeichneten sich Bartstoppeln ab, und seine Kleidung sah aus, als hätte er sie irgendwo gekauft, aber garantiert nicht in einer piekfeinen Boutique. Dummerweise machte ihn das nur noch interessanter.

Konzentrier dich.

Kate holte tief Luft und fuhr mit einem Finger die Liste auf ihrem Klemmbrett entlang. Jetzt musste sie irgendwie herausfinden, ob er nur mit ihr spielte – indem er sich Clayton in den Weg stellte und sich entschuldigte, als wäre er ihr Retter – oder ob er tatsächlich ein netter Kerl war. Sie beschloss, dieses Rätsel einfach zu ignorieren und sich stattdessen auf ihren Job zu konzentrieren. Dabei musste sie wenigstens nicht über die Motive von Prominenten nachdenken, sondern befand sich auf sicherem Boden.

»Remington. Mal sehen … Sie sind in Hütte drei.« Sie deutete auf eine kleine Hütte am Ende des Geländes.

Er nickte nur und ging mit deprimierter Miene weg.

Luce stand mit verschränkten Armen auf den Stufen des Busses. »Na, sieh mal einer an. Du starrst ihm ja hinterher, als könntest du nicht genug bekommen. Vielleicht sollte ich dich ab jetzt Clayton nennen.« Dies war Luces dritte Reise nach Belize, und Kate hatte den Überblick über all die Promis verloren, um die sie sich kümmerte, aber sie freute sich immer, ihre Freundin zu sehen.

Kate ging erst jetzt auf, dass sie Sage nicht nur hinterherschaute, sondern dass sie seinen Knackarsch anstarrte. Rasch wirbelte sie zu Luce herum, die näher gekommen war. »Was? Ich achte nur darauf, dass er zur richtigen Hütte geht. Die sehen schließlich alle gleich aus.« *Nein, das tun sie definitiv nicht.* Und dabei dachte sie nicht an die Hütten.

»Ah ja. Bleibst du bei der Version?« Luce hatte ihr blondes Haar im Nacken zu einem Pferdeschwanz gebunden und roch nach Insektenspray. Die Frau war stets auf alles vorbereitet, was zu den Eigenschaften gehörte, die Kate so sehr an ihr bewunderte.

Sie gab Luce mit dem Klemmbrett einen Klaps auf den

Arm. »Warum hast du mich nicht vor den Frauen gewarnt? Du hast gesagt, sie wären ein bisschen anspruchsvoll, dabei sind sie ...«

»Nein! Nein, nein, nein.« Penelope kam über den Hof gelaufen, schwenkte die Arme und bewegte sich im Storchengang, um dem dichten Gras und den Staubwolken auszuweichen. »Ich werde auf gar keinen Fall in dieser insektenverpesteten Sauna bleiben, Luce.« Sie verschränkte die dünnen Arme vor der Brust, verdrehte die Augen und schnaufte laut.

Luce warf Kate einen Blick zu und hob kapitulierend die Hände. »Tut mir leid, Pen, aber das ist alles, was wir haben. Es ist doch nur für zwei Wochen, und ...«

»Ist Ihnen aufgefallen, dass der Schlafbereich durch Fliegengitter geschützt ist?« Kate bemühte sich, freundlich zu klingen, auch wenn sie am liebsten erwidert hätte: *Die Hütten sind vollkommen in Ordnung. Hier leben Menschen, die ganz andere Sorgen haben, und Sie sind hier, um ihnen zu helfen. Also halten Sie die Klappe und lassen Sie uns mit der Arbeit anfangen.* »Durch das Fliegengitter dringt Luft, sodass Sie es nachts etwas kühler haben«, erklärte Kate. »Und Sie haben ein schönes Badezimmer mit Dusche ganz für sich allein. Mir ist bewusst, dass Sie etwas anderes gewohnt sind, aber vergessen Sie bitte nicht, dass dies einst ein Lager von Mahagoni-Holzfällern war. Sie können es also gewissermaßen als Reise in die Geschichte betrachten.«

»Soll ich mich jetzt etwa besser fühlen? Das Badezimmer ist widerlich.« Penelope stieß laut die Luft aus.

Luce legte einen Arm um die junge Frau, führte sie zu ihrer Hütte zurück und sagte etwas, das Kate nicht verstehen konnte. Sie sah auf die Uhr. In zwanzig Minuten würde sie diesen

Leuten alles zeigen und ihnen dann ihre Aufgaben zuteilen. Sie hatte sich schon die ganze Zeit auf die Zusammenarbeit mit Sage gefreut, da sie seine Kunstwerke bewunderte und wusste, wie sehr die Kinder Malerei mochten. Doch das, was in ihrem Inneren losging, sobald er in ihrer Nähe war, machte sie ganz unruhig. Sie würde sich noch mehr im Griff haben müssen als sonst.

Ach, wem wollte sie denn etwas vormachen? Sie würde sich in Fesseln legen müssen.

Zwei

Sage nahm sich eine Wasserflasche aus dem Minikühlschrank in seiner gemütlichen Hütte, die kaum größer als zwanzig Quadratmeter sein konnte, das Badezimmer und die mit Fliegengitter eingerahmte Schlafveranda eingeschlossen. Trotz der niedrigen Decke war die Unterkunft einwandfrei.

Er trug ein Insektenschutzmittel auf und ließ die schwere Holztür offen stehen, als er loszog, um die anderen zu suchen, sodass nur die Fliegengittertür die Insekten fernhielt. Aus dem Wald drang ein lautes Geräusch, schrill und andauernd. Es erinnerte Sage an einen Zahnarztbohrer oder eine Elektrosäge, und er fragte sich, was das sein mochte. Er blieb stehen und lauschte den zwitschernden und kreischenden Vögeln, dem Bohren und den diversen anderen Dschungelgeräuschen, die er nicht voneinander unterscheiden konnte. *So was hat der Big Apple nicht zu bieten.*

Die identisch aussehenden Hütten bestanden alle aus Holz und Beton mit dickem Strohdach. Er atmete einen Moment lang tief durch, bevor er sich auf die Suche nach dem Weg machte, den Kate erwähnt hatte. Sein Körper gewöhnte sich schon langsam an die Feuchtigkeit. In New York waren seine Tage geprägt von Terminen und er hastete so schnell es ging

14

von einem zum nächsten. Selbst der Lebensmitteleinkauf war eine Lektion in Effizienz und Geschicklichkeit. Wenn er zu Bett ging, dachte er bereits an sein nächstes Projekt, die nächste Galerieeröffnung, den nächsten Artikel, den er vorbereiten musste, und beim Aufwachen hatte er stets das Gefühl, dass all das unwichtig war, ohne zu wissen, wie er aus dem Leben, das er sich geschaffen hatte, ausbrechen konnte.

Er ging den schmalen Pfad entlang, der von derart glänzenden farbenfrohen Pflanzen umgeben war, dass sie beinahe unecht wirkten. Riesige grüne Blätter hingen über dem Weg und kleinere Gewächse und Büsche säumten ihn. Sage ging vorsichtig dazwischen hindurch zur Lichtung.

Kate stand vor den anderen, hielt ihr Klemmbrett und eine Wasserflasche in den Händen und sah in ihrem AIA-T-Shirt mit V-Ausschnitt und den Turnschuhen zwar lässig aus, aber Sage meinte, in ihren Augen einen Hauch von Stress zu erkennen. Penelope und Cassidy hatten sich umgezogen und trugen nun Tanktops und Shorts, während Clayton noch wie zuvor in T-Shirt und Jeans gekleidet war. *Heiß*, das war alles, was Sage dazu einfiel, womit er jedoch nicht sexy meinte. Jeans im Dschungel und bei dieser Feuchtigkeit, das war keine gute Idee. Sage hatte nie groß über seine Kleidung nachgedacht und sie eher nach Bequemlichkeit denn nach Stil ausgesucht. Als er jetzt sah, wie sich Clayton in seiner dicken Jeans wand und Penelope und Cassidy vergeblich versuchten, den Schmutz von ihren Designershorts zu wischen, war er froh darüber, nie dieses Modebewusstsein entwickelt zu haben, das unter Menschen mit seinem Lebensstandard alltäglich geworden war.

Kate nickte ihm kurz zu. »Ich habe den anderen gerade gesagt, was Sie hier erwartet. Das Wichtigste ist, dass Sie das Insektenspray immer dabeihaben. Wir haben Ihnen einen

Vorrat in der Hütte bereitgestellt. Sobald wir die Aufgaben verteilt haben, werden Sie sich kurz mit Ihrem Mentor besprechen und können danach den Ort erkunden, sich entspannen oder in der Kantine etwas essen.« Kate deutete auf ein Gebäude am Ende der Lichtung, dessen Stil dem der Hütten ähnelte. »Dort gibt es drei Mahlzeiten am Tag, aber viele unserer prominenten Gäste ziehen eines der Cafés im Ort vor. Um dorthin zu gelangen, müssen Sie nur diese Straße entlanggehen.« Sie deutete hinter sich auf eine Straße, die im Grunde genommen nur aus zwei Fahrspuren mit einer grasbewachsenen Erhebung dazwischen bestand. »Die Stadt ist sehr klein, aber die Leute sind freundlich. Neben den beiden kleinen Cafés gibt es auch noch ein Internetcafé für all jene, die Kontakt zur Außenwelt aufnehmen möchten, sowie eine Bar, einen Verkaufsstand für frische Früchte und einige andere einfache Läden. Ich würde Ihnen nicht raten, bei dieser Hitze zu viel Alkohol zu trinken, denn dann würden Sie zu schnell dehydrieren.« Sie deutete auf den Dschungel, der sie umgab. »Der Dschungel ist … nun ja, es ist der Dschungel. Dort kann es gefährlich werden und man verläuft sich leicht, daher bitte ich Sie, nicht allein herumzulaufen.«

»Müssen wir uns Sorgen machen, dass uns ein Jaguar oder ein anderes Tier anfällt?«, erkundigte sich Sage.

»Vermutlich werden Sie eher einem Pekari oder einem Tapir begegnen«, erwiderte Kate, ohne ihn anzusehen. »Oh, und die meisten Einwohner sprechen Englisch, wenn sie mit uns reden, aber Ihnen wird nicht entgehen, dass sie sich untereinander auf Kreolisch unterhalten. Die Sprache klingt so ähnlich wie Englisch, manche meinen auch, sie würde an einen Insel- oder jamaikanischen Akzent erinnern. Sie neigen dazu, in ihrer Sprache sehr schnell zu sprechen, und die Worte mögen zwar unseren gleichen, haben oft aber eine andere Bedeutung.«

Sage hatte auf einer Holzbank Platz genommen, lauschte Kate und betrachtete ihre Züge, wobei er darauf achtete, ihr nicht in die Augen zu sehen. Denn wenn er das tat, setzte sein Verstand einfach aus, daher bewunderte er lieber das niedliche Grübchen an ihrem Kinn. Es war nicht besonders tief, aber auffällig genug, um einen zweiten Blick zu rechtfertigen. Sein Blick wanderte an ihren herrlich schlanken und femininen Armen hinab zu ihren schmalen Hüften und den perfekt geformten Beinen. *Großer Gott, sie ist wunderschön.* Sage hob den Blick zu ihrem langen dunklen Haar und dem dichten Pony. Er verspürte den Drang, ihr das Haar aus dem Gesicht zu streichen. Als Künstler wusste er, dass die meisten schönen Gesichter keine Verschleierung durch Haare, Make-up oder eine Sonnenbrille brauchten, und Kate hatte eines jener Gesichter.

Ihm entging nicht, dass sie beim Reden die anderen ansah, jedoch nie in seine Richtung schaute. Hatte er sich mit seinem Blick im Bus derart unbeliebt gemacht? Er beobachtete, wie sie Clayton ansah, der sie auf der Fahrt beinahe mit den Blicken verschlungen hatte, und konnte sich nicht vorstellen, dass er in ihren Augen noch schlechter weggekommen war als dieser Kerl.

Eine Fliege krabbelte an seinem Bein hoch und holte ihn aus seinen Gedanken. Er schlug nach dem Insekt und konzentrierte sich wieder auf Kate, die gerade über die hiesige Kultur sprach und ihnen dann ihre Aufgabenbereiche zuteilte. Sie wirkte sehr selbstbewusst, und in ihren Augen spiegelten sich Stärke und Sicherheit wider, womit sie einem sofort zu verstehen gab, dass man sich besser nicht mit ihr anlegte.

»Penelope und Cassidy, Sie wurden der Gemeindehilfe zugewiesen. Clayton, Sie arbeiten in dem Projekt, das sich um die Älteren kümmert.«

»Ich dachte, ich wäre hier, um ein bisschen zu singen und mich unter die Leute zu mischen. Sie wissen schon.« Er wischte sich mit einem Arm den Schweiß aus dem Gesicht.

»Sie können so viel singen und sich unter die Leute mischen, wie Sie wollen. Der Grundgedanke ist, dass Sie die Menschen hier in Punta Palacia besser kennenlernen. Musiktherapie ist für die Älteren durchaus ratsam. Sie werden bestimmt viel Spaß bei Ihrer Aufgabe haben. Gut, Sie drei besprechen sich mit Caleb Forman, der Ihnen Ihre Pflichten erklärt und was von Ihnen erwartet wird.«

Ein großer, dünner Mittzwanziger mit strähnigem braunem Haar und einer Haut, die viel zu blass war, als dass er schon lange in Belize leben konnte, tauchte wie aus dem Nichts an Kates Seite auf. Sage begriff, dass der Mann schon die ganze Zeit in der Nähe gestanden haben musste, ihm jedoch nicht aufgefallen war, weil er nur Augen für Kate gehabt hatte.

»Sage, Sie arbeiten mit den Kindern an Kunstprojekten.«

Sage fuhr sich mit einer Hand durch das schweißnasse Haar und strich es sich aus dem Gesicht. »Werde ich mit einem Lehrer zusammenarbeiten? In einer Schule? Wie genau soll das ablaufen?«

Für einen kurzen Augenblick reagierte Kate nicht. Sie sah ihn einen Sekundenbruchteil an, bevor sie den Blick auf ihr Klemmbrett richtete und seufzte. »Sie werden mit mir zusammen in der Schule arbeiten.«

Da er nicht erkennen konnte, ob das ein genervtes oder halbwegs interessiertes Seufzen gewesen war, nickte Sage nur und versuchte, das Flattern in seiner Magengrube zu ignorieren. *Na super. Das hat mir gerade noch gefehlt.* Jetzt sollte er auch noch einer ebenso wunderschönen wie undurchschaubaren Frau hinterherlaufen. Mit dem ersten Teil hatte er kein Problem, aber wenn er sie nicht durchschauen konnte, würde es garantiert Ärger geben.

Sage sah zu, wie die anderen Caleb in Richtung Stadt folgten. Kate blätterte in den Dokumenten an ihrem Klemmbrett herum, als er zu ihr trat.

»Warum benutzen Sie nicht den Kalender auf Ihrem Handy für die Planung?« Er deutete mit dem Kinn auf das Klemmbrett, was sie jedoch gar nicht mitbekam. Ihr Blick klebte an den Unterlagen.

»Ich brauche diese optischen Reize. Ich habe es mit einem Smartphone versucht, aber ständig irgendwas vergessen.«

Optische Reize. Grundgütiger, du bist der beste optische Reiz, der mir je untergekommen ist. Er staunte selbst über die Intensität der Anziehungskraft, die diese Frau auf ihn ausübte. Das kannte er sonst gar nicht. Ihm wollte jedenfalls nicht einfallen, wann er das letzte Mal so viel an eine Frau gedacht hatte, die er erst seit so kurzer Zeit kannte.

»Dann sind also nur wir beide übrig«, meinte er leichthin und bemerkte erst jetzt, als er neben ihr stand, wie klein sie eigentlich war.

»Und etwa dreißig Kinder.« Sie strich sich das Haar über die Schulter und sah ihm endlich in die Augen.

Es traf ihn wie ein Schlag.

Großer Gott.

Sage räusperte sich und versuchte, die lodernde Hitze in seiner Leistengegend zu ignorieren. »Dreißig Kinder. Großartig.«

»Wir konzentrieren uns eher auf Bildung und Leseförderung als auf die Kunst. Wir wollen ihnen möglichst viel Grundlegendes vermitteln, bevor wir sie verlieren.«

»Sie verlieren?« Sage folgte ihr in Richtung Straße.

Sie nickte und schob sich eine Haarsträhne hinters Ohr. Sage fragte sich unwillkürlich, wie sich ihr seidiges Haar wohl anfühlen mochte. Ebenso schnell schalt er sich dafür, das überhaupt gedacht zu haben. Er würde nur zwei Wochen in Belize bleiben und wollte sich während dieser Zeit nicht wegen einer Frau den Kopf zerbrechen.

»Die Kinder kommen nicht jeden Tag zur Schule, und wenn sie kommen, bleiben sie oft nicht die ganze Zeit. Einige werden zu Hause gebraucht, um beim Kochen oder anderen Aufgaben zu helfen, oder sie arbeiten mit ihren Vätern auf den Feldern. Sogar die jüngeren Kinder müssen mit anpacken, damit die Familie über die Runden kommt. Sie stehen vor dem Morgengrauen auf und holen Wasser vom Fluss oder sammeln Reisig für das Feuer, damit die Frauen kochen können.«

Kates Blick wanderte über sein Gesicht, wobei er abermals erschauderte und hoffte, dass sie es nicht bemerkt hatte.

»Es ist ein völlig anderes Leben als das, was Sie kennen. Diese Familien können von Glück reden, dass sie überhaupt genug Nahrung und Wasser zum Überleben haben.« Sie beschleunigte ihren Schritt, als sie auf einen anderen Feldweg einbogen und ein langes Betongebäude in Sicht kam.

Sage war überrascht über ihre schneidenden Worte. »Ich weiß, dass hier alles völlig anders ist, Kate. Aus diesem Grund habe ich mich ja freiwillig gemeldet, damit ich mehr über ihre Kultur lernen und ihnen nach Möglichkeit helfen kann.« Er schaute zu dem einstöckigen Gebäude hinüber und spürte, dass sie ihm immer wieder Seitenblicke zuwarf.

Sie seufzte laut und verachtungsvoll.

Sage blieb stehen. »Was soll mir denn dieser Seufzer sagen?«

Sie wurde nicht langsamer und sah auch nicht zu ihm

herüber. Während sie den Blick stur auf das Gebäude richtete, lief sie schnellen Schrittes weiter.

Er holte sie ein und ärgerte sich immer mehr über ihr Benehmen. »Ich weiß wirklich nicht, warum Sie mich so behandeln oder für wen Sie mich halten, aber ...«

»Ich weiß, wer Sie sind. Sie sind ein unglaublich talentierter Künstler, und wir können von Glück reden, dass Sie hier sind, um uns zu helfen.« Ihr Tonfall war freundlich, aber ihre entschlossene Gangart ließ ihre unterdrückte Frustration erkennen.

»Eigentlich bin ich es, der hier von Glück reden kann«, entgegnete Sage.

Sie gingen eine Minute lang weiter auf das Gebäude zu, und Sage stellte überrascht fest, dass die Geräusche, die er schon vor seiner Hütte bemerkt hatte, überall zu hören waren.

»Was ist das für ein Geräusch?«, fragte er.

»Zikaden. Tagsüber hört man hier Brüllaffen, Zikaden, Vögel und alle möglichen anderen Tiere, während nachts die Amphibien rauskommen. Sie werden sich schon daran gewöhnen.«

Sie wollte gerade die Tür der Schule öffnen, aber Sage kam ihr zuvor und hielt ihr die schwere Holztür auf. Kate zögerte und bedachte ihn mit einem langen, durchdringenden Blick. Dann ging sie hinein. Die Luft in dem Klassenzimmer war drückender als draußen. In dem kleinen Raum standen Schreibtische in drei ordentlichen Reihen, und an den Wänden hingen farbenfrohe Bilder. Ein dunkelhäutiger Mann betrat den Raum und Kate strahlte ihn an.

»Oscar. Was machst du denn hier?«

»Ich fege nur noch ein letztes Mal durch für morgen. Es könnte Regen geben.« Er hatte eine gütige Stimme und einen starken kreolischen Akzent und nickte Sage zu.

Sage spürte abermals Kates Blick und wusste, dass sie sich nicht sicher war, ob er Oscar verstehen konnte, daher nickte er ihr kurz lächelnd zu.

»Das ist Sage Remington. Er ist ein Künstler aus den Vereinigten Staaten und wird ein paar Wochen lang mit den Kindern arbeiten.« Kate wandte sich an Sage. »Sage, das ist Oscar. Er ist unser Mann für alles, was repariert werden muss.«

Sage schüttelte dem Mann die Hand und musterte ihn. *Kräftiger Handschlag, Ende zwanzig oder Anfang dreißig, freundliches Lächeln.* »Freut mich, Sie kennenzulernen, Oscar.«

»Mich auch.« Oscars strahlendes Lächeln erreichte auch seine Augen. »Ich bin gerade fertig. Dann sehen wir uns morgen?«

»Ja. Wir werden hier sein.« Kate wartete, bis er gegangen war, bevor sie weitersprach. »Das hier ist eines unserer Klassenzimmer. Es gibt insgesamt drei. Wir teilen die Kinder in Altersstufen ein: Grundschule, Mittelschule und weiterführende Schule.« Sie sprach schnell und abgehackt. »An manchen Tagen sind in jeder Klasse nur wenige Schüler, an anderen platzen die Klassenzimmer fast aus den Nähten.«

Sage wurde immer gereizter. Er war es nicht gewohnt, dass man ihn nicht wie einen netten Kerl behandelte. Und Kate tat gerade so, als müsste sie sich vor ihm in Acht nehmen. Was er ebenfalls nicht gewohnt war: dass ihm nur von den Blicken einer Frau schon ganz heiß wurde, selbst wenn sie sich nicht gerade freundlich verhielt.

Kate verließ schnell das Klassenzimmer. Sie musste der Elektrizität entrinnen, die von diesem ansehnlichen Exemplar von einem Mann auszugehen schien. *Verdammt.* Nachdem sie es in ihren zwei Jahren hier geschafft hatte, keinem der Männer zu verfallen, die für kurze Zeit vor Ort lebten, mussten sich ausgerechnet jetzt, so wenige Wochen vor ihrer Abreise, ihre Hormone zurückmelden? Woran lag das nur? Seine Tattoos ließen ihn eher wie einen Bad Boy erscheinen, was sie eigentlich überhaupt nicht ansprach, aber bei ihm wirkten sie überaus verlockend. Aber es waren vor allem seine Augen – *du liebe Güte, diese wundervollen, nachdenklichen Augen –*, die ihr beinahe den Atem raubten, wenn er sie ansah. Als er dann auch noch gesagt hatte, dass er von Glück reden könne, hier sein zu dürfen, und dabei so aufrichtig gewirkt hatte, war sie völlig aus dem Konzept gebracht. Kate war die Schauspieler gewohnt, die einem so gut wie alles vorspielten, von großer Verliebtheit bis hin zu Traurigkeit, aber ein Künstler? War er überhaupt zu derartigen Manipulationen fähig? Und die Art, wie seine Stimme gebrochen war, als er sie fragte, was ihr Seufzen zu bedeuten hatte … Das konnte er unmöglich nur vorgetäuscht haben. Sie würde sich noch besser im Griff haben müssen. Auf keinen Fall wollte sie sich in einen Mann vergucken, der bald wieder abreiste. Um sich nach etwas zu sehnen, was vielleicht möglich gewesen wäre, war sie viel zu schlau. *Nein. Damit fange ich gar nicht erst an.* Sie würde den maskulinen, erdigen Geruch einfach ignorieren, der von ihm ausging, ebenso wie seine mitternachtsblauen Augen und das heißeste Lächeln, das sie je gesehen hatte.

Sie zeigte ihm die anderen beiden Klassenzimmer und den kleinen Raum, der für Büroarbeiten genutzt wurde. Dann hob sie eine Zeichnung auf, die auf einem der Schreibtische lag, betrachtete sie und drückte sie lächelnd an ihre Brust.

»Jemand Besonderes?«, erkundigte sich Sage.

»Javier. Er möchte Künstler werden.« Sie hängte das Bild an die Korkpinnwand neben dem Schreibtisch und sie verließen das Gebäude. Je weniger sie sich unterhielten, desto besser.

Abermals hielt Sage ihr die Tür auf.

»Danke«, sagte sie.

Er drehte sich noch einmal zum Gebäude um.

»Ich weiß, dass es feucht und schmutzig ist, weil es nur vom Regen sauber gewaschen wird …« Sie zuckte mit den Achseln.

»Eigentlich hatte ich gerade überlegt, dass man ihm neues Leben einhauchen könnte, indem man diese Wand bemalt. Sie wären überrascht, wie positiv sich Farbe auf die Moral auswirken kann.« Er rieb sich das Kinn, ging näher heran und begutachtete die raue Struktur des Betons. »Wir könnten die Kinder mit einbeziehen und es zu ihrem Projekt machen.«

Kate klemmte sich ihr Klemmbrett unter den Arm und trank einen Schluck aus ihrer Wasserflasche. »Wir haben kein Geld für derartige Projekte und können gerade mal genug Material besorgen, um …«

»Darum kann ich mich kümmern.«

Sie schüttelte den Kopf. *Aber natürlich. Du bist genau wie all die anderen.* »Probleme mit Geld zu beheben, ist nicht immer die Lösung.«

Sage trat näher an sie heran. »Ich will keine Probleme mit Geld beheben, Kate, ich biete an, etwas für die Stimmung der Kinder zu tun, ihnen eine Gelegenheit zu geben, ihre Kreativität auszuleben, und zwar auf einer Leinwand, die in ihrem Leben eine Rolle spielt.«

»Ich weiß nicht. Wir haben speziell auf sie abgestimmte Programme hier.« Die Sonne verschwand hinter den Bäumen und das Zwielicht wirkte durch den Regenwald gleich noch viel dunkler.

»Das kann ich mir vorstellen, aber …« Wieder fuhr er sich mit einer Hand durchs Haar.

Wow, du siehst unglaublich sexy aus, wenn du das machst. Sie zuckte innerlich zusammen. So was durfte sie nicht einmal denken!

»Ich hatte heute auf der Hinfahrt eine Idee. Eine Möglichkeit, neue Ressourcen für die Gemeinde zu beschaffen, wäre, wenn ich die Gegend male und die Atmosphäre einfange, um die Bilder in New York zu verkaufen. Das Geld könnte den Menschen hier zugutekommen, abzüglich der Kosten, um die Bilder in die USA zu schaffen, natürlich.«

Sie verdrehte die Augen. »Und zweifellos auch abzüglich Ihrer Kommission. Wir sollten langsam zurückgehen.« Sie drehte sich zur Straße um, aber Sage berührte sie am Arm. Augenblicklich verspannte sie sich und starrte seine große, kräftige Hand an. Selbst nachdem er sie weggenommen hatte, konnte sie seine Wärme noch spüren.

»Ich würde keine Kommission nehmen«, erklärte er und setzte sich mit steifen Schritten in Bewegung.

Kate holte ihn ein, und sie gingen schweigend weiter, nur vom Klang der zwitschernden Vögel, Sages Atem und ihrer knirschenden Schritte begleitet. Die Lichtung wurde hinter ihnen immer kleiner und das AIA-Gelände vor ihnen war noch nicht zu sehen. Rings um sie herum war nichts als Dschungel, durch den sich der Weg wie ein Tunnel schnitt. In Kates Kopf überschlugen sich die Gedanken. *Er ist genau wie die anderen, nichts weiter als ein stinknormaler Promi. Vielleicht aber auch nicht. Er behauptet, keine Kommission nehmen zu wollen, und er hat an die Kinder gedacht.* Sie fragte sich, wie es wohl sein musste, in seinen Armen zu liegen, die in ihm brodelnde Energie zu spüren und ihn zu küssen. Seine unglaublich muskulöse Brust zu berühren. Auf einmal hatte Kate Schmetterlinge im Bauch. *Hör auf damit!*

»Ich bin mir nicht sicher, ob ich Ihren Gedankengängen hinsichtlich des Wandbilds folgen kann.«

Seine Stimme holte sie in die Realität zurück und sie räusperte sich. »Wie meinen Sie das?«

»Sie sind doch hier, um diesen Menschen zu helfen, oder nicht?«

»Natürlich.«

»Und ich biete meine Hilfe an. Warum ist es wichtig, ob ich Material direkt einfliegen lasse oder ein paar tausend Dollar spende und die Sache auf diesem Weg regle? Es gibt nur mehr Bürokratie, wenn ich es als Spende abwickle. Sie wissen doch selbst, wie das ist, verdammt. Dann bestünde sogar das Risiko, dass das Material nie hier ankommt. Das Geld könnte für einen anderen Zweck verwendet werden.« Sage hielt inne, um einen Schluck zu trinken, und Kate blieb neben ihm stehen.

»Weil man mit ein paar tausend Dollar wichtige Medikamente oder Lebensmittel kaufen kann. Für diese Summe bekommt man bereits eine ganze Menge.« Sie beobachtete, wie sein Adamsapfel beim Trinken auf und ab hüpfte. Er ließ die Flasche sinken und leckte sich mit zufriedenem Ausatmen die Lippen, und sofort machten sich die Schmetterlinge in ihrem Bauch wieder bemerkbar.

»Dann spende ich doppelt so viel«, sagte er leise. »Auf diese Weise bekommen Sie Geld für Medikamente und Lebensmittel und ich kann ein kleines Kunstprojekt mit den Kindern machen.«

»Und weitere Bilder malen, die Sie nach Hause schicken

und zu Geld machen.« Sie legte den Kopf schief und glaubte, ihn durchschaut zu haben.

Aber er lachte nur, was sie völlig aus dem Gleichgewicht brachte.

»Lachen Sie mich etwa aus?«

»Kate.« Er schüttelte den Kopf. »Selbst wenn ich für den Rest meines Lebens keinen Tag mehr arbeite, muss ich mir keine Sorgen machen. Ich muss keine Bilder zu Geld machen. Außerdem geht es im Leben nicht immer nur ums Geld. *Da* liegt das Problem.« Er schraubte seine Wasserflasche wieder zu, ging weiter und ließ Kate stehen, die ihm verblüfft hinterhersah.

Als sie auf dem Gelände eintraf, sah sie gerade noch, wie Sages Tür hinter ihm ins Schloss fiel. Im nächsten Augenblick kamen Penelope, Cassidy und Clayton um die Ecke von Penelopes Hütte.

»Wir wollen in die Stadt«, sagte Penelope.

Na, ihr werdet Augen machen. Kate wusste nicht, was die drei erwarteten, aber wenn sie die kurzen Röcke und hochhackigen Schuhe der Schauspielerinnen richtig deutete, dann war es alles andere als das, was man in einer winzigen Stadt wie Punta Palacia abends unternahm, wo man schon gut gekleidet war, wenn man einen frisch gewaschenen Rock anhatte.

»Okay, aber bleiben Sie bitte zusammen. In der Dunkelheit kann man sich schnell verlaufen. Haben Sie Taschenlampen dabei?« Die Frauen hatten sich winzige Handtaschen unter den Arm geklemmt, in die garantiert keine Taschenlampen passten, aber Kate wusste, dass sie einen Promi zu nichts überreden konnte. Sonst bekam sie nur wieder ein »Wie können Sie es wagen, mir zu sagen, was ich zu tun habe?« an den Kopf geworfen.

»Nein, aber Clayton wird uns beschützen.« Cassidy hakte sich bei Clayton ein. Ihr dunkles Haar lockte sich in der feuchten Luft, sodass ihr Gesicht von winzigen Löckchen umgeben war.

»Na, dann viel Spaß.« Kate, die nach der Unterhaltung mit Sage noch immer wütend war, hatte keine Lust, mit diesen drei über ihre Dummheit zu diskutieren. Sie stürmte zu Luces Hütte und klopfte an die Tür.

Luce öffnete mit breitem Lächeln. »Ich habe die Minuten gezählt, nachdem Sexy Sage seine Tür zugeknallt hat. Es war bestimmt nicht leicht, diesen Mann auf die Palme zu bringen.«

Kate ging an ihr vorbei und ließ sich aufs Bett fallen. »Wie meinst du das? Kennst du ihn? Ich meine, bist du ihm vor dieser Reise schon mal begegnet?«

Luce setzte sich neben sie. »Ich lebe in New York. Wie sollte ich ihn da nicht kennen? Dieser Mann ist ein Star in der Kunstszene und ich bin nun mal Kunstliebhaberin. Ich gehe zu all seinen Ausstellungen. Normalerweise ist er die Ruhe in Person.«

»Aha«, murmelte Kate. »Na super. Und was sagt das über mich aus?«

»Das hängt davon ab, was du getan hast.« Luce lehnte sich mit dem Rücken an die Wand und streckte die Beine aus.

Die Abendluft schien zehn Grad kühler zu sein, und als sie so neben Luce saß, spürte Kate, wie sich ihre Nackenmuskulatur langsam entspannte. Sie hatte es vermisst, eine Freundin hier zu haben, mit der sie reden konnte. Caleb und sie waren die einzigen dauerhaften AIA-Freiwilligen in der kleinen Gemeinde und Caleb war nicht sehr gesprächig. Daher freute sie sich immer sehr, wenn Luce mit ihren Klienten herkam. Sie hatten sich vor eineinhalb Jahren kennengelernt und sich auf Anhieb gut verstanden. In der Zwischenzeit blieben sie per E-Mail in Kontakt. Kate fühlte sich wohl mit Luce und vertraute ihr, weshalb es ihr auch leicht fiel, offen zu ihr zu sein.

Sie rieb mit einem Daumen über die Rillen in ihrer Wasserflasche. »Ich weiß auch nicht. Es liegt wahrscheinlich daran, dass ich die Clayton Rays der Promiwelt gewohnt bin. Daher habe ich sofort angenommen, er wäre wie all die anderen. Er möchte eine Wand des Schulgebäudes bemalen.«

»Natürlich möchte er das. Er ist Künstler. Das wäre großartig.« Luce riss zuerst die Augen auf, kniff sie dann jedoch zusammen. »Oder nicht?«

»Doch.« Kate lächelte sie an, um gleich danach die Augenbrauen zusammenzuziehen. Sie stellte die Wasserflasche auf ihrem Oberschenkel ab. »Vielleicht. Keine Ahnung. Er müsste Material einfliegen lassen, was sehr teuer wäre.«

»Er kann es sich leisten.«

»Das weiß ich auch, aber du weißt, dass ich diese Typen nicht leiden kann, die nur herkommen, um gute Publicity zu bekommen, und wenn er das Material besorgt, hat er wahrscheinlich genau das im Sinn. Dabei soll es bei diesem Projekt um die Kinder gehen. Wie oft kommt es schon vor, dass sich jemand mal wirklich mit ihnen beschäftigt?« Sie trank noch etwas Wasser und sie saßen einen Moment schweigend da.

»Einige tun es aber.«

Kate warf ihrer Freundin einen Seitenblick zu.

»Okay, nicht viele, aber einige tun es. Es mag für dich vielleicht kaum vorstellbar sein, aber es gibt noch andere Menschen, die etwas aus denselben Gründen machen wie du.« Luce legte ihre Hand auf Kates. »Du kannst dir erst ein Urteil über ihn erlauben, wenn du ihn besser kennst.«

»Manchmal kann ich dich echt nicht leiden.« Kate drehte

sich um, weil von draußen ein Geräusch hereindrang, das sie nicht kannte. »Was ist das?«

»Dieses Grunzen?« Luce ging zu der mit Fliegengitter eingerahmten Veranda und spähte hinaus. Dann schlug sie eine Hand vor den Mund und winkte Kate zu sich. »Komm schnell.«

Sage lag bäuchlings auf dem Boden und machte Liegestütze, indem er sich nur auf die Zehen und Fingerspitzen erhob. Dabei gab er diese Laute von sich. Sein muskulöser Körper glitzerte im Mondlicht vor Schweiß. Er spannte die gewaltigen Bizepse an und seine Oberschenkelmuskeln zeichneten sich bei jeder Bewegung deutlich unter der Haut ab.

»Sieh dir diesen Kerl an! Was immer du auch getan hast, Kate, nimm es wieder zurück. Was für ein Prachtexemplar von einem Mann!«

Kate errötete und war fasziniert von Sages kräftigem Körper. Es war schon sehr lange her, dass sie mit einer solchen Maskulinität konfrontiert gewesen war … so nah … so heiß … so … *Verdammt! Was mache ich denn hier?* Sie wollte sich abwenden, fühlte sich aber nahezu magnetisch von ihm angezogen. Seine Tattoos zuckten auf seinem breiten Rücken, während er sich bewegte, und erstreckten sich bis hinunter zu seiner schmalen Taille und seinem knackigen Hintern.

»Wow, nur eine Nacht mit diesem Mann. Mehr verlange ich gar nicht.«

Kate gab Luce einen Klaps auf den Arm.

»Was ist?«, flüsterte Luce. »Wenn du ihn nicht willst, dann kann ich es doch versuchen, oder nicht?«

Kate wollte kein Grund einfallen, der dagegen sprach. Bis auf die Tatsache, dass sie selbst interessiert war. Die Art, wie ihr Herz gegen ihren Brustkorb hämmerte, verriet ihr, dass sie ihn vielleicht, nur vielleicht, noch nicht ganz abschreiben wollte.

Nicht, wenn er tatsächlich anders war als die anderen Promis. Nicht, wenn er und sie … *Großer Gott, was denke ich denn hier?* Er war ein Mann und er sah noch dazu *so* aus. Also konnte er unmöglich zu der Art von Mann gehören, die sie sich wünschte – er war garantiert keiner, der eher an andere als an sich dachte. Ein Mann, dem Geld nicht wichtiger war als die Zeit, die er damit verbrachte, anderen zu helfen. Ein Mann, auf den sie sich verlassen konnte.

»Nur zu«, murmelte sie Luce halbherzig zu und wandte sich von dem spektakulärsten Anblick ab, der sich ihr seit über fünf Jahren geboten hatte.

»Was in aller Welt ist los mit dir? Wirst du jetzt zur Nonne?«

»Nein. Ja. Ach, was weiß ich.« Kate rieb sich mit den Händen über das Gesicht. »Er wird auf lange Sicht nicht der Richtige sein, warum sollte ich mir also die Mühe machen?«

»Warum du dir die Mühe machen solltest? Ach, Schätzchen, du bist schon viel zu lange hier. Vermisst du dieses Gefühl denn gar nicht, wenn ein Orgasmus durch dich hindurchfegt, deine Nerven total angespannt sind, bis alles explodiert und du keine Luft mehr bekommst? Das Gefühl, in den Armen eines Mannes zu liegen, der dich so fest an sich drückt, dass du zu ersticken drohst und ihn trotzdem anflehst, dich noch fester zu umarmen?« Luce seufzte verträumt.

Kate starrte sie mit offenem Mund an.

»Was ist?«

»Ich weiß nicht.« Kate blinzelte mehrmals schnell und schüttelte den Kopf. »Ich schätze … Nein. Ich meine, ja, das würde ich wohl vermissen, wenn ich es jemals erlebt hätte.« Sie spürte, dass sie puterrot anlief. *Kann Sex wirklich so sein?* Sie war keine Jungfrau, hatte jedoch auch noch nie etwas erlebt, das auch nur annähernd mit dem vergleichbar gewesen wäre, was Luce gerade beschrieben hatte.

Luce hob ihr Haar im Nacken an und fächelte sich Luft zu. »Ist das dein Ernst?«

Kate nickte nur.

»Nicht ein Mal?«

Sie schüttelte den Kopf und wäre am liebsten im Erdboden versunken. Doch im nächsten Augenblick fragte sie sich, wie es wohl sein musste, vorher noch ein Mal so etwas zu erleben.

Drei

Sage stand durchgeschwitzt unter der Dusche und hoffte, dass der Wasserdruck bald zunehmen würde. Er hatte sich eingeseift und es geschafft, seinen Körper in die enge Duschkabine zu zwängen, damit das schwache Rinnsal ihn abspülen konnte. Es war zwar bei Weitem nicht so erfrischend wie erhofft, jedoch tausendmal erfrischender als die Gewissheit, gleich wieder aus seiner Wohnungstür in den Betondschungel und die Massen egozentrischer Menschen gehen zu müssen, die zu sehr mit ihren Handys beschäftigt waren, um auch nur Hallo zu sagen oder einen Bogen um jemanden zu machen, anstatt ihn anzurempeln. Er trocknete sich ab, dachte an Kate und fragte sich, was sie eigentlich dagegen hatte, dass er Geld und Material einsetzte, um die Schule zu bemalen – und warum sie sich einbildete, er würde unbedingt eine Kommission für seine Bilder haben wollen.

Aufgrund der Hitze hatte er keinen Hunger, und er war zu aufgebracht, um still sitzen zu können. Zu Hause wäre er jetzt in sein Studio gegangen und hätte gemalt oder gearbeitet, um diese Frustration abzubauen, hätte Ton geformt oder Metall erhitzt und neu gestaltet, bis er sich darin verlor. Wäre er in New York gewesen, hätte er seinen jüngeren Bruder Dex oder seinen älteren Bruder Jack anrufen und mit ihnen etwas trinken oder laufen gehen können. Hier war es zu heiß zum Joggen und er hatte keine Lust, in die Stadt zu gehen, aber ein Spaziergang klang nach einer ziemlich guten Idee.

Mit einer Taschenlampe, einem Zeichenblock und einer Wasserflasche in den Händen betrat Sage den Pfad, der zum Gemeinschaftsbereich führte. Aus dem Wald hallten unzählige Geräusche zu ihm herüber, die sogar noch lauter wurden, als er zwischen den Bäumen hindurchging. Er nahm sich vor, Kate nach diesen neuen und völlig andersartigen Klängen zu fragen, von denen er keinen einzigen einordnen konnte und die alle ineinander übergingen und zu seltsamen, wellenartig anschwellenden Tönen verschmolzen. Als er das Ende des Weges erreicht hatte, hielt er auf das rechteckige Betongebäude zu. Die meisten Menschen sahen darin vermutlich nur eine Kantine, aber für Sage stellte es genau wie die Schule eine leere Leinwand dar. *Vielleicht gibt es einen guten Grund dafür, dass ich mich so für AIA und Punta Palacia interessiere.* Sage glaubte an das Schicksal und ähnliche, nicht greifbare Dinge, die andere Menschen nur belachten, und er folgte stets seinem Bauchgefühl. Er lief um das Gebäude herum, nahm es genau in Augenschein und hatte bereits die ersten Ideen. Aber er wusste auch, dass er noch einige Zeit in der Stadt verbringen musste, mit den Leuten reden, die Energie der Menschen und den Geist der Gemeinde in sich aufnehmen. Er stellte sich vor, wie er farbenfrohe Früchte und Pflanzen malte, eine tanzende Frau, einen Mann, der Gitarre spielte, und einen anderen, der trommelte und dessen Hände mitten in der Bewegung erstarrt waren, ein Kind mit einem Tamburin. Bei dieser Vorstellung schlug sein Herz schneller, aber ebenso schnell verflog die Aufregung auch wieder. Kate hatte die Idee, eine Wand der

Schule zu bemalen, sofort verworfen, daher durfte er sich wohl kaum Hoffnungen machen, die Kantine bemalen zu dürfen.

Im Gebäude traf er Luce und Kate an, die an einem Tisch in der Nähe der Tür saßen, jede eine Flasche Bier in der Hand und eine Schüssel mit Keksen zwischen sich. *Na, das sieht ja appetitlich aus, sowohl das Bier als auch Kate.* Sage bemerkte, wie die Frauen einen schnellen Blick tauschten und Kate leicht errötete.

Hmmm. »Hi, Kate, Luce.« Er wandte den Blick absichtlich von Kate ab, da er nicht wusste, wie sein Körper jetzt auf sie reagieren würde, nachdem er zuvor schon von Hitze überflutet worden war.

»Hi«, erwiderten sie gleichzeitig.

»Möchten Sie sich zu uns setzen?« Luce deutete auf einen Stuhl.

Sage entging nicht, dass Kate die Schultern fast bis zu den Ohren hochzog. »Macht es Ihnen etwas aus, Kate? Ich gebe Ihnen beiden gern ein Bier aus, selbst wenn es mich das Doppelte kostet.« Er lächelte in der Hoffnung, Kates Anspannung durch seine Anspielung etwas mildern zu können. Der Blick, den sie ihm zuwarf, ließ sich jedoch nicht gerade als entspannt bezeichnen.

Luce gab ihr unter dem Tisch einen Tritt und warf Sage einen Keks zu. »Bitte setzen Sie sich und greifen Sie zu.«

Sage fragte sich, was dieser Tritt wohl zu bedeuten hatte. Ihm entging nicht, dass Kate ihrer Freundin einen zornigen Blick zuwarf, woraufhin Luce die Augenbrauen hochzog, aber er wollte lieber nicht zu viel hineininterpretieren. Aber wie konnte er nicht darüber nachdenken, wo Kate doch alles daransetzte, ihn nicht ansehen zu müssen?

»Machen die Tiere, die Sie erwähnt haben, den Lärm da

draußen?«, fragte er Kate.

»Hmm-mmmm. Amphibien.« Kate trank einen Schluck Bier.

Er biss in den Keks. »Der schmeckt wirklich gut. Ist er aus Maismehl?«

»Ja, sie heißen Johnnycakes. Einfach köstlich. Man kann gar nicht mehr aufhören. Es sind Maismehlkekse, wie man sie hier häufig backt.« Luce stand auf. »Ich hole Ihnen ein Bier aus Kates Geheimvorrat.«

»Sie haben einen Geheimvorrat?«, raunte er ihr zu.

Kate zog die Mundwinkel hoch. Kaum sahen sie einander in die Augen, spürte er, wie es ihn vom Kopf bis zu den Zehenspitzen durchzuckte und wie sich sein Herzschlag beschleunigte. Er musste sich sehr am Riemen reißen, um nicht wegzusehen oder sich über den Tisch zu beugen und sie zu küssen. *Was in aller Welt geht hier vor sich?* Zum Glück kehrte Luce mit einem kalten Bier zurück. Das war ein verdammt gutes Timing, denn Sage vermutete, dass er es keinen Augenblick länger ausgehalten hätte, ohne doch zu versuchen, Kate zu küssen, was ihm vermutlich ein blaues Auge und zwei sehr unangenehme Wochen voller ständiger Entschuldigungen eingebracht hätte. Was war denn bloß mit ihm los? Sage war ein gut aussehender Mann, und die Frauen flirteten überall mit ihm, aber er ging nicht oft aus und schenkte den Frauen, die ihn ansprachen, nur selten Beachtung. Eine derartige Anziehungskraft wie die, die Kate auf ihn ausübte, hatte er definitiv noch nie gespürt, was umso merkwürdiger war, da sie anscheinend das genaue Gegenteil empfand.

»Danke, Luce. Ich würde den Gefallen gern erwidern, Kate. Zeigen Sie mir morgen einfach, wo ich Bier kaufen kann, dann bringe ich ein paar Flaschen mit.« Das Kondenswasser benetzte seine Handfläche, als er die kalte Flasche an die Lippen hob. Das würzige Bier stillte seinen Durst und er hätte die Flasche am liebsten auf einen Zug geleert. Normalerweise trank er nicht sonderlich viel Alkohol, aber nach diesem heißen, frustrierenden Tag und der Verwirrung, die er aufgrund der schönen Frau empfand, die ihm gegenübersaß, hätte er gar nichts dagegen einzuwenden gehabt, seine Sinne etwas einzulullen.

»Sie kennt die besten Ecken, an denen man alles Mögliche besorgen kann, und wird es Ihnen schon zeigen«, meinte Luce.

Kate stürzte ihr Bier wenig damenhaft herunter. »Entschuldigt mich.« Sie stand vom Tisch auf.

Sage sah ihr hinterher, als sie mit schwingenden Hüften in Richtung Küche ging. Grundgütiger, etwas an dieser Frau ging ihm tief unter die Haut. Er schüttelte das Gefühl ab und konzentrierte sich auf Luce.

»Das ist etwas anderes hier als der Big Apple, was?« Luce prostete ihm zu.

»Ein Glück.« Sage konnte gar nicht anders, als Kate dabei zu beobachten, wie sie sich in der Küche über eine Gefriertruhe beugte und sich dann mit der Drehkappe einer Bierflasche abmühte. Sie schüttelte die Hand, presste sie an die Hüfte und verzog frustriert das Gesicht. Unwillkürlich lachte Sage leise auf.

Luce drehte sich um und folgte seinem Blick. »Sie ist wirklich süß.«

»Süß?« Sage trank noch einen Schluck. »Gelegentlich macht es den Anschein, aber sie hat eine ziemlich harte Schale.«

»Die braucht sie in ihrer jetzigen Situation auch. Sie ist fast siebenundzwanzig, Single und lebt in einem Entwicklungsland voller Gefahren, ohne dass sie jemand hat, auf den sie sich verlassen kann.« Luce sprach leise und mit ernstem Blick und zog die perfekt geschwungenen und gezupften schmalen

Augenbrauen zusammen.

Sage nickte, während Kate an ihren Tisch zurückkehrte. Sie stellte die noch verschlossene Bierflasche mit lautem *Klonk* auf den Tisch.

»Man braucht echt einen Lederhandschuh, um die blöden Dinger zu öffnen.« Sie starrte die Flasche entrüstet an.

Luce warf Sage einen vielsagenden Blick zu. »Dann lassen Sie mal Ihre Muskeln spielen.«

Sage stieß ein Brummen aus, das an einen Neandertaler erinnerte, und schnappte sich die Flasche mit einer riesigen Hand. Es brauchte nur eine Umdrehung, dann war ein Zischen zu hören.

»Mylady.« Er deutete eine Verbeugung an und reichte Kate die Flasche. Sie schlang die Finger um den Flaschenhals und berührte dabei Sages Hand. Als wäre er ein pubertierender Schuljunge, zuckte abermals Hitze durch ihn hindurch und sammelte sich in seiner Lendengegend.

»Danke«, sagte sie. »Normalerweise schaffe ich das auch allein.«

Dickkopf.

Luce unterdrückte ein Lachen.

»Das glaube ich gern. Ich wüsste gern mehr über Ihren Einsatz hier, Kate. Wie lange leben Sie schon hier? Welche Veränderungen haben Sie gesehen?« Wenn er in den nächsten beiden Wochen mit ihr zusammenarbeiten wollte, musste er diese Barriere aus Eis, die sie um sich herum aufgebaut hatte, irgendwie durchbrechen.

»Veränderungen? Ich setze mich dafür ein, dass im Dorf ein Brunnen gebaut wird, bin mir aber nicht sicher, ob es wirklich dazu kommt. Die Klinik, die von Caleb geleitet wird, ist sehr effizient und hat gerade bei den Älteren eine Menge bewirkt.«

Sie trank einen Schluck Bier. »Ich bin jetzt seit fast fünfundzwanzig Monaten hier. Unsere Einsätze dauern zwei Jahre, aber davor gibt es noch eine dreimonatige Trainingsphase, die zwar größtenteils an einem zentralen Ort stattfindet, den Einsatz aber im Grunde genommen auf siebenundzwanzig Monate verlängert.«

»Wo werden Sie danach hingehen?«, erkundigte sich Sage.

»Das weiß ich noch nicht. Im Allgemeinen stellen wir eine Anfrage und müssen dann einige Monate warten, bis wir herausfinden, wo es hingeht. Es wird mir allerdings sehr schwerfallen, von hier wegzugehen. Mir sind so viele Menschen ans Herz gewachsen, und ein Neuanfang ist zwar aufregend, aber auch anstrengend. Ich werde die Kinder und Familien hier jedenfalls schrecklich vermissen.«

»Was vermissen Sie von zu Hause?«, fragte Sage.

Luce und er sahen Kate neugierig an, während sie überlegte.

»Vermutlich meine Lieblingsnotizbücher. Die gibt es hier nicht, und wenn ich sie bestelle, kostet der Versand ein Vermögen.« Kate seufzte. »Das Stardust-Ledernotizbuch mit Künstlerpapier macht mich immer so glücklich. Das ist albern, das weiß ich selbst.« Sie winkte ab.

»Du und deine Notizbücher«, spottete Luce. »Sie schreibt jeden Tag etwas hinein. Mir würden eher richtige Restaurants und meine Freunde fehlen. Du bist hier so allein.«

»Ich bin nicht allein, sondern von vielen Menschen umgeben. Und ich kann mich nicht daran erinnern, wann ich das letzte Mal in einem richtigen Restaurant gewesen bin.« Kate leerte ihre Flasche und warf Luce einen erwartungsvollen Blick zu.

»Dann bin ich wohl dran und muss die nächste Runde holen.« Schon war Sage auf dem Weg zur Küche und kehrte mit drei Bierflaschen wieder zurück. »Das treiben AIA-Mitarbeiter in Belize also. Ich hatte mich schon gefragt, was hier abends so los ist.«

»In der Stadt gibt es eine Bar, in der man tanzen kann«, merkte Luce an.

»Hör bloß auf, Luce«, murmelte Kate.

»Merken: Kate tanzt nicht gern.« Sage öffnete die drei Bierflaschen und verteilte sie.

»Danke, Sage.« Luce hob ihr Bier und nickte ihm zu. »Sie tanzt sogar sehr gern.«

Kate starrte Luce wütend an, die den Blick ungerührt erwiderte.

»Sie mag es nur nicht, wenn man ihr dabei zusieht.«

»Machen Sie sich keine Sorgen, Kate«, beruhigte Sage sie. »Ich schwinge auch nicht gerade gern das Tanzbein.«

»Mann, ihr beide seid wirklich langweilig.« Luce trank einen Schluck. »Zwei richtige Partymuffel. Vielleicht hätte ich mit Penelope und den anderen losziehen sollen.«

»Ach, jetzt hör aber auf. Du würdest es keine halbe Minute aushalten, ohne Penelope wegen ihrer anstrengenden Art und dieser ›Ich bin zu gut für das alles hier‹-Haltung erwürgen zu wollen.«

»Nein, Liebes«, meinte Luce sanft und berührte Kates Arm. »Da redest du von dir. Ich habe diese Leute ständig um mich und bin nicht im Geringsten genervt von ihrer Art.«

Sage lauschte gespannt und nahm alles in sich auf, was er dank dieser unverhofften Unterhaltung über Kate und Luce erfahren konnte. Eine Stunde und zwei Bier später waren sie beim Du und vertrauten einander ihre Geheimnisse an.

»Dann erzähl mal, Sage.« Kate sprach seinen Namen betont langsam aus. »Warum bist du wirklich hier? Hast du mit der

Frau irgendeines wichtigen Kerls geschlafen und musst Schadensbegrenzung betreiben? Willst du deine humanitären Bemühungen in der Presse ausbreiten, damit sie nicht länger über die unangenehmen Themen berichtet?«

Sage wusste nicht, mit welcher Frage er gerechnet hatte, aber garantiert nicht mit einer solchen. Er warf Luce einen Blick zu, die nur mit den Achseln zuckte und ebenso überrascht wirkte wie er.

»Du gehst bei anderen wohl immer vom Schlimmsten aus, was?« Er grinste Kate an und versuchte, sich nicht anmerken zu lassen, wie sehr ihre Frage ihn getroffen hatte. »Tja, meine Damen, das war ein schöner Abend, aber mir wurde geraten, mich nicht vor meiner bezaubernden Mentorin zu betrinken.« Er leerte seine Bierflasche und stand auf.

Kate erhob sich ebenfalls und schwankte leicht.

Sage griff über den Tisch und hielt sie am Arm fest, damit sie nicht das Gleichgewicht verlor. »Hey, hey. Alles in Ordnung?«

»Ja, alles gut.« Kate streckte eine Hand nach Luce aus. »Luce?«

»Ich hab dich«, erklärte Luce und nahm Kates Hand.

»Wenn ihr auch geht, begleite ich euch, dann findet mein Beschützerinstinkt mal wieder eine sinnvolle Verwendung.« Er zwinkerte Luce zu.

»Wir brauchen keinen Bodyguard«, protestierte Kate.

»Betrachtet mich eher als Begleiter. Welcher Mann würde denn zwei Frauen allein durch den Dschungel nach Hause gehen lassen?« Er lief neben Kate her und hätte ihr am liebsten einen Arm um die Taille gelegt, damit sie nicht doch hinfiel. *Oder einfach nur, weil mir danach ist.* Sie hatte das Bier gut vertragen, aber die letzte Flasche musste zu viel gewesen sein. Er hatte ihre funkelnden Augen bemerkt, fand jedoch, es stand ihm nicht zu, einer eigenständigen Frau wie Kate zu sagen, dass sie lieber mit dem Trinken aufhören sollte.

Luce ging nun auf dem schmalen Weg voraus, Kate folgte ihr und Sage bildete die Nachhut. Er hatte einen Finger locker in eine der Gürtelschlaufen von Kates Shorts gehakt, nicht dass sie noch stolperte und ins dichte Gebüsch fiel. Luce schien sicher auf den Beinen zu sein.

Als sie das Ende des Wegs erreicht hatten, führte Luce sie zur Hütte in der Mitte. »Das ist meine. Danke, Sage.« Luce umarmte Kate und flüsterte ihr etwas ins Ohr, das Sage nicht verstehen konnte. *Wahrscheinlich warnt sie sie, ja Abstand zu mir zu halten.*

»Welches ist deine Hütte, Kate?«, erkundigte sich Sage, ohne den Finger aus der Gürtelschlaufe zu nehmen, und staunte ein wenig, weil sie sich deswegen auch nicht beschwerte.

Luce deutete auf einen Pfad, der hinter Sages Hütte zu sehen war.

»Ich finde schon nach Hause.« Kate schob seine Hand weg. »Schlaf gut, Luce. Frühstücken wir morgen zusammen?«

Luce winkte noch einmal, ging hinein und sagte über die Schulter hinweg: »Klingt gut.«

»Gut, dann bringen wir dich mal sicher nach Hause«, meinte Sage zu Kate.

»Ich komme schon klar. Wirklich. Du musst mich nicht …« Sie stolperte leicht nach vorn.

Sage hielt sie an der Gürtelschlaufe fest und umfasste ihre Hüften. Himmel, sie fühlte sich gut an. Zu gut. Sie packte seine Handgelenke, lehnte sich leicht an ihn und blickte zu ihm auf. *Großer Gott.* Er war schon mit vielen Frauen zusammen gewesen, vor allem Models und Künstlerinnen, und Kate wirkte im Vergleich zu ihnen so normal. Noch nie hatte er sich so sehr zu einer Frau hingezogen gefühlt wie zu ihr. Er hatte nicht die leiseste Ahnung, woran das lag, aber in ihm brannte das Verlangen, all ihre Geheimnisse zu ergründen. *Was zum Teufel ist mit mir los?* Und als sie jetzt die Brüste an seine Brust presste, ihre Daumen beinahe in seinen Schritt drückte und ihn mit ihren verlockenden Augen ansah, kostete es ihn seine ganze Selbstbeherrschung, um nicht die Lippen auf ihre zu pressen.

Sie öffnete leicht den Mund und fuhr sich mit der Zunge über die Lippen, die dadurch noch einladender aussahen.

Widerstrebend wandte er den Blick ab. Sage war noch nie einer dieser Männer gewesen, die eine angetrunkene Frau ausnutzten, und er würde jetzt ganz bestimmt nicht damit anfangen. *Nicht bei dir.* Er löste sanft ihre Finger. »Dann bringen wir dich mal nach Hause.«

Sie schluckte schwer. »Oh … Ja. Okay.« Nun legte er ihr doch leicht einen Arm um die Taille und redete sich ein, er würde das nur tun, damit sie nicht das Gleichgewicht verlor, genoss es aber gleichzeitig, sie so dicht neben sich zu spüren. Sie war so zäh, aber auch so zart. Auf dem schmalen Pfad, der ihm bei Tageslicht nicht einmal aufgefallen war, trat Sage wieder hinter sie. Nach etwa zwanzig Metern kamen sie wieder aus dem Dschungel und Sage schaute sich kurz auf der dunklen Lichtung rings um Kates Hütte um. Das Holzhäuschen stand auf Stelzen, erinnerte an ein Baumhaus und hatte ein Strohdach. Rings um die Stelzen war das Unterholz beseitigt worden, sodass es einen Hof von etwa sechs Metern gab. Etwas Romantischeres hatte Sage noch nie gesehen.

»Hast du hier ganz allein keine Angst?« Er blickte auf Kate hinab, die einen Finger in seine Gürtelschlaufe gehakt hatte.

»Nein.« Sie steuerte auf die Treppe zu und Sage begleitete

sie. Unter normalen Umständen wäre er unten stehen geblieben, damit sie nicht auf falsche Gedanken kommen konnte, aber er war erst heute hier angekommen und daher nicht wie Kate davon überzeugt, dass hier niemand lauerte und nur darauf wartete, sich auf diese hübsche junge Dame zu stürzen, sobald sie allein war. Er betrat hinter ihr die Hütte und stellte fest, dass der Raum etwas größer war als bei ihm. Auf ihrem Bett lag eine bunte Tagesdecke, die die dunkle hölzerne Inneneinrichtung aufhellte. Vor den Fenstern hingen Schals, und Sage kamen diverse Ideen, was man damit anstellen konnte, die so gar nichts mit der Verwendung als Vorhang zu tun hatten … Überall am Tisch, an den Wänden und auf ihrem Klemmbrett klebten beschriebene Haftnotizen. Auf dem Tisch lagen drei Notizbücher mit Spiralbindung neben einer Handvoll Stiften. Er las einen der Zettel. *Medikamente für Olivia. Javier: Block/Stifte zu Weihnachten?*

»Siehst du? Ich bin gut angekommen.« Sie drehte sich im Kreis. Als sie ins Taumeln geriet und zu Boden zu stürzen drohte, legte er ihr rasch einen Arm um die Taille. »Puh, das war knapp.« Sie klammerte sich an ihn.

Das ist eine ganz schlechte Idee.

Sein Herz raste. Er wollte sie küssen, sie schmecken. Nur ein Mal.

Tu es nicht.

Sie drückte ihm eine Hand auf den Bauch, und Sage wurde ganz warm in einem etwas tiefer liegenden Bereich, was verdammt häufig passierte, sobald sie in seiner Nähe war. Er nahm ihre Hand und führte sie an seine Lippen, drückte einen Kuss darauf und setzte sie dann sanft auf dem Bett ab. Sie griff nach seinem Shirt, als er sich wieder aufrichten wollte. Für einen kurzen Augenblick waren sie sich ganz nah. Ihr warmer

Atem wehte auf seine Wangen und der süßlich-saure Geruch des Alkohols vermischte sich mit Kates verlockend frischem Duft. Sie schloss die Augen, und Sage nahm erneut ihre Hand, löste ihre Finger von seinem Shirt und drückte noch einen Kuss darauf.

»Danke für den schönen Abend, Kate.«

Sofort riss sie die Augen wieder auf und starrte ihn irritiert an. Dann presste sie die Lippen aufeinander und bekam rote Wangen. Sie setzte sich auf und wirkte wieder etwas wacher. »Äh … ja. Danke.«

»Wenn du mich brauchst, dann weißt du ja, wo du mich findest.« Er wandte sich zum Gehen.

»Sage?«

Küss sie nicht.

»Ja?«, fragte er und hatte schon eine Hand am Türgriff.

»Entschuldige, dass ich dich gefragt habe … na ja, warum du hier bist.«

Er drehte sich noch einmal zu ihr um und staunte über die Aufrichtigkeit in ihrem Blick. »Keine Sorge. Du kennst mich ja kaum. Eines Tages wirst du erkennen, dass ich nicht der bin, für den du mich anscheinend hältst.«

<h1 style="text-align:center">Vier</h1>

Sage verbrachte den Rest des Abends damit, zu skizzieren, was er gern malen würde – auf Leinwände, das Schulgebäude, wo immer er konnte. Er musste sich irgendwie beschäftigen, um nicht ständig daran zu denken, wie gern er Kate küssen wollte, doch obwohl er die halbe Nacht aufgeblieben war, hatte es ihm außer Müdigkeit nichts eingebracht. Irgendwann hatte es angefangen zu regnen, woraufhin die Amphibien etwas leiser geworden waren und die Schwüle etwas nachgelassen hatte. Irgendwann war er endlich eingeschlafen.

Beim Aufwachen hatte er den Geruch frischen Regens in der Nase und das Trällern der Vögel in den Ohren, was er – ebenso wie die Feuchtigkeit in der Luft – sehr genoss. Das war etwas völlig anderes, als in New York vom ständigen Verkehrslärm geweckt zu werden. Er duschte, zog sich an und ging zur Kantine, um sich einen Kaffee und etwas zum Frühstücken zu besorgen. Trotz der drückenden Hitze nahm Sage die Schönheit rings um sich herum wahr. Das Gras war feucht und der staubige Boden hatte sich in Schlamm verwandelt. Der farbenfrohe Regenwald schillerte in der Sonne und Sage wollte sich sofort künstlerisch austoben. Dieser Drang machte sich fast schon schmerzhaft bemerkbar. Etwas zu erschaffen, das die

Schönheit von Punta Palacia wiedergab, wäre unglaublich, aber es war kaum möglich, seine Bildhauerausrüstung nach Belize zu holen. Er würde sich mit dem Malen zufriedengeben müssen – und Kate davon überzeugen, dass es das Richtige war.

Eine belizische Frau mittleren Alters in einem leuchtend gelben Rock und dazu passender Bluse begrüßte Sage mit freundlichem Lächeln in der Küche. Sie hatte sich ihr schulterlanges dunkles Haar unter einen breitkrempigen Hut geschoben.

»Guten Morgen«, sagte sie mit starkem Akzent. Sie hatte gütige dunkle Augen und hielt einen großen Holzlöffel in der einen Hand, während sie mit der anderen auf den Herd deutete. »Was darf's denn heute sein?«

»Guten Morgen.« Sage reichte ihr die Hand. »Ich bin Sage.«

Sie lächelte ihn weiter an und drückte sanft seine Hand, ohne sie zu schütteln. Dafür nickte sie. »Sylvia.« Dann deutete sie auf die beiden Frauen, die mit mehlbedeckten Händen hinter ihr standen und auf der Arbeitsplatte neben dem Kühlschrank Teig kneteten. »Mila und Luisa.« Die beiden lächelten schüchtern.

Sage winkte ihnen freundlich zu. »Ich hätte gern Rührei und einen dieser leckeren Johnnycakes, bitte.«

»Ah. Sie mögen die Johnnycakes. Guter Mann. Sie schenken Ihnen Energie. Sind Sie hier, um mit den Kindern zu arbeiten?«

»Ja. Hat Kate Ihnen davon erzählt?«

Sylvia nickte. »Mein Neffe Javier freut sich schon sehr auf die Kunststunden. Vielen Dank, dass Sie hergekommen sind.«

Javier. Sage erinnerte sich an das Bild, das Kate ihm im Schulbüro gezeigt hatte. »Ich freue mich schon darauf, ihn und die anderen Kinder kennenzulernen.« Er schenkte sich Kaffee ein und ging zu Luce, die bereits in der Kantine an einem Tisch saß.

Sie hatte eine Tasse Kaffee vor sich stehen und die Nase in einem Buch vergraben.

»Darf ich mich dazusetzen?« Sage stellte seinen Teller auf den Tisch und nahm ihr gegenüber Platz.

Sie ließ das Buch sinken. »Aber natürlich. Guten Morgen.«

»Ganz schön ruhig heute.« Sages Magen knurrte. Es war keine sehr gute Idee gewesen, das Abendessen ausfallen zu lassen, und so schlang er sein Rührei schnell herunter.

»Machen Sie Witze? Penelope, Cassidy und Clayton werden frühestens heute Mittag aufwachen und Kate ist in der Schule.« Sie sah zur Decke. »Der Regen hat sie ganz schön kalt erwischt. Oscar und sie müssen noch alles aufwischen, bevor die Schüler kommen.«

»Sie müssen wischen?«

»Das Dach ist undicht. Hat sie dir das nicht erzählt?«

Sage schüttelte den Kopf.

»Sie hat sich schon so daran gewöhnt, dass sie es vermutlich vergessen hat. Das Dach wurde bestimmt schon hundertmal repariert, aber es ist noch immer undicht.« Sie nippte an ihrem Kaffee.

Sage stand auf. »Ich gehe mal rüber und frage, ob ich helfen kann.«

»Wenn du einen Mopp schwingen kannst, auf jeden Fall.«

Doch er wusste, dass er noch mehr konnte. Während seiner Collegezeit hatte er einen Sommer lang zusammen mit einem Freund im Bauunternehmen seines Vaters ausgeholfen und dabei festgestellt, dass er auch einen guten Dachdecker abgegeben hätte. Er nahm noch eine zweite Tasse Kaffee für Kate mit und machte sich auf den Weg zur Schule.

Was habe ich mir nur dabei gedacht, gestern so viel zu trinken? Kates Kopf dröhnte. Ihr taten vom Wischen schon die Arme weh, und als Sage hereinkam, errötete sie vor Scham. Er reichte ihr eine Tasse Kaffee und betrachtete das Wasser auf dem Boden und die Schreibtische, die sie an die Wände geschoben hatten. Sie versuchte, seinen muskulösen Armen und dem Tattoo, das in seinem Nacken zu sehen war, keine Beachtung zu schenken, aber, Himmel noch mal, sie musste einfach hinsehen. Dabei fiel ihr ein, wie hart sich sein ganzer Körper angefühlt hatte, als er sie am Vorabend, nachdem sie beinahe hingefallen wäre, aufgefangen hatte. *Verdammt noch mal! Hör auf, so was zu denken!*

»Das ist aber ziemlich viel Wasser«, stellte er fest.

»Diesmal ist eigentlich alles im Eimer gelandet, aber ich habe ihn versehentlich umgestoßen.« Sie trank einen Schluck Kaffee. »Hm. Danke.«

»Wie geht es dir heute Morgen? Hast du gut geschlafen?« Er lief im Raum herum und sah sich die freiliegenden Deckenbalken an. An einigen Stellen war das Holz nass und Nägel ragten heraus. »Ist Oscar in der Nähe?«

»Ja. Hier bin ich.« Oscar kam mit einem Mopp in der Hand herein.

»Guten Morgen, Oscar. Kann ich aufs Dach klettern?«

»Augenblick mal, Sage. Das ist nicht deine Aufgabe. Oscar weiß, was er tut.« Kate stellte ihre Kaffeetasse ab und stützte sich auf ihren Mopp.

»Davon bin ich überzeugt, aber ich habe auch einige Kenntnisse in diesem Bereich. Darf ich vielleicht mal einen kurzen Blick aufs Dach werfen?«

Die Kinder würden bald eintreffen, und sie hatte größere Sorgen, als dass er auf dem undichten Dach herumkletterte. »Wie du willst. Aber fall nicht runter.«

Einige Minuten später hörte sie schwere Schritte über sich. Kate war heilfroh, dass Sage kein Wort über ihren Zustand am Vorabend verloren hatte. Normalerweise trank sie selten mehr als ein Bier, aber gestern waren es vier gewesen – oder sogar fünf? Sie konnte sich nicht erinnern, aber sie hatte eindeutig zu viel getrunken. *Ausgerechnet an diesem Abend.* Seufzend erinnerte sie sich an die Wärme seines Atems, den sie auf ihren Lippen gespürt hatte. Dass sie die Bartstoppeln an seinem Kinn hatte berühren wollen und wie er gerochen hatte, als er sie aufs Bett setzte. Männlich. Herb. So unglaublich sexy.

Du liebe Güte! Was mache ich denn hier?

Ein metallisches Klappern drang von oben zu ihr herab, gefolgt von einem Schleifen, das sie erschreckte. Sie lauschte, wie die Männer etwas riefen und dann … anfingen zu graben? Im Holz? War das ein Schaben? Schwere Schritte polterten über das Dach. Kate schloss die Augen. Sie wollte Sage eigentlich nicht fragen, was er da trieb, da sie sich wegen des Vorabends noch immer schämte, aber da die Kinder bald eintreffen würden, musste sie wissen, was da oben vor sich ging und ob die Männer bis zum Unterrichtsbeginn fertig sein würden. Kate ging hinaus und blickte zu den beiden Männern hinauf, die sich mit schwerem Werkzeug in den Händen über die Aluminiumverkleidung beugten. Sie schirmte die Augen gegen die Sonne ab, um mehr erkennen zu können, und – wow! Was für ein Anblick! Sage hatte sein Tanktop ausgezogen. Seine breite muskulöse Brust und seine schmale Taille glänzten in der Sonne. Sie konnte einfach nicht anders, als die Bauchmuskeln über dem Saum seiner Shorts anzustarren, der gefährlich weit nach unten gerutscht war.

Konzentrier dich! »Wie ... wie läuft es da oben?«

Oscar winkte ihr zu. »Er hat das Problem gefunden. Er hat sehr geschickte Hände.«

Das kann ich mir vorstellen. Er ist seit zwei Minuten auf dem Dach und kann das Problem beheben, mit dem wir uns seit zwei Jahren rumschlagen? »Wirklich?«

Sage schaute zu ihr herunter, wischte sich mit einem Arm den Schweiß von der Stirn und nickte. »Gib uns eine Stunde. Wenn wir es repariert haben, ist es so gut wie neu.«

Kate fielen eine ganze Menge Dinge ein, die er gern eine Stunde lang tun durfte, und die hatten alle nichts mit einem Dach oder Werkzeugen zu tun.

Etwas über eine Stunde später hatte Kate gerade das Klassenzimmer fertig geputzt und die Schreibtische wieder an ihren Platz gestellt, als Sage und Oscar in der Tür auftauchten. Sage hatte sich das Shirt wieder angezogen, das ihm auf der schweißnassen Haut klebte.

»Wie ist es gelaufen?«, erkundigte sie sich hoffnungsvoll.

»Jetzt dürfte nichts mehr durchkommen. Die Nägel waren direkt durch das Aluminium ins Holz geschlagen worden. Irgendwann wurde die Platte offenbar ausgetauscht, aber ...« Sage zuckte mit den Achseln. »Anscheinend wurde das Holz darunter nie angerührt, sondern nur abgedeckt. Die Nägel waren unter lauter Schmutz versteckt, daher konnte Oscar sie gar nicht sehen.« Er legte Oscar einen Arm um die Schultern. »Du machst einen wirklich guten Job, Oscar. Danke, dass ich dir helfen durfte.«

»Oh, ich habe etwas von dir gelernt, also bedanke ich mich bei dir.« Oscar hatte sich aus einem Seil einen Werkzeuggürtel gebastelt, inklusive einer Schlinge als Halterung für einen Hammer, der ihm nun an den Hüften hing.

Kate betrachtete die beiden Männer, die sich offensichtlich angefreundet hatten, und spürte, wie sie ihre Barriere ein klein wenig herunterließ. »Vielen Dank, Sage. Wir hatten schon seit einer Ewigkeit Probleme mit dem Dach. Dann werden wir die Eimer jetzt nicht mehr brauchen?«

Er hatte so ein freundliches, aufrichtiges Lächeln, das ihr unter die Haut ging.

»Hoffentlich nicht.« Er wischte sich eine Hand an seinem Tanktop ab und zog den Stoff dabei ein bisschen hoch, sodass Kate einen Blick auf sein Sixpack werfen konnte.

Es gelang ihr nicht, den Blick abzuwenden. Wie lange war es her, dass sie etwas derart Heißes gesehen hatte? *Verdammt. So was habe ich noch nie gesehen.* Unter Aufwendung ihrer gesamten Willenskraft schaffte sie es, sich abzuwenden.

»Und, was steht als Nächstes an? Wann kommen die Kinder? Was soll ich tun?«, erkundigte sich Sage.

»Ich mache mich dann auf den Weg. Im Laden in der Stadt hat es ebenfalls reingeregnet. Okay?« Oscar sah Kate fragend an.

»Oh, ja, natürlich. Danke, Oscar. Bis später.« Sie sah ihm hinterher und rief sich ins Gedächtnis, dass Sage auch nicht anders war als jeder andere eins neunzig große, muskulöse Kerl, der je für AIA gearbeitet hatte. *Ja, genau. Rede dir das nur ein.* Sie rückte die Tische noch etwas gerader, damit sie ihn nicht ansehen musste.

»Die Kinder müssten jeden Augenblick kommen. Die Lehrerin ist im Büro und wird ihnen dann die ersten Aufgaben stellen. Der Kunstunterricht ist für ein Uhr geplant.«

»Super, dann haben wir ja noch ein paar Stunden Zeit.«

»Hmm-mm.« Sie stellte den Mopp in den Schrank.

»Ich muss in die Stadt. Kommst du mit?«

Wie kannst du nur so gelassen sein, wenn ich kurz davor stehe, mich auf dich zu stürzen?

Sein Blick wurde sanfter. »Bitte? Ich wollte ins Internetcafé und möchte auch deinen Geheimvorrat aufstocken. Was sagst du?«

»Ähm … okay?« *Was mache ich bloß?*

Auf der halben Meile Fußmarsch in die Stadt war Kate seltsam verkrampft, während sie neben dem fast unerträglich lockeren Sage herging.

»Alles hier fühlt sich so viel … ich weiß auch nicht … realer an als in New York.« Sage atmete tief ein.

Kate versuchte zu ignorieren, wie sich dabei seine Brustmuskeln weiteten und wie sein Bizeps zuckte, als er die Arme ausstreckte und dehnte. Sie musste unbedingt an etwas anderes als seinen Körper denken.

»Wie hast du von AIA erfahren?«, fragte sie.

»Ich unterhielt mich mit einem Freund darüber, dass ich mehr machen wollte, als nur Geld zu spenden, und er hat AIA erwähnt. Er hatte einen Artikel darüber gelesen, und so habe ich mich informiert, und hier bin ich.«

Sie wartete auf ein Stocken, ein Zögern, irgendetwas, das nicht zu seiner Geschichte von gestern passte, dass er anderen Gutes tun wollte. Das konnte doch nur Show sein. Kate wusste nicht, wann ihr das letzte Mal ein freiwilliger Helfer in Punta Palacia begegnet war, der nicht nur etwas für seinen guten Ruf tun wollte.

»Ist es so, wie du erwartet hast? Wie hast du es dir hier vorgestellt?« *Dachtest du, es wäre nur eine andere Art, Urlaub zu machen?*

Er zuckte mit den Achseln. »Ich habe eigentlich nicht groß

darüber nachgedacht. Er meinte, AIA würde Künstler in Entwicklungsländer bringen, um dort mit den Gemeinden zusammenzuarbeiten, und ich dachte einfach, ich mache dann, was gebraucht wird.«

Seine Worte klangen absolut aufrichtig. Die Promis und Künstler, die bisher hier gewesen waren, wären nie auf ein Dach geklettert – selbst dann nicht, wenn Kate sie darum gebeten hätte. Er hatte hingegen darauf bestanden, trotz ihres Versuchs, ihn davon abzubringen. Sage war eindeutig nicht so wie die anderen.

»Lebst du gern in New York?«

»Irgendwie scheinen alle zu glauben, das Leben in New York wäre glamourös und aufregend, und für manche Menschen ist es das vielleicht auch. Aber für mich ist es nur der Ort, an dem es den größten Sinn ergeben hat, mich niederzulassen. Ich bin etwa eine Stunde von der Stadt entfernt aufgewachsen, und die Galerien und Kunden, mit denen ich zusammenarbeite, befinden sich da, daher bot es sich an, dorthin zu ziehen. Aber jetzt, wo ich seit fünf Jahren dort wohne, fühle ich mich wie ein eingesperrter Tiger.« Er wandte den Blick ab. »Das soll jetzt keine Beschwerde sein, denn ich bin mir durchaus bewusst, dass ich großes Glück gehabt habe. Jedenfalls vielen Dank, dass du mich begleitest. Was macht dein Kopf?«

»Frag nicht. Ein paar Schmerztabletten haben geholfen. Normalerweise trinke ich nicht so viel. Keine Ahnung, was da über mich gekommen ist.«

Er kniff die Augen zusammen und stieß sie grinsend mit dem Ellbogen an. »Wir wissen doch beide, warum du das getan hast.«

Schluck. »Ach ja?«

»Klar. Du hilfst den lieben langen Tag anderen und musst

dich dann auch noch mit unseren … Persönlichkeiten herum-schlagen. Jetzt ist Luce da und ihr seid offensichtlich befreundet. Du hast dich einfach mal amüsiert. Ich hatte gestern Abend auch Spaß. Danke, dass ich in eure Wiedersehensfeier reinplatzen durfte.«

Okay. Sicher. Die Argumentation lasse ich gelten. »Die Persönlichkeiten machen mir nichts aus.«

Er beäugte sie skeptisch.

»Okay, einige schon. Aber es ist schön, dass Luce da ist.« *Und du.* Die lautlose Ergänzung ließ sich nicht leugnen und zauberte ein Lächeln auf ihre Lippen.

Die Straße wurde breiter, und der Dschungel zu ihrer Rechten wich einer grasbewachsenen Lichtung, die zu einer kleinen Stadt führte – kaum mehr als einige niedrige Betongebäude an einer unbefestigten Straße.

»Das ist Punta Palacia?« Vor dem ersten Laden befand sich ein kleiner Obststand mit Unmengen an Bananen, Orangen, Papayas, Mangos, Nonis und Ananas. Auf der Straße waren nur wenige Menschen zu sehen.

Kate winkte einer Frau in einem bunten Kleid zu. »Hallo, Maria.«

Die Frau winkte zurück. »Guten Morgen. Endlich hat es geregnet.«

»Ja. Das war dringend nötig. Wie geht es Lorena?«, erkundigte sich Kate.

Maria nickte. »Besser, danke der Nachfrage.«

Kate wandte sich Sage zu. »Lorena ist ihre Mutter, sie war letzte Woche ein paar Tage krank. Ich freue mich, dass es ihr wieder besser geht. Jedenfalls ist das hier unsere kleine Stadt, in der nur ein paar Hundert Menschen leben.« Sie wusste, dass es für jemanden aus New York nicht besonders beeindruckend aussah, aber Kate war sehr stolz auf die Kleinstadt und ihre Bewohner. Die enge Gemeinschaft mit ihrer entspannten Lebensweise war ihr ans Herz gewachsen. »Wenn du der Straße folgst, gelangst du zu mehreren Häusern am Fuß der Berge. Dort wohnt der Großteil unserer Schüler.«

»Das würde ich mir irgendwann gern mal ansehen.«

»Kein Problem.« Bisher hatte Kate an Sage nur liebenswerte Eigenschaften finden können, doch sie blieb misstrauisch. »Lass uns zuerst zum Internetcafé gehen. Die Verbindung ist nicht besonders gut, daher solltest du damit rechnen, dass sie öfter mal abbricht.«

»Das macht nichts. Ich könnte ja auch einfach anrufen, aber meine Mutter möchte erst mein Gesicht sehen, bevor sie glaubt, dass ich wirklich noch am Leben bin.«

Kate musterte ihn aus dem Augenwinkel. »Deine Mutter? Wie alt bist du doch gleich?«

Er lachte auf. »Ich weiß, ich weiß. Achtundzwanzig. Aber, hey, es ist besser, als wenn ich ihr egal wäre, findest du nicht? Außerdem ist sie diejenige, der ich mein künstlerisches Talent verdanke. Da sorge ich doch gerne für ihren Seelenfrieden, indem ich sie wissen lasse, dass es mir gut geht. Und mein älterer Bruder Rush ist gerade zu Besuch bei ihnen, den würde ich auch gern sehen.«

»Du hast einen Bruder?«

»Tatsächlich habe ich sogar vier Brüder und eine Schwester. Rush ist Profiskifahrer und der zweitälteste. Wie ist es bei dir? Hast du Geschwister?«

Kate schüttelte den Kopf. »Nein. Es gibt nur mich und meine Eltern.«

»Das muss schön sein, wenn einem die ganze Aufmerksamkeit gilt.«

Sie musste unwillkürlich lächeln. »Ja. Meine Eltern sind toll. Allerdings muss ich zugeben, dass ich mich oft gefragt habe, wie es wäre, wenn es da draußen jemanden gäbe, den ich anrufen könnte und der schon genau wüsste, was ich fühle, bevor ich auch nur ein Wort sage. Angeblich ist es bei Geschwistern ja so.«

»Manchmal schon. Sie können einem aber auch ganz schön auf die Nerven gehen. Ich würde aber jede Wette eingehen, dass meine Mutter immer weiß, wie es uns geht, wo wir auch sind. Sie besitzt eine Art mütterlichen sechsten Sinn.«

Zwei mollige, kleine Frauen winkten Kate zu.

»Hallo. Schön, euch zu sehen.« Sie beugte sich zu Sage hinüber. »Das sind Adela und Indira. Mutter und Tochter. Sie sprechen Kreolisch und haben einen viel stärkeren Akzent als Oscar.« Die beiden Frauen trugen Baumwollblusen und knielange Röcke, und ihr Gesichtsausdruck war die typische Miene, die man hier in der Gegend häufig sah: die Augen gegen die Sonne zusammengekniffen und ein Lächeln auf den Lippen. Adelas Gesicht war sehr faltig, daher sah sie deutlich älter aus als Mitte fünfzig, während Indira glatte, weiche Haut besaß.

Indira berührte im Vorbeigehen Kates Arm und blickte zu Sage auf. Kate war fast zehn Zentimeter größer als die beiden Frauen. Sie drückte Indiras Hand. »Das ist Sage Remington. Er ist ein Künstler aus den Vereinigten Staaten und hier, um mit den Kindern zu arbeiten.«

Indira sah ihm mit ihren wachsamen, aber freundlichen dunklen Augen an und nickte. »Danke«, sagte sie kaum lauter als ein Flüstern.

»Danke, dass Sie mich in Ihr wunderschönes Land eingeladen haben«, erwiderte Sage.

Kate spürte, wie sich ihre Skepsis nach und nach in Luft

auflöste.

Als sie das Internetcafé betraten, winkte Kate dem großen, schlanken Mann hinter dem Tresen zu. »Hallo, Makei. Sage ist ein neuer freiwilliger Helfer und er würde gern ins Internet.«

Makei stand vorsichtig von dem gepolsterten Stuhl auf und kam über den Betonfußboden auf sie zu, wobei er bedächtig einen Fuß vor den nächsten setzte und sich so langsam wie ein Faultier bewegte. Sage warf Kate einen Blick zu, und sie wusste, dass er sich fragte, ob Makei aus gesundheitlichen Gründen so langsam ging. Dasselbe hatte sie bei ihrer ersten Begegnung auch vermutet, aber ihr war schnell klargeworden, dass dies schlichtweg Makeis normales Tempo war.

»Du bist nicht mehr in New York. Hier geht alles etwas gemächlicher zu«, meinte sie zu Sage.

»Das gefällt mir.«

Schon wieder überraschte er sie mit seiner Antwort. Sie konnte förmlich hören, wie die Bruchstücke ihrer stählernen Entschlossenheit klackernd zu Boden fielen.

»Setzen Sie sich.« Makei deutete auf zwei Stühle am Tresen.

»Ich habe nur Geld in US-Währung dabei.« Sage musterte Kate besorgt.

»Das ist kein Problem. Damit kannst du hier bezahlen«, versicherte sie ihm.

Sage zahlte die geforderte Summe, und Makei holte einen Monitor hinter dem Tresen hervor und stellte ihn auf die dicke Holzplatte. Danach legte er eine Tastatur vor Sage und nickte ihm zu. »Kann losgehen.«

»Das ist alles?«, fragte Sage.

»Ja. Alles ganz einfach. Aber erwarte nicht zu viel. Ich sagte ja schon, dass die Verbindung nicht die beste ist.« Sie sah sich in dem kleinen Café um. »Soll ich da vorn warten? Ich will dir ja nicht auf die Pelle rücken.« Sie stand auf, aber Sage hielt sie am Arm fest, woraufhin sie wohlig erschauderte.

»Das musst du nicht. Makei, kann ich Kate etwas Kaltes zu trinken ausgeben?«

Makei strahlte ihn an, wobei er die dunklen Augen fast komplett zukniff. »Ja, mein Freund.«

»Ach, das ist doch nicht nötig.« *Aber sehr nett.*

»Du hast die Getränke gestern Abend ausgegeben«, rief er ihr ins Gedächtnis.

Makei hielt einen Finger in die Luft. »Banane-Papaya. Kates Lieblingsgetränk.«

»Ah, du hast deine Vorlieben.« Sage sah sich lächelnd in dem leeren Café um.

Hinter dem Tresen wurden Tassen, Teller, Schüsseln und Servietten auf Holzregalen aufbewahrt. Die Betonwände sahen aus, wie mit Strukturputz versehen, aber Kate wusste, dass dies an ungeübten Handwerkern und dem Mangel an gutem Werkzeug lag und nicht etwa gewollt war.

Sage rief seine E-Mails ab, während Makei alle Zutaten für ihren Drink in einen großen Plastikbecher gab, einen weiteren großen Becher darauf stülpte und alles eine oder zwei Minuten schüttelte. Danach schenkte er ihnen beiden ein volles Glas ein.

»Das schmeckt ja unglaublich lecker«, stellte Sage fest, nachdem er den herrlich kalten, frischen Smoothie gekostet hatte.

»Danke, Sage. Du hättest hier nichts kaufen müssen.«

»Das ist dein Lieblingsgetränk. Jetzt weiß ich wieder etwas mehr über dich.«

Hör auf, so verdammt perfekt zu sein. Sie beobachtete, wie er Skype öffnete, jedoch zögerte, eine Verbindung herzustellen.

»Meine Mutter ist wirklich nett, aber mein Bruder Rush

kann manchmal ein bisschen abfällig sein.« Er wandte kurz den Blick ab, als sähe er ihn vor seinem inneren Auge. »Na, du wirst es ja sehen, und wenn es dir auf die Nerven geht, dann mach einfach dein Ding und ich stoße später wieder zu dir.«

»Mein Ding?«, wiederholte sie und war schon sehr gespannt auf seine Mutter und seinen Bruder. Sie würde auf gar keinen Fall rausgehen und sich das entgehen lassen. Schließlich wollte sie mehr über seine Familie erfahren und herausfinden, ob er tatsächlich so authentisch war, wie es den Eindruck machte.

»Ich möchte nur nicht, dass du glaubst, hierbleiben zu müssen.« Sage drehte seinen Stuhl zu ihr um, und seine Hand verharrte über ihrem Oberschenkel, doch dann legte er sie schnell auf den Tresen, als wäre ihm gerade aufgegangen, dass er drauf und dran gewesen war, Kate zu berühren.

Und schon wieder hatte Kate Schmetterlinge im Bauch. Sie kam sich langsam vor wie ein schwärmerisches Schulmädchen.

Er klickte auf den Link, und es brauchte einige Versuche, bis die Verbindung hergestellt war. Auf der anderen Seite klingelte es dreimal, dann verstummte das Geräusch. Der Kreis auf dem Bildschirm drehte sich. Blieb stehen. Drehte sich wieder. Endlich erschien etwas auf dem Bildschirm.

»Hi, Mom«, sagte Sage laut.

Das Lächeln, das sich auf seinen wunderschönen Lippen abzeichnete, reichte bis zu seinen Augen, und Kate spürte, wie er das Glück förmlich ausstrahlte. So ganz anders als diese heiße, sexuelle Aura, die sie am Vorabend gespürt hatte – bei der es sich, wie sie hoffte, allerdings nur um ein Produkt ihrer vom Alkohol angeregten Fantasie handelte.

»Sage«, erwiderte seine Mutter liebevoll. »Oh, Schatz, ich bin so froh, dass du dich meldest. Gut siehst du aus.« Sie hatte wunderschöne blaue Augen, langes graues Haar und ein angenehmes, freundliches Gesicht.

Er nickte. »Ich bin angekommen und es geht mir gut. Was ist bei euch los? Wie geht es dir und Dad?«

»Hey, Arschloch«, sagte eine Männerstimme aus dem Computer.

Sage wandte sich an Kate. »Das ist dann also Rush. Vier Jahre älter, gut aussehend und verdammt großspurig.«

Ganz kurz spiegelte sich etwas in Sages Augen wider, das Kate nicht einordnen konnte.

»Komm vor die Kamera, Rush«, verlangte Sage.

Rushs Kopf tauchte über der Schulter seiner Mutter auf. »Entschuldige, dass ich mich hier so reindränge, Mom.«

Rushs Haare waren etwas heller als Sages und er hatte die hellblauen Augen seiner Mutter. Beide Brüder wiesen ähnliche markante Gesichtszüge auf, aber Rush war glattrasiert und wirkte lebhafter. Er war auffallend attraktiv – aber Kate empfand bei seinem Anblick rein gar nichts. Da war kein einziger Schmetterling in ihrem Bauch, nicht einmal der Hauch von Interesse. Als sie jedoch zu Sage hinübersah, machten sich die verdammten Schmetterlinge sofort wieder bemerkbar.

»Was geht, Mann? Wie ist es so in Belize? Hast du schon heiße Schnecken kennengelernt?« Rushs Stimme war tiefer als Sages und er grinste bei diesen Worten schief.

Kate traf die Frage wie ein Schlag in die Magengrube, der die Schmetterlinge sofort verscheuchte. Sie beobachtete, wie Sage die Kiefermuskeln anspannte.

»Du bist ein Idiot«, meinte er zu seinem Bruder.

»Lass das, Rush. Wir wissen nicht, wie lange Sage mit uns reden kann«, ermahnte seine Mutter ihn.

Sage warf Kate einen Seitenblick zu. »Er ist ein Idiot.«

Nein, ich bin hier die Idiotin, weil ich geglaubt habe, du wärst anders.

Der Bildschirm wurde pixelig und nur noch das halbe Gesicht seiner Mutter war zu sehen.

»Mit wem redest du da, Sage, Schatz?«, fragte seine Mutter.

»Oh, ähm, Kate Paletto. Sie ist hier die Einsatzleiterin von AIA.« Er beugte sich zu ihr herüber und flüsterte: »Würde es dir etwas ausmachen, kurz Hallo zu sagen?«

Tu es nicht. Tu es nicht. Steh auf und geh. Er ist genau wie all die anderen. Bevor sie darauf antworten konnte, hatte er ihr auch schon einen Arm um die Schultern gelegt und sie vor den Monitor gezogen. Wange an Wange mit ihm stellte sie fest, wie gut er roch. Verdammt!

»Mom, das ist Kate. Kate, Joanie Remington.« Seine Mutter war wieder besser zu erkennen.

Kate zwang sich, ihren verkrampften Kiefer zu lockern. »Hallo, Mrs. Remington.«

Rush tauchte wieder im Bild auf. »Hi, Kate. Ich bin Rush.«

Kate spürte, wie Sage die Finger in ihre Schulter bohrte. »Ich verschwinde dann mal wieder. Hat mich gefreut.« Sie versuchte, sich Sages Griff zu entziehen, aber er hielt sie fest.

»Ich freue mich auch, Kate«, sagte seine Mutter.

Sage nahm den Arm nicht von ihrer Schulter, als sie sich aufsetzte, und die Wärme ließ ihren Körper an Stellen erwachen, bei denen es ihr lieber gewesen wäre, wenn sie nicht so auf ihn reagieren würden. Sie hatte nicht vor, sich bei den Frauen einzureihen, die wer weiß wo auf ihn warteten. Brüder redeten über so etwas, das wusste sie ganz genau. Sie fragte sich, was er wohl gesagt hätte, wenn sie nicht dabei gewesen wäre. Wen hätte er erwähnt? Penelope? Cassidy? *Mich?*

»Erzähl mir etwas über die Kultur, Schatz. Wie ist es da so? Was hast du schon gemacht?«, erkundigte sich seine Mutter.

»Das erzähle ich dir, wenn euer Gespräch beendet ist«, schaltete sich Rush lachend ein.

Großer Gott, hat er das gerade wirklich gesagt? Was für ein Widerling.

»Halt endlich den Mund, Rush. Du bist keine fünfzehn mehr, also benimm dich bitte«, schalt seine Mutter.

»Heute habe ich das Dach der Schule repariert und nachher lerne ich noch die Kinder kennen. Die Stadt ist klein, hier leben nur ein paar Hundert Menschen. Ich habe noch nicht viele Einheimische gesehen, aber, Mom, es ist hier wunderschön. Ich wünschte, ich hätte meine Ausrüstung mitgenommen. Momentan bearbeite ich Kate, damit sie zustimmt, dass ich zusammen mit den Kindern eine Wand der Schule bemale.«

»Oh, das ist ja eine wundervolle Idee. So etwas ist toll für Kinder«, stimmte seine Mutter ihm zu.

Bei der Erwähnung des Wandbilds merkte Kate auf.

»Ich gebe mein Bestes. Das ist auch der Grund, warum ich anrufe, Mom. Wenn Kate zustimmt …«, er nahm seine Hand von ihrer Schulter und machte eine Geste, damit sie ihm auch ja zuhörte, »könntest du mir das Material schicken? Und ich möchte der Stiftung so viel Geld spenden, wie man dafür braucht, alles einfliegen zu lassen. Die gleiche Summe.«

»Aber natürlich, Schatz. Was hält Kate denn von der Idee?«

»Frag sie selbst.« Sage zog Kate erneut vor den Monitor.

Sie versuchte, sich ihm zu entwinden, aber auch jetzt hielt er sie fest. Daher gab sie sich damit zufrieden, ihm einen erbosten Blick zuzuwerfen, und versuchte, sich ihren Ärger nicht anmerken zu lassen. »Im Grunde genommen spricht nichts dagegen, aber … Es wird eine teure Angelegenheit und von diesem Geld könnte man auch medizinische Vorräte, Lebensmittel oder andere lebenswichtige Dinge kaufen.« *Na, super, jetzt kann mich deine Familie bestimmt nicht leiden.* Sie versuchte noch einmal, sich ihm zu entziehen, aber sie saß an seiner Seite fest – und wurde immer wütender.

»Nun, das Argument ist nicht von der Hand zu weisen«, erwiderte seine Mutter. »Aber ihr beide findet bestimmt eine Lösung.«

Sie atmete erleichtert auf, weil das Thema offensichtlich beendet war, und musste an Javier mit seinen großen dunklen Augen und dem zerzausten pechschwarzen Haar denken. Daran, wie er immer strahlte, wenn er ihr von den Gemälden erzählte, die er malen würde, wenn er älter war. Nach und nach geriet ihre Entschlossenheit ins Wanken, auch wenn sie noch lange nicht bereit war, das zuzugeben.

Kate unterhielt sich mit Sages Mutter noch darüber, wie lange sie schon in Belize war und wie sehr sie sich darauf freute, dass Sage mit den Kindern arbeiten würde, und dann überließ sie die beiden ihrem Gespräch, saß am Tresen, trank ihren Smoothie und dachte über Sage nach.

Nachdem Sage die Verbindung getrennt hatte, saßen sie beide einige Minuten lang schweigend da und lauschten dem Singen der Vögel, das durch das Fenster hereindrang.

»Mir ist durchaus bewusst, welche Argumente gegen das Wandbild sprechen.« Sage strich mit einem Finger über das mit Kondenswasser bedeckte Glas. »Das Geld wird für alles Lebenswichtige gebraucht, aber für die Kinder, die mit so wenig materiellen Dingen leben und anscheinend so selten die Freude des Schenkens und Verschenkens erleben ...« Seine Augen funkelten. »Denk nur an das Bild, das du gestern im Büro gefunden hast. Du hast dich sehr darüber gefreut, und ich kann mir gut vorstellen, mit welcher Begeisterung Javier es für dich gemalt hat.«

Musst du so schrecklich aufrichtig klingen?

»Du kennst diese Kinder besser, als ich es jemals tun werde, aber ich kann mir gut vorstellen, dass ein gemeinschaftliches Kunstprojekt etwas wäre, bei dem sie dir und ihren Lehrern etwas zurückgeben können, und etwas, auf das sie hinterher stolz sein werden. Sie werden es jeden Morgen und jeden Nachmittag sehen und bei diesem Anblick denken: ›Wir haben dieses wunderschöne Wandbild gemalt.‹«

Ach, verdammt. Wer konnte dieser Logik widersprechen? Sie sah Sage an, in dessen Augen ein Hoffnungsschimmer zu sehen war, der ihr die Sprache verschlug.

»Jeder Mensch braucht etwas, auf das er stolz sein kann. Was nicht heißen soll, dass ich dich unter Druck setzen möchte.« Sage grinste sie schief an. »Und ich werde dieselbe Geldsumme für Arzneimittel und andere Dinge spenden. Wäre das denn so schlimm?«

Sie seufzte, was jedoch nur gespielt war. Ihr Zorn hatte sich längst in widerwillige Akzeptanz verwandelt. Sie konnte den Kindern das, was er gerade beschrieben hatte, unmöglich verweigern. »Na gut. Okay. Du hast mich überzeugt.«

Sage nahm sie in die Arme und drückte ihr mit seinen weichen Lippen einen Kuss auf die Wange.

»Danke«, raunte er ihr ins Ohr.

Als sie seine Bartstoppeln auf ihrer Wange spürte, erschauderte sie am ganzen Körper. Dann lehnte er sich wieder zurück und sein dankbarer Blick ging ihr bis ins Herz. Da wusste sie, dass ihre Abwehrmechanismen ihm nicht mehr lange gewachsen sein würden.

Fünf

»Glaubst du, er hat mich reingelegt?«, wollte Kate von Luce wissen. Sie saßen zusammen auf einer Bank im Gemeinschaftsbereich, aßen zu Mittag, und sie hatte ihrer Freundin gerade berichtet, was im Internetcafé passiert war.

»Indem er seine Familie angerufen hat?«, erwiderte Luce.

»Das ist dämlich, das weiß ich selbst. Aber du kennst das doch: Je öfter man Leute mit ihrer Familie sieht, desto mehr schließt man sie ins Herz. Vielleicht bin ich zu weich geworden.«

»Ah, es war eine Verschwörung. Jetzt kann ich dir folgen.« Luce schüttelte den Kopf. »Du bist ja verrückt – und übrigens hätte ich gern noch Details von letzter Nacht.«

Kate ächzte, was sie in letzter Zeit ziemlich oft tat.

»Wie bitte? War es so schlecht?«

»Ich kann mich nicht mehr genau erinnern, aber ich bin mir ziemlich sicher, dass ich versucht habe, ihn zu küssen.«

Luce warf die Hände in die Luft. »Halleluja!«

»Und er hat mich nicht zurückgeküsst, sondern ist gegangen.«

Luce strich sich eine Haarsträhne hinters Ohr und wurde wieder ernst. »Oh, Kate. Bist du dir sicher, dass du wirklich versucht hast, ihn zu küssen, und dir das nicht nur einbildest?«

»Glaub mir, ich bin das oft genug durchgegangen. Eigentlich die ganze Nacht. Ich habe wie ein Schulmädchen die Augen zugemacht, die Lippen gespitzt und … gewartet.«

Luce lachte auf. »Entschuldige.« Sie räusperte sich. »Und was hat er gemacht?«

»Keine Ahnung. Er hat irgendwas gesagt wie, ich würde ihn nicht kennen oder dass er so nicht sei. Ich weiß es nicht mehr so genau.« Kate seufzte. »Vielleicht hätte ich es heute Morgen sowieso bereut. Wer weiß? Und ich kann mich nicht so genau daran erinnern, was passiert ist, weil ich zu sehr damit beschäftigt war, mich zu schämen. Dann ist er heute Morgen aufgetaucht und hat das verdammte Dach repariert, als würde er den ganzen Tag lang nichts anderes machen. Er ist nicht nur Millionär und Künstler, sondern auch noch Dachdecker.« Sie schlug die Hände vor das Gesicht.

»Dann ist er wohl doch nicht wie die anderen«, stellte Luce fest.

»Ach, sei doch still. Das ist eine Farce, davon bin ich überzeugt. Und sein Bruder Rush … Er hat so einiges gesagt, was mich vermuten lässt, dass Sage bei Weitem nicht so gut ist, wie er tut.«

»Von dem, was ein Bruder sagt, kannst du nichts glauben. Meiner würde dir alles Mögliche über mich erzählen, was überhaupt nicht wahr ist.«

»Wenn du meinst. Ist ja auch egal.« Kate sah sich um. »Wo sind denn die anderen? Hast du mal nach ihnen gesehen, um dich zu vergewissern, dass sie noch am Leben sind?«

»Sie sind in die Hauptstadt gefahren. Keine Sorge. Ich habe schon mit Caleb gesprochen und ihm Bescheid gesagt, dass sie heute nicht kommen. Es hörte sich so an, als würde so etwas ständig vorkommen.«

Kate verdrehte die Augen. »Das tut es auch. Armer Caleb. Er steht immer ohne irgendwelche freiwilligen Helfer da und beschwert sich trotzdem nie. Er macht seine Arbeit und verschwindet bis zum nächsten Morgen.«

»Er verschwindet nicht. Er liest und er schreibt.«

»Ist doch egal. Er ist wie ein Geist. Ich habe versucht, mich mit ihm anzufreunden, als er hergekommen ist, aber er hat mir deutlich zu verstehen gegeben, dass er kein Interesse daran hat, Kontakte zu knüpfen.«

»Gehst du noch immer an unseren Strand?«, flüsterte Luce.

Luce und Kate waren zufällig auf einen abgelegenen und anscheinend unentdeckten weißen Sandstrand am Ende eines roten Lehmpfads gestoßen, als sie eines Nachmittags durch den Regenwald gewandert waren. An diesem Tag war es so heiß gewesen, dass sie sich einfach ausgezogen hatten und ins Wasser gesprungen waren, und seitdem hielten sie es immer so. Sie gingen an dem Strand nackt baden, den sie jetzt den Unentdeckten Strand nannten.

»Ja.«

Luce rutschte auf der Bank näher an sie heran, als wäre jemand in der Nähe, der mithören konnte. »Wollen wir hingehen?«

Vor Aufregung bekam Kate eine Gänsehaut. Ob sie hingehen wollte? *Oh ja.* »Heute ist Sages erster Tag mit den Kindern, aber danach können wir los.« *Sage. Den würde ich auch gern mal beim Nacktbaden beobachten.*

»Okay. Aber wieso habe ich da gerade ein Zögern gehört?« Luce musterte Kate misstrauisch.

»Das hast du dir nur eingebildet.«

»Ja klar, und ich bin noch Jungfrau.«

»Wirklich?« Kate tat überrascht. »Sage hat mich nur ein bisschen durcheinander gebracht.«

Für den Kunstunterricht stellten Sage und Oscar Tische ins Freie. Er warf hin und wieder einen Blick zu Kate hinüber, die Stifte an jeden Platz legte, und musste abermals an diesen Vormittag denken. Ursprünglich hatte er nicht vorgehabt, Kate seiner Mutter oder gar Rush vorzustellen.

Nach Rushs Kommentar hatte er damit gerechnet, dass Kate entrüstet abrauschen würde. Sie hatte sich völlig versteift und so fest die Zähne aufeinandergebissen, dass er das Knirschen hören konnte. Es war eine angenehme Überraschung gewesen, dass sie geblieben war – wenngleich gezwungenermaßen, weil er ihr den Arm um die Schultern gelegt hatte. Aber bei dem Kuss auf ihre Wange … Als sein Mund ihre zarte Haut berührt und er ihren süßen Duft eingeatmet hatte, der sich nur als personifizierte Zärtlichkeit beschreiben ließ, war es ihm sehr schwergefallen, sich von ihr zu lösen.

»Ich denke, wir können anfangen.« Kates Stimme holte ihn aus seinen Gedanken. »Die Kinder sind schon ganz aufgeregt.«

»Super. Aber hey, Kate, hör mal. Das mit meiner Familie heute tut mir leid. Rush benimmt sich manchmal total daneben. Er ist eigentlich ein netter Kerl, aber eben auch mein großer Bruder, und Brüder sind nicht immer nett zueinander. Wenn du dich unter Druck gesetzt fühlst, dann können wir die Sache mit dem Wandbild auch noch abblasen.«

»Nein. Wir machen das. Du kannst deine Mutter nachher anrufen und sie bitten, das Material loszuschicken. Ich denke, du hast recht. Deine Worte sind endlich zu mir durchgedrungen.« Sie sah ihm entschlossen in die Augen. »Ebenso wie Rushs. Ich habe ihn laut und deutlich verstanden.«

Er kniff die Augen zusammen. »Was soll das denn heißen?«

»Nichts, was ich noch weiter besprechen möchte.«

Sie wandte sich ab, aber er hielt sie am Arm fest. Das tat er ziemlich häufig, und es überraschte ihn immer wieder, wie sein Körper auf diese einfache Berührung reagierte.

»Du glaubst diesen Mist doch nicht wirklich, oder?« In seiner Stimme schwang Fassungslosigkeit mit.

Sie entzog ihm ihren Arm. »Was interessiert es dich, was ich glaube?«

Grundgütiger! Was hast du jetzt wieder angerichtet, Rush? »Waren wir nicht eben noch Freunde?«

Sie wandte den Blick ab, aber Sage war sich sicher, einen verletzten Ausdruck in ihren Augen gesehen zu haben.

»Möglicherweise habe ich die Signale zwischen uns falsch interpretiert, Kate. Ich bin nun mal nicht der große Frauenversteher, aber selbst wenn es so wäre, solltest du wissen, dass ich nicht so bin, wie Rush es angedeutet hat.«

Sie erwiderte nichts. So langsam dämmerte ihm, warum Rush immer sagte, dass Frauen einem nur auf die Nerven gingen und dass er eine Frau ebenso dringend brauchte wie ein Loch im Schädel. Aber Sage war auch völlig verwirrt. Warum sah sie so verletzt aus? Ihn hätte es doch vielmehr verletzen müssen, dass sie so etwas von ihm glaubte. Und wie zum Teufel hatte er ihr Verhalten so falsch interpretieren können? Es musste am Bier gelegen haben. Das Bier war schuld. Nüchtern hatte sie offenbar nicht das geringste Interesse an ihm. Warum fühlte er sich derart zu einer Frau hingezogen, die so frustrierend und voreingenommen war? Wenn er eine solche Partnerin wollte, konnte er sie jederzeit problemlos in New York finden.

Aber so eine Frau wollte er nicht.

»Vergiss es.« Er deutete mit dem Kopf auf die Kinder, die sich an den Tischen versammelten. »Ziehen wir die Sache einfach durch. Danach gehe ich noch mal in die Stadt und sorge dafür, dass alles eingeflogen wird, was wir für das Wandbild brauchen. Die nächsten beiden Wochen werden schneller vorbei sein, als wir gucken können.«

Damit wir uns ja nicht ineinander vergucken.

Sechs

Die Kinder beugten sich konzentriert über ihre Bilder und umklammerten eifrig die Stifte, während die Nachmittagssonne auf sie herabbrannte und sie ins Schwitzen brachte. Kate beobachtete Sage, der zwischen zwei Jungen aus der Mittelstufe hockte. Er zeigte einem der beiden gerade, wie er seinen Stift richtig halten musste, und lachte, als der Junge den Stift in die linke Hand nahm und Sage perfekt nachahmte. Dann stand er auf und führte die Hand des anderen Jungen kurz beim Malen. Der Kleine drehte sich um und blickte ebenso dankbar wie begeistert zu ihm auf. Sage konnte großartig mit den Kindern umgehen, fast so, als hätte er sein Leben lang nichts anderes gemacht, sodass sich Kate unwillkürlich fragte, ob er bereits Erfahrung besaß. Er hatte fünf Geschwister. Gab es vielleicht auch Nichten und Neffen? Hatte er bereits irgendwo viel Zeit mit Kindern verbracht oder war er von Natur aus gut im Umgang mit ihnen?

Oder ist er von Natur aus ein Frauenheld?

Sie ließ ihn nicht aus den Augen, als er über den Hof auf sie zukam, und ihr Magen zog sich zusammen. Lächelnd trat er neben sie.

»Wow, die Kids sind unglaublich. Das macht einen

Riesenspaß.« Er fuhr sich mit einer Hand durch das Haar. Sein Gesicht und seine Arme bekamen bereits Farbe.

»Ich weiß. Das macht mich immer sehr glücklich, wenn ich ihre Begeisterung sehe.« *Und wenn ich dich ansehe, aber in der Hinsicht habe ich mir wohl alle Chancen verbaut.*

Seine Stimme wurde ernst, als wäre ihm gerade wieder eingefallen, dass er wütend auf sie sein sollte. »Ja, das kann ich gut verstehen.« Er drehte noch einmal eine Runde, half einem Mädchen im Teenageralter und zwei Grundschülern.

»Miss Kate?« Javier sah Kate mit großen Augen an.

Sie hockte sich neben ihn. Der siebenjährige Javier sah bereits aus wie sein Vater und hatte ebenso dichtes, lockiges Haar und nachtschwarze Augen. Aber seine niedliche Art war es, die Kate derart bezauberte. Er reichte ihr ein Bild, das er gemalt hatte.

»Das ist ja wunderschön, Javier.« Sie betrachtete die Zeichnung von seiner Familie.

»Mr. Sage hat mir gezeigt, wie ich die Augen besser hinbekomme. Größer. Er sagte, dass sie so mehr Gefühle zeigen.« Er deutete auf die Augen der Frau. »Das ist meine Mutter. Siehst du die glücklichen Augen? So habe ich sie in Erinnerung.« Seine Mutter war vor fast einem Jahr gestorben, und nach allem, was Kate von der Psychologin wusste, mit der sie über ihn gesprochen hatte, war es gut, dass er sich überhaupt daran erinnerte, wie sie aussah. Sylvia und Louisa, die Schwestern seiner Mutter, kümmerten sich jetzt um Javier und seine Geschwister, während der Vater viele Stunden auf dem Feld arbeitete. Soweit Kate es überblicken konnte, schien sich Javier gut an die schwierige Situation angepasst zu haben.

»Deine Mutter wäre bestimmt sehr stolz auf dich, Javier.« Sie tätschelte seine Schulter und er schlang die Arme um ihren

Hals.

»Nächstes Mal male ich Sie.«

»Das wäre schön. Aber ich denke, deine Tanten würden sich auch über ein Bild freuen.«

»Mr. Sage hat gesagt, wir malen die Schule bunt an. Und dass wir dabei mithelfen dürfen.«

Er hat es den Kindern bereits erzählt, damit ich keinen Rückzieher mehr machen kann. Gerissen. »Ja, Javier, wir freuen uns schon sehr auf dieses Projekt.«

Javier strahlte sie an und rannte zu Sage. Er zeigte ihm das Bild, und Kate konnte sie zwar nicht verstehen, aber als Javier Sages Beine umklammerte und zu ihm aufblickte, wurde ihr ganz warm ums Herz.

Später an diesem Nachmittag telefonierte Sage noch einmal mit seiner Mutter und sorgte dafür, dass das Malmaterial eingeflogen wurde. Da seine Mutter selbst Künstlerin war, wusste sie genau, was er brauchte, und als Mutter würde sie dafür sorgen, dass auch alles enthalten war, was die Kinder benötigten, wie beispielsweise kleinere Pinsel. Er bat sie, auch noch einige andere Dinge zu besorgen, ignorierte ihre Fragen nach Kate und wechselte das Thema, als sie versuchte, sich für Rush zu entschuldigen. Es war nicht ihre Aufgabe, zwischen den Brüdern zu vermitteln, und Sage wusste, dass Rush es nicht böse gemeint hatte. So gingen sie nun einmal miteinander um. Sie taten einander damit ja nicht weh. Nur dass dieser Anruf Kate wehgetan hatte. *Was geschehen ist, ist geschehen.* Durch den Ruhm hatte Sage auch eine wichtige Lektion gelernt: Er hatte keine Kontrolle über das, was andere glaubten. Er konnte nur sein Bestes geben und darauf hoffen, dass es ausreichte. Und genau das hatte er auch vor.

Als er in der Stadt war, besorgte Sage auch gleich Bier für Kates Geheimvorrat und ein paar Flaschen für sich. Er war gerade auf dem Weg zur Küche, als Caleb hinter einer Hütte hervortrat und ihn ansprach.

»Sage Remington, nicht wahr?« Caleb sprach sehr leise und fummelte am Saum seines T-Shirts herum, während ihm der strähnige Pony ins Gesicht fiel.

»Ja. Caleb, richtig?« Sage bot ihm eine Bierflasche an. »Wie wär's mit einer Erfrischung?«

»Nein danke.«

»Können wir uns im Gehen unterhalten? Ich würde die Flaschen gern schnell kalt stellen.«

»Kein Problem.« Sie betraten die Kantine. »Ich hörte, Sie wollen die Schule anmalen.«

»Wow, das spricht sich aber schnell rum. Ich hoffe jedenfalls, dass wir das Projekt umsetzen können. Sie leiten also die Programme für die älteren Menschen und die Gemeinde?«, erkundigte sich Sage.

»Ja. Wir verteilen Medikamente und Lebensmittel und besuchen die Gemeindemitglieder, um uns zu erkundigen, was wir noch für sie tun können.« Er half Sage dabei, das Bier in den Kühlschrank zu stellen. »Ihr Bruder ist Kurt Remington, der Schriftsteller, wenn ich mich nicht irre?«

Sage wischte sich das Kondenswasser von den Händen und grinste Caleb an. »Ja, das ist richtig. Kennen Sie seine Bücher?«

Caleb verzog die dünnen Lippen zu einem Lächeln. »Er ist der Beste. Ich habe jedes seiner Bücher gelesen.«

»Wirklich? Dann müssen Sie sich unbedingt mal kennenlernen. Darüber würde er sich bestimmt freuen.« Sie verließen das Gebäude durch die Hintertür.

»Das würden Sie für mich tun?« Caleb strich sich den Pony aus der Stirn. »Das ist echt cool von Ihnen. Vielen Dank. Ich bin ein großer Fan. Tatsächlich habe ich hier sogar selbst mit dem Schreiben angefangen. Aus dem Grund sieht man mich auch so selten. Ich bin vermutlich nicht sehr gut, aber …«

»Hey, sagen Sie das nicht. Wenn Sie nicht an sich glauben, wer soll es dann tun?« Sage hörte, dass sich ein Wagen über die Straße näherte.

»Das müssen die Promis sein«, meinte Caleb.

»Die Promis? Nennen Sie die freiwilligen Helfer so?« Sage warf ihm einen Seitenblick zu. Einerseits hoffte er darauf, Kate auf dem Rückweg zu den Hütten zu sehen, andererseits ärgerte er sich aber auch noch immer über sie, weil sie Rushs Worten geglaubt hatte.

»Äh … ja. In ein oder zwei Tagen tauchen die Fotografen auf und machen Fotos mit ihnen und einigen der Einwohner. Sie kriegen die gewünschte Publicity, fliegen zurück in die Staaten und vergessen die Menschen hier sofort wieder.«

Sage verspannte sich ein wenig. »Okay, damit haben Sie vermutlich recht. Aber stufen Sie mich bitte nicht auch als Promi ein. Ich bin Künstler, kein Prominenter, und ich bin hergekommen, weil ich es wollte, nicht in Begleitung eines PR-Menschen. Und es kommen auch keine Reporter, um über meine Reise zu berichten. Ich tue nur das, was ich für richtig halte.«

»Cool. Dann sind Sie hier der Normalo, im Gegensatz zu den Promis.«

Clayton, Penelope und Cassidy stiegen lachend aus dem Wagen und Caleb deutete auf die drei. »Sehen Sie? Bisher haben sie noch keinen Finger gerührt, aber sobald die Kameras auf sie gerichtet sind, geben sie sich als die großen Wohltäter.«

»Hey, Sage!«, rief Penelope.

Sage kniff die Augen zusammen. »Die sind wohl betrunken. Seit unserer Ankunft hat sie noch keine zwei Worte an mich gerichtet.« Er winkte ihr zu und konzentrierte sich wieder auf Caleb. »Hey, wollen wir in der Stadt was essen gehen?«

Caleb zuckte mit den Achseln. »Warum nicht?«

Als sie die Straße entlangliefen, waren laute Schritte hinter ihnen zu hören. Penelope und Cassidy kamen in ihren knappen Röcken und noch knapperen Oberteilen sowie flachen Designersandalen angerannt. Hinter ihnen versuchte Clayton, noch immer in Cowboystiefeln und Jeans, sie einzuholen. Clayton war etwas größer als Sage, und zwar stämmig und muskulös, doch Sage hatte eine breitere Brust und ausgeprägtere Muskeln.

»Moment!«, rief Penelope.

»Ach, verdammt«, murmelte Sage.

»Mann, Sie hätten mit in die Hauptstadt kommen sollen. Hier ist ja nichts los, aber da tobt das Leben«, erklärte Clayton. »Es war der Hammer.«

Sage bemerkte, dass keiner der drei Caleb auch nur zur Kenntnis genommen hatte, was er jedoch nicht zulassen würde. »Ihr erinnert euch an Caleb?«

»Hey, Kumpel. Was geht?« Clayton klopfte Caleb auf den Rücken.

»Hi, Caleb«, säuselten Penelope und Cassidy gleichzeitig. Penelope hakte sich bei Sage unter.

Er wollte sich ihr entziehen, aber sie legte ihm auch noch die andere Hand auf den Arm, und da er keine Szene machen wollte, gab er notgedrungen nach. Sie war nicht viel kleiner als

er, und er musste abermals daran denken, wie klein Kate war –
und wie viel besser sie sich an seiner Seite anfühlte.

»Wir wollten was essen gehen. Habt ihr schon gegessen?«
Eigentlich eine dumme Frage. Er konnte sich nicht vorstellen,
dass Penelope und Cassidy jemals etwas aßen. Vermutlich
ernährten sie sich allein von Luft.

»Nein. Wir kommen mit.« Clayton legte Cassidy einen Arm
um die Schultern. »In der Stadt gibt es ein Café, in dem man
auch tanzen kann. Da waren wir gestern Abend.«

»Ich tanze ganz bestimmt nicht«, murmelte Sage kaum
hörbar.

Sie gingen mitten auf der Straße und Clayton und Cassidy
unterhielten sich laut. Caleb steckte die Hände in die Taschen,
und Sage konnte an seinem gehetzten Blick erkennen, dass er
nach einem Fluchtweg Ausschau hielt.

Er beugte sich zu Caleb hinüber und flüsterte: »Ich bin
heilfroh, dass Sie mitkommen. Danke.«

Caleb nickte und richtete den Blick endlich auf die Straße
vor sich.

Sage versuchte, auf möglichst große Distanz zu Penelope zu
gehen, und machte einen Schritt zur Seite, aber sie
umklammerte seinen Arm nur noch fester. *Verdammt.* Ein
Rascheln in den Büschen ließ ihn herumschnellen. Wären das
Lachen und die schnellen Schritte nicht gewesen, hätte er sich
glatt gefragt, ob das Geräusch von einem Pekari oder einem
anderen Tier stammte.

Kate und Luce kamen aus dem Wald hervorgestürzt und
blieben mitten auf der Straße stehen, wobei sie so herzlich
lachten, dass ihnen die Tränen kamen. Sage war fasziniert von
Kates Lachen, ihren vor Glück strahlenden Augen, ihrem nassen
Haar, das an ihrem T-Shirt klebte. Sein Blick verharrte an den

beiden feuchten Flecken über Kates Brüsten, unter denen sich ihre Brustwarzen deutlich abzeichneten.

Bevor er wegsehen konnte, drückte Penelope ihre Wange an seine und raunte ihm ins Ohr: »Darauf stehst du? Da kann ich dir nachher was Besseres zeigen.«

Bei der Vorstellung schüttelte Sage den Kopf. *Vergiss es.* Er blickte auf und bemerkte, dass Kate die Arme über ihren Brüsten verschränkt hatte und ihn und Penelope beäugte.

Luce unterdrückte ihr Lachen.

»Gehen wir jetzt oder was?«, beschwerte sich Clayton und zog Cassidy weiter.

Penelope zerrte Sage an Kate vorbei. Er sah ihr in die Augen, in denen sich Verletztheit und Zorn widerspiegelten. Ihr Mund war ein schmaler Strich, die Zähne fest aufeinandergebissen. Er konnte den Blick nicht abwenden. Da Penelope ihre Tentakel um seinen Arm geschlungen hatte, konnte er zwar nichts sagen, aber er zog die Augenbrauen zusammen und versuchte, Kate zu vermitteln: *Es ist nicht so, wie es aussieht.* Er konnte nur hoffen, dass Kate ihm die Unzufriedenheit ansah, doch da hatte sie sich schon abgewandt und stürmte davon.

Clayton war bereits auf Sages andere Seite getreten und hatte seinen Arm genommen, während sich Cassidy bemerkenswerterweise bei Caleb unterhakte, und so gingen sie gemeinsam in die Stadt. *Die Promis und die Normalos.* Sage drehte sich noch ein letztes Mal um und beschloss, *es zu nehmen wie ein Mann*, wie sein Vater es immer so schön ausdrückte. Kate hatte sich ein ganz bestimmtes Bild von Sage gemacht, und wenn er nur daran dachte, drehte sich ihm der Magen um. *Zum Teufel damit.* Ein paar Drinks würden den Schmerz vermutlich erträglicher machen.

Sieben

»Kate! Kate!« Luce holte sie ein, als sie über den Weg zu ihrer Hütte marschierte. »Himmel, jetzt renn doch nicht so.«

»Ich soll nicht so rennen? Nicht so rennen! Hast du gesehen, was eben passiert ist? Wie konnte ich nur auf die Idee kommen, er wäre keiner dieser Kerle?« Sie wirbelte herum, sodass Luce gegen sie prallte. Sie stieß einen frustrierten Laut aus. »Weißt du, als ich ihn heute mit Javier und den anderen Kindern gesehen habe, da war ich beinahe davon überzeugt, dass er ein netter Kerl ist. Ich hatte sogar die Kommentare seines Bruders abgetan, nachdem du mir das über den Umgang unter Geschwistern erzählt hast. Aber jetzt reicht's!« Sie drehte sich wieder um und schlug auf die Pflanzen ein, die ihr im Weg waren. »Was für ein Mann bandelt denn mit … mit … so einer an?«

»Mit Penelope? So schlimm ist sie nun auch wieder nicht. Ein bisschen verwöhnt, aber …«

»Luce! Das ist nicht hilfreich!«

»Entschuldige. Tja, wenn du ihm zu verstehen geben willst, dass du Interesse an ihm hast, dann musst du schon mehr tun, als ihm nur das Gefühl zu geben, er sei ein übler Kerl, der nur das Schlimmste im Sinn hat. Das weiß ja selbst ich und ich bin bei Männern nun ganz bestimmt nicht draufgängerisch.« Luce folgte ihr die Stufen hinauf in die Hütte. »Wow. Das mit den Schals war eine wundervolle Idee. Als ich das letzte Mal hier war, hattest du noch keine Vorhänge.«

»Mir fehlte es an Farbe«, fauchte Kate.

»Deine Haftnotizen sind da auch sehr wirksam.«

Kate lief in dem kleinen Raum auf und ab, machte immer drei Schritte in eine Richtung, drehte sich auf dem Absatz um und ging drei Schritte zurück. »Ich will ihn gar nicht. Ich will nur nicht, dass sie ihn kriegt.«

»Lügnerin.«

Kate verschränkte die Arme vor der Brust und schnaufte.

»Ist doch wahr.«

»Wo gehen die überhaupt hin? Die Stadt ist ja nun nicht gerade groß.« Kate ließ sich aufs Bett fallen, sprang sofort wieder auf und lief rastlos herum.

»Du machst mich ganz nervös.« Luce trat an eine Seitenwand, damit sie Kate nicht im Weg stand. »So habe ich dich ja noch nie erlebt. Welche Laus ist dir denn über die Leber gelaufen?«

Kate presste die Lippen fest aufeinander und starrte Luce erbost an, bis es ihr langsam dämmerte.

»Oh … Das ist es also. *Er* ist der Grund für diesen Ausbruch. Na, dann stehen wir wohl vor einem Problem, was?«

»Nein. Es ist kein Problem, weil er nur irgendein Kerl ist. Er wird bald wieder weg sein und ich ziehe an einen anderen Ort.« Kate blickte auf ihr T-Shirt hinab, das inzwischen beinahe trocken war, aber noch immer den Umriss ihrer Brüste durchschimmern ließ, und dachte daran, wie Sage sie angesehen hatte, als wäre sie die heißeste Frau auf diesem Planeten. Heiß war keines der Attribute, mit denen sie sich beschrieben hätte, aber in diesem Augenblick hatte sie sich definitiv heiß gefühlt. *Und wütend. Oder verletzt.* Wieder ließ sie sich aufs Bett fallen und stieß die Luft aus. »Das war ein schöner Nachmittag. Das habe ich vermisst.«

»Kann ich mir vorstellen. Hier gibt es nicht viele Frauen, mit denen du etwas unternehmen kannst, oder?«

»Sollen wir was trinken gehen?« *Oder uns sinnlos betrinken?*

Luce nahm ihre Hand und zog sie auf die Beine. »Nach gestern ist das ein mutiger Vorschlag.«

»Ach, sei still. Ich muss abschalten.«

»Nur dass du Bescheid weißt: Ich bringe dich heute Abend nicht ins Bett. Diesen unheimlichen Weg musst du schon allein gehen«, sagte Luce auf dem Weg zur Kantine.

»Du bist jeden Tag in New York unterwegs und traust dich nicht auf einen schmalen Dschungelpfad?« Kate versuchte sich an gespielter Sorglosigkeit, während sich ihr Magen zusammenzog, weil sie so verletzt und wütend war. *Muss ich wie ein Model aussehen, damit er mich zur Kenntnis nimmt?* Sie musste sich allerdings eingestehen, dass sie ihm keine eindeutigen Signale übermittelt hatte. Vielleicht hatte Luce recht. *Vielleicht muss ich wirklich mehr mit ihm flirten. Ach, wem will ich denn was vormachen? Ich weiß doch gar nicht, wie das geht.*

Zwei Stunden später waren Luce und sie betrunken … wieder einmal. Und es fühlte sich verdammt gut an. All diese in ihr schwärende Verwirrung wurde durch ein Gefühl der Leichtigkeit und Freiheit ersetzt. Sie legte Luce einen Arm um die Schultern, als sie aus der leeren Kantine in die Dunkelheit hinaustraten. »Hast du das Bier gekauft?«

»Nein. Das muss dein Alphakerl gewesen sein.«

»Wirklich? Hmm …« *Mein Alphakerl. Das gefällt mir. Großer Gott. Was ist eigentlich los mit mir? Das darf mir doch nicht gefallen ... aber es gefällt mir.* Sie hatten nach seinem Skype-Telefonat kein Bier besorgt. Er musste es gekauft haben, nachdem er seine Mutter später noch einmal angerufen hatte. *Seine Mutter. Was für ein Mann ruft seine Mutter am Tag nach der Ankunft an?* Möglicherweise war er insgeheim ein Weichei. Ein Loser. *Ja, klar. Ein großer, scharfer, talentierter Loser.* Sie kam sich vor wie ein Jo-Jo, so wie sie sich ständig fragte, ob sie diesen Mann richtig einschätzte. »Wollen wir tanzen gehen?«

»Süße, ich will nur noch ins Bett, einen Liebesroman lesen, während sich das Zimmer um mich dreht, und mir einbilden, ich hätte einen Mann.« Luce lachte auf. »Nein. Ganz im Ernst. Genau das werde ich tun, abgesehen vom Lesen. Aber du kannst so spät gern noch allein in die Stadt gehen.«

Kate setzte sich auf eine der Holzbänke. »Das werde ich nicht tun. Ich bleibe einfach hier sitzen und sehe mir die Sterne an. Nach Hause will ich nämlich noch nicht, dafür fühle ich mich zu gut.«

»Ist das wirklich in Ordnung für dich? Ich kann auch bei dir bleiben.«

Kate winkte ab. »Schon okay. Wirklich. Ich lebe achtundneunzig Prozent der Zeit sowieso ohne dich hier.«

Sage nahm zum x-ten Mal an diesem Abend Penelopes Hand von seinem Oberschenkel. Diese Frau war der reinste Kleister. Wie oft er sich auch von ihr löste, sie kam doch immer wieder zurück. Wenn sie nicht gerade an seinem Arm hing, klebte sie halb an seinem Körper. Caleb und er warfen sich schon den ganzen Abend genervte Blicke zu, aber anders als einer seiner

Brüder schien Caleb keine Ahnung zu haben, wie er das Problem lösen konnte. Jeder von Sages Brüdern hätte sich für ihn geopfert – sich auf Penelope geworfen, als wäre sie eine Landmine – und ihm die Chance zur Flucht ermöglicht.

Penelope und Cassidy entschuldigten sich und gingen auf die Toilette, und Sage überlegte, ob er abhauen sollte, solange die Luft rein war, wollte aber auch nicht derart unhöflich sein.

Clayton beugte sich zu ihm herüber. »Mann, sie ist nach ein paar Bier zu allem bereit und im Bett eine echte Bombe.«

Sage starrte ihn verwirrt an. »Cassidy?«

»Penelope. Ich war letzte Nacht mit ihr zusammen.«

Du bist also ein Arschloch. Sage verspannte die Kiefermuskeln, um den Satz ja nicht auszusprechen.

»Zwei für eine.« Clayton zog vielsagend die Augenbrauen hoch. »Aber wenn du sie nicht willst, schick sie zu mir. Ich kann Cassidy garantiert zu einem Dreier überreden.«

Sage schluckte die Galle herunter, die ihm die Kehle hinaufstieg, und da kehrten die Frauen auch schon an den Tisch zurück. Claytons Ruf eilte ihm voraus. Sage hatte die Gerüchte nicht wirklich geglaubt, aber jetzt, wo er selbst mitbekam, was für einen Mistkerl er da vor sich hatte, musste er seine ganze Selbstbeherrschung zusammennehmen, um ihn nicht windelweich zu prügeln.

Als Sage aufstand, klammerte sich Penelope an seine Hosentasche.

»Tanz mit mir«, flehte sie.

Trotz ihrer schönen grünen Augen, des seidigen blonden Haars und des verlockenden Pakets aus perfekten Brüsten und sinnlichem Aussehen konnte Sage die wahre Penelope Price erkennen. Sein Künstlerauge erkannte nicht nur die äußere Schönheit, sondern nahm auch Aufrichtigkeit, Großmut und die Hintergedanken wahr, die jeder Mensch tief in seinem Inneren verbarg. In Penelope sah er Einsamkeit und ein trauriges Herz, das an den falschen Orten nach Trost suchte. Bei einigen mochte das Mitgefühl hervorrufen, aber bei Sage bewirkte es dummerweise nur, dass er sie gar nicht erst näher kennenlernen wollte. Eines hatte er in seiner Jugend gelernt: Es gab immer eine Frau, mit der er schlafen konnte, und bedeutungsloser Sex mochte zwar Stress abbauen und das Ego stärken, konnte aber keine Einsamkeit vertreiben. Er hatte sich in dieser Hinsicht ausgetobt und brauchte diese Selbstbestätigung nicht länger. Nun sehnte er sich nach mehr. Auf ähnliche Weise hatten der Ruhm und der finanzielle Erfolg ihn erkennen lassen, dass ihn beides ebenfalls nicht ausfüllen konnte.

Er löste ihre Finger von seiner Hose, setzte ein gequältes Lächeln auf – schließlich hatte seine Mutter ihm gute Manieren beigebracht – und entschuldigte sich, um die Toilette aufzusuchen.

Sobald er Penelopes Fingern und aufdringlichem Blick entronnen war, spritzte er sich kaltes Wasser ins Gesicht und starrte sein Spiegelbild an. Die ganze Zeit über hatte er versucht, nicht an Kate zu denken, aber jedes Mal, wenn er sich umdrehte, hatte er wieder ihr Gesicht vor Augen. Die Verletztheit in ihrem Blick, ihr Lächeln, das sie bei den Kindern in der Schule aufsetzte, und die Art, wie sie ihn in einem Moment voller Verlangen und im nächsten voller Abscheu ansah, was ihn ganz verrückt machte. Obwohl Kate so kompliziert war, schien seine Welt in ihrer Nähe eine andere zu sein. Sie schlich sich in seine Gedanken, wenn er nicht aufpasste, und hatte sich bereits in sein Herz gestohlen.

Wie in aller Welt ist das passiert?

Als er zum Tisch zurückkehrte, hielten Cassidy und Clayton sich fest umschlungen und flüsterten sich Worte zu, die Sage nicht verstehen konnte. Er sah Caleb an und hoffte, dass Penelope sich entschied, bei den anderen zu bleiben und noch etwas mit ihnen zu trinken.

»Ich geh dann jetzt, Kumpel.« Er legte ein paar Scheine auf den Tisch, auch wenn er wusste, dass das mehr als genug war für die vier Bier, die er getrunken hatte, und fuhr sich seufzend mit einer Hand durchs Haar.

Penelope sprang auf und umklammerte seinen Arm.

Sage entging Calebs Grinsen nicht, als er sich ebenfalls erhob und sich zusammen mit ihnen auf den Heimweg machte. Vorerst ergab sich Sage in sein Schicksal, überlegte jedoch fieberhaft, wie er sich aus dem Netz befreien sollte, in das Penelope ihn nach und nach einzuspinnen schien.

Acht

Belize bei Nacht hatte etwas an sich, das Kate von innen heraus mit Ruhe erfüllte. Sie atmete die schwere, nach Regenwald duftende Luft ein, fühlte sich schon viel nüchterner als vor einer Stunde und legte sich auf die Holzbank. In ihren ersten Wochen in Punta Palacia hatte sie stets darauf geachtet, nachts nicht allein vor die Tür zu gehen, und in der Stadt ihre Umgebung im Auge behalten. Sie hatte so viele Gerüchte über die Gefahren in der Hauptstadt Belize City gehört und war davon ausgegangen, dass es in Punta Palacia ebenso sein würde, um dann aber bald herauszufinden, dass man die beiden Orte bei Weitem nicht vergleichen konnte. Die Nächte in Punta Palacia glichen einem Strudel aus Ruhe und Hoffnung. Ersteres war nicht gefährlich, zweites konnte es allerdings werden. Viel zu viele Nächte hatte sie wachgelegen und darauf gehofft, die Genehmigung für den Brunnenbau im Dorf zu erhalten, obwohl sie genau wusste, wie schlecht die Chancen standen. Das Dorf Punta Palacia war sehr klein im Vergleich zu anderen Gemeinden und die Regierung musste stets die Interessen abwägen.

Stimmen störten die nächtliche Ruhe und Kate drehte sich in diese Richtung um. Es war zu dunkel, um mehr als Umrisse und den Lichtstrahl einer Taschenlampe zu erkennen. Als die Gestalten näher kamen, konnte sie Sages Körper ausmachen, der weitaus mehr Raum einnahm als seine schlankeren Begleiter. Kate hielt den Atem an.

Soll ich Hallo sagen oder mich nicht bemerkbar machen? Sie beschloss, darauf zu hoffen, dass niemand sie entdeckte.

Die schemenhaften Gestalten gingen über das Gras auf den Weg zu. Kate entging nicht, wie nah sich Sage und Penelope waren, während die anderen hinter ihnen herliefen, und dieser Anblick stach ihr ins Herz.

Er ist mit ihr zusammen.

Lass sie los, verdammt! Das sollte ich sein, die sich da an deine Seite schmiegt. Ich! Eifersucht machte sich in ihr breit und sie wandte sich ab und wäre beinahe von der Bank gefallen. Nach Luft schnappend gelang es ihr gerade noch, sich mit einer Hand auf dem Boden abzustützen, und betete, dass die anderen sie nicht gehört hatten.

Wieso spürst du nicht, was ich empfinde?

Die nächste Erkenntnis schnürte ihr die Kehle zu.

Weil ich mich wie eine voreingenommene blöde Kuh benommen habe.

Sie lag im Schutz der Nacht da, spitzte die Ohren und wollte gleichzeitig gar nicht zuhören, gefangen im qualvollen Dilemma aus Selbstekel und dem Bedürfnis, wissen zu wollen, wie weit er gehen würde. Sie wusste selbst, wie lächerlich es war, eifersüchtig auf Penelope zu sein. Sage gehörte ihr nicht. Er war ein freier Mann. Jede Frau durfte ihn bezirzen. *Verdammt. Verdammt. Verdammt.* Zum ersten Mal seit zwei Jahren erfüllte die Nacht in Punta Palacia sie nicht mit Ruhe, von Hoffnung ganz zu schweigen.

Sie lauschte, während die Stimmen leiser wurden, und

obwohl sie sich selbst dafür verachtete, zählte sie die Türen, die ins Schloss fielen. *Eins. Zwei.* Zwei? Was zum Teufel hatte das zu bedeuten? Es dauerte nicht länger als eine Sekunde, bis ihr die Erkenntnis kam, dass Sage und Penelope zusammen eine Hütte betreten haben mussten. Sie lag auf dem Rücken und starrte zu den Sternen hinauf. *Wieso habe ich mich nur so benommen?* Stöhnend legte sie einen Arm über die Augen.

Ich bin eine Idiotin.

Eine völlig verblödete Närrin.

Wenn du mit ihr ins Bett gehst, dann will ich dich auch gar nicht mehr.

Kate spürte eher, dass Sage neben ihr stand, als dass sie ihn hörte. Ihr Herzschlag beschleunigte sich und diese Schwere in ihrer Magengrube verwandelte sich auf einmal in ein Flattern. Sie wagte es nicht, den Arm herunterzunehmen. *Bitte denk, ich würde schlafen.*

Dann merkte sie, dass er sich neben sie auf die Bank setzte. Sein Becken berührte ihre Seite. Sie lag ganz still und atmete flach. *Geh weg. Bleib hier. Oh Gott!* Seine große Hand fühlte sich erstaunlich kühl an, als er ihr Handgelenk berührte und ihr sanft den Arm vom Gesicht hob. Sie kniff die Augen zusammen. Seine Finger strichen ihr den Pony aus der Stirn. Sie konnte kaum noch atmen. Seine Berührung war so leicht, kaum spürbar, und doch so intim, dass sie keinen klaren Gedanken mehr fassen konnte. Dann lag seine Wange an ihrer und seine Bartstoppeln berührten ihre Haut. Er sagte keinen Ton, aber das musste er auch nicht. Er war hier bei ihr. Nicht bei Penelope und nicht sauer, weil sie so zickig gewesen war. Er war einfach nur … hier.

Sages Hand zitterte, als er sich neben Kate setzte. Er hatte ihre Traurigkeit zuvor schon gespürt, als er hier vorbeigegangen war. Es war ihm vorgekommen, als hätte sich die Energie verändert, sobald er sich dem Pfad näherte. Dann hatte er es auch gehört. Ein Keuchen. Ein verletztes Aufkeuchen, das ihn schmerzte, und da war ihm klar gewesen, dass es Kate sein musste. Er hatte es in seinem ganzen Körper gespürt. Nun lag sie in Shorts und T-Shirt da, und er nahm ihren Geruch in sich auf und spürte ihre seidige Haut an seiner Wange. Sage hatte nicht den Drang, mit ihr zu schlafen, auch wenn er sich mit jeder Faser seines Körpers nach ihr sehnte. Nein, nicht das Testosteron hatte ihn hierhergetrieben. Es war etwas Tiefersitzendes, etwas, das er noch nie gespürt hatte und das er nun mit Neugier und Wonne annahm. Sie war so klein, und die Bank war so schmal, gerade mal breit genug für ihren Körper und sein Becken. Dennoch ließ er sich von seiner Intuition leiten. Es würde schon gehen. Sage streckte sich neben Kate aus, legte ihr einen Arm um die Schulter und zog sie an sich: Brust an Brust, Wange an Wange, Herzschlag an Herzschlag lagen sie da. Sie atmete schneller und schob ein Knie zwischen seine Beine, als hätten sie schon immer so zusammengelegen. Sage streichelte ihren Rücken und fuhr mit den Fingern durch ihr seidiges Haar. *Du fühlst dich so gut an.*

»Du bist hier«, flüsterte sie.

»Ich bin hier.«

»Aber …«

»Schhhh. Ich habe dir doch gesagt, dass ich nicht der bin, für den du mich hältst.« Er berührte mit den Lippen ihren

Mundwinkel, ganz vorsichtig und zaghaft. Kate legte die Arme fester um ihn und presste das Becken an ihn. Sie hob den Kopf, öffnete leicht die Lippen und erwiderte seinen Kuss, als er die Lippen auf ihre presste. *Süße, himmlische Kate.* Sage ging das Herz auf. Er bekam eine Erektion, aber das war nicht der Grund dafür, dass er Kate eine Hand auf den Hinterkopf legte und ihren Kopf leicht neigte, um sie besser und leidenschaftlicher küssen zu können. *Grundgütiger.* Kate zu küssen war tausendmal besser als alles, was er sich in den letzten Tagen ausgemalt hatte. Er löste sich von ihr, weil er ihr unbedingt in die Augen sehen musste.

»Kate?« Er sah sie fragend an und suchte nach einem Hinweis darauf, dass sie es sich ebenso sehr wünschte wie er.

Sie schlug flatternd die Augen auf und in ihrem schläfrigen Blick lag großes Verlangen. Als sie den Mund öffnete, kam kein Ton heraus.

Abermals drückte Sage die Wange an ihre.

»Küss mich noch mal«, flüsterte sie.

Er eroberte ihren Mund mit einem gierigen, leidenschaftlichen Kuss, der ihr ein lustvolles Stöhnen entlockte und sein Verlangen noch weiter anfachte. Sanft schob er ihr eine Hand unter das T-Shirt und streichelte ihren Rücken, ließ sie dann, obwohl er wusste, dass er es langsam angehen lassen sollte, nach vorn wandern, umfing ihre Brust und spürte ihre bereits steife Brustwarze durch den dünnen Stoff ihres Spitzen-BHs. Er drückte einen Kuss auf das Grübchen an ihrem Kinn und bahnte sich mit den Lippen einen Weg zu ihrer empfindlichen Kehlgrube, wo er ihren schneller werdenden Puls unter der Zunge spürte. Seine Lippen verharrten dort, weil er sein Verlangen gegen die Sorge abwägte, was sie wohl von ihm denken mochte.

»Sage«, murmelte sie träumerisch.

Er schloss die Augen und widerstand dem Drang, sie gleich hier auf der Bank zu nehmen, ihre Shorts herunterzuziehen und in sie einzudringen, im Freien mit ihr zu schlafen. *Nein. Nicht so, nicht mit Kate.* Ihr Atem schmeckte nach Alkohol, und er wollte nicht riskieren, dass sie am nächsten Morgen aufwachte und bereute, was in der Nacht geschehen war. Widerstrebend zog er sich zurück, strich ihr das Haar aus der Stirn und gab ihr einen Kuss auf die Stirn.

»Ich mag dich wirklich sehr, Kate«, sagte er und kam sich vor wie ein Teenager, der seinem Schwarm seine Gefühle gestand, nur dass die seinen sehr viel tiefer gingen und ihm war, als würden sie sogar seine Seele durchdringen.

»Ich dich auch«, erwiderte sie.

Er schloss für einen Moment die Augen, saugte ihre Worte in sich auf und konnte selbst kaum glauben, was er gleich tun würde. Als er die Augen wieder aufschlug, bewirkte die Leidenschaft in Kates Blick, dass er die Lippen erneut auf ihre presste und sie an sich drückte, damit sie seine Erektion spüren konnte. Himmel, er hätte sie so gern geliebt. Er legte ihr eine Hand auf die feste Pobacke. *Wow.*

Sie stöhnte an seinen Lippen und drückte die Brüste an ihn. Beinahe wäre er schwach geworden. Endlich lag sie in seinen Armen und ... er zwang sich, sie loszulassen.

»Kate«, stieß er schwer atmend hervor. »Ich ... wir ... ich kann das nicht tun. Nicht so.«

Sie sah ihn verwirrt an. »Wie meinst du das?«

Er stützte die Stirn gegen ihre. »Wenn wir jetzt miteinander schlafen, wirst du morgen aufwachen und dir einreden, ich wäre bei Penelope nicht zum Zug gekommen oder es hätte am Alkohol gelegen oder ... Ach, ich weiß es doch auch nicht.«

Wieder küsste er sie. »Ich weiß nur, dass ich bei dir kein Risiko eingehen will.«

Sie atmete schwer an seinen Lippen und blickte ihn noch immer fragend an. Sage wurde das Herz schwer. Er setzte sich auf, stützte die Ellbogen auf die Knie und legte die Stirn in eine Handfläche. *Ich tue das Richtige.* Kate setzte sich ebenfalls auf, und da er ihre Besorgnis spüren konnte, legte er einen Arm um sie und zog sie an sich.

»Ist alles in Ordnung?«, erkundigte er sich.

»Hmm-mm.«

Blödsinn. Er drehte ihren Kopf so, dass er ihr in die Augen sehen konnte. »Nichts ist mir jemals so schwergefallen, Kate. Ich möchte mit dir in deine Hütte gehen und dich lieben, bis du nicht mal mehr deinen Namen weißt. Himmel, bis ich meinen Namen vergesse, was nicht lange dauern dürfte, wenn ich diese Küsse richtig deute, aber ich werde auf keinen Fall das Risiko eingehen, dass du schlecht von mir denkst.«

»Okay.« Ihre Stimme zitterte leicht.

»Wären wir in New York, würde ich mit dir ausgehen, um dich besser kennenzulernen. Hier …« Er sah sich um. »Keine Ahnung. Du bist so …« Er runzelte die Stirn und fand einfach nicht die passenden Worte. »Ich habe das Gefühl, dass das mit dir mehr ist als nur eine Affäre, Kate, und ich möchte, dass du das weißt. Dass du es spürst. Aber wie soll ich dir das hier zeigen?«

Sie musterte ihn noch immer fragend, und Sage sah die Enttäuschung in ihrem Blick und in ihrer Haltung, als sie sich ihm entzog.

»Es liegt nicht an dir. Ganz im Gegenteil, du bist umwerfend und deine Küsse sind einfach himmlisch. Du bist …« Er lächelte, als er merkte, dass er sie nicht anlügen konnte. »Du bist frustrierend und stark, weich und weiblich, und ich mache möglicherweise den größten Fehler meines Lebens, indem ich jetzt aufhöre. Vielleicht wachst du morgen früh auf und willst nichts mehr mit mir zu tun haben, aber ich muss tun, was ich für richtig halte. Dieses Risiko gehe ich ein.«

Sie wandte sich ihm zu, sodass ihre Knie seine Beine berührten und sich sein Brustkorb zusammenzog. Dann legte sie ihm eine Hand an die Wange, schloss die Augen und seufzte leise. Als sie ihn wieder ansah, war ihre Besorgnis verschwunden.

»Das wollte ich schon die ganze Zeit machen«, flüsterte sie. »Nicht nur dich küssen, sondern auch deine Wange berühren.«

Er legte eine Hand auf ihre und drückte sie an seine Wange und fand keine Worte. Lange Zeit saßen sie einfach so da, sie kuschelte sich an ihn und hatte den Kopf auf seine Schulter gelegt, und Sage wollte es gar nicht mehr enden lassen. Irgendwann gingen sie doch zu Kates Hütte. Als sie vor der Tür standen, zwang sich Sage, nicht mit hineinzugehen.

Kate öffnete die Fliegengittertür und stand da, hielt seine Hand fest und die Tür offen, aber die Schwelle bildete eine Barriere zwischen ihnen. »Du kannst reinkommen.«

Sage blieb auf der Veranda stehen. Er wusste, dass er nicht mehr gehen würde, wenn er die Hütte erst einmal betreten hatte. Daher hob er ihre Hand an die Lippen, küsste sie und tat das, was er für sicher hielt: Er zog sie in seine Arme. Auf der Veranda. Wange an Wange, Brust an Brust.

Er küsste sie innig und merkte, wie seine Entschlossenheit mit jedem Zungenschlag mehr ins Wanken geriet. Kate drückte sich an ihn. Es wäre so einfach. Drei Schritte, schon hätten sie in der Hütte gestanden. Zwei weitere Schritte hätten sie zu ihrem Bett geführt. Dort könnte er sie berühren, sich in ihre

Wärme fallen lassen und sie lieben, bis sie beide zu erschöpft wären, um noch einen klaren Gedanken zu fassen. Sie stöhnte leise, was ihn wieder zur Vernunft brachte.

Sanft löste er sich von ihr. »Kate.« Er gab ihr noch einen Kuss. »Ich kann nicht.« *Das kann doch nicht wahr sein! Welcher Mann würde sich in dieser Situation von ihr abwenden?*

Sie kaute auf der Unterlippe herum und sah ihn unter ihren dichten Wimpern hinweg an.

»Ich würde dich am liebsten zum Bett tragen und lieben. Auf der Stelle. Aber, verdammt, Kate, ich möchte, dass du weißt, was ich für ein Mensch bin, bevor wir zusammenkommen. Ich kann dir nicht nahe sein, solange du mich für jemanden hältst, der ich gar nicht bin.« Er drückte einen Kuss auf ihr Grübchen. Das hatte er schon seit dem ersten Augenblick, in dem er sie gesehen hatte, tun wollen.

Sie nickte. »Okay.« Ihre Stimme war kaum mehr als ein Flüstern.

»Okay.« Er küsste sie noch einmal, öffnete ihr die Fliegengittertür und schloss sie wieder, nachdem sie eingetreten war. Kate legte eine Hand auf das Fliegengitter und er machte es ihr auf der anderen Seite nach. Wenn er jetzt nicht ging, würde er doch noch hineingehen. Und so warf er ihr einen Luftkuss zu und wandte sich ab.

Bei jedem Schritt sagte er sich, dass er das Richtige tat. Am Fuß der Treppe drehte er sich noch einmal um. Kate stand noch immer an der Tür und presste die Hand gegen das Fliegengitter. Er warf ihr noch einen Kuss zu und ging mit dem Gefühl, den Menschen gefunden zu haben, den er immer an seiner Seite wissen wollte, während er gleichzeitig wusste, dass das alles doch völlig verrückt war.

Neun

Als Kate am nächsten Morgen aufwachte, war sie voller Tatendrang. Trotz des Alkohols. Trotz der Tatsache, dass Sage ihr eine Abfuhr erteilt hatte. *Schon wieder.* Alles, was er am Vorabend gesagt und getan hatte, war wie ein Balsam gewesen und hatte ihre Besorgnis verschwinden lassen. Sie tanzte zu den Klängen aus dem Radio, während sie duschte und sich anzog, und fühlte sich auf einmal quicklebendig. Während sie ihre Lippen berührte, erinnerte sie sich an die sinnlichen Küsse und wie sie danach stundenlang im Bett gelegen und sich nach ihm gesehnt hatte.

Sie schaltete das Radio aus und traf sich mit Luce zum Frühstücken in der Kantine.

»Heute kommt die Presse.« Luce trank einen großen Schluck Kaffee.

»Hm-hm.« Kates Herz hämmerte gegen ihren Brustkorb, während sie die Tür nicht aus den Augen ließ. Sie konnte es kaum erwarten, Sage wiederzusehen, auch wenn sie keine Ahnung hatte, wie sie sich in seiner Nähe verhalten sollte.

»Alles in Ordnung?«, erkundigte sich Luce.

»Wie bitte?« Kate zwirbelte eine Haarsträhne zwischen den Fingern.

»Was ist los mit dir? Du bist ja mit deinen Gedanken völlig woanders. Habe ich was verpasst?«

»Was? Nein.« Kate seufzte und wünschte sich, dass Sage endlich durch die Tür kam. »Ich habe dich schon gehört. Die Presse kommt heute. Vielleicht stehen die Promis ja mal am Vormittag auf.«

»Sie haben die strikte Anweisung, um neun Uhr auf den Beinen zu sein. Die Kameraleute und das Make-up-Team sind gegen zehn hier.« Luce griff über den Tisch und nahm Kates Hand. »Gut Ding will Weile haben.«

Kate wandte den Blick von der Tür ab. »Ich weiß. Ich weiß.« *Mist.* »Du weißt Bescheid?«

»Jetzt schon.« Luce musterte Kate neugierig. »Spuck's schon aus.«

»Es ist nichts passiert.« Sie beugte sich über den Tisch und flüsterte: »Schon wieder nicht.«

»Gar nichts?«

»Na, wir haben uns geküsst. Und wie wir uns geküsst haben. Aber wir haben nicht … Du weißt schon. Er wurde auf einmal ganz ritterlich. Er ist so … Er will vermutlich einfach das Richtige tun. Ich bin so unfassbar nervös. Denn mal im Ernst … wie soll ich mich denn jetzt verhalten? Weißt du, was ich meine?«

»Ja, ich weiß, was du meinst, und du wirst es gleich herausfinden.« Luce deutete auf Sage, der gerade zusammen mit Clayton hereinkam. Claytons Augen sahen ganz verquollen aus und er schleppte sich eher zum Tisch – was für eine lange Nacht sprach –, ganz im Gegensatz zu Sage, der sich rasch umschaute und direkt auf Kate und Luce zuhielt. Direkt danach betraten auch Penelope und Cassidy die Kantine.

Sage beugte sich vor und gab Kate einen Kuss auf die

Wange. »Guten Morgen.«

Verblüfft über seine Offenheit, stammelte Kate nur: »Äh … ähm … hi.« Sie spürte, wie ihr das Blut in die Wangen schoss, und als er eine Hand auf ihre Schulter legte, wanderte ihr Blick zu Penelope, die sie wütend anstarrte. *Na großartig.*

»Darf ich mich zu euch setzen, sobald ich mir einen Kaffee geholt habe?«, wollte er wissen.

»Dieser Stuhl hier wartet nur auf dich«, antwortete Luce und deutete auf den Platz neben Kate.

Er drückte ihre Schulter. »Bin gleich wieder da. Kann ich euch irgendwas mitbringen?«

Da es Kate die Sprache verschlagen hatte, warf sie Luce einen flehenden Blick zu.

»Nein danke«, sagte Luce. Sie sah Sage hinterher, der in Richtung Küche ging, dann starrte sie Kate an. »Du liebe Güte, so habe ich dich ja noch nie gesehen.«

»Ich weiß«, murmelte Kate. »Es ist, als würde mein Gehirn in seiner Nähe die Arbeit einstellen. Das ist mir so peinlich.«

»Reiß dich zusammen, bevor er wieder zurück ist. Ganz im Ernst, Kate, vor allem, da du jetzt die Größte bist und von den hübschen Ladys da vorn um diesen Prachtkerl beneidet wirst.« Sie deutete mit dem Kinn auf die Promis.

»Toll, jetzt denken sie also, ich wäre leicht ins Bett zu kriegen.« *Das hat mir gerade noch gefehlt, dass ich einen Ruf weghabe, dem ich noch nicht mal gerecht werde.*

»Ist das denn wichtig? Du kennst die Wahrheit und dieser gut aussehende Mann kennt sie auch. Wer, von meiner Person mal abgesehen, ist denn sonst noch von Bedeutung?«

Kate warf den Promis einen Blick zu und spürte ein aufregendes Prickeln bei dem Gedanken, dass sie die Frau war, mit der Sage zusammen sein wollte. Sie straffte die Schultern und stieß die Luft aus.

Sage setzte sich neben sie und legte einen Arm auf die Rückenlehne ihres Stuhls, wobei sie abermals wohlig erschauderte. Sein Bizeps dehnte den Stoff seines T-Shirts, das beinahe zu platzen drohte, und unter dem dünnen Baumwollstoff zeichnete sich sein Sixpack ab. Kate hätte ihm am liebsten eine Hand auf die Brust gelegt. Sie wollte so gern seinen Herzschlag spüren.

»Was steht heute auf dem Punta-Palacia-Plan, Mentorin?« Er nippte an seinem Kaffee und lächelte Kate an.

Seit ihr College-Schwarm sie um ein Date gebeten hatte, hatte ihr Herz nicht mehr so gerast, und die Schmetterlinge in ihrem Bauch stoben nur so auf. Damals war die Sache ziemlich schnell erledigt gewesen, denn der Typ hatte sie im Fahrstuhl auf dem Weg nach unten in eine Ecke gedrängt und begrapscht. Sie wusste zwar nicht, was sie erwartet hatte, aber es war definitiv mehr als Zudringlichkeiten noch vor einer Unterhaltung. Bei Sage fiel es ihr hingegen schwer, ihr Verlangen zu unterdrücken und es langsam angehen zu lassen. Sie wollte begrapscht werden. Ach, sie wollte noch so viel mehr. Sie konnte seinen Mund nicht ansehen, ohne sich an seinen Geschmack oder seine Küsse auf ihren Hals zu erinnern.

Aber sie zwang sich, wie eine normale, nicht von ihrer Lust getriebene Person zu reden. »Heute kommt die Presse, daher wird hier einiges los sein.«

»Die Presse. Hm.« Sage nippte an seinem Kaffee. »Kann ich dem Wirbel irgendwie entgehen?«

»Willst du nicht, dass man über dich schreibt? Du arbeitest hier mehr als die anderen zusammen. Das wäre eine sehr gute Publicity für dich«, merkte Luce an.

»Meine PR-Agentur weiß nicht mal, dass ich hier bin, Luce,

denn ich will auf gar keinen Fall gedrängt werden, irgendwelche Reisen zu machen, nur um mein Image aufzupolieren. Dadurch stumpfen Menschen ab, wenn sie Dinge tun, die sie tun müssen, obwohl sie nicht mit dem Herzen dabei sind.« Er ließ die Hand von der Rückenlehne auf Kates Rücken wandern und rieb ihr sanft den Rücken. »So ein Mensch möchte ich einfach nicht sein.«

Luce strich sich eine Haarsträhne hinters Ohr und warf Kate einen Blick zu. Kate wusste, dass Luce ebenso das Herz aufging wie ihr. Seine Finger auf ihrem Rücken wirkten gleichzeitig beruhigend und elektrisierend.

»Verstehe. Wenn ich den Zeitplan kenne, sage ich dir Bescheid, dann kannst du versuchen, der Meute aus dem Weg zu gehen.« Kate hätte beinahe laut geseufzt, als er sie an sich zog, und dann drückte er die Lippen an ihre Schläfe, und der Seufzer entrang sich doch noch ihrer Kehle.

»Danke«, sagte er leise.

Die Stadt war ihm vor dem Eintreffen der Presseleute nicht so klein vorgekommen. Sage gab sich die größte Mühe, ihnen aus dem Weg zu gehen, aber sie schienen einfach überall zu sein. Sie liefen durch die Stadt und fielen in der Schule und auf dem AIA-Gelände ein. Er brauchte mal eine Pause. Aufgrund der Hitze und der nervigen Reporter sehnte er sich nach einer Höhle, in der er sich verstecken konnte. Während er den Irrsinn beobachtete, stellte er fest, dass er zwar die Vorstellung mochte, in Entwicklungsländern und Dörfern wie Punta Palacia zu helfen, dies aber lieber unerkannt tun wollte.

Einige Stunden nach dem Mittagessen kehrte er in die Kantine zurück und hoffte, dem schlimmsten Presserummel aus dem Weg gegangen zu sein. Er nahm sich zwei Wasserflaschen und begrüßte Sylvia, die gerade Maistortillas herstellte.

»Hallo, Sylvia. Haben Sie hier ein bisschen Ruhe?«

Sie schüttelte den Kopf. Ihre Schürze war voller Mehl und sie knetete den Teig geschickt mit ihren großen Händen. »Es ist jedes Mal das Gleiche. Die glauben, sie könnten sich hier alles erlauben«, meinte sie kopfschüttelnd.

»Ja. Tut mir leid, dass Sie das mitmachen müssen. Aber die werden bald wieder weg sein.«

Er drehte sich um und prallte gegen Penelope. *Verdammt.* Letzte Nacht hatte sie seine Weigerung, mit in ihre Hütte zu kommen, nicht gerade gut aufgenommen. Sie war richtiggehend sauer geworden, hatte das auch offen gezeigt, ihn als Feigling beschimpft und beschuldigt, gar kein richtiger Mann zu sein.

Er wappnete sich gegen ihren Zorn. »Entschuldige, Penelope. Ich hatte dich nicht gesehen.«

Von der Tür war das Klicken der Kameras zu hören.

»Verdammt noch mal.« Aber er verbarg seinen Zorn und setzte ein falsches Lächeln auf, während er hinausging. Er stand nicht auf der Liste der Personen, die sie fotografieren oder interviewen sollten, und als sie ihm dennoch folgten und ein Foto nach dem anderen schossen, wurde er zunehmend wütender.

»Mr. Remington«, rief ihm jemand hinterher. »Möchten Sie uns etwas mitteilen?«

Sage blieb stehen und drehte sich wieder um. »Ja, das möchte ich in der Tat. Sogar sehr gern, aber nur, wenn Sie mich danach in Ruhe lassen. Ich bin nicht hier, um gute Presse zu bekommen, und würde diesen Tag gern überstehen, ohne ständig Kameras ausweichen zu müssen.« Er wusste, dass sie den Köder schlucken würden. Jeder sehnte sich nach dem, was er nicht haben konnte, und da er nur sehr selten mit der Presse sprach, glich das hier für sie einem Hauptgewinn.

»Geht klar.« Ein kleiner rothaariger Mann reckte ihm ein Mikrofon entgegen. Zwei andere Männer und eine Frau standen mit Stift und Papier bereit.

Sage straffte die Schultern und sah ernst in eine der Kameras. »Die Bewohner von Punta Palacia waren so freundlich, uns in ihre Gemeinde einzuladen und uns hier willkommen zu heißen. Es ist eine große Ehre für uns, hier sein zu dürfen, unter der hervorragenden Anleitung von Kate Paletto und Caleb Forman, die einige Jahre ihres Lebens damit verbringen, dieser Gemeinde zu helfen, ohne als Gegenleistung mehr als ein Dach über dem Kopf zu erwarten. Das sind die Menschen, die für ihre Bemühungen Anerkennung verdient haben.« Dann drehte er sich auf dem Absatz um und ging.

Luce holte ihn auf dem Weg wieder ein – er hatte zwar keine Ahnung, wohin er eigentlich wollte, aber er musste so weit wie möglich von diesen nach Storys gierenden Aasgeiern weg.

»Dir ist hoffentlich klar, dass du dir gerade auf die eine oder andere Weise Ärger eingebrockt hast?«

»Warum? Weil ich die Wahrheit gesagt habe?« Er verlangsamte sein Tempo nicht.

»Du gibst nie spontane Interviews. Und deine PR-Leute sind meilenweit weg und können dir keine Tipps geben, was du sagen sollst. Jetzt bildest du dir vermutlich ein, du hättest ein einfaches, ehrliches Statement abgegeben.« Sie schüttelte den Kopf. »Aber sie werden es entweder zerstückeln oder mit einem Foto illustrieren, das dich mit finsterer Miene zeigt, oder sie bringen gleich ein Bild von dir und Penelope aufs Titelblatt, zusammen mit der Schlagzeile ›Sage und Penny, das neue Wohltäterpaar!‹«

Sage warf ihr einen wütenden Blick zu. Als sie die Stadt erreicht hatten, ging er einfach weiter. »Musst du dich nicht um irgendjemanden kümmern?«

Luce lachte auf. »Die haben heute genug Menschen um sich. Ich habe ihnen heute Morgen meinen Vortrag gehalten und den Make-up- und Klamottenleuten gesagt, was sie zu tun haben. Penelope kann sich auch allein in Schwierigkeiten bringen, und mit Clayton und Cassidy habe ich nichts zu schaffen, daher müssen sie allein klarkommen. Um Penelopes Probleme kümmere ich mich, wenn es so weit ist.« Sie musste beinahe rennen, um mit ihm Schritt halten zu können. »Wo willst du eigentlich hin?«

»Bitte entschuldige, Luce. Ich wollte dich nicht anfahren. Eigentlich weiß ich selbst nicht, wo ich hingehe. Mehr als das hier kenne ich gar nicht.«

»Du kannst diese ganze Aufmerksamkeit wirklich nicht ausstehen, was?«

»Das hast du richtig erkannt.« Alles, was mit der Presse zu tun hatte, ging Sage auf die Nerven. Was nicht bedeuten sollte, dass er etwas gegen PR hatte – solange sie gerechtfertigt war. Sie folgten der Straße und kamen am Internetcafé und der kleinen Bar vorbei, um danach über den Pfad zu dem Dorf zu gehen, von dem Kate ihm erzählt hatte. Die Stadt wurde hinter ihnen immer kleiner, während vor ihnen die Berge aufragten. Endlich konnte Sage wieder freier atmen und wurde langsamer.

»Warst du schon mal im Dorf?«, erkundigte sich Luce.

»Nein. Sieh nur, wie schön es ist. Wenn man in der Stadt lebt, vergisst man völlig, dass es solche Orte gibt.«

Sage hatte sich sein ganzes Leben lang gewünscht, mehr Zeit

in der Natur zu verbringen. Als Junge war er viele Stunden mit seinem ältesten Bruder Jack im Wald herumgestromert. Jack war der geborene Naturbursche und erinnerte Sage mit seinem stämmigen Körper, seiner Selbstsicherheit und seiner Bereitschaft, es mit der ganzen Welt aufzunehmen, oftmals an einen Holzfäller, wohingegen Sage sich selbst eher als sanfteren Naturliebhaber sah. Zugegeben, er war sehr maskulin, aber seine Liebe zur Natur entsprang der Ruhe, die sie ausstrahlte, sowie der Freude, von lebenden Organismen umgeben zu sein und den natürlichen Kreislauf des Lebens zu spüren.

»Ich denke eher an Maui oder die weißen Sandstrände von Belize als an solche Dörfer und Städte«, gab Luce zu.

Er seufzte schwer. »Ja, das tun die meisten.«

»Aber nicht Kate. Sie will stets anderen helfen, wo immer sie auch ist.«

Sage hatte sich schon gefragt, ob Luce versuchen würde, ihn bezüglich Kate auszuhorchen. Er warf ihr einen Seitenblick zu, wie sie mit effizient im Nacken zusammengebundenem Haar, braunen Shorts und ärmelloser weißer Bluse neben ihm stand. Sie sah aus, als wäre sie einer Tourismusbroschüre entsprungen, und verkörperte heute vor allem die perfekte PR-Frau. Sage vermutete, dass ihr auch gar nichts anderes übrig blieb. Aber er mochte Luce. Sie waren sich schon früher über den Weg gelaufen und in der Zeit hier hatte er ihre resolute und direkte Art schätzen gelernt. Es war offensichtlich, dass sie sich nichts bieten ließ und dass Kate ihr sehr am Herzen lag. Allein das machte sie schon sehr sympathisch.

»Dann hat Kate also ein großes Herz.« Er wusste längst, dass dem so war, sah dies jedoch als guten Weg an, um das Gespräch von seinen stärker werdenden Gefühlen für sie wegzulenken.

»Das größte, das man sich vorstellen kann, jedenfalls dachte ich das, bis ich dich vorhin gehört habe. Hast du das Kate zuliebe gesagt?«

Kate. Sage konnte an nichts anderes mehr denken, seitdem sie sich gestern vor ihrer Hütte voneinander verabschiedet hatten. Wäre er nicht derart zurückhaltend geblieben, hätte sich dort noch einiges mehr ereignet.

»Das hätte ich über jeden Menschen gesagt, der dasselbe tut wie Kate und Caleb. Sie helfen anderen auf eine Art und Weise, die selbstlos und aufrichtig ist und weitaus mehr Aufmerksamkeit verdient, als sie diese drei Clowns einbringen.« Mehrere kleine Häuser kamen in Sicht. »Es tut mir leid, Luce. Mir ist klar, dass dir deine Klienten wichtig sind und dass sich einige vermutlich wirklich Mühe geben. Heute ist wohl einfach nicht mein Tag.« *Aufgestautes sexuelles Verlangen und Hitze sind keine gute Kombination.*

»Schon okay. Ich will dich ja nicht aushorchen … Na, vielleicht will ich es ja doch. Ich kenne Kate jetzt schon ein paar Jahre und weiß, dass sie manchmal unbeständig wirkt. Sie ist skeptisch, aber du darfst nicht vergessen, womit sie es jeden Tag zu tun hat. Sie ist meine Freundin und liegt mir am Herzen. Du musst ihr einfach Zeit geben.«

Sage erinnerte sich daran, wie sie sich in seinen Armen angefühlt hatte. »Dummerweise ist Zeit etwas, das ich nicht habe.«

Das erste Haus, das sie erreichten, war aus breiten Brettern gebaut worden und ebenso wie die Hütten, in denen sie wohnten, mit Stroh gedeckt. Es bestand aus zwei Teilen, und Sage blieb stehen und betrachtete den Rauch, der aus dem hinteren Hüttenabschnitt aufstieg.

»Warum ist das Haus unterteilt?« Er reckte den Hals, um einen Blick ins Innere werfen zu können. Dort standen zwei

Frauen vor einer Kochstelle und rührten in zwei großen Metalltöpfen, während rings um sie herum Rauch aufstieg. Eine der Frauen hob einen hölzernen Fächer und wedelte den Rauch weg. Die andere sagte etwas und beide fingen an zu lachen.

»Das eine ist ein Kochhaus und im anderen Teil schlafen sie.«

»Gibt es hier eine Wasser- oder Stromversorgung?«

Luce schüttelte den Kopf. »Noch nicht. Sie holen Wasser aus dem Fluss. Es sind wirklich erstaunliche Menschen. Wenn man sich einbildet, die Leute in den USA würden hart arbeiten, werden einem hier die Augen geöffnet. Die Kinder sammeln Feuerholz und gehen runter zum Fluss, um Wasser zum Kochen zu besorgen. Danach bereiten die Frauen das Frühstück zu. Die Männer brechen schon vor Sonnenaufgang zu den Feldern auf. Manchmal begleiten die älteren Jungen ihre Väter, wenn ihre Hilfe gebraucht wird. Kurz vor Sonnenuntergang kehren die Männer zurück und essen mit ihren Familien zu Abend. Danach gehen sie im Fluss baden.«

»Aber wir wohnen ganz in der Nähe und haben fließendes Wasser.« So langsam hatte Sage das Gefühl, dass ihn das Schicksal nach Punta Palacia gebracht hatte, und das nicht nur, damit er Kate kennenlernte. Nach und nach manifestierte sich in seinem Kopf eine Idee, die momentan noch weit hergeholt zu sein schien, aber umso greifbarer wurde, je länger Luce weitersprach.

»Das stimmt. In der Nähe der Stadt und der AIA-Hütten befinden sich Brunnen, aber sie brauchen hier einen eigenen Brunnen, weil die anderen zu weit weg sind. Das ist eins der Probleme, die Kate zu lösen versucht, dass das Dorf ebenfalls einen Brunnen bekommt. Aber es ist ziemlich schwer, das für ein so kleines Dorf finanziert zu bekommen.« Sie deutete auf die beiden Frauen im Kochhaus, denen die sengende Hitze nichts auszumachen schien. »So wie sie könnte ich das niemals aushalten.«

All das, was er für selbstverständlich hielt, betrachtete er auf einmal aus einer anderen Perspektive. Sage schaute zu den Frauen im Kochhaus hinüber, die sich miteinander unterhielten. Ihr kreolischer Akzent war so ausgeprägt, dass er kein Wort verstehen konnte. Dann dachte er an Penelope und Cassidy, die sich über ihre Unterkunft beschwert hatten – in der es immerhin fließendes Wasser und Strom gab –, und ihm ging auf, wie verwöhnt sie waren und dass sie das, was im Leben wirklich wichtig war, schlichtweg übersahen. *Menschen. Liebe. Zeit miteinander zu verbringen.*

»Wir haben so viel und gleichzeitig haben wir doch so wenig.« Seine Gedanken schlugen eine faszinierende Richtung ein. Dank seiner Kontakte und den Beziehungen seiner Familie wäre er gewiss in der Lage, genug Ressourcen für den Bau eines Brunnens im Dorf aufzubringen. Aber er konnte das nicht in jeder Gemeinde tun, und es gab doch gewiss Tausende, die ähnliche Bedürfnisse hatten. Sage begriff, dass seine Idee, Kunstwerke zu schaffen, die dieses Gebiet widerspiegelten, und sie in den USA zu verkaufen, um Spenden für Punta Palacia einzunehmen, nur ein Tropfen auf den heißen Stein wäre. Er musste globaler denken. Auf dem Rückweg zum AIA-Gelände grübelte er weiter darüber nach, und kaum waren die Hütten in Sicht, hatte er auch schon ein ganzes Konzept ausgearbeitet.

Sage war erleichtert, dass die Presseleute wieder gegangen waren, als er zusammen mit Luce auf die Kantine zuhielt, um sich eine Wasserflasche zu holen.

»Hey, Sage«, rief ihm Clayton vom Weg zu.

»Geh ruhig schon rein. Ich komme gleich nach«, sagte Sage

zu Luce. *Was zum Henker will der denn von mir?*

»Danke für letzte Nacht, Mann.«

»Wie bitte?« *Was ist hier los?*

»Du hast Penelope so richtig scharf gemacht. Sie war stinksauer auf dich und ist natürlich zu Cassidy gegangen, um sich auszuheulen, und … na ja … sagen wir einfach, drei sind definitiv keiner zu viel.«

Sage ballte die Fäuste. Er schüttelte Claytons Arm ab, den dieser ihm lässig über die Schulter gelegt hatte, und stürmte auf das Gebäude zu. Clayton, der anscheinend ebenso begriffsstutzig wie notgeil war, holte ihn abermals ein.

»Wenn du dasselbe mit dieser scharfen, kleinen Kate machen willst, dann bin ich dabei.«

Die Hitze und seine Verärgerung über Clayton, Penelope und die Presseleute bewirkten, dass Sage das Adrenalin durch die Adern schoss. Im nächsten Augenblick hatte er Clayton auch schon am Kragen gepackt. Er hob ihn ein Stück hoch und rammte ihn mit dem Rücken gegen den nächsten Baum, während er zwischen zusammengebissenen Zähnen hervorstieß: »Wenn du ihren Namen noch einmal derart anzüglich aussprichst, zerreiße ich dich in der Luft.«

»Mann.« Die Venen an Claytons Hals traten hervor. Er hob kapitulierend die Hände und starrte Sage in die Augen.

Während er jeden Muskel im Körper anspannte und seine Nervenenden zu brennen schienen, senkte Sage die Stimme und kam Clayton so nahe, dass sich ihre Nasenspitzen beinahe berührten. »Halt den Mund. Ich will kein Wort hören, hast du verstanden? Halt dich ja von mir fern, und erst recht von Kate, oder ich schwöre dir, dass ich nicht nur dafür sorge, dass du nie wieder eine Frau anfassen kannst, sondern dass du dich glücklich schätzen wirst, noch laufen zu können, wenn ich mit dir fertig bin. Habe ich mich klar ausgedrückt?«

Clayton schluckte schwer. »J... ja. Okay. Mann, es tut mir leid. Mir war nicht klar, dass es was Ernstes ist.«

Sage setzte ihn wieder ab und Clayton taumelte leise fluchend davon. Blind vor Wut wirbelte Sage herum. Seine Brust bebte bei jedem schweren Atemzug, die Adern an seinen Armen traten hervor – und er bemerkte Kate und Luce, die am Kantineneingang standen und ihn anstarrten, als hätte er den Verstand verloren.

Na super, das hat mir gerade noch gefehlt.

Zehn

»Sage!« Kate starrte ihn wutentbrannt und mit bebenden Schultern an. Er hatte die Kiefermuskeln völlig verkrampft und seine Augen sahen dunkel und zornig aus. Sie wollte zu ihm gehen, aber Luce hielt sie zurück.

»Gib ihm noch einen Moment.«

Gib ihm noch einen Moment? Was war denn hier los? Sage sah aus, als wollte er Clayton umbringen. Sie entzog Luce ihren Arm, warf ihrer Freundin noch einen letzten Blick zu und lief zu Sage, der gerade davonstampfte.

»Was ist passiert, Sage?«

Er bedachte sie mit einem Blick, der ihr deutlich zu verstehen gab, dass sie ihn in Ruhe lassen sollte, und marschierte über den Weg in Richtung der Hütten.

Sie schob die Blätter beiseite und jagte ihm hinterher. »Wenn es um etwas geht, das ich wissen sollte, dann sag es mir bitte, Sage.«

Er blieb stehen. Kate hielt den Atem an und wartete verzweifelt darauf, dass er sich umdrehte. Sie musste mit ihm reden, ihm in die Augen sehen. Sie musste wissen, was passiert war, was den gleichmütigen, gelassenen Sage zu einer derart heftigen Reaktion bewegt hatte.

Endlich drehte er sich zu ihr um. Er hatte die gewaltigen Muskeln in den Armen angespannt und schien bereit zu sein, den Kampf fortzusetzen. Blitzartig überbrückte er die Entfernung zwischen ihnen und blickte mit geblähten Nasenflügeln auf sie herab. Kate stockte der Atem. Hitze und Zorn loderten in seinen Augen und schienen von ihm auszustrahlen. *Du bist ein viel zu heißer Kerl.* Sie beobachtete, wie er die dunklen Augen zusammenkniff und den Mund öffnete, und im nächsten Augenblick lag sie auch schon in seinen Armen und wurde so leidenschaftlich geküsst, dass sie nicht mehr klar denken konnte. Es war ein grober Kuss, angetrieben von Verlangen oder Wut; sie wusste es nicht genau. Jedes Nervenende in ihrem Körper schien in Flammen zu stehen, und als er seine großen Hände unter ihre Achseln legte und sie hochhob, schlang sie unwillkürlich die Beine um seine Taille und spürte seine unglaubliche Wärme.

Er legte einen kräftigen Arm in ihren Rücken und drückte sie an sich. Mit der anderen Hand fuhr er ihren Rücken hinauf und umfing ihren Hinterkopf. Und diese Empfindungen, die er ihr entlockte, als sich sein muskulöser Bauch gegen ihre empfindlichsten Stellen drückte ... Er zog sie noch enger an sich und vertiefte den Kuss. Seine Bartstoppeln kratzten über ihre Wange, doch das war ihr egal. Sie genoss es sogar. Als er sich schließlich von ihr löste, waren sie beide außer Atem, keuchten und wollten mehr. *So viel mehr.*

»Ich hab dich verdammt gern.«

Das war eher eine Anschuldigung, wenn sie seinen durchdringenden Blick und seinen wütenden Tonfall bedachte, aber auch noch weitaus mehr. Er hatte sie wirklich verdammt gern, und was zum Teufel sollte das bedeuten? Und was sollte sie darauf erwidern?

Sei ehrlich.

»Ich hab dich auch verdammt gern.« *Wieso flüstere ich?*

Er küsste sie noch einmal, zuerst stürmisch, dann immer sanfter, bedeutungsvoller, zärtlicher.

»Was sollen wir denn jetzt machen?« In seiner Stimme schwang noch ein Rest Zorn mit.

Er sah sie fragend an und die Antwort war zu offensichtlich. Oder etwa nicht? Was machten alle Erwachsenen, die einander begehrten? Vielleicht konnte er vor Wut ja nicht mehr klar denken.

»Ähm.« Sie bekam vor lauter Keuchen kaum einen Ton heraus. »Gehen wir in meine Hütte?« *Jetzt. Auf der Stelle.*

Er stützte die Stirn gegen ihre. »Ich will dich nicht in der Nähe dieses Arschlochs sehen. Mir ist klar, dass das dein Job ist und dass es mir nicht zusteht, dir zu sagen, was du tun sollst oder mit wem, aber wenn ich mir euch beide zusammen vorstelle, bringt mich das um.«

Sage hielt sie noch immer in den Armen, und es gelang ihr kaum, seinen Worten zu folgen, da er ihr so nahe war und sein Körper sich so hart anfühlte. So verdammt hart.

»Mich und Clayton?«, war alles, was sie herausbrachte.

Seine Nasenflügel bebten, als hätte sie gesagt: *Oh ja, Clayton und ich, wir werden im Bett richtig viel Spaß haben.*

»Ich kann dir nicht vorschreiben, was du tun sollst«, wiederholte er.

Verdammt. Er kann nicht klar denken. »Nein, nein. Nicht Clayton, ich meinte …«

Kaum hatte er sie abgesetzt, vermisste sie es, ihn so dicht an sich zu spüren. Sie hakte einen Finger in seinen Hosenbund und legte die andere Hand auf seine Hüfte.

»Ich weiß, wie du das gemeint hast.« Er fuhr sich mit den

Fingern durchs Haar, wandte kurz den Blick ab und sah ihr dann wieder in die Augen. »Ich habe keinen Anspruch auf dich, und du kannst machen, was immer du willst. Aber du sollst wissen, dass ich dich sehr mag. Viel mehr, als ich es vermutlich tun sollte.«

Sein Blick wanderte über ihren Körper, und Kate kam es vor, als hätte er sie gestreichelt. Sie erschauderte und wollte schon etwas sagen, aber er legte ihr einen Finger auf die Lippen.

»Hör mich einfach an.« Mit diesen Worten drückte er sie rücklings gegen die dicke, raue Borke eines Baums, dessen gewaltiges Blätterdach sie beide einhüllte.

Kate schluckte schwer, jede seiner Berührungen versetzte sie in Verzückung.

»Kate. Ich versuche, das Richtige zu tun, indem ich dir Zeit lasse, aber das bedeutet nicht, dass ich nicht am liebsten hier und jetzt mit dir schlafen würde. Doch ich möchte, dass du vorher weißt, wer ich wirklich bin und was ich für dich empfinde.«

Der Gedanke, sie könnten sich hier direkt neben dem Weg und mitten am Nachmittag lieben, ließ Kate nicht mehr los. *Ja. Oh Gott, ja.*

»Ich … ähm.« *Schluck.*

»Ich bin nicht der Mensch, für den du mich hältst, aber ich bin auch kein gottverdammter Heiliger.« Er atmete schnell und ruckartig, aber sein Blick wurde sanfter.

»Ich … weiß.«

»Nein, das tust du nicht, aber du wirst es bald wissen.«

Großer Gott, mein Herz klopft so laut, das musst du doch hören. »Okay.« *Okay? Was zum Teufel soll das überhaupt heißen?* »Ich will auch gar keinen Heiligen.« *Schon besser.*

Seine Augen umwölkten sich, und als er den Kopf senkte,

schloss sie die Augen und bereitete sich auf einen weiteren unglaublichen Kuss vor.

»Gut«, flüsterte er ihr ins Ohr, drückte die Lippen auf ihren Hals, fuhr mit der Zunge über ihre Haut und saugte gerade fest genug daran, dass ihre Brustwarzen steif wurden … und sich die Wärme in ihrem Schritt sammelte.

Sie stöhnte oder wimmerte, sie wusste es selbst nicht genau. Was immer sie auch tat, es bewirkte, dass er ihr tief in die Augen sah.

»Das hier ist kein Spiel für mich, Kate«, sagte er ernst.

»Für mich auch nicht«, stieß sie hervor und drückte das Becken gegen seins. *Nein. Es ist kein Spiel.*

Er strich mit einem Daumen über ihre Kinnlinie und gab ihr einen zärtlichen Kuss. »Ich muss erst mal diese Wut abbauen und mich bei Penelope entschuldigen.«

»Was? Bei Penelope? Wieso?« *Bämm!* Auf einen Schlag lief ihr Gehirn auf Hochtouren.

Er wandte den Blick ab. »Ich habe ihr gestern Abend eine Abfuhr erteilt und sie hat mit Clayton geschlafen.« Dann sah er ihr wieder in die Augen. »Und Cassidy.«

»Aber … Wow. Augenblick mal. Warum ist das deine Schuld?«

»Weil Frauen auf die verrücktesten Gedanken kommen …« Er musste ihren erbosten Blick bemerkt haben, weil er sich sofort korrigierte. »Weil sie auf gar keinen Fall denken soll, es hätte an ihr gelegen. Sie ist schwach und unsicher. Ich möchte ihre Probleme nicht noch schlimmer machen.« Bei diesen Worten legte er Kate eine Hand an die Wange. »Keine Sorge. Ich habe nur Augen für dich, aber ich werde erst wieder gut schlafen, wenn ich ihr versichert habe, dass die Abfuhr nicht an ihrer mangelnden Attraktivität lag. Sie wirkt attraktiv, nur nicht auf mich. Damit will ich dir sagen, dass sie nicht mein Typ ist, aber … Ach, verdammt, Kate. Ich will doch bloß das Richtige tun. Ich werde ihr sagen, dass ich dich sehr mag und deshalb nicht mit ihr schlafen konnte. Punkt. Okay?«

Sie nickte und war sich nicht sicher, ob er der süßeste oder der naivste Mann auf Erden war.

»Sehen wir uns später?«, wollte er wissen.

Kate nickte abermals, da sie den Mund lieber nicht aufmachen wollte. Denn sonst hätte sie ihm vermutlich gesagt, was ihr durch den Kopf ging. *Penelope hat eine Entscheidung getroffen. Sie ist erwachsen, und nichts, was du zu ihr sagst, wird etwas an dem ändern, was geschehen ist.* Wahrscheinlich hätte sie es, ohne nachzudenken, sofort wieder getan. Doch das war nicht das, was sie Sage mit auf den Weg geben wollte.

»Du bist ein guter Mann, Sage. Ein viel zu guter«, gab sie zu. Ihre Gefühle für ihn ließen Hoffnung in ihr aufsteigen und sie wohlig erschaudern.

»Nicht zu gut. Das kann ich dir versichern.« Er zwinkerte ihr zu und schon setzten die Schmetterlinge in ihrem Bauch zu einem neuen Höhenflug an.

Oje. Als sie ihrem herrlichen Prachtkerl hinterhersah, hätte sie schwören können, dass ein Stück ihres Herzens mit ihm mitging.

Elf

Nach einhundert Push-ups und einhundert Sit-ups trat Sage unter den erbärmlichen Wasserstrahl, der als Dusche durchging, und stieß endlich den frustrierten Atemzug aus, der schon seit einer ganzen Weile in ihm gärte. Er stützte die Hände gegen die Duschwand und ließ die Anspannung in seinen Schultern vom Wasser vertreiben. Da das nicht richtig funktionierte, musste sein Verstand das eben übernehmen. *Dieser verdammte Clayton. Er ist Abschaum, der letzte Dreck. Einfach jämmerlich.* Er fühlte sich etwas besser, seifte sich ein und dachte an Kate, wie sie in seinen Armen gelegen und die Beine um seine Taille geschlungen hatte. Allein die Erinnerung erregte ihn bereits. Er dachte über die Situation nach und beäugte den schwachen Wasserstrahl und sein ganz und gar nicht schlaffes Glied. *Ach, verdammt.* Nachdem er sich abgespült hatte, versuchte er, an etwas anderes als Kate zu denken. Ohne Erfolg.

Zwanzig Minuten später hatte er seine Wut halbwegs unter Kontrolle und sein Verlangen nach Kate unterdrückt, verließ seine Hütte und machte sich auf die Suche nach Penelope. Dabei verfluchte er seine Mutter, weil sie ihm Manieren beigebracht hatte. Warum konnte er nicht wie die meisten anderen Männer sein und dem, was auch immer Penelope dazu getrieben hatte, mit Clayton und Cassidy ins Bett zu gehen, den Rücken zuwenden? Aber er kannte den Grund dafür ganz genau. Seit der Geburt seiner Schwester hatte er sie beschützen wollen. Siena gehörte heute zu den Topmodels von New York und er machte sich noch immer Sorgen um sie. Er kannte genug Models und Schauspielerinnen, um zu wissen, dass unter der selbstsicheren, schönen Schale oftmals ein schwaches, unsicheres Individuum lauerte. Bei Siena hatte er das zwar nie wahrgenommen, aber er wusste, wie sehr seine Eltern ihr Selbstbewusstsein gestärkt hatten. Siena war dickköpfig und stark, auch wenn man es ihr nicht ansah. *Genau wie Kate.* Dennoch hatte er noch immer die Worte seiner Mutter im Ohr, die er als kleiner Junge zu hören bekommen hatte. Meist hatte er Siena direkt zuvor als dumm beschimpft. *Es ist nicht deine Aufgabe, deine Schwester klein zu machen. Du musst sie aufbauen. Der Rest der Welt schadet dem Ego einer Frau schon mehr als genug. Du darfst das nicht auch noch tun, Sage.* Dabei konnte man seinen Namen mit dem seiner Brüder austauschen, denn seine Mutter hatte es ihnen allen eingebläut: Respektiert Frauen, und helft ihnen, sich selbst zu respektieren.

Er stieß die Luft aus und klopfte an die Tür von Penelopes Hütte. Als sie ihm öffnete, hielt sie sich einen batteriebetriebenen Ventilator vors Gesicht.

»Hast du deine Meinung geändert?« Sie schenkte ihm ein verführerisches Lächeln und strahlte ihn an.

Das kannst du vergessen. Er hatte keine Ahnung, warum Frauen wie Penelope ihn derart kalt ließen, aber ihm war, als stünde vor ihm eine angriffsbereite Löwin. Ach, genau, jetzt wusste er wieder, warum er so empfand. Auch das war eine der Lektionen seiner Mutter. *Eine Frau, die sich selbst respektiert, begegnet auch dir mit Respekt. Überlass alle anderen den Männern, die ebenfalls keine Selbstachtung besitzen.*

»Eigentlich bin ich hier, um mich zu entschuldigen.«

Sie öffnete die Tür und ging zur Seite, damit er eintreten konnte.

Sage zögerte, nickte dann aber und trat über die Schwelle, da er die Sache so schnell wie möglich hinter sich bringen wollte. Penelope schloss sofort die Tür, und er hatte den Eindruck, die Wände würden enger zusammenrücken. Sie stellte sich dicht vor ihn, und er wich zurück, bis er mit dem Rücken an der Wand stand.

»Penelope, bitte.« Er hob eine Hand. »Ich bin nicht hier, um ...«

»Nicht?« Sie ließ den Blick ihrer blauen Augen über seinen Körper wandern, verharrte gleich unterhalb der Taille, hob dann langsam den Blick und sah ihm in die Augen. »Wieso dann?«

Sage fühlte sich schmutzig und billig, als sie ihn so musterte, und schwor sich, so etwas nie wieder bei einer Frau zu machen. Er ging um sie herum, weil er die Wand nicht länger im Rücken haben wollte. »Ich bin hergekommen, um mich zu entschuldigen. Es tut mir leid, dass du dich gestern Abend meinetwegen schlecht gefühlt hast. In Wahrheit ...«

»Ich habe mich schlecht gefühlt? Denkst du das wirklich?« Sie schaltete den Ventilator aus, warf ihn aufs Bett, verschränkte die Arme und schob die rechte Hüfte vor. »Du könntest es niemals schaffen, dass ich mich schlecht fühle«, meinte sie und reckte das Kinn in die Luft.

»Auch gut.« *Damit hätten wir das ja geklärt.* »Dann kann ich ja wieder gehen.« Er wandte sich ab und wollte die Tür öffnen.

»Außerdem ist Clayton männlicher, als du es jemals sein wirst.«

Autsch. Verdammt. Augenblicklich verspannten sich seine Hals- und Kiefermuskeln. Da er sich nicht auf ihre Stufe herabbegeben wollte, drehte er sich um und setzte ein sehr bemühtes Lächeln auf. »Das kann ich mir vorstellen.« Mit diesen Worten ging er hinaus und machte sich auf den Weg zu Kates Hütte.

Zwölf

Sages Herzschlag beschleunigte sich, als er mit einigen frisch gepflückten Blumen in der Hand die Stufen zu Kates Hütte hinaufstieg. Er hatte keine Ahnung, was es für Blumen waren, hatte jedoch nicht an den Rot- und Orangetönen vorbeigehen können. Die Holztür stand offen, nur die Fliegengittertür war geschlossen, sodass er in die Hütte hineinsehen konnte – und die bunten Schals bemerkte, die ihn auf gefährlich verruchte Gedanken brachten. Er war sich nicht sicher, ob es an Kate lag oder an all dem, was an diesem Nachmittag geschehen war, aber er fühlte sich wie ein Teenager vor dem ersten Date. Selbst sein Magen war in Aufruhr. Was war nur los mit ihm? Ein verführerischer frischer Blumenduft drang zu ihm heraus und machte ihn nur noch nervöser.

Er hörte Kate summen, bevor er sah, wie sie, nur mit einem Handtuch bekleidet und mit nassen Haaren, durch den Raum ging. Sie bückte sich, um ihren String aufzuheben, hob erst ein Bein und dann das andere und präsentierte Sage ihren herrlichen Hintern. Er hätte sich umdrehen oder sich bemerkbar machen müssen, aber er stand wie angewurzelt da und bekam keinen Ton heraus. Sein Verlangen nach dieser Frau war so groß, dass er es kaum aushalten konnte.

Sie ließ das Handtuch fallen und enthüllte ihm den wundervollsten Rücken, den er jemals gesehen hatte, sowie die verlockendsten Grübchen über ihrem Hintern. Grübchen, die er sofort mit der Zunge erkunden wollte. Sie streifte sich ein Tanktop über, und allein die Gewissheit, dass sie keinen BH trug, brachte ihn fast um den Verstand. Nur mit Mühe gelang es ihm, sich abzuwenden. Als seine Füße über den Boden schabten, wirbelte Kate herum.

»Sage?«

Er schloss die Augen. *Mist.* Sie hatte ihn ertappt. Das Glück war offenbar nicht auf seiner Seite. Ohne sich umzudrehen, sagte er: »Bitte entschuldige, Kate. Ich wollte nicht … Ich hatte wirklich vor, mich umzudrehen, aber …«

»Aber du konntest den Blick nicht von meiner Schönheit abwenden?«

Ihr Sarkasmus überraschte ihn und bewirkte, dass er sich doch umdrehte.

»Ja.« *Wow.* Ihr nasses Haar fiel ihr auf die Schultern und über die Brüste. Ihr Tanktop reichte ihr kaum bis auf die Hüften. Sage wurde bewusst, dass er sie genauso anstarrte, wie es Penelope bei ihm getan hatte. *Verdammt.* »Grundgütiger, Kate.« Nur aus Respekt wandte er den Blick ab. »Du bist so wunderschön.«

Kate öffnete die Fliegengittertür und er blickte auf sie herab. Sie kaute auf ihrer Unterlippe herum und hatte leicht gerötete Wangen. Jedes Mal, wenn er sie sah, fühlte er sich mehr zu ihr hingezogen. Sie hätte auch einen Kartoffelsack tragen können und ihn dennoch erregt. Doch es war nicht nur ihre Schönheit, die ihn faszinierte, auch die Art, wie sie ihn immer ansah, wie sie ihre Unsicherheit hinter ihrer dicken, selbstsicheren Schale verbarg, und das so tief, dass kaum jemand sie bemerkte, aber nicht tief genug, als dass es ihm nicht aufgefallen wäre. Er betrat die Hütte und legte ihr ganz automatisch eine Hand an die Hüfte, als er sich hinunterbeugte und ihr einen Kuss auf die Wange gab. Sie drehte den Kopf ein wenig und drückte die Lippen auf seine, woraufhin er den Kuss selbstverständlich erwiderte. Tief. Leidenschaftlich. So zärtlich, dass er nicht wusste, ob er jemals wieder aufhören konnte. Sie schmeckte frisch, leicht nach Pfefferminze und wundervoll sinnlich. Mit jeder Bewegung ihrer Zunge rückte er näher an sie heran. Er strich mit einer Hand über das schmale Band ihres Strings und ließ sie an ihrer Taille verweilen, doch das reichte nicht. Obwohl er sich vorgenommen hatte, die Sache langsam anzugehen und erst mit ihr spazieren zu gehen, etwas zu essen, irgendetwas zu tun, das nicht rein körperlich war, wollte er mehr von ihr. *So viel mehr.* Er umklammerte ihre Pobacken und zog sie an sich. Wow! Da sie nur den String trug, war es beinahe so, als wäre sie völlig nackt. Sie stöhnte an seinen Lippen, und dieses heiße Geräusch gab ihm zu verstehen, dass auch sie mehr wollte. Sage drückte die Holztür mit einem Fuß zu, ohne den Kuss zu unterbrechen, dann hob er Kate hoch, legte sie sanft aufs Bett und stützte sich über ihr ab. Nun waren sie einander so nahe, dass er spüren konnte, wie ihre Beine zitterten.

Das Verlangen in ihren wunderschönen Augen ließ keinen Zweifel daran, dass sie es ebenso wollte wie er. Sage strich ihr das feuchte Haar aus der Stirn. »Dabei wollte ich dich doch erst ausführen und umgarnen.«

Sie biss sich auf die Unterlippe. »Das ist nicht nötig.«

»Aber das hier ist nicht nur Sex. Nur, dass du es weißt.«

Kate legte eine Hand über sein rasendes Herz. »Das spüre ich.«

Abermals drückte er die Lippen auf ihre und schob eine

Hand unter ihr Shirt. Als sein Daumen ihre Brustwarze berührte, keuchte sie auf, und er löste sich von ihr, stützte die Stirn gegen ihre und schloss die Augen, damit sie beide einen Moment lang zu Atem kommen konnten.

»Du fühlst dich so gut an, Kate.« Er lauschte ihrem schnellen Atmen und spürte, wie sie mit den Fingern über seinen Rücken fuhr, seine Rippen streichelte und ihn anspornte, weiterzumachen. Als er die Lippen über ihre Wange und ihren Hals bis zu der Stelle hinter ihrem Ohrläppchen wandern ließ, spürte er, wie sie den Rücken durchbog. »Lass mich dich lieben«, flüsterte er.

»Ja. Wie es auf deinem T-Shirt steht.«

Sage richtete sich lächelnd auf. »Was?«

Wieder kaute sie auf ihrer Unterlippe herum. Himmel, sie war so niedlich.

»Auf deinem Shirt. *Künstler gehen immer mit Leidenschaft ans Werk.* Genau so sollst du mich lieben.«

Er lachte leise, da er den Aufdruck auf seinem Shirt ganz vergessen hatte. Es war ein Gag-Geschenk seines Bruders Kurt gewesen, der Schriftsteller war.

»Auf jeden Fall«, versprach er ihr und gab ihr einen federleichten Kuss. Er schob ihr das Shirt über die Brüste, und für einen Moment trat der Künstler in ihm in den Vordergrund, als er ihre makellose Haut und ihre wundervollen, sanften Kurven bewunderte. Er musste die Augen schließen und einen Kuss auf die warme Haut zwischen ihren perfekten Brüsten drücken, bevor er eine Brust umfing und die Lippen auf die Brustwarze legte. Kate keuchte wieder auf und dieses verführerische Geräusch fachte das Feuer in ihm nur noch weiter an. Er ging zur anderen Brust über und sie krallte die Finger in sein Haar.

»Sage«, wisperte sie und wimmerte, als er ihre Brustwarze in den Mund nahm und eine Hand zu ihrer Hüfte herunterwandern ließ.

Er konnte es kaum noch erwarten, in ihr zu sein. Es kostete ihn viel Kraft, sich Zeit zu nehmen und sich auf ihre Lust zu konzentrieren. Er hakte einen Finger unter ihren String und zog ihn langsam herunter, woraufhin sie das Becken anhob, sodass er den String ausziehen und beiseiteschleudern konnte. Er bahnte sich küssend einen Weg zu ihrem Bauchnabel, leckte darüber, fuhr mit dem Daumen über die feuchte Stelle und drückte ihn in die perfekte Ausbuchtung an ihrer Hüfte. Kate stöhnte wieder, und er genoss es, ihr so viel Lust zu bereiten. Sie spreizte die Beine, legte die Hände an seine Schultern und wollte ihn weiter nach unten drücken, aber Sage war ein geduldiger Mann, und wenn er es wollte, konnte er auch als Liebhaber große Geduld an den Tag legen. In diesem Augenblick, wo die ganze Nacht noch vor ihnen lag, wollte er nichts weiter, als jeden Zentimeter ihres Körpers liebkosen. Er hatte es nicht eilig, diese außergewöhnliche Wonne zu beenden, auch wenn es noch so verlockend war, seine Lust rasch zu befriedigen.

Als er mit einer Hand über ihren rechten Oberschenkel strich, berührte er mit dem Daumen ihre feuchte Scham. Sofort loderte sein Verlangen noch heller auf. Kate wand sich unter ihm, als er sie mit dem Daumen streichelte und seine stoppelige Wange über die Innenseite ihres Oberschenkels zog. Er fuhr mit der Zunge über ihre Haut und spürte, wie sie unter der Berührung erbebte, was ihn ermutigte, ihr noch mehr Lust zu schenken.

»Sage«, flüsterte sie erneut. »Bitte.«

Endlich presste er den Mund auf ihre Mitte, fuhr mit der

Zunge darüber und kostete ihre Süße, während er spürte, wie sie die Hände ins Laken krallte. Er streichelte ihre empfindlichste Stelle, bis sie die Beine verkrampfte und die Hüften anhob, legte die andere Hand auf ihre Brust und rieb die Brustwarze zwischen Daumen und Zeigefinger, bis er spürte, dass Kate kurz vor dem Orgasmus stand. Sie bohrte die Fersen in die Matratze, und ihr Inneres pulsierte, als er endlich die Finger in sie gleiten ließ und sie weiter mit seiner Zunge liebkoste, bis sie seinen Namen wieder und wieder atemlos ausstieß. Langsam wurde sie wieder ruhiger und legte sich keuchend einen Arm über die Augen. Da er wusste, wie empfindlich sie jetzt war, streichelte er sie sanft weiter mit dem Daumen.

Sie keuchte auf. »Oh, Sage. Oh … oh!«

Er glitt an ihrem Körper nach oben und nahm ihre Brustwarze in den Mund, während er sie mit der Hand ein weiteres Mal an den Rand des Orgasmus trieb. Sie bog den Rücken durch und hob das Becken an, während sie sich wieder in die Bettdecke klammerte, um ihm dann die Fingernägel in den Rücken zu bohren. Der Schmerz war die reinste Wonne, als sie wieder kam und in lustvollem Pulsieren am ganzen Körper bebte.

Kate bekam keine Luft mehr. Sie würde gleich hier und jetzt auf dem Bett sterben, und das unter dem geschicktesten Liebhaber, den sie jemals gehabt hatte. Was nicht heißen sollte, dass es viele gewesen waren, aber drei zählten doch schon als Erfahrung, oder nicht? Grundgütiger, sie waren noch beim Vorspiel und sie hatte bereits zwei Orgasmen gehabt. *Das hat Luce also gemeint.* Ihre Körper waren schweißnass. Kate lag keuchend unter Sage, der nicht allzu schnell atmete und nicht so aussah, als wollte er sich jetzt seiner Befriedigung widmen. Sie spürte seine pralle Erektion an ihrem Bein. Er war bereit. Sie war bereit. *Komm schon!* Doch er war damit beschäftigt, sie um den Verstand zu bringen. Während er mit der Zunge Kreise um ihre Brustwarze leckte, wurde ihr Gehirn mit lustvollen Impulsen überschüttet, und sie glaubte schon, ein weiteres Mal zu kommen. Sie wand sich aus seinen kräftigen Armen.

»Sage.«

Er saugte noch ein letztes Mal an ihrer Brustwarze, gab sie dann frei, sah Kate tief in die Augen und leckte genüsslich über ihre empfindsame Haut. *Nicht im Ernst?* Wie konnte sie ihn bitten, mit etwas aufzuhören, was sie an den Rand eines weiteren herrlichen Höhepunkts bringen würde?

Sie schloss die Augen und drückte seinen Kopf wieder auf ihre Brust. Er drang abermals mit einem Finger in sie ein und streichelte die Stelle, von deren Existenz sie bis eben nicht einmal etwas gewusst hatte, und schon hatte der nächste erschütternde Orgasmus sie in seinen Fängen. Tausend Lichter explodierten hinter ihren geschlossenen Lidern. Sie hob das Becken vom Bett, ohne es bewusst zu steuern, da sie im Augenblick keinen klaren Gedanken fassen konnte und sich in einer Empfindung verlor, von der sie hoffte, dass sie niemals enden würde. Als Sage die Lippen von ihrer Brust nahm, wimmerte Kate und schlug die Augen auf.

Er grinste sie an. »Du bist wunderschön, wenn du kommst.«

Sie lief puterrot an und wandte sich ab. Er zog die Finger aus ihr heraus, und als sie wieder zu ihm hinsah, steckte er sie gerade in den Mund, zog sie langsam wieder heraus und leckte sich die Lippen.

Das ist jetzt nicht wahr! Sie hatte noch keinen Mann gesehen, der so etwas machte – und alles in ihr schien in Flammen aufzugehen. Auf einmal konnte sie gar nicht genug von ihm bekommen und musste ihn unbedingt küssen. Sie brauchte ihn, wollte ihn in sich spüren. Sie kratzte über seinen Rücken, zog sein Becken an sich heran und hatte ganz vergessen, dass er noch vollständig bekleidet war. Er küsste sie wild und leidenschaftlich und mit einer Intensität, die in ihr etwas Animalisches hervorrief. Als er an ihren Lippen stöhnte, steigerte das ihre Lust nur noch mehr. Sie zerrte an seinen Shorts, doch mit einem Mal hielt er ihre Hand fest.

»Noch nicht.«

Sie stieß die Luft aus. »Im Ernst?« Sie keuchte und zitterte am ganzen Körper vor Lust. »Jetzt komm schon, Sage.«

Er bedachte sie mit einem Blick, als würde sie ihm den Spaß verderben, machte ein trauriges Gesicht und einen Schmollmund. Was in aller Welt hatte er denn noch mit ihr vor? »Bitte«, flehte sie. *Ich flehe! Großer Gott. Ich flehe ihn an, mit mir zu schlafen.* Sie spürte, wie ihr das Blut in die Adern schoss.

Er gab ihr einen Kuss auf die Wange. »Du bist so sexy, Kate. Ich kann es kaum noch aushalten.«

»Dann schlaf mit mir.«

Er zog erst ihre rechte, dann auch ihre linke Hand über ihrem Kopf auf die Matratze und hielt sie mit einer Hand fest. Voller Begehren sah er sie an. »Alles gut?«

Sie nickte und spürte, wie sich zwischen ihren Beinen alles zusammenzog, weil diese Position derart erotisch war. Er fuhr mit der Zunge über die Unterseite ihres Arms, und sie bekam eine Gänsehaut, sobald die warme Luft auf die feuchte Spur traf. Mit der anderen Hand streichelte er ihre Seite, umfing ihre Brust und senkte erneut den Mund darauf. Allein seine Hand, die ihre Handgelenke festhielt, und sein Mund auf ihrer Brustwarze brachten sie bis kurz vor den Höhepunkt, und als er die Hand von ihrer Brust nahm und sie ganz sanft zwischen den Beinen streichelte, verlangte Kate stöhnend nach mehr. Sie drückte das Becken hoch, aber er legte sich so auf sie, dass sie sich nicht mehr rühren konnte.

»Oh … Gott … Sage.« Sie warf den Kopf hin und her und kämpfte gegen den sich aufbauenden Orgasmus an, der an ihren Nervenenden zerrte.

Sage küsste sie ein weiteres Mal leidenschaftlich, hielt ihre Beine mit seinen fest und drückte sie auf die Matratze, während er seine Finger bewegte, bis sie … *Oh Gott!* Er vertiefte den Kuss und fing ihre Schreie mit dem Mund auf, als ihr Körper förmlich explodierte und sie das Prickeln von eintausend Nadeln auf der Haut spürte.

Erst jetzt ließ er ihre Hände los und küsste sie sanft, während sie mit geschlossenen Augen dalag und nach Luft rang, wobei sie sich kaum noch daran erinnern konnte, wie man eigentlich normal atmete. Sie schlug die Augen auf, als er einen Arm hob, sich das T-Shirt über den Kopf zog und ihr dann dabei half, sich das Tanktop abzustreifen, das sie ganz vergessen hatte. Danach holte er ein Kondom aus der Gesäßtasche, zog die Shorts aus und ließ sie auf den Boden fallen.

Kate riss beim Anblick seiner Erektion die Augen auf. Er war riesig. Gewaltig. Sage riss das Kondom mit den Zähnen auf und rollte es sich über. Sie nahm zwar die Pille, brachte aber kein Wort heraus. Sie kaute nur auf ihrer Unterlippe herum und versuchte, sich ihre Nervosität nicht anmerken zu lassen, als er sich neben sie legte.

»Alles in Ordnung?«, erkundigte er sich.

Sie nickte und atmete noch immer schwer. »Ich bin ein bisschen nervös.« Was sie gerade getan hatten, war derart unglaublich, dass sie sich kaum vorstellen konnte, wie es sein musste, Sage noch näher zu sein.

Er strich ihr das Haar aus der Stirn. »Ich auch.«

Sie verdrehte die Augen. »Ja, klar.«

»Ich sagte doch, dass ich nicht der bin, für den du mich hältst, Kate. Ich war nur mit einer Handvoll Frauen zusammen.«

Das kaufte sie ihm nicht ab.

»Ich kann sie an den Fingern abzählen und muss nicht mal die Daumen dazunehmen.«

Sie zog eine Augenbraue hoch.

»Doch.« Er gab ihr einen Kuss auf die Stirn. »Wirklich.«

»Hmmm.« Sie glaubte ihm, hätte ihm aber auch verziehen, wenn er sie um ihretwillen angeflunkert hätte.

»Ist wirklich alles in Ordnung?«

Sie nickte. »Ich bin immer noch nervös.«

»Sollen wir es langsam angehen oder lieber noch warten?«

Kate runzelte die Stirn. »Ich hatte gerade Orgasmen, wie ich sie nie für möglich gehalten hätte, und du wärst bereit, noch länger zu warten?«

»Ja. Wenn es das ist, was du willst.«

Sie senkte den Blick auf seine Erektion. »*Das* ist es, was ich will.«

Er lachte leise. »Du bist wirklich bezaubernd. Bist du sicher? Ich möchte dich nicht unter Druck setzen und bin zufrieden, solange du zufrieden bist.«

Kate gab ihm einen Klaps auf den Arm. »Hör auf, so verdammt nett zu sein, und komm endlich her.«

Er beugte sich über sie und sah ihr tief in die Augen. Sie nickte, um ihr Einverständnis und ihr Verlangen auszudrücken, und Sage senkte das Becken und drang langsam in sie ein, bis er ganz in ihr vergraben war. Sie keuchten beide auf in diesem ersten Augenblick der ultimativen Nähe. Er bewegte sich sanft und ließ das Becken langsam kreisen, während er immer wieder diese Stelle berührte, die zuvor schon ihr Innerstes in Brand gesetzt hatte. Kate biss sich auf die Lippen und stöhnte, und Sage küsste ihren Hals und brachte sie ein weiteres Mal bis kurz vor den Höhepunkt. Er hielt sie dort, bis sie schon glaubte, explodieren zu müssen, und dann endlich – *Endlich!* – stieß er sich tief in sie hinein, und es war um sie geschehen.

»Oh Gott. Oh Gott.« Sie packte seine Hüften und drängte ihn, so tief in ihr zu bleiben, sodass Sage das Tempo verlangsamte.

Doch dann knirschte er mit den Zähnen, spannte die Muskeln an und wurde wieder schneller. Ein herrlicher Stoß folgte dem nächsten, bis sie – unfassbarerweise – abermals nach Luft schnappte und heftig keuchte. Er sah ihr tief in die Augen, und die Leidenschaft, die sie in seinem Blick wahrnahm, erschütterte sie bis ins Mark. Stöhnend presste er die Wange an ihre, drang wieder und wieder heftig in sie ein und schob sie jedes Mal auf der Matratze weiter nach oben. Sie schlang die Beine um seine Taille, um ihn möglichst tief in sich aufzunehmen. Er legte eine Hand unter ihre Hüfte und hielt sie fest, während jede ihrer Zuckungen seinen Orgasmus noch etwas in die Länge zog. Kate klammerte sich an seine muskulösen Schultern und wollte ihn gar nicht mehr loslassen. So lagen sie da, bis sie wieder normal atmen konnten und sich ihre Muskeln entspannt hatten.

Sage nahm ihre Hand und drückte sie sanft. »Spürst du

das?«

Kate schloss die Augen und genoss das wundervolle Gefühl, ihm so nah zu sein, und konnte es kaum glauben, was für ein einfühlsamer und aufmerksamer Liebhaber er war.

»Was?«, brachte sie schließlich heraus.

»Die Nervosität ist weg. Ich habe das Gefühl, ich bin genau da, wo ich sein muss.«

Sie kuschelte sich an ihn und fragte sich, wie es möglich war, dass sie in diesem Augenblick beide dasselbe empfanden.

Als es dämmerte, lag Sage wach und lauschte den Geräuschen der Vögel im Regenwald. Während er versuchte, ein Trällern vom anderen zu unterscheiden, dachte er darüber nach, wie richtig es sich anfühlte, Kate neben sich zu haben. Er hatte dem Liebesspiel nervös entgegengesehen, aber sie hatten sich sofort in perfektem Einklang bewegt.

»Guten Morgen«, sagte sie schläfrig. Sie fuhr mit einer Hand über seinen Bauch, legte den Kopf an seine Seite und umarmte ihn fest.

»Guten Morgen.« Er drückte ihr einen Kuss auf den Scheitel.

»Denkst du ans Malen?«

»Nein. Eigentlich habe ich über dich nachgedacht und darüber, wie gut es sich anfühlt, neben dir aufzuwachen. Daran könnte ich mich gewöhnen.«

Sie stützte sich auf einen Ellbogen und er bemerkte ein zufriedenes Lächeln auf ihren Lippen. Die Sorge in ihren Augen war verschwunden. »Ich habe schon von Menschen gehört, die so schnell so etwas empfunden haben, wollte aber nie daran glauben. Bis heute. Schon komisch, wie schnell es geht, oder?«

Er strich ihr eine Haarsträhne von der Wange. »Schon, aber wieso sollte ich es in Frage stellen?«

Seufzend legte sie ihre Wange auf seine Brust.

Sage wusste, dass sie im Kopf ihre Listen durchging, ihren Tag plante, und er vermutlich Zeit beanspruchte, die sie für etwas anderes oder jemand anderen hatte nutzen wollen. Daher strich er ihr nur noch eine oder zwei Minuten übers Haar, bevor er sie vom Haken ließ.

»Wir sollten wohl besser aufstehen. Wir müssen noch das Wandbild planen und du hast heute garantiert noch eine Menge vor.« Er umarmte sie, setzte sich auf und verließ widerstrebend den bequemsten Platz, auf dem er die letzten Jahre geschlafen hatte – den Platz an Kates Seite.

Sage ging in seine Hütte, um zu duschen und sich umzuziehen, damit Kate in Ruhe ihre Morgenrituale erledigen konnte. Als er sie an ihrer Hütte abholte, um mit ihr frühstücken zu gehen, stand die Sonne bereits hoch am Himmel und der Gesang der Vögel wurde von den Zikaden übertönt. Kate hatte sich ein Klemmbrett unter den Arm geklemmt.

Als er sie küsste, atmete sie tief ein. »Mein Zimmer riecht jetzt nach dir.«

Er nahm ihre Hand und drückte sie leicht. »Oh, das klingt übel. Beim nächsten Mal bringe ich ein Raumspray mit.«

Sie musste lachen. »So habe ich das nicht gemeint. Es ist ein angenehmer Geruch, nach deinem Duschbad oder was immer dich so frisch und erdig duften lässt.«

Er legte den Kopf schief. »Das hört sich an, als wäre ich ein Tannenbaum.«

»Ein sehr maskuliner Baum, und es geht nichts über

Tannenbäume. Es ist … Ich weiß auch nicht. Du riechst so gut, und ich bin froh, dass mein Zimmer nach dir riecht. Es gefällt mir, also ändere bloß nichts daran.«

Sage zog sie an sich und nahm sich vor, nie wieder ein anderes Rasierwasser zu benutzen. Hand in Hand gingen sie zur Kantine.

Sylvia bemerkte, dass sie Händchen hielten, und strahlte. »Guten Morgen«, sagte sie mit freudiger Stimme.

Sage spürte, dass sich Kate leicht verkrampfte, und er öffnete die Hand, um ihr die Gelegenheit zu geben, auf Distanz zu gehen. Aber sie legte die Finger fest um seine und er blickte lächelnd auf sie herab. »Es ist wirklich ein wunderschöner Morgen.« Diese Erkenntnis war die Achterbahnfahrt der Gefühle wert, die sie auf dem Weg zueinander erlebt hatten.

Nach dem Frühstück blieben sie in der Kantine und arbeiteten am Konzept für das Wandbild an der Schule. Sage fiel es schwer, sich zu konzentrieren. Nun, wo er mit Kate intim gewesen war, sah er alles an ihr mit anderen Augen. Sie machte sich während des Gesprächs Notizen, nummerierte einige und unterstrich andere. Er hätte zu gern gewusst, wie es war, einen derart organisierten Verstand zu besitzen. Im Gegensatz zu ihr war er spontan und hörte oftmals auf sein Bauchgefühl, aber er bewunderte ihre Art zu denken. Und er staunte, wie sie es schaffte, so viele Dinge auf einmal zu bewältigen, ohne auch nur ins Schwitzen zu geraten. In dieser Hinsicht war sie völlig anders als er. Wenn er arbeitete, war er nur noch darauf konzentriert. Sobald er mit einem Bild oder einer Skulptur angefangen hatte, bekam er nichts und niemanden mehr mit. Das gehörte zu den Dingen, die er durch seinen Aufenthalt hier hatte ändern wollen. Er machte das schon so lange er denken konnte, und es ermöglichte ihm zwar, sich ganz auf seine Kunst zu fokussieren, was seiner Meinung nach zu einer höheren Qualität mit mehr Emotion und Leidenschaft in jedem Kunstwerk führte, aber er wusste auch, dass es sich dabei um eine ungesunde Eigenschaft handelte. Er hatte schon Besprechungen und wichtige Anrufe verpasst und wer weiß wie viele Frauen verprellt, weil er vergessen hatte, sie abzuholen, oder zu spät gekommen war. Jetzt mit Kate an seiner Seite hatte er einen noch besseren Grund, dieser Angewohnheit abzuschwören.

Kate tippte mit dem Stift auf das Klemmbrett. »Okay, du möchtest das Wandbild also um einen großen Baum herum ansiedeln, der für Leben und Hoffnung steht.«

»Genau, mit einem wilden Dschungel auf einer Seite und vielen Vögeln und Schlangen, die die Kinder malen können.«

»Oh, und was ist mit bunten Früchten, hohen Gräsern und einigen kleineren Bäumen?« Sie schrieb eifrig mit.

»Das klingt perfekt. Ich hatte mir auch überlegt, dass die Wurzeln des großen Baums rechts in einen Sandstrand auslaufen könnten, und am Rand des Gebäudes könnte etwas Wasser zu sehen sein.«

Sie berührte seine Hand. »Das hört sich wunderbar an. Die Kinder und die Gemeinde werden begeistert sein.«

Mit Kates Hand auf seinem Arm und der Sonne im Rücken fragte sich Sage, wieso er sich nicht gleich für sechs Monate freiwillig gemeldet hatte. Zwei Wochen an Kates Seite würden niemals ausreichen.

Die nächsten Tage vergingen wie im Flug. Sage war mit den Umrissen des Wandbilds beschäftigt, und Kate drehte nachmittags mit Caleb die Runden, um die liegengelassene Arbeit der anderen freiwilligen Helfer zu erledigen. Abends trafen sich Sage und Kate wieder, und jeden Morgen wachten sie eng umschlungen auf und fühlten sich noch mehr miteinander verbunden. Kate stand unter dem Baum auf dem Schulhof und sah Sage dabei zu, wie er die letzten Änderungen am Umriss des Wandbilds vornahm. Die Kinder wuselten um ihn herum und deuteten immer wieder flüsternd auf die Wand. Kate begriff, dass es zu viele Kinder waren, als dass sie alle gleichzeitig malen konnten. Schon erstellte sie einen Zeitplan auf ihrem guten alten Klemmbrett.

Javier kam zu Kate getrottet und drückte sich an ihr Bein. »Sehen Sie nur, Miss Kate«, sagte er. »Das werden wir malen.«

Sie legte ihm eine Hand auf die Schulter und hatte die endgültige Gewissheit, dass es die richtige Entscheidung gewesen war, gleichzeitig aber auch leichte Schuldgefühle, weil sie Sages Vorschlag zuerst abgeschlagen hatte. Die Luft schien förmlich zu knistern vor Enthusiasmus, und während sie beobachtete, wie Sage jede Linie mit geübter Präzision zog, faszinierten seine Bewegungen sie immer mehr. Seine Rückenmuskeln spannten sich, wenn er den Arm über den Kopf hob, und Kate konnte seine Kraft beinahe spüren, so wie an diesem Morgen, als sie sich geliebt hatten.

Oscar kam aus dem Schulgebäude, trat neben Kate und bewunderte Sages Talent mit anerkennendem Nicken.

»Die Kinder sind glücklich, nicht wahr?«

»Es war die richtige Entscheidung.« Kate lächelte ihn an.

»Ich gehe wieder ins Dorf und bereite alles für die Versammlung wegen des Brunnens vor. Sehen wir uns da?«

Kate hatte ein Treffen mit der Gemeinde angesetzt, um zu besprechen, was man noch tun konnte, außer dem Ministerium für die Entwicklung des ländlichen Raums E-Mails zu schreiben und für den Brunnenbau einzutreten.

»Ja. Bis nachher«, erwiderte sie.

Selbst dem bloßen Umriss konnte sie bereits ansehen, dass das Wandbild dem trostlosen Gebäude Leben einhauchen würde, und sie war froh, ein Teil dieser Bemühungen zu sein. Sage hatte Tag und Nacht gearbeitet, um sämtliche Vorbereitungen zu treffen, damit die Kinder mit dem Malen anfangen konnten – zuerst auf Papier und dann an der Wand –, und Kate war erstaunt, wie sehr er sich in seiner Aufgabe verlor. Der Sage, den sie kennengelernt hatte, schien ganz weit weg zu sein, wenn er ein neues Kunstwerk schuf. Während er gerade die Umrisse zweier Kinder am Wasser malte, von denen eines verdächtig nach Javier aussah, befand er sich in einem nahezu tranceartigen Zustand. Es war, als wäre er in einer Blase und hätte die Außenwelt vollkommen vergessen.

Sie sehnte sich nach seiner Nähe und ging zu ihm. »Ist dir eigentlich klar, dass die Kinder überhaupt nicht wissen, wie man innerhalb der Linien malt?« Kate stellte sich hinter ihn, und als er ihr keine Antwort gab, legte sie ihm eine Hand auf die Schulter. Sobald sie seine sonnenwarme Haut berührte, erschauderte sie. Noch nie hatte sie sich einem anderen Menschen derart nahe gefühlt. Er schien ihre Gedanken lesen zu können – nicht nur im Bett, sondern auch in Bezug auf ihre Gefühle –, und er war geduldig, liebevoll und aufmerksam.

»Sage?«

Er schüttelte den Kopf, als hätte er sie erst jetzt bemerkt. »Ja?« Doch er drehte sich weder um noch hörte er auf zu malen.

»Wird es dich stören, dass sich die Kinder beim Malen nicht an die Linien halten? Denn es sind nun mal Kinder, keine Künstler. Wenn du das erwartest, wirst du hinterher enttäuscht sein.«

»Das Schöne an der Kunst ist ja, dass sie für jeden anders ist. Selbst wenn sie nur Punkte malen, haben diese für sie eine Bedeutung. Und genau das ist es, was zählt.« Er drehte sich zu ihr um und sah sie mit einem ernsten, nachdenklichen Blick an. »Ich wollte mit dir über eine Idee sprechen, Kate. Ich habe mir überlegt, wie Künstler der Gemeinde wirklich helfen können, und mir ist da etwas eingefallen, das funktionieren könnte.«

»Erzähl.«

Sage legte den Stift beiseite und stand auf. »Ich habe gedacht, ich könnte meine Kontakte in der Künstlerszene nutzen, um Geld für Orte wie diesen zu sammeln, was auch dafür sorgen würde, dass sich keine Promis mehr hier aufhalten müssten – es sei denn, sie wollen wirklich helfen und sind nicht nur wegen der Publicity hier. Ich hatte an etwas gedacht, für das man nicht unbedingt vor Ort sein muss, beispielsweise Kunstauktionen, um Projekte zu finanzieren.«

»Auktionen … Ich weiß nicht, ob ich dir folgen kann.« Kate sah auf die Uhr. Caleb und die anderen würden bald aus der

Klinik zurückkommen. Sie musste sich auf die Versammlung vorbereiten und wollte kurz mit Caleb reden, bevor sie zum Dorf ging. Wenn sie jetzt aufbrach, war gerade noch genug Zeit dafür. »Ich muss jetzt erst mal zu diesem Treffen. Können wir uns später darüber unterhalten?«

»Ja, klar.« Er wandte sich wieder seinem Bild zu, stützte die linke Hand gegen die Wand und malte mit der rechten.

»Ich möchte wirklich gern mehr darüber hören, will aber auch nicht zu spät kommen.«

Er blickte lächelnd über die Schulter. »Ich weiß. Viel Glück.« Dann warf er ihr noch einen Kuss zu.

Auf dem Rückweg fragte sich Kate, was Sage wohl im Sinn hatte. Kunstauktionen? Einige Minuten später hatte sie die Hütten erreicht und hörte Penelopes wütende Stimme.

»Ich reise morgen ab und das ist mein letztes Wort. Ich habe bereits sämtliche Vorkehrungen getroffen.« Penelope hatte sich mit verschränkten Armen vor Luce aufgebaut, presste die Lippen aufeinander und reckte die Nase in die Luft.

Du liebe Güte. Was ist denn jetzt schon wieder?

»So war das nicht abgemacht, Penelope, und das weißt du ganz genau.« Luce starrte Penelope mit zusammengekniffenen Augen wütend an. »Zwei Wochen Gemeindearbeit. Du musst nur noch ein paar Tage aushalten. Dein Aufenthalt hier dient der Schadensbegrenzung, und wenn du vorzeitig abreist, um dich wieder in die Arme deines verheirateten Liebhabers zu werfen, wäre das nicht gerade hilfreich, sondern würde deine Bemühungen hier torpedieren. Damit machst du dich zum Gespött der Medien.«

Luce hatte Kate vor ihrer Ankunft in Belize über Penelopes Vergehen informiert und ihr versichert, dass sie den Freiwilligenplatz nicht an jemanden vergeudete, der den

Aufenthalt vorzeitig abbrach. Kate hatte schon genug prominente Freiwillige hier gehabt, um zu wissen, dass die meisten davon nicht die komplette Zeit durchhielten, und sie fragte sich immer wieder, wie derart egoistische Menschen im normalen Leben über die Runden kamen.

»Ich weiß nicht, wie du zum Flughafen kommen willst, Penelope.« Luce verschränkte ebenfalls die Arme und warf ihr Haar nach hinten. »Der Transport wurde für den letzten Tag deines vorgesehenen Aufenthalts geplant.«

Penelopes Blick wanderte über Kates AIA-T-Shirt und ihre Shorts und sie seufzte. »Das habe ich bereits geregelt. Jemand holt mich ab.«

Kate sah Luce fragend an. »Reist du auch ab?«

»Nein. Nur sie. Ich bleibe so lange, wie es vereinbart war.«

Gott sei Dank. Kate genoss es, endlich mal eine Freundin da zu haben, mit der sie reden konnte. Und sie wusste, dass es ihr eigentlich egal sein sollte, ob Penelope blieb oder abreiste. Penelope war nur ein paarmal aufgetaucht, um Caleb zu helfen, und seinen Worten zufolge hatte sie so gut wie kein Interesse an den Einheimischen gezeigt. Aber ihre Abreise würde auch ein schlechtes Licht auf AIA werfen. Diese Einrichtung stand ohnehin schon in der Kritik, weil es sich bei den freiwilligen Helfern um Prominente handelte, während überall anders echte Freiwillige zum Einsatz kamen. Freiwillige wie Kate, Caleb und vielleicht sogar Sage, die aus den richtigen Gründen hier waren.

»Ja, ich reise ab. Ich habe getan, was nötig war«, erklärte Penelope überzeugt.

»Du hast rein gar nichts getan, außer ein bisschen Publicity zu bekommen«, erwiderte Kate. Sie sah, dass Clayton gerade aus seiner Hütte kam, und warf Luce einen Blick zu. »Es ist wirklich nicht gut für die Moral der anderen, wenn du jetzt abreist,

Penelope. Ihr habt alle gewusst, dass ihr zwei Wochen hierbleiben müsst.«

Penelope verdrehte nur die Augen.

Zum Teufel mit der Kritik. Vermutlich war Kate ohnehin die Einzige, die das so sah. »Lass sie gehen, Luce. Es ist ihr Ruf, der darunter leidet, nicht der unsere.« Mit diesen Worten drehte sie sich auf dem Absatz um und marschierte davon, wobei sie fast damit rechnete, eine Dampfwolke hinter sich herzuziehen.

Nach der Gemeindeversammlung machte Kate in der Stadt Halt und rief ihren Boss Raymond über Skype an. Es wurde Zeit, dass sie ein Machtwort wegen der prominenten Freiwilligen sprach. Selbst wenn man sie nach diesem Einsatz an einen anderen Ort schickte, würde sich ihr Nachfolger doch wieder mit denselben Problemen rumschlagen müssen. Sie hätte zwar das Satellitentelefon nehmen können, aber das Telefonat über Skype war billiger, und sie wollte auch Raymonds Gesicht sehen, wenn sie ihre Argumente vorbrachte.

Als das Bild jedoch völlig verpixelt war und sie nur jedes zweite Wort verstehen konnte, verfluchte sie die schlechte Internetverbindung.

»Beruhige dich, Kate … weißt, wie sie sind. Sie spenden sehr viel Geld … Glück, diese Finanzierung …«

»Wir haben hier eine Gemeinde, die Hilfe braucht, Raymond. Wenn wir mehr *normale* Freiwillige hier hätten, könnten wir mit den Häusern, dem Brunnen und den Programmen für die Älteren weitaus mehr erreichen als mit Menschen, die es eher auf Publicity abgesehen haben.« Sie musste an Sages

Idee denken, die auch bewirken konnte, dass sie keinerlei Promis mehr herholen mussten. Wie schön wäre es, ganz auf Menschen wie Penelope Price verzichten zu können.

Raymonds Bild verschwand und tauchte genauso verpixelt wieder auf. Dadurch sah sein schwarzer Schnurrbart fleckig aus, als wäre er ständig in Bewegung. Auch seine Stimme drang nur hin und wieder zu ihr durch.

»… Budgeteinsparungen für das nächste … Du wirst an einem anderen … lassen Punta Pal…«

»Was?« Kates Herzschlag beschleunigte sich. Sie rückte näher an den Monitor heran, als könnte sie die Verbindung dadurch irgendwie verbessern. »Was? Wir verlassen Punta Palacia? Raymond. Nein. Wir haben hier so viel erreicht und können noch viel mehr tun.«

»Kate? Kate, ich kann nicht …« Auf einmal war er ganz verschwunden.

»Nein.« Kate klickte mit der Maus und sah verzweifelt zu, wie sich der Kreis endlos auf dem dunklen Bildschirm drehte und dann stehenblieb. Schließlich stand sie auf. »Verdammt.« Sie bemerkte, dass Makei nicht weit von ihr entfernt einen kleinen runden Tisch mit einem feuchten Lappen abwischte und sie fragend beäugte. Er schüttelte den Kopf und widmete sich wieder seiner Arbeit. Seine Baumwollhose und sein Hemd hingen an ihm herab, als wären sie zwei Nummern zu groß.

»Entschuldige.« Sie seufzte und drehte sich vom Computer weg. »Tut mir leid, Makei. Danke.«

Punta Palacia verlassen? Wie konnten sie so etwas tun? Was sollte aus den Menschen hier werden? Kate hatte gewusst, dass man sie woanders hinschicken würde, aber die Vorstellung, die Gemeinde ganz sich selbst zu überlassen, gefiel ihr gar nicht. Im Augenblick wurden die Menschen mit Arzneimitteln versorgt, die sie sonst nicht bekommen hätten. Die Regierung hatte das Dorf endlich bemerkt und war bereit, über einen Brunnen und eine bessere Versorgungsroute zu reden. Kate wusste, dass vermutlich eine andere Hilfsorganisation ihren Platz einnehmen würde und die Einwohner trotz allem das bekommen würden, was sie brauchten. Aber stand das auch wirklich fest?

Während sie in dem leeren Café saß und überlegte, ob sie ihre Eltern anrufen und nach ihrer Meinung fragen sollte, musste sie an Javier und seine Familie denken, und das Herz wurde ihr schwer. Sie stützte die Ellbogen auf den Tresen und rieb sich die Schläfen. Vermutlich war es das Klügste, ihre Eltern anzurufen. Vielleicht hatten sie ja ein paar Ideen, wie Kate das Ruder noch herumreißen konnte.

Vierzehn

Sage saß auf einer Bank vor der Kantine, und seine Taschen quollen über vor lauter Stiften, die er mit sich herumschleppte. Da das Wandbild skizziert war und das Material, das seine Mutter losgeschickt hatte, am nächsten Tag ankommen sollte, konnte er seinen Tatendrang kaum bremsen. Er stürzte gerade den Inhalt einer Wasserflasche herunter, als Motorengeräusche die nachmittägliche Stille störten. Neugierig ging er über den Pfad zu den Hütten, wo Penelope ihr Gepäck gerade in einem verbeulten und eingestaubten Auto verstaute.

Luce beobachtete sie mit verschränkten Armen.

»Was ist denn los?«

»Sie reist ab. Ist das zu fassen?«, fragte Luce aufgebracht. »Ich komme den ganzen Weg hierher, um Penelope dabei zu helfen, ihren Ruf zu verbessern, und sie haut einfach früher ab, um zu diesem Arschloch zurückzukehren, dessen Ehe sie auf dem Gewissen hat. Wenn die Medien Wind davon bekommen – und du weißt selbst, dass das passieren wird –, dann zerreißen sie sie in der Luft. Manchmal habe ich das Gefühl, als wäre meine ganze Arbeit völlig umsonst.«

»Das tut mir leid, Luce. Aber das ist auch der Grund, warum ich meinen PR-Manager aus dieser Sache raushalte. Ich würde ihn bestimmt auch nur auf die Palme bringen.« Sage grinste und hoffte, sie etwas aufzumuntern.

»Dein PR-Manager hat im Moment ganz andere Sorgen.«

»Was? Warum?« Sage hatte keine Ahnung, worauf sie sich bezog. Sein Leben verlief im Allgemeinen völlig unspektakulär. Er tauchte in Galerien auf, wenn es von ihm erwartet wurde, behandelte Interviewer respektvoll und ging so selten aus, dass nie Schadensbegrenzung erforderlich war. Zudem hatte er seinem PR-Vertreter absichtlich nichts von dieser Reise erzählt. Sages Meinung nach war er der Traum jedes Managers, weil er tat, was man ihm sagte, und pünktlich seine Rechnungen bezahlte.

»Du bist genauso schlimm wie die anderen, nur auf gegenteilige Weise. Du bist gewissermaßen der Albtraum eines PR-Agenten.« Luce bog auf den Weg Richtung Stadt ein.

Sage lief neben ihr her. »Wie meinst du das?«

»Er kann seine Arbeit eigentlich gar nicht richtig machen, weil du keine Aufmerksamkeit willst. Du erschaffst dieses wunderschöne Wandbild, noch dazu aus den richtigen Gründen. Warum soll die Welt nicht davon erfahren?« Luce lief mit energischen Schritten weiter.

»Wäre das nicht das genaue Gegenteil von dem, was ich erreichen will, Luce? Ich brauche diese PR nicht.«

»Das mag sein, aber dieser Ort schon.«

»Wie meinst du das? Ich sammle keine Spenden, ich male. Der Rest der Welt wird es für cool halten, aber kein Geld schicken, dabei ist es das, was hier am nötigsten gebraucht wird.« Ein Tukan schrie zu ihrer Rechten und flatterte in den Dschungel. »Das ist der schönste Vogel, den ich jemals gesehen habe.«

Luce blieb stehen und stemmte eine Hand in die Hüfte.

»Mir ist schon klar, dass du das Richtige tun willst, die Schönheit von Belize liebst und all das, aber du spielst dieses Spiel lange genug, um zu wissen, dass jede Publicity gute Publicity ist. Die Welt muss von diesem Ort erfahren, damit mehr Menschen wie du herkommen und weniger wie …«, sie deutete den Weg zurück, den sie gekommen waren, »sie.«

»Das mag sein, aber das ist nichts für mich. Kannst du nicht ein bisschen Presserummel für die anderen Projekte hier machen, damit die alten Menschen, die medizinische Versorgung und die Lebensmittelknappheit ins Licht der Öffentlichkeit rücken?«

Luce setzte sich wieder in Bewegung. »Wenn das so einfach wäre. Die Menschen geben gern Geld für Kunst aus und teilen lieber Fotos lächelnder Kinder, anstatt über traurige und hungrige Kids zu reden, was an eine ganz andere Art von Spendenbereitschaft appelliert. Aber all das ist unwichtig, da du dich sowieso nicht ändern wirst. Ich werde mein Möglichstes tun, um Kate zu helfen und bei Caleb einzuspringen, wenn es wegen Penelopes Ausfall zu Engpässen kommt.«

»Bitte entschuldige, wenn ich dich mit meinem Mangel an PR irgendwie beleidigt habe, aber ich muss tun, was ich für richtig halte. Und wenn mir ständig jemand mit einer Kamera hinterherläuft, während ich male, würde sich das für mich völlig falsch anfühlen.« Je länger Sage über seine Idee nachdachte, desto besser gefiel sie ihm.

Sie kamen beim Internetcafé an, und Sage versuchte, für bessere Stimmung zu sorgen. »Ich habe da eine Idee, über die ich gern mit dir reden würde. Darf ich dir einen Smoothie ausgeben?«

»Wie wäre es stattdessen mit einem Tequila?« Luce grinste breit.

»Ziemlich früh dafür, aber wie du willst.«

Im Café saß Kate vor einem verpixelten Bildschirm und schien zu skypen. Sage und Luce nahmen an der Bar Platz und Luce entschied sich doch für einen Smoothie. Sage schenkte Kate ein Lächeln, als sie zu ihnen herüberschaute, aber ihre blauen Augen waren von Sorge überschattet und sie zog die schmalen Schultern ein.

»Weißt du, mit wem sie telefoniert?«, fragte er Luce.

»Klingt ganz nach ihren Eltern, auch wenn es auf dem Bildschirm eher nach Aliens aussieht.«

Sage versuchte, nicht zu lauschen, was in dem kleinen Café schwer möglich war, und es gefiel ihm gar nicht, Kate derart unglücklich zu sehen.

»Wie haltet ihr das nur aus?«, fragte Kate gerade. »Ihr arbeitet so viele Jahre, und am Ende kommt es doch nur auf die Politiker und das Geld an, selbst wenn es euch bei eurer Arbeit gar nicht darum ging.«

»Unsere Arbeit hatte eine Bedeutung, Kate. Ebenso wie deine eine hat. Lass dir das von schlechter Politik nicht wegnehmen«, sagte ihre Mutter. »Im Leben geschieht alles aus einem bestimmten Grund. Es gibt andere Orte, an denen du gebraucht wirst. Du hast in Punta Palacia eine Struktur geschaffen, ein System, das andere nun ausbauen können. Darauf solltest du stolz sein.«

»Und was ist, wenn das nicht passiert? Wenn die Regierung nicht mal die Brunnen genehmigt?«

Die Brunnen. Kates größte Sorge. Sage überlegte, was so ein Brunnenbau wohl kostete. Wie lange dauerte es, bis ein Brunnen fertig war? Wie viele Genehmigungen waren erforderlich, um einen Brunnen ohne Finanzierung von außen bauen zu können? Er brauchte eindeutig mehr Informationen.

»Katie, Liebes, du kannst nicht steuern, was als Nächstes passiert, sondern nur darauf hoffen, dass du genug getan hast, um zu helfen«, merkte ihr Vater an. »Du kennst das doch alles schon. Warum trifft es dich diesmal so schwer?«

Kate schüttelte den Kopf. »Das kann ich dir auch nicht sagen.«

Sage wäre am liebsten zu ihr gegangen und hätte sie in den Arm genommen, um die Frustration, die sich in ihrer Haltung und ihrer Miene abzeichnete, zu lindern. Er wandte sich wieder an Luce.

»Etwas setzt ihr sehr zu. Weißt du, was da los ist?«

»Ich weiß nur, dass sie in einigen Wochen an einen anderen Ort versetzt wird. Vielleicht hat es etwas mit diesem Umzug zu tun?«

Sage und Kate hatten sich tagsüber nur auf das Wandbild konzentriert und sich nachts in den Armen des anderen verloren, und nun wurde ihm bewusst, dass sich ihre Gespräche meist nur um ihre aktuelle Situation gedreht hatten.

Als Kate ihr Gespräch beendet hatte, seufzte sie schwer und kam zu ihnen herüber.

Sage nahm sie in die Arme und gab ihr einen Kuss auf die Wange. »Ist alles in Ordnung?«

»Ja.« Sie warf Luce einen Blick zu, die nur die Augen verdrehte. »Okay, ist ja gut. Nein, es ist nicht alles in Ordnung.«

»Möchtest du darüber reden?«, fragte Sage.

»Nein. Ich würde lieber schwimmen gehen.«

»Augenblick mal. Man kann hier in der Nähe schwimmen gehen und ihr habt mir noch nichts davon erzählt? Trotz der Hitze?« Sage sah zwischen Kate und Luce hin und her.

Kate legte ihm eine Hand auf den Arm. »Das ist gewissermaßen ein Geheimnis.«

Sage strahlte sie an. »Ich liebe Geheimnisse.«

»Oh nein.« Luce trank ihren Smoothie aus und stand auf. »Ich will gar nicht wissen, was ihr beide für Geheimnisse habt. Ich gehe lieber zurück in meine Hütte und male mir schlimme PR-Albträume aus. Außerdem muss ich einige Vorkehrungen treffen, damit Penelope wenigstens halbwegs weich fällt. Wir sehen uns dann später.«

»Bist du sicher?«, hakte Kate nach.

»Ganz sicher.« Dann wandte sie sich an Sage. »Denk an das, worüber wir gesprochen haben.«

Nachdem er Kates Sorge gesehen hatte, konnte er an nichts anderes mehr denken.

Kate hielt Sages Hand, als sie durch den dichten Regenwald zum Strand gingen. Er hatte sie nicht mehr nach der Unterhaltung mit ihren Eltern gefragt, und als sie den roten Lehmpfad erreichten, der zum Unentdeckten Stand führte, war sie leicht verärgert, dass er nicht einmal wissen wollte, was eigentlich los war.

»Was ist das für ein Lärm?«, erkundigte sich Sage.

»Das sind Brüllaffen.«

»Im Ernst? Für mich hört es sich beinahe an, als würde ein heftiger Wind durch einen Tunnel wehen.« Sage blickte zu den Baumwipfeln hinauf.

»Man kann sie aus großer Entfernung hören, daher wirst du vermutlich keinen sehen.« Es ärgerte sie, dass sie so schnippisch war, aber sie konnte es nicht ändern.

»Und es gibt hier in der Nähe wirklich einen Strand? Das hast du mir absichtlich verschwiegen«, neckte Sage sie.

»Eine Frau muss sich ein paar Geheimnisse bewahren«, fauchte sie und schlug auf ein Blatt ein, das ihr im Weg war.

»Sag mal, irgendwas hast du doch. Was ist denn los?«

»Nichts.« Sie stampfte durch einen dichten Busch.

»Kate, du hast Luce gesagt, dass du nicht darüber reden willst, also falls du jetzt sauer bist, weil ich dich nicht danach gefragt habe, was dir auf der Seele liegt, es liegt nur daran, dass ich dir nicht auf die Nerven gehen wollte.«

Sie drehte sich zu ihm um. »Aber genau deshalb bin ich jetzt so stinkig. Du hättest mich trotzdem fragen sollen.« *Mann, bin ich heute weinerlich.*

»Es tut mir leid, Kate. Ich versuche nur, das Richtige zu tun. Aber du musst mir ein bisschen Zeit lassen, damit ich lernen kann, deine Stimmungen zu deuten. Ich versuche es ja, aber …«

»Nein, du machst das super. Bitte entschuldige. Wenn wir schwimmen waren und uns ein bisschen entspannt haben, geht es mir bestimmt wieder besser.« Sie bahnte sich den Weg zwischen Ästen mit riesigen Blättern hindurch und auf einmal standen sie auf einem perfekten weißen Sandstrand.

Sage riss die Arme in die Luft und atmete tief ein. Kate konnte gar nicht anders, als zu bemerken, wie seine breite Brust sich ausdehnte und sein Bizeps sich spannte.

»Hast du mich ins Paradies gebracht?«

»Nein, an den Unentdeckten Strand. Luce und ich sind bei ihrem ersten Aufenthalt hier auf diesen Ort gestoßen und haben ihn so getauft. Ich glaube, wir sind die Einzigen, die hier schwimmen gehen.«

Kate zog die Schuhe aus und Sage tat es ihr nach. Dann nahm er sie in die Arme.

»Ich möchte wissen, was los ist, Kate. Verdammt, ich halte es kaum aus, dich so zu sehen.«

Sie drückte ihre Wange an seine Brust und empfand den gleichmäßigen Rhythmus seines Herzschlags als sehr beruhigend. Er küsste sie, und für einige herrliche Sekunden konnte sie alles andere vergessen und nur noch daran denken, wie gut es sich anfühlte, in seinen Armen zu liegen, seine Lippen auf ihren zu spüren und sich an seinen muskulösen Körper zu pressen. Seine Küsse waren auf bemerkenswerte Weise dazu in der Lage, ihre Sorgen zu vertreiben. Als er sich von ihr löste und mit seinen wunderschönen dunkelblauen Augen auf sie herabblickte, hätte sie sich am liebsten völlig sorgenfrei gegeben.

»Möchtest du darüber reden?«

Sie schüttelte den Kopf, stellte sich auf die Zehenspitzen und küsste ihn erneut. Als sich ihre Lippen berührten, drückte Kate ihr Becken gegen seins. *Bei dir werde ich zur Sexverrückten. Nur bei dir. Für immer bei dir.* Dieser Gedanke überraschte sie, und sie rückte von ihm ab und sah ihm suchend ins Gesicht. Sie hätte zu gern gewusst, ob er ebenso empfand. Das war im Grunde genommen völlig verrückt und sie machte zur Sicherheit einen Schritt zurück.

Kate hatte in ihrer Zeit hier so viele Affären zwischen Freiwilligen gesehen und wusste, dass das, was in Belize passierte, auch in Belize blieb. Die Sache zwischen ihr und Sage hatte sie selbst überrascht. Aus diesem Grund hoffte sie vermutlich auf mehr. Vielleicht lag es am Sex. *Wow, der Sex ist unglaublich.* Sie wollte nicht, dass es nur eine belanglose Affäre war. Nicht mit Sage.

Doch dies war nicht der richtige Zeitpunkt, um sich in eine liebestrunkene Närrin zu verwandeln, und er sah sie bereits fragend an. Dieser Mann sah so umwerfend aus und war so gut zu ihr, dass sie nur noch in seine Arme fallen und für immer dortbleiben wollte.

Doch es gab echte Probleme, die sie beschäftigten. Wenn sie darüber sprach, würde sie vielleicht nicht mehr daran denken, dass sie mit ihm schlafen wollte – und nur weiter davon träumen.

»Ja, lass uns reden«, gab sie endlich nach.

Sie setzten sich nebeneinander in den Schatten eines großen Baums. Kate holte tief Luft und atmete die salzige Seeluft ein, die ihr deutlich angenehmer und erfrischender vorkam als die im Dschungel.

»Ich habe mit Raymond, meinem Boss, geskypt, nachdem die Versammlung beendet war, und er hat mir einiges mitgeteilt, das mich sehr beschäftigt, daher wollte ich noch mit meinen Eltern darüber reden«, begann sie. »Ich hatte gehofft, dass sie mir einen Rat geben können.«

»Luce sagte, dass das deine Eltern waren. Ich konnte sofort erkennen, dass ihnen sehr viel an dir liegt.«

Kate schnappte sich einen Zweig und brach ihn in winzige Stücke. »Ja. Sie arbeiten schon seit einer Ewigkeit für das Friedenscorps. In meiner Kindheit und Jugend sind wir ständig herumgereist, und wenn wir mal zu Hause waren, hatten wir stets mit anderen aus dem Corps zu tun. Manche Kinder sind vom Militär geprägt, ich vom Friedenscorps.« Sie blickte lächelnd zu ihm auf.

»Das scheint dir aber sehr gut getan zu haben. Sieh dir nur an, was du hier alles Großartiges geschafft hast.« Sage nahm ihre Hand. »Kann ich dir irgendwie helfen? Ich möchte für dich da sein, Kate. Mehr als nur in sexueller Hinsicht. Bei allem, was du brauchst. Und ich bin ein guter Zuhörer.«

Du bist weit mehr als nur ein guter Zuhörer. Sie seufzte. »Ich vermute, dass sie die Station hier schließen wollen.«

»Was? Warum?«

»Im Augenblick bin ich mir nicht mal sicher, ob ich es richtig verstanden habe. Die Verbindung fiel immer wieder aus. Aber ich mache mir Sorgen, verstehst du? Werden die Menschen hier die dringend benötigten Brunnen bekommen? Was wird aus der medizinischen Versorgung, die sie durch uns erhalten, und wer springt ein, wenn einer der Lehrer mal krank ist?«

»Und was wird aus dir und Caleb, wenn sie die Station hier schließen? Wie lange solltet ihr denn noch hierbleiben?«

»Meine Zeit hier läuft eine Woche nach der Abreise deiner Gruppe ab, und Caleb wird wahrscheinlich versetzt, aber ich mache mir hier keine Sorgen um mich.«

Er zog sie an sich und drückte ihr einen Kuss auf den Scheitel. »Mir ist klar, dass du dir um die Menschen hier Sorgen machst. Ich stellte nur gerade fest, dass ich gar nicht weiß, wie lange du noch hier sein wirst oder was du im Anschluss vorhast.«

Sie lehnte sich an ihn. Was danach kommen würde, wusste sie ja selbst noch nicht. Die Vorstellung, nicht mehr bei Sage zu sein, bewirkte bei ihr ebenso Herzrasen wie das genaue Gegenteil. *Hör auf damit. Sei realistisch. Das ist für ihn nur eine Affäre.* Sie war sich nicht sicher, ob sie sich davon überzeugen wollte oder ob sie das tatsächlich glaubte, doch sie konnte diesen Gedanken einfach nicht mehr abschütteln.

»Eigentlich sollte ich an einen anderen Ort versetzt werden, wenn meine Zeit hier zu Ende ist, aber jetzt …« Sie zuckte mit den Achseln. »Irgendwie habe ich gerade das Gefühl, dass alles, was wir tun, nur vorübergehend ist. Das kenne ich gar nicht von mir. Ich war so stolz auf alles, was meine Eltern getan haben, aber die anderen Aspekte ihrer sozialen Arbeit habe ich anscheinend nie wahrgenommen. Sie sagten, dass sie so etwas schon ein Dutzend Mal erlebt haben, aber davor haben sie mich wohl immer abgeschirmt. Oder sie waren derart an die Sorge gewöhnt, dass sie mir gar nicht aufgefallen ist. Ich weiß es einfach nicht.«

Sage schwieg sehr lange Zeit, und Kate fragte sich schon, ob er zu der Feststellung gekommen war, sie sei ihm zu kompliziert.

»Was würdest du dir denn wünschen?«, fragte er dann.

»Was ich mir wünsche? Dass unsere Bemühungen hier fortgesetzt werden, denke ich. Ich möchte davon ausgehen können, dass die alten Leute genug Medikamente und Nahrungsmittel bekommen. Dass es in Punta Palacia funktionierende Brunnen gibt, um die Wasserversorgung zu verbessern. Dass ich hier auf Dauer etwas für die Gemeinde erreicht habe. Dass unsere Arbeit hier noch lange positive Auswirkungen hat. Ist das zu viel verlangt?« Sie blickte zu ihm auf und befürchtete, schon wieder viel zu weinerlich zu klingen.

Er legte ihr eine Hand unters Kinn und sah ihr tief in die Augen. »Nein. Das ist eine wunderschöne Vorstellung.«

Als er sie zärtlich küsste, fiel es Kate auf einmal sehr schwer, sich nicht mehr mit ihm zu wünschen – mehr Zeit, eine richtige Beziehung. Sie rückte von ihm ab, um sich ein wenig vor der emotionalen Hölle zu schützen, die in wenigen Tagen über sie hereinbrechen würde, sobald er abgereist war. Wenigstens hatten sie die gemeinsamen Nachtstunden, in denen sie den Körper des anderen erkundeten, küssten, kosteten, berührten und liebkosten, bis sie beide durch und durch befriedigt waren. Nachts hatte sie beinahe den Eindruck, der Morgen würde niemals anbrechen. Aber nun, wo die ungewisse Zukunft von Punta Palacia und AIA sie belasteten, bekam sie es mit der Angst zu tun.

»Ich habe da eine Idee, die vielleicht hilfreich ist«, meinte Sage. »AIA hat diesen Ort wie einen Spielplatz für die Medien genutzt, aber wir könnten vermutlich auch ohne die ganze PR durch die Promis genug Geld einnehmen.«

»Denkst du über eine Spende nach?« Es fiel ihr so schwer, sich zu konzentrieren. Die Hitze, ihr Bedürfnis, Sage ganz nahe zu sein, und die Unterhaltung mit Raymond überforderten sie, und sie hätte das alles gern für ein paar Minuten einfach vergessen.

»Nein. Ich denke an Kunstauktionen, deren Erlös an ein Unternehmen geht, das sich allein darauf konzentriert, Orten wie Punta Palacia zu helfen. Auf mich macht es den Anschein, als wären die Brunnen hier das größte Problem, daher wäre eine Non-Profit-Organisation, die sich vor allem auf den Brunnen-bau spezialisiert, doch eine gute Idee.« Er nahm Kates Hand. »Ich suche schon lange nach einem Weg, der Gesellschaft etwas zurückzugeben, Kate, und zwar mehr als nur Geld. Vielleicht verwende ich nicht die richtigen Worte dafür, aber … ein solches Unternehmen würde es mir erlauben, mit meinem Einkommen und meinen Beziehungen etwas Sinnvolles zu tun, und ich könnte direkt vor Ort sein und mit den Gemeinden zusammenarbeiten, während die Brunnen gebaut werden, und vielleicht, ich weiß nicht genau, einen Monat in jeder Gemeinde verbringen. Das ginge wohl etwa viermal im Jahr.«

Ein Unternehmen? »Ich bin mir nicht ganz sicher, ob ich das richtig verstehe. Du willst eine Non-Profit-Organisation gründen? Ein ganzes Unternehmen?« Sie schluckte wer. *Wer in aller Welt bist du?* Welcher Mensch traf derart bahnbrechende

Entscheidungen innerhalb weniger Tage? Oder wegen eines Dorfs, das dringend einen Brunnen brauchte?

»Ja. Ich denke schon. Ich brauche natürlich mehr Informationen, aber ich denke definitiv darüber nach.«

Wow. Sie wusste genau, was für ein Mensch lebensverändernde Entscheidungen zum Wohle anderer traf, und er sah sie gerade mit dem süßesten Blick und dem aufrichtigsten Lächeln an. Aber sie musste erst einmal einen klaren Kopf bekommen.

»Darüber muss ich erst einmal nachdenken. Können wir … Wollen wir schwimmen gehen?« Sie stand auf und zog den Reißverschluss ihrer Shorts herunter.

»Du willst nackt schwimmen?« Sage zerrte sich das Tanktop über den Kopf und ließ es auf den Sand fallen. »Du stehst da, ziehst dich aus und fragst mich, ob ich lieber nackt mit dir schwimmen oder über Brunnen reden will? Ist das dein Ernst?«

Oh Gott, ich will dich so sehr.

Sage legte ihr die Hände an die Hüften und fuhr mit den Lippen über ihre Schulter. »Jetzt gefällt es mir hier sogar noch besser als zuvor«, flüsterte er.

Wie hatte sie nur auf die Idee kommen können, sie würde Sage weniger begehren, wenn sie mit ihm schwimmen ging? Er zog ihr das T-Shirt über den Kopf und öffnete den BH-Verschluss, um alles auf den warmen Sand fallen zu lassen. Kates Brustwarzen stellten sich sofort auf. Sage fuhr mit den Händen über ihre Taille und nestelte am Knopf ihrer Shorts herum.

»Wir gehen schwimmen, verstanden?«, meinte sie halb im Spaß.

»Ja.« Er stieg aus seinen Shorts und stand nackt vor ihr. Mit einer Erektion.

Lachend zog Kate ihre Shorts aus und spürte, wie sie errötete.

Sage blickte an sich herunter. »Wir wollen wirklich schwimmen?« Er wollte ihr erneut die Hände auf die Hüften legen.

»Oh nein.« Kate wich einen Schritt zurück und fühlte sich auf einmal verspielt, während ihre Sorgen in den Hintergrund traten. *Großer Gott.* Er hatte ihr Denkvermögen wirklich stark beeinflusst. Sie drehte sich um und schritt lässig in Richtung Wasser, war sich dabei seines durchdringenden Blickes bewusst sowie der Tatsache, dass sie ihn ebenso sehr auf die Folter spannte wie sich selbst. Im Gehen bewegte sie die Hüften etwas mehr als üblich und warf einen, wie sie hoffte, verführerischen Blick über die Schulter, um sich dann das Haar nach hinten zu werfen. Als ihr bewusst wurde, dass es sich bei dem Geräusch, das an ihre Ohren drang, um Sages schnelle Schritte handelte, hatte er sie auch schon hochgehoben und ins Wasser getragen, um sie dort leidenschaftlich zu küssen.

Sie drückte sich an ihn.

»Schwimmen?«, fragte er schwer atmend.

Sie klappte den Mund auf, um Ja zu sagen, doch es kam kein Ton heraus, daher nickte sie nur.

Sage schüttelte den Kopf. »Okay.« Er schwang sie auf seinen Armen hin und her.

»Wag es nicht, Sage …«

Schon hatte er sie ins tiefe Wasser geschleudert. »Sage!«, brüllte sie noch, während sie durch die Luft segelte. Dann landete sie im Wasser. Er streckte bereits die Arme nach ihr aus, und sie fiel ihm um den Hals und konnte gar nicht mehr aufhören zu lachen.

»Küsst du mich jetzt endlich?«, verlangte er.

Aber gern. Sie legte die Beine um seine Taille und merkte, wie er mit den Beinen zappelte, damit sie nicht untergingen. Er hielt sie mit einem Arm fest und machte mit dem anderen Schwimmbewegungen, um sie zum Ufer zurückzubringen, bis er wieder Boden unter den Füßen hatte. Sofort legte er beide Arme um sie und vertiefte den Kuss. Sie spürte, wie sich seine Spitze gegen ihre Öffnung drückte, und wollte weiter nach unten rutschen, damit er in sie eindringen konnte.

»Kein Kondom«, wisperte er zwischen den Küssen.

»Ich nehme die Pille«, erwiderte sie keuchend.

Sage drückte sie an sich und musterte sie skeptisch.

»Was ist?«, fragte sie.

»Was ist mit Krankheiten?«

Sie stemmte ihm empört die Hände gegen die Brust.

»Was ist? Du bist eine attraktive Frau. Ich kann doch nicht davon ausgehen …«

Sie wusste nicht, ob sie beleidigt sein oder es als Kompliment ansehen sollte, aber er fühlte sich so verdammt gut an, wie er sich an sie drückte, und sie empfand so viel mehr für ihn, als sie jemals für möglich gehalten hatte, daher wollte sie nicht länger darüber nachdenken.

»Ich hatte noch keine. Und du?«

Er schüttelte den Kopf. »Nein.« Erst jetzt lockerte er seinen Griff, und sie rutschte weiter nach unten und nahm ihn in sich auf. Ganz. Er schnappte nach Luft.

»Grundgütiger, Kate. Du fühlst dich so gut an.«

Seine lustvolle Stimme steigerte ihr Verlangen nach ihm nur noch mehr. Allein zu wissen, dass er ihr Liebesspiel ebenso genoss wie sie, erregte sie ungemein. Sie drückte die Nase an seinen Hals und drückte Küsse auf die sich vorwölbenden Muskeln, während sie sich im Einklang mit seinen kräftigen Stößen bewegte. Er war so groß und stark, und sie genoss es, wie feminin sie sich bei ihm fühlte. Sie war jedes Mal aufs Neue überrascht, wie ungehemmt sie war, wenn sie sich liebten. Jetzt, wo ihr die Sonne auf den Rücken schien und er tief in ihr war, fragte sie sich, wie es sein konnte, dass sie in einem Augenblick noch voller Sorge gewesen war, nur um im nächsten von ihrer Lust übermannt zu werden. Sie sah ihm in die Augen und spürte, wie ihr das Herz überging.

Kate küsste ihn innig und schloss die Augen, um sich ganz diesem Gefühl hinzugeben. Er hielt ihr Becken fest, stieß sich fest in sie hinein und machte diese kreisende Bewegung, die er auch zuvor schon gemacht hatte. Kate riss die Augen auf, klammerte sich an seine Schultern und kniff die Augen wieder zu.

»Sieh mich an«, bat er sie.

Sie schlug die Augen wieder auf, war jedoch kurz vor dem Orgasmus und hielt es einfach nicht aus. »Es geht nicht«, stieß sie keuchend hervor und machte die Augen wieder zu. Sie legte den Kopf in den Nacken, und er küsste ihre Schulter, leckte darüber und knabberte daran, bis sie gekommen war.

»Kate«, murmelte er mit tiefer, gutturaler Stimme. Er packte sie fester und erreichte wie sie den Höhepunkt. Schwer atmend klammerten sie sich aneinander, als würde ihr Leben von der Kraft des anderen abhängen.

Eine halbe Stunde später war ihre Haut in der Sonne getrocknet, sie zogen sich an und legten sich auf den warmen Sand. Sage holte einen Stift aus der Tasche und hob Kates Shirt hoch.

»Gibst du mir ein Autogramm?«, spöttelte sie.

Er zuckte mit den Achseln. »Ich würde gern etwas malen und könnte mir keine bessere Leinwand vorstellen.« Er fuhr mit der Hand über ihren Bauch. Kate versuchte, das abermals in ihr aufsteigende Verlangen zu unterdrücken, während sie beobachtete, wie sich die Muskeln unter seinen Tattoos bewegten.

»Tut es sehr weh, sich ein Tattoo stechen zu lassen?«, fragte sie, als er zu zeichnen begann. Es kitzelte so sehr, dass sie die Luft anhalten musste.

»Mehr als das hier.« Er gab ihr einen Kuss auf den Bauch.

Kate fuhr mit einer Hand durch sein dichtes Haar.

»Was hast du vor, Kate? Bleibst du oder gehst du, wenn die Station hier nicht aufgelöst wird? Wann gehst du nach Hause? Wo ist dein Zuhause überhaupt?«

Sie kicherte, als er mit dem Stift über ihre Rippen fuhr. »Selbst wenn die AIA hier bleibt, muss ich in einigen Monaten an einen anderen Ort, nachdem ich von hier weggegangen bin. Zwischen den Einsätzen bleibt mir eine Weile Zeit, vielleicht sogar zwei oder drei Monate. Wenn man für eine Organisation wie AIA arbeitet, hat man eigentlich kein Zuhause, wenn man nicht irgendwo ein Haus besitzt. Man muss AIA beweisen, dass man schuldenfrei ist, damit während eines Einsatzes nichts passieren kann, aber …«

Er sah ihr in die Augen. »Das ergibt Sinn. Aber was genau bedeutet es für dich, nach Hause zu gehen? Wohnst du dann bei deinen Eltern?«

»Ja, genau. Sie wohnen in einem Vorort von Washington D.C. Ich habe sie seit zwei Jahren nicht mehr gesehen, sondern nur mit ihnen geskypt. Sie wollten mich besuchen, konnten es sich aber nicht leisten.«

»Sie müssen dir sehr fehlen.«

Das Kitzeln des Stifts auf ihrer Haut lenkte sie so sehr ab, dass sie nichts erwiderte. Sie versuchte zu erkennen, was er malte, aber er schirmte es mit der Hand ab.

»Nicht gucken.« Wieder drückte er ihr einen Kuss auf den Bauch. »Ich verspreche dir, dass ich nichts Unanständiges male.«

»Das ist das erste Mal, dass ich als Leinwand benutzt werde.«

Er grinste sie an. »Ich fühle mich geehrt, der Erste zu sein.«

In seiner Stimme schwang etwas Lüsternes mit, als hätte er gesagt: *Ich fühle mich geehrt, dein erster Liebhaber zu sein.*

Dann widmete er sich wieder seinem Bild und erklärte schlicht: »Aber ich bin versucht, dir das Shirt noch weiter hochzuschieben.«

»Da gibt es nicht viel zu sehen.« Ihre kleinen Brüste waren ihr schon immer ein wenig unangenehm gewesen und die Worte kamen ihr fast aus Gewohnheit über die Lippen. Doch dann fiel ihr auf, dass sie sich mit Sage überhaupt nicht so fühlte. Er sah sie an, als wäre sie für ihn die schönste Kreatur auf Erden.

»Das ist jetzt nicht dein Ernst.« Er stützte sich auf einen Ellbogen. »Du bist perfekt proportioniert. Alles an dir ist hinreißend. Feminin. Unglaublich sexy.« Er küsste sie, rutschte wieder nach unten und widmete sich seiner Zeichnung. »Vermisst du deine Eltern?«

»Das mag vielleicht albern klingen, aber ja, sie fehlen mir.«

»Warum sollte das albern sein? Ich vermisse meine Familie auch und ich bin noch gar nicht lange weg. Was ist mit deinen Freunden?«

Diese Frage war schon schwieriger. Mit den meisten ihrer Collegefreunde blieb Kate per E-Mail in Kontakt, aber sie sah sie fast nie und hatte abgesehen von Luce, die auch nur ab und zu herkam, auch keine guten Freunde. Kates Job ließ nun mal keine engen Freundschaften zu.

»Ich brauche wohl nicht viele Menschen um mich und ich bin sehr zufrieden mit den Menschen und dem Leben hier. Eigentlich vermisse ich meine Freunde nicht besonders.« *Jedenfalls war ich bisher zufrieden, aber wenn ich nicht bei dir bin, dann fehlst du mir.* Sie seufzte. *Hör auf damit.*

»Hm.«

»Was?«

»Nichts. Ich war nur neugierig.«

Er schwieg, und Kate fragte sich, ob er sie wohl für seltsam hielt. Sie wusste, dass es einige Menschen komisch fanden, wenn man nicht viele Freunde hatte, aber bei ihrem Lebensstil blieb ihr einfach nichts anderes übrig. Schweigend beendete er seine Zeichnung. Als die Sonne langsam unterging, betrachtete er sein Werk mit ernster Miene.

»Darf ich es jetzt sehen?«, fragte sie.

»Ja.«

»Darf ich es auch anfassen?«

Er setzte sich neben sie, stützte die Arme auf die Knie und blickte ernst aufs Wasser hinaus. »Sicher.«

Kate fuhr mit den Fingern über die Details einer perfekten Weltkugel, auf der Sage und sie Seite an Seite und Hand in Hand saßen und die Beine über den Rand von Mittelamerika baumeln ließen. In der Mitte des Golfs von Mexiko stand im Wasser, das so echt aussah, dass Kate am liebsten hineingesprungen wäre: *Sage + Kate.*

»Das gefällt mir.« *Du gefällst mir.* Sie berührte seinen Arm und rechnete damit, dass er sich vorbeugen und sie küssen würde. Als er sich nicht rührte – und nicht einmal lächelte –, war ihr klar, dass etwas nicht stimmte. Ganz und gar nicht. Sie hatte nur nicht die leiseste Ahnung, was es war. »Sage?«

»Ja?« Auch jetzt sah er sie nicht an.

»Was ist los?«

Sage stand auf. »Nichts.« Er reichte ihr die Hand und half ihr auf. »Wir sollten lieber zurückgehen, bevor es dunkel wird.«

Das hatte Kate gerade noch gefehlt: ein muffeliger Künstler an einem der schwierigsten Abende ihres Lebens.

Fünfzehn

Je besser Sage Kate kennenlernte, desto enger schien die
Verbindung zwischen ihnen zu werden. Er war sich im Herzen
von New York in dem riesigen Haus, das viel zu viel Geld
gekostet hatte, schon immer ein bisschen fehl am Platze
vorgekommen. In einer kleinen Hütte im Wald mit einer
rustikalen Scheune als Studio konnte er sich sein Leben viel eher
vorstellen. Er hatte in den letzten ein oder zwei Jahren häufiger
darüber nachgedacht, sein Leben zu ändern, doch auch wenn
ihm die Vorstellung gefiel, war er doch immer wieder rasch
ernüchtert, wenn ihn die Stimme seines Vaters dazu drängte,
mehr zu sein. *Mehr* zu tun. Mehr Geld zu verdienen. Sein Bestes
zu geben. Die Tage mit Kate hatten seine Liebe zur Natur und
zu einem ruhigeren, einfacheren Lebensstil neu entfacht. Seine
Arbeit hier kam ihm vor wie das fehlende Puzzleteil, nach dem
er so lange gesucht hatte. Aber jetzt fragte er sich, ob er wirklich
sein Bestes gab, wenn er nicht noch mehr tat.

Auf dem Rückweg nahm er Kates Hand und dachte über
ihre Worte nach, dass sie nicht viele Menschen in ihrem Leben
brauchte. Er fühlte sich ihr näher, als er es je bei einem anderen
Menschen erlebt hatte, aber so langsam machte er sich Sorgen,
dass er weitaus mehr für sie empfand als sie für ihn. Und er

musste sich möglicherweise für eine ganze Menge Schmerz wappnen. *Wirst du mich vermissen, wenn ich abgereist bin?* Der Gedanke, hier wegzugehen – und die Frage, die ihm auf der Zunge lag, sowie die Sorge, wie Kates Antwort lauten mochte –, bereiteten ihm Magenschmerzen.

»Du hast noch gar nichts von der Dorfversammlung erzählt. Wie ist es gelaufen?«, erkundigte er sich.

»Super. Aber wenn wir unsere Zelte hier abbrechen, wer tritt dann für diese Menschen ein? Wir versuchen nun schon seit anderthalb Jahren, eine Genehmigung für den Brunnenbau zu bekommen, und sind so kurz davor.« Sie seufzte. »Ich kann nur hoffen, dass das Treffen am Freitag etwas bringt.«

»Am Freitag?«

»Ja. Es gibt so viele Punkte zu bedenken, und ich bin keine Ingenieurin oder etwas in der Art, daher ist meine Stimme nur eine von vielen, aber ich denke, dass meine Unterstützung etwas ausmacht. Am Freitag schickt das Ministerium für die Entwicklung des ländlichen Raums einen Ingenieur her, der sich umsehen und mit den Einwohnern reden soll. Da kann ich auch etwas einbringen und hoffen, dass es vielleicht den Ausschlag gibt.«

»Es ist ein Regierungsprojekt. Dabei geht es vor allem um möglichst geringe Kosten.« *Aus diesem Grund ist eine gemeinnützige Organisation, die sich auf Brunnen konzentriert, ja gerade so sinnvoll.*

Kate seufzte wieder und schüttelte den Kopf, als ob er rein gar nichts verstand. Was auch zutraf, denn er begriff nicht, wie ein freiwilliger Helfer etwas bewegen sollte, wenn es um Politik ging. Mit Bestechung kam man bei einer Regierung vielleicht weiter, aber wohl kaum mit guten Absichten.

»Kann ich irgendwie helfen? Ich weiß ja, dass ich nicht mit

Geld um mich werfen soll, weil du das nicht magst, aber dies ist ein gutes Beispiel dafür, wie die Gemeinde profitieren könnte, wenn du mich ein paar Stücke malen und für wohltätige Zwecke versteigern lassen würdest.«

»Es ist nur …« Sie stieß die Luft aus, als sie zu den Hütten gelangten. »Ja, hierbei geht es um die Finanzierung. Aber die Regierung hat das Geld. Sie verteilt es bloß an die größeren Gemeinden, als würden die kleineren keine Rolle spielen. Als würden sie nicht dieselben Ressourcen benötigen, nur weil dort weniger Menschen leben.«

Als er die Leidenschaft in ihrer Stimme mitschwingen hörte und weil er wusste, wie hart sie in jeder Hinsicht für die Gemeinde gearbeitet hatte, fühlte Sage umso mehr mit ihr. Er strich ihr das feuchte Haar von den Schultern. »Ich bin stolz auf dich, weil du so viel tust und dich so sehr einsetzt. Du bist unglaublich und du solltest auch stolz auf dich sein.« Er hatte bei Kate von Anfang an einen starken Beschützerinstinkt gespürt, der seit ihrem ersten Kuss nur noch intensiver geworden war.

Sie blinzelte mehrmals, als wollte sie ihren Ohren nicht trauen. »Danke.«

Er zog sie an sich und gab ihr einen Kuss auf die Wange. Dabei war er sich bewusst, wie gefährlich es war, sich ihr überhaupt derart zu öffnen, lebten sie doch sehr weit auseinander. Wer wusste schon, wo Kate in wenigen Monaten sein würde. Aber er konnte einfach nicht anders, als an ihrem Leben teilhaben zu wollen. »Ich möchte dir helfen, und wenn du schon kein Geld nimmst, dann lass mich dich wenigstens auf andere Weise unterstützen.«

»Du könntest mich ja zu dem Treffen begleiten. Das wäre sehr hilfreich. Je mehr Unterstützer anwesend sind, desto besser.«

»Okay. Ich werde da sein.«

»Wirklich? Es findet Freitag um drei statt.«

»Ich komme.«

»Was ist mit dem Wandbild und den Kindern?« In ihren Augen spiegelten sich Hoffnung und Sorge wider und Sage wollte beides verschwinden lassen.

»Ich rede mit den Lehrern und bitte sie, das Malen ausnahmsweise vorzuziehen. Dann wird es klappen.«

»Ich will deinen Zeitplan nicht durcheinanderbringen, aber das ist mir wirklich wichtig. Und es würde mir sehr viel bedeuten, wenn du dabei wärst.«

»Und du bist mir wichtig, also werde ich da sein.«

Ihre Lippen umspielte ein Lächeln, und als es ihre Augen erreichte, schien die Sorge zu verschwinden. »Danke.«

Jeder Nerv in Sages Körper war bis zum Zerreißen gespannt, weil er liebend gern mit ihr über ihre gemeinsame Zukunft gesprochen hätte – und wissen wollte, ob sie sich nach seiner Abreise je wiedersehen würden. Aber er hatte Angst, Kate könnte ihn gleich wieder als aufdringlichen Künstler oder Promi einordnen. Daher wollte er lieber warten. Kate hatte noch nicht angedeutet, dass sie daran interessiert war, ihn nach ihrer gemeinsamen Zeit in Belize zu treffen. Möglicherweise hatte sie ihm an diesem Nachmittag sogar das Gegenteil zu verstehen gegeben. *Ich brauche wohl nicht viele Menschen um mich und ich bin sehr zufrieden mit den Menschen und dem Leben hier.*

Sage würde einfach alles nehmen, was sie ihm zu geben bereit war.

Später an diesem Abend kamen Kate und Luce auf dem Weg in die Stadt an Sages Hütte vorbei. Sie trafen ihn im von Fliegengitter umgebenen Bereich beim Skizzieren an. Er trug nur Sportshorts und war schweißnass. Kate blieb dicht vor dem Fliegengitter stehen, blickte hinein und erinnerte sich daran, wie sich sein nasser Körper an diesem Nachmittag angefühlt hatte.

»Du hast auch eine Dusche, falls du das vergessen haben solltest«, neckte Luce ihn.

Sage blickte nicht von seinem Skizzenblock auf. »Das kommt später.«

»Was malst du da?« Kate hatte sich auf die Zehenspitzen gestellt und versuchte, mehr zu erkennen. Ihre Hand wanderte auf den Bauch, wo sich noch immer die Zeichnung von ihnen beiden auf der Weltkugel befand. Sie hatte beim Duschen darauf geachtet, sie nicht abzuwaschen.

»Ich möchte mich an alles hier erinnern, damit ich es zu Hause einfangen kann. Heute habe ich im Regenwald gleich am Ende des Pfads in Strandnähe die schönsten roten Blumen gesehen. Die male ich gerade.« Er wandte den Blick nicht von seinem Bild ab.

Kate bekam leichte Schuldgefühle. Sie war noch keinem Künstler so nahe gekommen und konnte nur schwer nachvollziehen, wie er sich wohl fühlte, wenn die Inspiration zuschlug. Als sie Sage jetzt beobachtete, wie er einzufangen versuchte, was er gesehen hatte, fragte sie sich, ob es ein Fehler gewesen war, diese Inspiration zu unterdrücken, indem sie ihm verbot, Leinwände aus den USA einfliegen zu lassen.

»Wir gehen in die Stadt was essen. Möchtest du mitkommen?«, fragte Kate, auch wenn ihr längst klar war, dass er sich wieder in einer Art Künstlertrance befand.

»Nein danke. Amüsiert euch. Ich stelle das Bild fertig und

trainiere dann noch.«

Kate wartete darauf, dass er sie fragte, ob sie sich später noch sehen würden, oder dass er ihr einen Abschiedskuss geben wollte, und als beides nicht geschah, traf es sie wie ein Stich ins Herz.

Luce hakte sich bei Kate unter. »Können wir los, Süße? Die Fajitas rufen mich schon.«

»Ähm, ja.« Kate warf Sage noch einen Blick zu. »Okay, dann …«

Er hob kurz den Kopf, und sie glaubte schon, dass doch etwas passieren würde – für einen Sekundenbruchteil sahen sie sich an –, aber dann schaute er wieder auf sein Bild. »Viel Spaß.« Ohne erneut aufzublicken, fügte er hinzu: »Ich komme später vorbei.«

Sobald sie außer Hörweite waren, meinte Luce: »Da hast du dir aber einen launischen Künstler angelacht.«

»Wer hätte das gedacht?« Kate versuchte, keine große Sache daraus zu machen, dass sich Sage mehr für sein Bild als für sie interessiert hatte, aber sie hörte selbst, wie verletzt sie klang, und wusste, dass Luce es auch mitbekommen würde.

»Hey, ist alles in Ordnung? Er ist eben beschäftigt.«

»Ja, vermutlich. Es ist nur … Du hast es auch gemerkt, oder? Ich meine … Er hat sich nicht mal gefreut, mich zu sehen.« *Himmel, ich höre mich ganz schön erbärmlich an.*

»Was ist denn los? Bist du etwa eifersüchtig auf ein Bild? Ist das dieselbe Kate, die seit einer Ewigkeit keinen Mann haben wollte? Die Kate, die ein Hilfsprojekt in einem Entwicklungsland leitet, weit weg von allen, die sie kennt, und ohne jede Hilfe? Und auf einmal bist du ohne Sage verloren? Was hast du denn?« Luces Stimme klang am Anfang noch amüsiert, wurde jedoch zunehmend ernster.

Auf dem Weg in die Stadt brütete Kate vor sich hin. Sie wusste nicht einmal, was diese Sache mit Sage eigentlich war. Eine Affäre? Eine Beziehung? Woher sollte sie das auch wissen? Sie hatten nicht darüber gesprochen. Kate hatte einfach ihren Gefühlen freien Lauf gelassen, wie sie es sonst nie tat, und es hatte sich gut angefühlt. Aber sie war auch unfassbar verwirrt.

»Ich sollte nicht verletzt sein, dass er lieber malt, statt mit mir zusammen zu sein, oder, Luce? Wenn ich die Wahl hätte, ihn zu sehen oder zu einer Besprechung wegen des Brunnens zu gehen, würde ich auch Letzteres machen. Das ist doch vergleichbar, nicht wahr?«

»Er macht einfach, was Künstler tun, Kate.«

Kate seufzte. »Dann ist es vermutlich gut, dass ich es jetzt und nicht später herausfinde. Und es war wahrscheinlich schlau, dass ich nicht nachgegeben habe und er keine Bilder malen durfte, die er in New York verkaufen kann, weil ich ihn sonst gar nicht mehr gesehen hätte.«

»Du weißt, dass ich dich sehr mag«, begann Luce, als sie das gemütliche Café betraten. Die Innenwände waren in einem strahlenden Gelb gehalten und es gab mehrere kleine Tische. Drei ältere Männer saßen ganz hinten und hatten drei Bierflaschen sowie zwei Teller vor sich stehen. Ihre ledrige Haut war von der Sonne ganz zerfurcht und sie hatten dicke Tränensäcke unter den Augen. Luce entschied sich für einen Tisch an der Seite.

»Aber?«

»Diese ganze Geschichte ist lächerlich. Er sollte malen und die Bilder in New York verkaufen, um mit dem Gewinn die Gemeinde hier zu unterstützen. Wen interessiert es, ob seine Karriere davon profitiert? Damit will ich nicht sagen, dass er es deswegen tut, denn das ist eindeutig nicht der Fall.«

Sie bestellten sich bei einer Frau mittleren Alters in einem dunklen Rock mit dazu passender Bluse Getränke und etwas zu essen. Kate kannte die Frau aus dem Dorf, konnte sich aber nicht an ihren Namen erinnern. Sie trug ihr langes Haar offen, und wenn sie lächelte, zeichneten sich ihre gelben Zähne deutlich vor ihrer dunklen Haut ab.

»Du findest, ich benehme mich lächerlich? Nach all dem Mist, den du hier mit den Promis erlebt hast, die nur auftauchen, um sich vor der Presse zu präsentieren?« Kate trank einen großen Schluck von ihrer Margarita, die ihr besser schmeckte als jemals zuvor.

»Ich bin bloß der Ansicht, du solltest nehmen, was immer du kriegen kannst.« Luce hob ihr Glas. »Damit beziehe ich mich sowohl aufs Geld als auch auf Sage.« Sie zwinkerte Kate zu.

Auf einer gewissen Ebene wusste Kate, dass Luce recht hatte, aber auf einer anderen ging es ihr gegen den Strich, Dinge zu erlauben, die einem Promi nur noch mehr gute Presse bescherten. Sie sah ihre Freundin an, die ihr glattes blondes Haar zu einem hohen Pferdeschwanz gebunden hatte, ungeschminkt war, ein unspektakuläres Tanktop trug und ganz und gar nicht wie eine PR-Managerin aus New York aussah, auch wenn sie im Augenblick zu Kates Bedauern wie eine klang. Kate hatte von klein auf gelernt, immer das Richtige zu tun, und wenn es um die Menschen in Punta Palacia ging, machte sich ein starker Beschützerinstinkt in ihr bemerkbar, den sie sehr ernst nahm. *Und dann sind da noch meine Gefühle für Sage.*

»Du weißt, wie sehr es mich ärgert, dass wir hier keine richtigen Freiwilligen haben. Wie kannst du dann so was sagen?« Kate leerte ihr Glas und bestellte sich eine zweite Margarita.

»Ich weiß es nicht, Kate. Du lebst hier.« Luce zuckte mit

den Achseln. »Warum machst du nicht das Beste aus allem, was den Menschen hier helfen kann? Selbst, wenn einiges davon nicht ganz ... koscher ist. Muss denn immer alles picobello sein?«

»In meiner Welt schon. Ich habe das Gefühl, dieses Verhalten zu tolerieren, sobald ich nachgebe.«

Luce kniff die Augen zusammen und sah Kate ernst an. »Jetzt hör mir mal gut zu, Süße. Ob du es nun zugeben willst oder nicht, aber allein dadurch, dass du hier bist und ein Projekt leitest, das von Promis unterstützt wird, tolerierst du dieses Verhalten.«

»Wirklich? Nein. Das ist ja eine schreckliche Vorstellung.« *Mache ich das wirklich?* Kate seufzte. Das war alles zu viel für sie. »Glaubst du, ich schade auch seiner Karriere, oder lasse ich nur nicht zu, dass er davon profitiert?« Sie schlug die Hände vor das Gesicht. »Hör mich nur an! ›Lasse ich nur nicht zu, dass er davon profitiert?‹ Das ist doch alles nicht wahr! Wer bin ich denn, ihm irgendetwas vorzuschreiben? Was ist aus mir geworden? Irgendwie ist mir die Arbeit hier so wichtig geworden, dass ... dass ...«

»Dass du vergessen hast, wie es in der wirklichen Welt ist?«, schlug Luce vor.

»Nein. Mir ist nur gerade klargeworden, dass du vermutlich recht hast. Vielleicht sollte ich gar nicht hier sein. Ich werde mir selbst untreu, indem ich diese Promis hofiere.« Diese Erkenntnis traf sie wie ein Schlag in die Magengrube.

Ich habe zugelassen, dass das System so funktioniert. Ich habe es sogar unterstützt. Ich habe das Projekt geleitet. Was in aller Welt mache ich eigentlich hier?

Sechzehn

Sage stand bei Anbruch der Dämmerung auf und ging zu Kates Hütte. Nachdem sie am Vorabend mit Luce in die Stadt gegangen war, hatte er Clayton und Cassidy aufgesucht und den beiden mit deutlichen Worten klargemacht, wie der Rest ihres Aufenthalts aussehen würde. *Ihr redet kein böses Wort mehr über Kate. Ihr nehmt eure Pflichten wahr. Jetzt, wo Penelope weg ist, müsst ihr euch reinhängen. Das haben die Menschen hier verdient. Kate und Caleb haben es verdient.* Und sie hatten sich erstaunlicherweise halbwegs menschlich verhalten und zugestimmt. Sage war beruhigter zu seiner Zeichnung zurückgekehrt und hatte sich so sehr darin vertieft, dass er die Zeit vergaß. Erst um zwei Uhr morgens hatte er den Stift weggelegt und war zu Kates Hütte gegangen, doch da hatte sie längst geschlafen und er hatte sie nicht wecken wollen. Auch wenn er sich nichts sehnlicher wünschte, als mit ihr in den Armen einzuschlafen.

Während er die Stufen hinaufging, atmete er tief ein. Dass er sich entschuldigen musste, war für Sage nichts Neues. Er hatte sich schon so oft in seiner Kunst verloren, dass er genau wusste, was er dadurch bei anderen auslöste. Dutzende von Frauen hatten ihm bereits wegen verpasster Verabredungen oder

Verspätungen die Meinung gegeigt. Selbst seine eigene Mutter hatte ihm den Kopf abgerissen, weil er nicht bei Familienfeiern aufgetaucht war, dabei wusste sie ganz genau, wie es ihm in diesen Situationen ging. Daher war es ihm umso unangenehmer, dass Kate jetzt auch in die Reihe der Frauen gehörte, die sich wegen seiner Kunst vernachlässigt fühlten.

Er sah Kate durch die Fliegengittertür in Shorts und einem schwarzen Tanktop auf der Bettkante sitzen und etwas in ein Notizbuch schreiben.

»Hey«, sagte er leise. »Wie sauer bist du?«

Sie drehte sich zu ihm um, und als er ihre verquollenen Augen sah, ging er zu ihr. Sie legte das Notizbuch auf die Matratze. Er kniete sich von Schuldgefühlen gepeinigt vor ihr auf den Boden. »Es tut mir wirklich leid, Kate. Ich habe mich ganz in meiner Kunst verloren. Dagegen kann ich leider nichts machen, so etwas passiert manchmal.« Früher hatte er sich häufig Ausreden einfallen lassen, aber er wusste selbst, wie wertlos diese waren, außerdem hatte Kate, die so verletzt und erschöpft aussah, die Wahrheit verdient. *So bin ich nun mal.* Er war der Mann, der sich in seiner Kunst verlor. So war es schon immer gewesen und das musste sie begreifen.

»Ich bin nicht sauer auf dich.« Sie streichelte seine Wange und ihr Blick wurde sanfter.

»Nicht? Warum nicht?«

Sie zuckte mit den Achseln. »Ich habe momentan einfach viel um die Ohren, das ist alles.« Bei diesen Worten stand sie vom Bett auf. »Du bist nicht an mich gebunden und du hast dich deiner Kunst gewidmet. Das ist in Ordnung, Sage. Wirklich.«

»Nein, ist es nicht, und es tut mir wirklich leid.« Er beugte sich vor, um sie zu küssen, aber sie berührte nur kurz seine

Lippen mit ihren und wandte sich dann ab.

»Kate?« Ihr Blick war umschattet, und er wusste, dass es seine Schuld war. »Ich vertiefe mich manchmal zu sehr in meine Arbeit, und ich weiß, dass es falsch ist und dass ich damit anderen wehtue.«

»Es ist okay, Sage. Ich vertiefe mich auch oft in meine Arbeit. Jedenfalls habe ich das früher getan.« Sie stieß die Luft aus und ging zur Tür. »Deine Lieferung müsste heute Morgen eintreffen.«

»Warte, Kate. Können wir reden?« *Wollen Frauen nicht immer alles gründlich besprechen?*

»Wir können uns unterwegs unterhalten. Ich würde gern noch einen Kaffee trinken und rechtzeitig da sein, wenn der Lieferwagen eintrifft.«

Er konnte die Kälte in ihrer Stimme und die Distanz zwischen ihnen kaum ertragen, als sie vor ihm her hastete. »Kate?«

Sie drehte sich zu ihm um und lächelte gequält.

Verdammt. Er nahm ihre Hand. »Es tut mir wirklich leid, aber lass mich nicht einfach so stehen. Bitte.«

»Ich lasse dich nicht stehen, ich habe nur viel zu tun.«

Da sah er ihn, diesen Spalt in ihrer stählernen Entschlossenheit, und auf einmal hatte sie feuchte Augen. Sofort überbrückte er die Entfernung zwischen ihnen und zog sie an seine Brust. Sein Herz zersprang beinahe, als sie die Arme schlaff an den Seiten herabhängen ließ.

»Ich wollte dir niemals wehtun, Kate.«

Sie schüttelte in seinen Armen den Kopf und legte ihm endlich die Hände an die Taille. »Das weiß ich.«

»Du musst beide Seiten von mir sehen. Es gibt den normalen Sage, aber wenn der Künstler in mir durchbricht, ist es so, als würde mein Gehirn einen Tunnelblick entwickeln. Alles andere verblasst einfach, aber das bedeutet nicht, dass mir nichts an dir liegen würde. Denn so ist das nicht.«

»Sage.«

»Es ist nur so, dass nichts diese Zone durchdringen kann, in die mein Verstand dann übergeht.«

»Sage?«

»Ich kann es verstehen, wenn du mich nicht mehr sehen willst.« *Auch wenn ich es nicht ertragen könnte.* »Ich kenne meine Fehler.«

Sie rückte von ihm ab. »Sage.« Inzwischen atmete sie schwer, runzelte die Stirn und klang eindeutig wütend.

»Ja?«

»Ich bin nicht sauer, okay?«, fauchte sie kopfschüttelnd. »Mir ist nur klar geworden, dass ich mich noch um sehr viele andere Dinge kümmern muss. Ich kann es verstehen, wenn du in diesen Zustand verfällst oder was immer Künstler da machen. Aber mein Leben dreht sich nicht nur um dich. Ich habe mir hier ein Leben aufgebaut und ich habe einen Job und Pflichten.«

»Das weiß ich.«

»Jedenfalls gibt es für mich wichtigere Dinge als die Tatsache, ob du für eine Nummer auftauchst oder nicht.« Sie drängte sich an ihm vorbei und stampfte über den Pfad in Richtung Kantine.

»Zu einer was?« Sage holte sie ein und hielt sie am Arm fest. Er senkte die Stimme, während sein Brustkorb vor Wut wie zugeschnürt war. »Zu einer Nummer? Mehr ist das für dich also nicht?« *Was zum Teufel ist zwischen gestern Abend und heute früh passiert?*

»Ich weiß nicht, was das zwischen uns ist, Sage.« Sie wollte schon weitergehen.

»Bleib gefälligst stehen, Kate. So leicht kommst du mir nicht davon.« Sie standen auf dem schmalen Pfad zwischen riesigen grünen Blättern und die warmen Strahlen der aufgehenden Sonne fielen durch Lücken im Blätterdach auf sie herab. Unter anderen Umständen wäre es richtig romantisch gewesen, aber so kam es ihm eher klaustrophobisch vor.

»Was willst du von mir, Sage? Ich befinde mich mitten in einer lebensverändernden Phase, und irgendwie liegt es an mir, für alle die richtigen Entscheidungen zu treffen, und … und …« Ihr kamen die Tränen. »Und es ist völlig unwichtig, was ich tue, weil AIA möglicherweise sowieso die Station aufgibt, und dann stehen die Menschen hier mit nichts da. Und ich versaue dir deine Karriere, indem ich dir das Malen verbiete, die Bildhauerei oder was immer du auch tun und in New York verkaufen willst.«

Er wischte ihr mit einem Daumen die Tränen von der Wange und konnte nach und nach verstehen, was in ihr vorging. »Das ist alles zu viel für dich. Ich war nur der Tropfen, der das Fass zum Überlaufen brachte.«

»Das stimmt doch gar nicht.« Sie verschränkte schnaufend die Arme vor der Brust.

Kate war so unfassbar niedlich, aber Sage wusste, dass er das jetzt auf keinen Fall laut aussprechen durfte. Da fiel ihm ein Ratschlag seiner Mutter wieder ein. *Wenn du einer Frau sagst, dass sie sich beruhigen soll, dass ihr die Dinge über den Kopf wachsen oder dass ein paar Pfund zu viel völlig unwichtig sind, dann beschwörst du nur einen Streit oder einen emotionalen Zusammenbruch herauf. Versuch es gar nicht erst, Sage.* Aber dafür war es zu spät.

»Ich bin schon mit weitaus mehr fertiggeworden.« Sie starrte ihn wütend an.

Da er befürchtete, etwas Falsches zu sagen, und genau wusste, dass Kate mit allem fertigwerden konnte, nahm er sie einfach in die Arme und hielt sie fest. Zuerst wehrte sie sich, aber er gab nicht nach. Selbst wenn sie wütend und aufgebracht war, brauchte sie Liebe. Sie stand stocksteif da, doch er hob sie hoch und legte sich ihre Beine um die Taille.

»Komm nicht auf dumme Gedanken. Ich will dich nur umarmen.« Er grinste sie schelmisch an.

Sie lachte leise und ließ es geschehen. Er drückte seine Wange an ihre und mit einer Hand unter ihrem Hintern und der anderen an ihrem Rücken flüsterte er: »Du warst nie nur eine Nummer.«

Erst da entspannte sie sich.

»Es tut mir leid, Kate. Ich werde mir mehr Mühe geben und auf dich eingehen. Aber bitte schließ mich nicht aus.«

Kate drückte sich an ihn und legte ihm eine Hand in den Nacken. »Es tut mir leid«, sagte sie leise.

»Es muss dir nicht leidtun. Sei einfach, wie du bist. Ich li… mag alles an dir. Ob du nun wütend, traurig oder glücklich bist. Und wenn du sauer auf mich bist, weil ich dich enttäuscht habe, nehme ich das klaglos hin. Das habe ich verdient. Du darfst sogar deinen Ärger an mir auslassen, wenn du sauer auf jemand anders bist, aber sobald die Wut verfliegt, ruf dir bitte in Erinnerung, wer ich bin, und ich werde versuchen, dasselbe zu tun.«

Sage wusste, dass es eine Sache war, etwas zu versprechen, aber eine ganz andere, dies in die Tat umzusetzen. Doch er glaubte an sich und wollte versuchen, wegen seiner Kunst nicht alles andere zu vergessen, auch wenn er wenig Hoffnung hatte, dass es immer von Erfolg gekrönt sein würde. Er hatte es schon früher versucht und war immer gescheitert.

»Sag mir, was ich tun kann, um dir zu helfen«, bat er sie, nachdem er sie wieder abgesetzt hatte.

»Sei …« Sie stieß laut die Luft aus und wandte den Blick ab. »Ich will keine dieser anstrengenden Frauen sein, aber kannst du wenigstens versuchen, mir Bescheid zu sagen, wenn du glaubst, dass wir uns nicht mehr sehen werden, auch wenn du es versprochen hast?«

Ja, aber das wäre gelogen. Ich weiß nie im Voraus, wann ich so vertieft sein werde, dass ich alles vergesse. Als er ihr wieder in die Augen sah, wusste er, dass er der Mann sein wollte, den sie sich wünschte. Er wusste zwar nicht, wie er das anstellen sollte, aber er würde es auf jeden Fall versuchen.

Sie sah ihm in die Augen und er legte ihr die Hände auf die Wangen. »Ich möchte dir niemals wehtun und ich werde mein Bestes versuchen, um dir gegenüber rücksichtsvoller zu sein, aber ich brauche ein Sicherheitsnetz.«

»Ein Sicherheitsnetz?«, wiederholte sie lächelnd.

Er beugte sich vor und küsste sie. »Ja. Ich weiß, wie ich bin, Kate. Es ist nicht so, als würde es mir Spaß machen, andere zu enttäuschen oder egoistisch zu wirken, wenn ich in meiner eigenen kleinen Welt versinke. Ich muss wissen, dass du nicht gleich abhaust, wenn ich versage, sondern mir hilfst.«

Sie setzten sich wieder in Bewegung.

»Dass ich das richtig verstehe: Wenn du vergisst, mich zu treffen, dann soll ich was machen? Dich abholen und daran erinnern, dass du mich vergessen hast?«

Jetzt lächelte er ebenfalls. »Das wäre super.«

Sie gab ihm einen Klaps auf den Arm.

»Was ist denn? Ist das keine gute Idee?«

»Das ist nicht fair«, protestierte sie.

»Okay, dann darfst du wütend auf mich sein, falls ich dich jemals vergesse, aber du darfst nicht gleich aufgeben.«

Sie schwieg einige Zeit. Als sie sich an einen Tisch in der Kantine setzten, fügte er hinzu: »Ich bin es wert.«

Kate zog einen Mundwinkel hoch und strich sich das Haar über die Schulter. »Ach ja?«

»Ja. Ich sehe ganz gut aus, bin ziemlich talentiert, und das Beste ist …«, er nahm ihre Hand und küsste sie, »ich werde immer versuchen, all deine Bedürfnisse vorauszusehen.«

»Du siehst gut aus und bist verdammt talentiert, aber beim letzten Punkt bin ich mir nicht so sicher. Du hattest keine Ahnung, warum ich heute Morgen so aufgebracht war, daher kann ich das nicht bestätigen. Es war jedoch ein netter Versuch.« Sie beugte sich über den Tisch und küsste ihn. »Okay. Ich helfe dir, will jedoch hoffen, dass du es wirklich wert bist.« Bei diesen Worten wackelte sie mit den Augenbrauen.

»Wag es ja nicht, mich wie eine Nummer zu behandeln«, neckte er sie. Obwohl er über den Verlauf ihres Gesprächs sehr erleichtert war, machte sich in seiner Magengrube ein mulmiges Gefühl breit. *Wie in aller Welt soll ich mich verändern und etwas tun, das ich noch nie getan habe?*

Siebzehn

Kates Magen hatte sich schon den ganzen Morgen zu einem festen Ball zusammengezogen. Sie kam sich wie eine Närrin vor, weil sie vor Sage die Fassung verloren hatte. Was hatte sie sich bloß dabei gedacht? Aber genau da lag das Problem. Sie hatte überhaupt nichts gedacht. Seitdem Luce ihr die Augen dafür geöffnet hatte, dass all ihre Arbeit während der letzten beiden Jahre völlig gegen ihre grundlegenden Prinzipien verstieß, war sie verwirrt, wütend und völlig außer sich. Als Sage am Vorabend nicht in ihre Hütte gekommen war, hatte ihr das den Rest gegeben. Auch wenn sie ihn noch so sehr mochte, er war ein Promi. Er war – zumindest zum Teil – egoistisch. Aber wie konnte es auch anders sein? Waren sie das nicht alle? Aber dann hatte er sie in den Armen gehalten und all das war mit einem Mal unwichtig geworden. Ihre Prinzipien hatten keine Bedeutung mehr, wenn sie nicht mit beiden Beinen fest auf dem Boden stand. *Vielleicht verliere ich einfach den Verstand.*

Kate sah zu, wie Sage und Oscar die Ladung aus dem Lieferwagen in die Schule trugen. Sie drückte sich das Klemmbrett an die Brust und fragte sich, wie sie einerseits so viel für Sage empfinden und andererseits so verwirrt sein konnte. Hatte sie tatsächlich zugestimmt, ihm zu helfen, wenn er sie erneut vergaß? Was in aller Welt stimmte nicht mit ihr? *Klar, vergiss mich, das ist schon okay.* Aber er hatte sie um Hilfe gebeten und … Verdammt. Sie glaubte ihm, dass er sie nicht mit Absicht vergessen hatte, und sie glaubte auch, dass er in Zukunft Hilfe brauchte, damit es nicht abermals geschah. War sie naiv? Hatte sie es nur mit einem weiteren egozentrischen Promi zu tun? *Arrrg!* Sie verdrängte diesen Gedanken, als Sage und Oscar wieder aus dem Gebäude herauskamen. Sage winkte jemandem hinter Kate zu, und als sie herumwirbelte, sah sie, dass Clayton und Cassidy auf sie zukamen. *Na super.*

»Ihr sollt heute Caleb helfen«, meinte sie schroff. Sage hatte ihr erzählt, was Clayton über sie gesagt hatte, und es war ihr sehr schwergefallen, ihn nicht darauf anzusprechen.

»Sage hat mich gebeten, ihm beim Abladen zu helfen.« Clayton spannte seinen Bizeps an. »Damit ich mal meine Muskeln spielen lassen kann.«

Kate verdrehte die Augen. »Na, dann ran an die Arbeit.« Sie deutete mit dem Kinn auf den Lieferwagen und sah zu, wie Clayton darauf zumarschierte, während sie sich fragte, wie es dazu gekommen war, dass Sage, der den Mann vor Kurzem noch hatte umbringen wollen, ihn auf einmal um Hilfe bat.

»Ist er nicht sexy?« Cassidy starrte Clayton mit einem sinnlichen Lächeln auf den geschminkten Lippen an.

»Na ja«, erwiderte Kate mit ausdrucksloser Stimme. Sie beobachtete Clayton und Sage, die Seite an Seite arbeiteten. Beide Männer hatten muskulöse Arme, ein breites Kreuz und kräftige Beine. Jede andere Frau wäre vermutlich begeistert gewesen, ihnen dabei zusehen zu können, wie sie große Kisten auf die Schultern hoben, wie sich ihre Muskeln unter dem Gewicht spannten und wie ihnen der Schweiß am Körper herunterlief. Als Kates Blick von Clayton zu Sage wanderte, erkannte sie plötzlich ganz deutlich den Unterschied zwischen den beiden. Clayton bewegte sich routiniert, als wäre er sich ständig bewusst, dass er beobachtet wurde. Wenn er zum Wagen zurückkehrte, schaute er immer kurz zu Cassidy und dann zu Kate herüber – wobei sich Kates Magen zusammenzog. Sage machte hingegen entschiedene Schritte, als würde er einem Ziel entgegenstreben – die eine Kiste abstellen, die nächste holen. Er richtete den Blick auf die Kiste, wenn er sie packte und hochhob. Dann behielt er mit seinen dunklen Augen den Pfad über den Rasen zum Gebäude im Blick. Er sah nicht einmal zu Kate herüber, und das hätte sie ärgern können, doch sie empfand es als beruhigend. Er war konzentriert und entschlossen. Diese Mühe machte er sich nicht, um dafür gelobt zu werden, und sie spürte, wie ihr das Herz aufging.

Als alle Materialien abgeladen waren, sah Sage sie durch, um sich zu vergewissern, dass nichts beschädigt worden war. Sie beobachtete, wie er den Papierkram erledigte, sich beim Fahrer bedankte und sich dann neben eine große Kiste kniete, aus der er mehrere Werkzeuge herausholte. Hämmer, ein Brecheisen, eine Bohrmaschine. *Was hat das zu bedeuten?* Er nahm auch einen dicken Lederwerkzeuggürtel aus der Plastikverpackung, räumte alles zurück in die Kiste und brachte sie zu Oscar.

Oscar blickte hinein, stellte sie auf den Boden und umarmte Sage. Kate konnte sie nicht verstehen, aber sie sah die Dankbarkeit in Oscars Augen. Anhand der Umarmung, die etwas länger dauerte als eine übliche Begrüßung oder Verabschiedung, erkannte sie, dass Sage seine Mutter nicht nur um das Material zum Malen, sondern auch um Werkzeuge für Oscar gebeten hatte. Und er wuchs ihr noch ein Stückchen mehr ans Herz.

Sages Haut glänzte vor Schweiß, und unter seinem engen,

nassgeschwitzten Shirt zuckten seine Muskeln nach der harten Arbeit. Er fuhr sich mit einer Hand durch das Haar, als er auf Kate zukam und sie mit einem ernsten Blick betrachtete.

So unglaublich heiß.

»Was ist?«, fragte sie, vermutlich wieder einmal zu harsch.

»Moment.« Er drehte sich zu Clayton um, der gerade vorbeiging. »Danke, Mann. Die Hilfe konnte ich gut gebrauchen.«

Clayton sah zu Kate herüber, die beinahe aufbegehrte. Dann schaute er wieder Sage an. »Kein Problem. Wir gehen dann mal zu Caleb.«

Kate schaute ihnen hinterher. »Dann seid ihr jetzt also dicke Kumpel?«

»Wohl kaum.« Sage drehte sich zu ihr um. »Ich habe mal ein ernstes Wörtchen mit ihm und Cassidy gesprochen. Sagen wir einfach, es dürfte keine weiteren Probleme mehr mit ihm geben, und ich gehe davon aus, dass sie sich von jetzt an Mühe geben und Caleb helfen.«

»Wirklich?«

»Ja.«

Er stand so dicht vor ihr, dass sie seine Körperwärme spüren konnte. Sie hätte ihn so gern berührt. *Diese heißen Muskeln entlangfahren und ... Himmel noch mal! Hör auf damit.* Sie räusperte sich und starrte auf ihr Klemmbrett. »Ich ... ich habe die Werkzeuge gesehen, die du für Oscar besorgt hast. Das war sehr nett von dir.«

»Ach was, er brauchte ein paar Sachen. Der arme Kerl hatte ja nicht mal einen anständigen Werkzeuggürtel. Aber pass auf: Wir haben ein kleines Problem.« Sage wischte sich die Stirn mit dem Unterarm ab.

»Ich dachte, es wäre alles mitgekommen.«

»Das stimmt, aber da sind auch ein paar Sachen, die ich nicht bestellt habe.«

Kate stieß die Luft aus. »Na, dann schicken wir sie eben zurück. Warum hast du denn nichts gesagt, solange der Lieferwagen noch hier war?«

»Weil ich davon ausgehe, dass meine Mutter sie für mich geschickt hat. Ich habe nicht gesagt, dass ich sie nicht haben will. Ich sagte, dass ich sie nicht bestellt habe.«

»Ich kann dir nicht folgen.«

Er nahm ihre Hand und führte sie um die Ecke des Schulgebäudes, wo er zwei große Kisten aufriss und zwei Leinwände herausholte. »Sie ist selbst Künstlerin und hat vermutlich angenommen …«

»Ist das dein Ernst, Sage? Ich soll dir glauben, dass du die Leinwände nicht bestellt hast?« *Wieso kommt es mir so vor, als wäre die Sonne auf einmal tausend Grad heißer geworden?*

»Da ich es nicht getan habe, wirst du mir wohl glauben müssen.« Er verschränkte die Arme. »Ich weiß, dass du gerade eine Menge durchmachst, Kate, aber hast du denn gar nichts über mich begriffen, seitdem wir zusammen sind? Beispielsweise, dass ich nicht lüge?«

»Doch, aber …«

»Weißt du was? Mir ist heiß. Die Kinder wollen anfangen zu malen und ich muss noch eine Menge vorbereiten. Du kannst glauben, was immer du willst. Ehrlich gesagt bin ich froh, dass sie die Leinwände mitgeschickt hat. Ich kann es kaum erwarten, einen Pinsel in die Finger zu bekommen und meinen Frust auf diese Weise ein wenig abzubauen.«

Verdammt. Sag doch was! Es schnürte Kate die Kehle so fest zu, dass sie fast keine Luft mehr bekam.

»Hier ist zu viel Wichtigeres zu erledigen, als dass ich

rumsitzen und mich mit dir streiten will, ob ich gelogen habe oder nicht. Ich habe es dir schon mehrfach gesagt: Ich bin nicht der Mann, für den du mich hältst.« Er wollte sich schon abwenden, verharrte jedoch. »Weißt du was? Ich dachte, wir hätten diesen Mist hinter uns.«

Zum zweiten Mal in nicht einmal drei Stunden hatte Kate das Gefühl, dass ihre Welt außer Kontrolle geraten war, und zum ersten Mal in ihrem Leben wusste sie nicht, ob sie die Sache wieder in Ordnung bringen konnte.

Achtzehn

Sage ärgerte sich den ganzen Nachmittag über Kate, während er mit den Kindern am Wandbild arbeitete. Es war sein Fehler gewesen, sie nicht aufzusuchen, obwohl er es versprochen hatte, aber er hatte sie ganz bestimmt nicht angelogen. Gut, möglicherweise hatte er überreagiert. Ihm war unfassbar heiß, und er hatte in dem Augenblick, in dem er ihr von den Leinwänden erzählte, schon vermutet, sie würde davon ausgehen, dass er sich über ihre Wünsche hinweggesetzt hatte. In solchen Momenten wünschte sich Sage, besser lügen zu können. Er hätte die Leinwände bemalen können, ohne dass Kate etwas davon mitbekam, und sie ohne ihr Wissen zurück in die USA schicken können. Aber so war er nun einmal nicht erzogen worden, und er wollte verdammt sein, wenn er sich jetzt auf diese Ebene herabließ. *So ein Mist!* Er war nach Belize gereist, um den Kopf freizubekommen, aber jetzt konnte er kaum an etwas anderes als Kate denken.

Nachdem jedes der Kinder einmal mit dem Malen an der Reihe gewesen war, er sauber gemacht und alles weggeräumt hatte, betrachtete er das Wandbild. Leuchtende Grün- und Rottöne, braune und orangefarbene Streifen zeichneten sich an der Wand des Gebäudes ab. Es war noch zu früh, um

Einzelheiten zu erkennen, und er konnte die Ränder notfalls ein bisschen korrigieren, aber es bereitete ihm eine große Freude, dass die Kinder ihre ganze Energie in das Malen gesteckt hatten.

Als er sich abwandte, durchgeschwitzt und mit trockenem Mund, war er hin und her gerissen, ob er seinen Ärger über Kate abbauen sollte, indem er mit dem Bemalen einer Leinwand begann, oder ob es klüger wäre, sich mit ihr auszusprechen. Seine Zuneigung zu Kate bewirkte, dass er den Weg zu den Hütten einschlug. Er hatte das Mittagessen ausgelassen, und inzwischen war es fast Abend und sein Magen knurrte. Als er bei Kates Hütte eintraf, war sie nicht da, und so ging er in Richtung Kantine. Mit der untergehenden Sonne ließ die Nachmittagshitze nach, aber im Gebäude war es noch immer drückend heiß. Sage nahm sich eine Wasserflasche und zwei Fajitas mit Bohnen und Reis, ging wieder nach draußen und dachte über sein Gespräch mit Kate nach, konnte sich aber nicht daran erinnern, ob sie gesagt hatte, wohin sie gehen wollte.

»Bist du noch wütend auf mich?«

Beim Klang von Luces Stimme drehte sich Sage um. »Ich war nie wütend auf dich. Sag mal, hast du Kate gesehen?«

»Okay, wütend ist vielleicht nicht das richtige Wort. Bist du mit meinen Ansichten über die PR noch immer nicht einverstanden? Kate wollte ins Dorf und seitdem habe ich sie nicht mehr gesehen.«

Sage trank einen Schluck. »Es wird bald dunkel. Soll ich besser mal nach ihr suchen?«

»Äh ...« Luce sah über Sages Schulter. »Das ist nicht nötig. Habe ich irgendwas verpasst?«

Sage drehte sich um und stellte fest, dass Kate, Cassidy und Clayton die Straße entlangkamen. *Was ist denn hier los?* Cassidy und Clayton hielten sich an den Händen, und Kate ging gelassen auf Claytons anderer Seite, hatte sich ein Notizbuch unter den Arm geklemmt und schien in ein Gespräch mit Cassidy vertieft zu sein. Clayton blickte auf und winkte Luce und Sage zu.

»Ich glaub, ich träume. Dass ich das noch erleben darf.« Luce winkte Clayton zu.

»Das kannst du laut sagen.«

Kate drehte sich zu ihnen um. Ihren Mund umspielte ein zaghaftes Lächeln, und ihr Blick wanderte von Luce zu Sage, wo er – wie er hoffte – lange genug verharrte, dass sie mitbekam, wie er leicht die Augen zusammenkniff. Er ging ihnen entgegen. »Wie geht's?« Er legte einen Arm um Kate und gab ihr einen Kuss auf die Wange, um einerseits vor Clayton seine Besitzansprüche anzumelden und andererseits die Kluft zwischen ihnen zu überwinden. Auch wenn er sich über sie aufgeregt hatte, konnte er seine Gefühle für sie nicht leugnen. »Alles okay?«, flüsterte er.

»Ja.«

»Kate hat uns gerade von den Schwierigkeiten beim Brunnenbau und der für nächste Woche angesetzten Versammlung erzählt«, sagte Clayton. »Luce, du bist zwar Penelopes PR-Frau, aber können wir dich vielleicht auch engagieren, damit du ein bisschen Aufmerksamkeit für uns generieren kannst?«

»Äh …« Luce warf Kate einen Blick zu, die daraufhin mit den Achseln zuckte. »Ich kann euch nicht vertreten, aber bestimmt etwas mit euren PR-Leuten zusammen auf die Beine stellen.«

»Bist du damit einverstanden, Kate?«, erkundigte sich Sage.

»Ich bin dankbar für jede Unterstützung.« Sie machte einen

Schritt zur Seite und wand sich unter Sages Arm hervor.

»Super.« Sage beäugte Clayton kritisch, da er sich nicht sicher war, ob der Mann Hintergedanken hatte.

Clayton setzte sein Siegerlächeln auf und schlug sich auf die Oberschenkel, die noch immer in einer Jeans steckten. »Na, wir gehen jetzt erst mal duschen. Können wir die Details später besprechen, Luce?«

»Sicher.« Luce sah ihnen hinterher und trat neben Kate. »Wie in aller Welt ist es denn dazu gekommen?«

Kate hielt auf ihre Hütte zu und Luce und Sage folgten ihr. »Sie haben es angeboten. Du hast doch selbst gesagt, ich muss die Welt auf uns aufmerksam machen, wenn ich der Gemeinde helfen will.«

»Ja, das habe ich, nicht wahr?« Sie warf Sage einen vielsagenden Blick zu. »Ich gehe noch ein bisschen lesen. Wir sehen uns dann später.«

»Ich dachte, du verabscheust Publicity.« *Und Clayton.*

»Das tue ich auch.«

»Woher kommt dann der Sinneswandel?« Sie hatten den schmalen Weg zu ihrer Hütte erreicht.

Kate starrte stur geradeaus. »Luce meinte, ich wäre zu kurzsichtig, daher dachte ich, wir könnten es einfach mal ausprobieren.« Ihre Stimme klang kalt, distanziert, gepresst.

Als sie vor den Stufen zu ihrer Hütte standen, ließ sich Sage auf die unterste Treppenstufe nieder. »Können wir kurz reden?«

Kate setzte sich neben ihn und fummelte am Saum ihres Tanktops herum. Sage hätte sie gern an sich gezogen und sie auf die süßen Lippen geküsst, aber im Laufe dieses Tages war so viel passiert, dass er sich vorkam, als würden sie auf zwei Seiten einer tiefen Schlucht stehen, und er hatte keine Ahnung, wie er die Distanz überbrücken sollte.

»Hattest du einen guten Tag?«

»Ja. Ich war in der Klinik und habe in der Stadt meine E-Mails abgerufen.«

Er spürte, wie sie sich von ihm entfernte, und wollte sie so gern festhalten und nie mehr loslassen. »Hast du noch mal was von AIA gehört und ob sie hier wirklich die Zelte abbrechen wollen?«

»Nein, und ich werde auch nichts Neues erfahren, solange ich nicht wieder mit Raymond gesprochen habe.«

Verdammt, ist das schwer. Sage war ein geduldiger Mann, aber nun gärte der Stress schon den ganzen Tag in ihm, weil Kate glaubte, er hätte sie angelogen, und er war mit seiner Geduld fast am Ende. »Kate ...«

Sie sah ihm in die Augen. *Oha.* Ein Blick in ihre blauen Augen, und mit einem Mal war ihm klar, dass er sich auf keinen Fall mit ihr streiten wollte. Er hatte sich Hals über Kopf in sie verliebt und konnte es nicht länger leugnen. »Verdammt, Kate«, murmelte er kaum lauter als ein Flüstern. »Ich hasse das.«

»Ich auch.«

»Ach ja?« Er wusste, dass seine Stimme jämmerlich klang, so voller Hoffnung, und dass er sich an jedes ihrer Worte klammerte, aber es war ihm egal. Vielmehr gefiel es ihm sogar. Er wollte nur, dass zwischen ihnen alles geklärt war. »Aber wenn du mir nicht vertraust, dann kann das hier ...« Er deutete auf sie und sich. »Das mit uns. Das kann dann nicht funktionieren.«

»Ich weiß.« Sie blickte auf ihre Hände hinab und legte dann eine Hand auf seine.

Sage atmete erleichtert auf und merkte erst jetzt, dass er die Luft angehalten hatte. Er schloss kurz die Augen, zog Kate dann an sich und gab ihr einen Kuss auf die Schläfe.

»Ich glaube dir, dass du die Leinwände nicht bestellt hast. Und es tut mir leid, dass ich vorhin etwas anderes behauptet habe. Ich stehe momentan unter großem Druck und …« Sie sah ihn unter ihren dichten Wimpern hindurch an und zog die Augenbrauen zusammen. »Es tut mir leid, Sage.«

»Ich weiß nicht, wie wir uns so vom Wesentlichen ablenken lassen konnten, aber ich gehe davon aus, dass mein Fehler, gestern Abend nicht mehr zu dir zu kommen, alles in Gang gesetzt hat.« Sie sahen einander tief in die Augen und seine Liebe zu ihr wuchs nur noch mehr. »Ich kann dich nicht anlügen, Kate. Mir ist klar, dass ich wieder Fehler machen werde. Ich weiß, wie ich bin. Wenn ich kreativ bin, arbeitet mein Gehirn völlig anders als normal. Ich werde mir große Mühe geben, immer da zu sein, wenn ich es versprochen habe, aber …«

»Ich weiß.«

Mehr sagte sie nicht, aber das war auch gar nicht nötig. Als sich ihre Lippen wieder berührten, stellte sich auch die Wärme und Nähe wieder ein. Sage zog sie auf seinen Schoß und vertiefte den Kuss, wobei er sich vorkam wie ein Hungernder, der zum ersten Mal seit Wochen genug zu essen bekam. Kate rief Gefühle in ihm hervor, von deren Existenz er bisher nicht einmal etwas gewusst hatte.

Als sie sich voneinander lösten, war auch die Anspannung aus Kates Augen gewichen. »Ich war heute einfach von allem überwältigt, Sage. Ich habe letzte Nacht schlecht geschlafen, und Luce hat gestern einige Dinge gesagt, die mir zu denken gegeben haben. Ich wollte gestern Abend mit dir darüber reden, aber dann bist du nicht aufgetaucht, und heute …« Sie seufzte. »Die Nachricht von Raymond und die Ungewissheit darüber, was ich in einigen Wochen tun werde, das war wohl alles zu viel für mich.«

In einigen Wochen.

Sage streichelte ihren Rücken. Der Klang von Claytons Gitarre hallte durch die Dunkelheit. »Es tut mir sehr leid, dass ich dein Leben noch stressiger gemacht habe. Vielleicht finden wir ja gemeinsam eine Lösung. Was hat Luce denn gesagt, das dich derart beschäftigt?«

Kate seufzte. »Sie hat eigentlich nicht einmal etwas Falsches gesagt. Sie meinte nur, ich sollte mich nicht so gegen ein bisschen PR wehren und …«

»Und?«

»Und dass ich durch die Leitung dieses Projektes das Verhalten der Menschen, die nur wegen der Publicity hierherkommen, ohnehin schon gutheißen würde.«

Der Schmerz in ihrer Stimme war nicht zu überhören. Bevor er etwas sagen konnte, sprach sie bereits weiter.

»Und sie hat recht«, gab Kate zu. »Ich habe lange darüber nachgedacht und festgestellt, dass sie es richtig erkannt hat. Caleb und ich machen alles Nötige, damit das Projekt gut läuft, und manchmal kommen auch Freiwillige her, die wie du wirklich helfen möchten. Aber im Großen und Ganzen spiele ich nur den Babysitter für Promis wie Penelope Price, die ihren Ruf verbessern oder ihrer schwächelnden Karriere neuen Schwung geben wollen. Das ist irgendwie ziemlich erbärmlich.«

»Aber das stimmt doch gar nicht.« Sage schnippte ein Insekt von seinem Bein.

»Lass uns drinnen weiterreden.« Kate nahm seine Hand und zog ihn in die Hütte.

Sage holte eine Decke und Kissen und legte sie in den von Fliegengitter umgebenen Bereich. Kate setzte sich auf die Decke, und Sage legte sich auf den Rücken, sodass sein Kopf auf dem Kissen ruhte und er die Sterne am dunkler werdenden Himmel sehen konnte. »Heute stehen aber nicht viele Sterne am Himmel.«

»Die verstecken sich bestimmt aus Angst davor, dass ich sie auch noch anschnauze.«

»Komm her.« Er zog sie zu sich herunter und Kate legte den Kopf auf seine Brust.

»Du leitest hier ein wichtiges Projekt, Kate. Selbst wenn einige Leute mit anderen Absichten herkommen, als du es dir wünschst, sorgen sie doch auch für die Finanzierung der Gemeinde, und das ist ebenfalls wichtig. Daher darfst du dir für das, was du tust, auch keine Vorwürfe machen.«

Kate legte eine Hand über sein Herz und Sage schloss die Augen und genoss ihre Berührung.

»Du hast ein gütigeres Herz als jeder andere Mensch, den ich kenne, Kate. Du bist hier und widmest dein Leben der Aufgabe, anderen zu helfen. Du darfst dir nicht die Schuld an dem geben, was andere mit ihrem Leben anfangen.«

»Kann sein.« Ihre Stimme wurde sanfter und zärtlicher. »Aber ich könnte an einem anderen Ort viel mehr bewirken. An einem Ort, an dem die freiwilligen Helfer wirklich arbeiten wollen. An dem sie etwas für die Gemeinde tun wollen.«

An einem anderen Ort. »Wirst du das immer machen?«

»Was?«

»Für Organisationen wie AIA arbeiten? Um die Welt reisen? Gemeinden helfen? Etwas zurückgeben?« Er lauschte dem Klang ihrer ruhigen Atmung, der beinahe von den nächtlichen Geräuschen des Dschungels übertönt wurde. Kate antwortete nicht sofort. »Ist alles in Ordnung?«

»Ja. Ich habe nur nachgedacht. Bisher bin ich immer davon ausgegangen, ich würde das mein ganzes Leben lang machen, genau wie meine Eltern. Du weißt schon, herumreisen, da mit anpacken, wo Hilfe gebraucht wird, aber jetzt ...« Sie legte ihm einen Arm über den Bauch und kuschelte sich an ihn.

»Jetzt bist du dir nicht mehr so sicher?«

»Ich weiß es nicht. Da ist so vieles, über das ich nachdenken muss. Ich mag mir nicht einmal vorstellen, die Menschen hier könnten ohne die Hilfe dastehen, die wir ihnen bieten, aber es gibt noch unendlich viele andere Orte, an denen ebenfalls Hilfe gebraucht wird. Und ich bin doch nur ein Mensch. Manchmal frage ich mich, ob es nicht klüger wäre, für eine Weile in der richtigen Welt zu leben und das mal auszuprobieren.«

Er blickte auf sie hinab. »Wenn du mich fragst, lebst du mehr in der richtigen Welt als ich in New York.«

Kate rutschte weiter nach oben, bis sie Auge in Auge lagen, und gab ihm einen zärtlichen Kuss. »Du überraschst mich immer wieder.«

»Inwiefern?«

»In allem. Selbst als du dich in deiner Kunst verloren hast, war das eine Überraschung. Du bist so aufmerksam und ... präsent, wenn du nicht arbeitest. Dann bekommst du alles um dich herum mit. Du hörst mir immer genau zu, ganz anders als die meisten Männer, die nur mit halbem Ohr bei der Sache sind.«

»Jetzt stell mich nicht besser hin, als ich bin. Du hast mich beim Malen erlebt. Dann bin ich in einer anderen Welt.«

»Ja, das stimmt. Aber wenn du nicht arbeitest, bist du hier bei mir.«

»Da werde ich immer sein, nur nicht, wenn du mich als Lügner bezeichnest.«

Kate erstarrte.

»So habe ich das nicht gemeint«, sagte er, obwohl es

stimmte.

»Doch, das hast du. Und es ist nur fair. Es tut mir wirklich leid, dass ich das gesagt habe. Ich hätte nicht so unfair über dich urteilen dürfen. Aber ich bin es nicht gewohnt, dass ein Mensch ständig ehrlich ist.«

»Mein Vater hat mir von klein auf eingetrichtert, immer ehrlich zu sein. Und meine Mutter hat mir den Hintern versohlt, wenn sie glaubte, ich hätte gelogen oder eine Frau schlecht behandelt.«

»Das hat sie nicht.« Kate lachte auf.

»Nein, sie könnte keiner Fliege was zuleide tun. Aber sie hat mich immer auf diese ganz spezielle Art angesehen.« Sage kniff die Augen zusammen und presste die Lippen aufeinander. »Damit wollte sie mir eindeutig zu verstehen geben: ›Sage William Remington, bist du jetzt so größenwahnsinnig geworden, dass du vergessen hast, wie sich ein Gentleman benimmt?‹«

»Ich mag deine Mom jetzt schon.« Kate fuhr mit den Fingern über ein Tattoo an seinem rechten Arm. »Stört es sie, dass du so tätowiert bist?«

»Meine Mom? Nein. Sie war nicht gerade begeistert, als ich mit dem ersten Tattoo nach Hause kam, aber inzwischen sind abgesehen von Jack und Siena alle von uns tätowiert. Rush, Kurt, Dex und ich haben alle mehrere.«

»Sage.« Mit einem Mal wurde sie schlagartig ernst.

»Ja?«

»Wäre es zu viel verlangt, wenn ich dich in New York besuchen möchte, nachdem du hier abgereist bist?«

Sage drehte sie mit einer schnellen Bewegung auf den Rücken, sodass er jetzt auf ihr lag, und stützte die Ellbogen rechts und links neben ihr ab, während er grinsend auf sie hinabblickte.

»Im Ernst?« Er küsste sie.

»Heißt das, du hast nichts dagegen?« Sie musste lachen. »Wir haben noch nicht darüber gesprochen, ob und wie wir uns sehen wollen, wenn du nicht mehr hier bist, aber ich kann nicht mehr länger darauf warten, dass du das Thema ansprichst, daher …«

»Du hast darauf gewartet? Ich war mir nicht sicher, ob du mich nach meiner Abreise überhaupt wiedersehen willst.«

Sie fuhr mit den Fingern durch sein Haar. »Machst du Witze? Weil du glaubst, ich wäre eine dieser Frauen, die sich in Belize an heiße Künstler ranwerfen und sie nach ihrer Abreise fallen lassen, um sich einen neuen zu schnappen?«

»Etwas in der Art, du kleine Hexe«, neckte er sie.

»Dann hätten wir das ja geklärt«, flüsterte sie. »Dieser unglaubliche Sex ist nur ein Zeitvertreib.«

Sie streichelte seine Wange und er lehnte sich in ihre Liebkosung. Diese Berührung war so sinnlich und liebevoll, und sein Körper reagierte, indem sein Verlangen nach ihr aufbrandete.

»Ein Zeitvertreib«, wiederholte er. »Da bekomme ich doch gleich den Wunsch, dir wieder und wieder die Zeit zu vertreiben. Mir war gar nicht bewusst, dass ich so viel Zeit habe, die ich vertreiben will.« Er drückte mehrere Küsse auf ihren Hals. »Kate«, flüsterte er. »Du bist so viel mehr als ein Zeitvertreib, dass mir ganz angst und bange wird.«

Neunzehn

Die nächsten Tage flogen nur so dahin. Sage und Kate hatten als Paar ihren Rhythmus gefunden. Während Sage mit den Kindern am Wandbild arbeitete, gingen Kate und Luce Caleb zur Hand. Clayton und Cassidy halfen in der Klinik aus und an den meisten Abenden konnte man Clayton beim Gitarrespielen und Singen zuhören. Sage arbeitete oft bis in die Nacht hinein und fügte den Motiven der Kinder feinere Details hinzu, während Kate las oder in eins ihrer Notizbücher schrieb. Danach begleitete Sage Kate zu ihrer Hütte oder er kehrte in seine Unterkunft zurück, um zu trainieren, zu duschen oder zu tun, was immer Männer taten, wenn sie sich auf den Besuch bei einer Frau vorbereiteten. Kate wusste nur, dass er immer, wenn er nachts bei ihr hereinkam und sie sich eine gefühlte Ewigkeit nicht gesehen hatten, unglaublich männlich und herrlich duftete und sich auch so anfühlte.

An diesem Abend musste sie an die Leinwände denken, die seine Mutter mitgeschickt hatte, während er die letzten Farbtöpfe ins Schulgebäude trug und dann zu ihr kam, um sich an ihrer Seite auf den Rückweg zu begeben.

»Was hast du mit den Leinwänden vor?«, erkundigte sie sich.

Er zuckte mit den Achseln. »Das überlege ich mir, sobald das Wandbild fertig ist.«

»Aber du reist am Sonntag ab. Bis dahin kannst du doch gerade mal das Wandbild fertigstellen, oder?«

Nach einem erneuten Achselzucken gingen sie Hand in Hand zu ihrer Hütte. Die Nachtluft war angenehm. Der Mond war in rosafarbene und graue Nebelschwaden gehüllt. Sages Hand fühlte sich warm und beruhigend an. Bei der Vorstellung, dass er bald nicht mehr da sein würde, zog sich ihr Magen zusammen. Selbst die Gewissheit, dass sie ihn in New York besuchen würde, konnte die Sehnsucht nicht stillen, die sich bereits jetzt einstellte. Sie hatte sich inzwischen an Sage gewöhnt. Sie verließ sich auf ihn. Ihr schmales Bett fühlte sich so leer an, wenn er nicht neben ihr lag. Wie hatte sie jemals ohne ihn an ihrer Seite schlafen können? Wie sollte sie schlafen, wenn er weg war? Sie versuchte, diese Gedanken zu verdrängen. Die Gegenwart war alles, was zählte. Im Augenblick war er hier bei ihr und hatte ihr eine Hand auf den Rücken gelegt, während er hinter ihr die Stufen hinaufging, und die andere … *Oh.* Er strich ihr das Haar über die Schulter und drückte die Lippen auf ihre nackte Haut. Sein tiefes, verlangendes Knurren ließ sie erschaudern.

Sie streckte eine Hand nach hinten aus. Wie sehr sie das Gefühl seiner rauen Bartstoppeln auf ihrer Haut liebte und wie er mit der Zunge über ihren Nacken strich. Er legte die Hände an ihre Hüften und drehte sie zu sich herum. Sie legte die Handflächen an seine Brust, fuhr mit den Händen unter sein T-Shirt und streichelte seinen herrlich muskulösen Bauch. Doch sie musste sein T-Shirt hochheben, damit sie seine nackte Haut auch sehen konnte. Sages Körper glich einem Kunstwerk. Sie liebte alles an ihm, von den harten Muskeln bis hin zu seinen behaarten Achseln. Während sie sein Shirt hochhielt, bahnte sie sich eine Spur aus Küssen über seinen Bauch und presste die Wange auf seine Haut.

»Ich möchte dir immer so nahe sein«, wisperte sie.

Er streichelte ihre Kinnlinie, wie er es so häufig tat, und diese Berührung bewirkte, dass sie ihm noch näher sein und jeden Zentimeter seines Körpers berühren wollte. Sie streckte die Arme nach ihm aus und er drückte die Lippen auf ihre und küsste sie innig. Kate konnte das Stöhnen, das ihr über die Lippen kam, nicht zurückhalten. Sage rief die Leidenschaft in ihr hervor, wann immer er sie berührte, und sie hatte es längst aufgegeben, dagegen anzukämpfen.

»Wir sollten reingehen«, brachte sie gerade noch so hervor.

»Ist das klug, einen fremden Mann mit auf dein Zimmer zu nehmen?«, warnte er sie.

»Wärst du ein Fremder, würde ich das Risiko eingehen.« Sie nahm seine Hand und zog ihn zum Bett.

Sage zögerte.

»Was ist?«

»Mir kam gerade eine Idee. Ich bin gleich wieder da.« Mit zwei schnellen Schritten war er aus der Tür.

Kate sah sich im Zimmer um und fragte sich, was gerade passiert war. Vorsichtig schnüffelte sie an ihren Achseln. *Nein, ich stinke nicht.* Sie sah in den Spiegel und fuhr sich mit den Fingern durchs Haar. *Geht doch.* Bevor sie sich noch mehr Gedanken machen konnte, war Sage auch schon wieder da. Kate öffnete ihm die Fliegengittertür und stellte fest, dass er seine Matratze auf dem Kopf trug.

»Was machst du denn da?« Sie sah lachend zu, wie er die Matratze reintrug und in den mit Fliegengitter umzäunten Bereich legte. Er holte auch die Matratze von ihrem Bett und legte sie daneben. Für beide Matratzen war in dem kleinen Raum gerade genug Platz.

»Perfekt.«

»Oooh. Ich schlafe doch so gern in meinem viel zu kleinen Bett an dich gekuschelt.«

Sage nahm sie in die Arme und küsste sie. »Das ist nicht zum Schlafen gedacht.«

Zwanzig

Am nächsten Nachmittag malten Sage und Javier Seite an Seite. Javier zog konzentriert die Augenbrauen zusammen und bewegte den Pinsel vorsichtig über die Betonwand. Immer wieder warf er Sage einen hoffnungsvollen Blick zu, als wollte er ein aufmunterndes Wort hören.

»Du bist sehr talentiert, Javier.«

Der Junge strahlte. Er hob eine Hand, um sich zu kratzen, kam dabei mit dem Pinsel an sein Haar und hinterließ eine leuchtend gelbe Strähne. Sage zog die Augenbrauen hoch und Javier ging lachend wieder an die Arbeit. Er malte gerade das T-Shirt des kleinen Jungen am Ufer aus. Sage hatte daran denken müssen, wie sehr Kate Javier mochte, und ihn deshalb an der Wand verewigt.

Oscar kam mit einem kleinen Radio in der Hand aus der Schule und schaltete es ein. Die Musik bildete einen schönen Hintergrund beim Malen. Sage beobachtete die Kinder, die jeweils in Zehnergruppen malten, und tauschte die Gruppen jede Dreiviertelstunde aus, wie Kate es auf ihrem ausgeklügelten Plan vorgesehen hatte. Während er zusah, wie das Wandbild nach und nach Gestalt annahm, fühlte sich Sage erfüllt und stolz. Er betrachtete die Kinder, die tagelang Seite an Seite in sengender Hitze arbeiteten, und fragte sich, was wohl passiert wäre, wenn er versucht hätte, so etwas in New York durchzuziehen. Wahrscheinlich hätte er eine Handvoll Schüler gefunden, die mitmachen wollten, aber hier wartete jedes Kind begierig darauf, dass es endlich an der Reihe war, was umso deutlicher illustrierte, dass die einen alles zur Verfügung hatten und es als selbstverständlich hinnahmen, während die anderen so wenig besaßen und jedes kleine Extra zu schätzen wussten.

Er warf einen Blick in das Klassenzimmer, in dem die nächste Schülergruppe gerade ihre Aufgaben beendete. Die Abmachung mit den Schülern lautete, dass sie malen durften, sobald sie die Schularbeit erledigt hatten. Nie zuvor hatte er Kinder so eifrig lernen sehen.

Luce kam den Weg entlang und winkte Sage zu und er ging ihr entgegen.

»Macht es dir etwas aus, wenn ich ein paar Fotos schieße?«, fragte Luce.

»Ich dachte, Kate und du arbeiten heute bei Caleb.« Sage schaute sich um, aber Kate war nirgendwo zu sehen. Zwischen ihnen stand alles zum Besten und Sage war in noch keiner Beziehung so glücklich gewesen. *Beziehung.* Er ließ das Wort auf der Zunge zergehen und dachte an Jack und Savannah, an Dex und Ellie und wie ihm das Leben seiner Brüder schon erfüllt erschienen war, bevor sie sich verliebt hatten, sie nun aber von einer anderen Art der Zufriedenheit erfüllt zu sein schienen. *Wie ich mit Kate.* Er genoss es, dass sie mit jedem Tag enger zusammenwuchsen, gleichzeitig graute ihm aber auch davor, dass ihn jeder verstreichende Tag seiner Abreise näher brachte.

»Wir sind früher fertig geworden. Kate wollte noch in die Stadt und mit Raymond telefonieren.« Luce schwenkte ihr Handy durch die Luft. »Macht es dir was aus?«

»Nein. Nur zu. Die Kinder machen das super, findest du nicht auch?«

Luce fotografierte die malenden Kinder. »Es sieht toll aus. Bekomme ich auch ein Bild von dir mit einem der Kinder?«

Sage blickte an seinem weißen Tanktop und der braunen Cargohose herunter, die beide mit bunten Farbspritzern bedeckt waren. »Ja, warum nicht? Hey, Kinder, wollen wir ein Foto von uns machen?«

Javier riss die Augen auf. »Für eine amerikanische Zeitung?«

»Nein, für Miss Luce.« *Für eine amerikanische Zeitung?* Die Aufregung, die in seiner Stimme mitschwang, brachte Sage auf eine Idee. Er warf Luce einen Blick zu, die vielsagend lächelte. Sie wandte sich ab, um ein Foto von Oscar und mehreren Kindern zu machen, die an der anderen Gebäudeecke standen.

Als sie sich wieder umdrehte, schoss sie auch einige Fotos von Javier und Sage. »Lächle, als wärst du ein Filmstar«, forderte sie Javier auf.

Er starrte sie mit großen Augen an und nahm dann strahlend Sages Hand. Als Luce das Foto gemacht hatte, fragte er: »Kommt das in eine amerikanische Zeitung, Miss Luce? Bitte!«

»Ich weiß noch nicht genau, wo diese Fotos erscheinen, Javier.« Luce tätschelte seinen Kopf. »Aber ich werde dafür sorgen, dass Miss Kate für jeden von euch einen Abzug bekommt.«

Die Kinder versammelten sich für weitere Aufnahmen und umringten Luce.

»Ihr müsst lächeln«, bat sie sie. »Großartig. Jetzt stellt euch mal da vor die bunte Wand.« Die Kinder liefen los und blieben dicht vor der feuchten Farbe stehen. »Das ist perfekt«, lobte Luce sie.

»Können wir die Fotos auf dem Computer sehen?«, wollte ein größerer Junge im Teenageralter wissen. »Wird Miss Kate sie uns zeigen?«

Sage hatte Luces Plan jetzt durchschaut. Sie musste geahnt haben, wie die Kinder reagieren würden. Und wie viel es ihnen bedeuten würde, ihr Foto in der Zeitung zu sehen. Wahrscheinlich hatte sie auch vorausgesehen, dass Kate Javiers strahlenden Augen nichts abschlagen konnte.

»Du bist wirklich gerissen«, flüsterte er ihr zu.

»Kann sein.«

»Tu mir bitte einen Gefallen und veröffentliche die Bilder erst, nachdem du mit Kate gesprochen hast. Das ist ihre Show und nicht deine oder meine. Sie trifft die Entscheidungen.« Als Luce nichts erwiderte, kniff er die Augen zusammen. »Abgemacht?«

»Okay.« Sie schubste ihn spielerisch in Richtung der Kinder.

Sage holte die anderen Kinder aus der Schule und sie stellten sich alle mit stolzem Lächeln vor dem Wandbild auf. Ihre Augen glitzerten vor Aufregung. Sage stand hinter ihnen und bedauerte es, dass Kate sie so nicht sehen konnte.

Luce machte noch einige Fotos und die Kinder kamen ihren Aufforderungen nach, rückten enger zusammen und ließen die kleineren Kinder nach vorn treten. Als Luce endlich zufrieden war, hatte Sage längst die Lust verloren und konnte es kaum abwarten, endlich weiterzumalen. Die Kinder bedankten sich bei Luce, und Sage staunte wieder einmal, wie höflich und gut erzogen sie waren. Vom ersten Tag an hatten sie sich schon so verhalten und ihm den Unterschied zwischen New York und Belize verdeutlicht. Er beobachtete, wie eines der älteren Mädchen den Arm um ihre jüngere Schwester legte und mit ihr zurück ins Schulgebäude ging, und verspürte auf einmal

Sehnsucht nach seinen Geschwistern.

Drei Stunden später war jedes der Kinder einmal beim Malen an der Reihe gewesen und das Bild nahm zunehmend Gestalt an. Dank der vielen Stunden, die Sage bereits daran gearbeitet hatte, und den Bemühungen der Kinder erwachte der Dschungel langsam zum Leben. Üppiges Blattwerk in den unterschiedlichsten Grün- und Brauntönen bedeckte die linke Wandseite. Riesige Blätter erhoben sich über hohen Gräsern und bunte Blumen brachten Tiefe und Lebendigkeit ins Bild. Javier hatte die obere Hälfte des kleinen Jungen wunderschön gemalt, auch wenn der Zipfel des T-Shirts, der bis auf die Knie hinabreichte, lange Pinselstriche aufwies, die aussahen, als wäre das T-Shirt in Fetzen gerissen worden. Ein siebenjähriges Mädchen hatte sich den Shorts des kleinen Jungen angenommen, die schief über den Knien endeten. Sie lächelte stolz, als sie fertig war, und schob die Zunge durch die Zahnlücke, wo ihr die beiden vorderen Milchzähne ausgefallen waren. Sage brachte es nicht über sich, die schiefen Ränder zu korrigieren.

Beim Säubern des Materials fiel ihm eine der Leinwände ins Auge. Er hatte das Gebiet, durch das man zum Unentdeckten Strand gelangte, an dem er mit Kate gewesen war, bereits skizziert und konnte es kaum erwarten, es auf die Leinwand zu bannen. Die Erinnerung an die Zeit, die sie dort verbracht hatten, rief ein warmes Gefühl in ihm hervor, und er hoffte, diese Liebe in einem Gemälde wiedergeben zu können. *Liebe. Liebe?* Sage nahm die Leinwand aus der Kiste und stellte sie an die Wand, während er sich daran erinnerte, wie er Hand in Hand mit Kate über den Pfad gelaufen war. *Ja, es ist eindeutig Liebe.* Er lächelte und sein Herzschlag beschleunigte sich.

»Die Kinder haben das großartig gemacht.«

Beim Klang von Kates Stimme wirbelte er herum und hatte

sich vom Schock über diese Erkenntnis noch nicht richtig erholt. Kate trug ein lockeres pinkfarbenes Tanktop zu abgeschnittenen Jeansshorts. Er hatte sie kaum je in anderer Kleidung gesehen, dennoch erschien sie ihm schöner als jemals zuvor. Er legte die Arme um sie und gab ihr einen Kuss auf die herrlichen Lippen.

»Du hast mir gefehlt.« Er drückte sie an sich.

»Du mir auch. Ich kann es nicht fassen, wie weit ihr gekommen seid und wie anders das Gebäude schon jetzt aussieht. Kaum vorstellbar, dass ich den Kindern dieses Erlebnis beinahe vorenthalten hätte.«

Sie standen Hand in Hand da und bewunderten das Wandbild.

»Sieh dir nur das zerzauste schwarze Haar an. Das hat Javier gemalt, nicht wahr?«

Sie blickte mit einem herzlichen Lächeln und zärtlichen Blick zu ihm auf und seine Liebe zu ihr überflutete ihn. »Ja«, war alles, was er herausbrachte.

»Ich habe heute versucht, Raymond zu erreichen, aber er war nicht da. Daher habe ich ihm eine E-Mail geschrieben und ihn gefragt, ob er bereit wäre, hier auch andere freiwillige Helfer und nicht nur Promis herzuschicken. Selbst, wenn ich nicht mehr da bin, müsste sich Caleb dann nicht mit ihnen rumschlagen.« Sie lächelte ihn weiterhin an und fuhr mit einem Finger über seine Brust. »Nichts für ungut, aber es wäre sehr schön, auch mal ein paar normale Menschen hier zu haben.«

Sage nickte und war noch immer ganz verblüfft darüber, dass es sich bei dem, was er für Kate empfand, eindeutig um Liebe handelte. Mit einem Mal ergab alles einen Sinn: die Idee einer gemeinnützigen Organisation, seine Liebe zu Kate, das Gefühl, endlich zu wissen, wie er seinem Leben Bedeutung verleihen konnte. Emotionen durchtosten ihn – Angst, Freude, Verlangen, Sorge – und ließen ihn förmlich erstarren. Er musste sich in den Griff kriegen und zusammenreißen.

»Ich … ähm …«

»Ist alles in Ordnung?« Kate klang besorgt.

»Ja. Ich … äh … Mir ist nur gerade eingefallen, dass ich meinen Bruder anrufen muss.« *Und vielleicht meinen Vater. Dad? Ach herrje. Ja.* Er wollte auch die Meinung seines Vaters zu dem Non-Profit-Unternehmen hören. »Ich komme zu dir, sobald ich mit ihm gesprochen habe.«

Sage stand vor dem Internetcafé, holte tief Luft, atmete langsam wieder aus und versuchte, sich zu beruhigen. Er fühlte sich, als hätte er fünf Tassen Kaffee getrunken. Sein ganzer Körper kribbelte vor Aufregung, während gleichzeitig Angst seine Gliedmaßen lähmte. Er hatte nicht die geringste Ahnung, warum er sich fürchtete, aber sein Vater hatte immer diese Wirkung auf ihn. Eine Unternehmensgründung war etwas völlig anderes als sein Künstlerdasein, und Sage wusste, dass sein Vater nicht begeistert sein würde. Er fragte sich, wieso er trotzdem das Bedürfnis hatte, mit ihm darüber zu reden. Worauf war er aus? Anerkennung? Nein, das war es eindeutig nicht. Sein Vater war ein kluger Mann und hätte vermutlich einige Gedanken dazu, die Sage nie im Leben eingefallen wären. Selbst wenn manches davon negativ sein mochte, wollte er es hören, denn vielleicht waren es berechtigte Einwände.

Als er endlich hineinging, waren ihm die Götter gnädig gesonnen und die Internetverbindung schien – zumindest vorerst – stabil zu sein. Er schickte Dex eine E-Mail mit der Betreffzeile »Skype JETZT?« Dann meldete er sich bei Skype an und wartete auf Dex' Anruf. Als Geschäftsmann würde Dex ihm alles Grundlegende erzählen können. Sage wischte sich die schweißnassen Handflächen an den Hosenbeinen ab, während er auf den Anruf wartete.

Einige Minuten später war es so weit.

»Bruderherz!«, sagte Dex breit grinsend. Sein langer Pony hing ihm halb über die Augen. Er fuhr sich mit einer Hand durchs Haar, doch es fiel sofort wieder zurück. Mit sechsundzwanzig war Dex bereits aus eigener Kraft Millionär geworden. Er hatte mit achtzehn sein erstes PC-Spiel entwickelt, nach dem Collegeabschluss das nächste, das millionenfach verkauft worden war und es ihm ermöglicht hatte, seine eigene Spieleentwicklungsfirma namens Thrive Entertainment zu gründen. Seit Kurzem hatten seine Freundin Ellie und er das Unternehmensspektrum erweitert und unter anderem auch Lernsoftware entwickelt.

»Hey, Dex. Könntest du Dad noch dazuholen, bevor wir anfangen? Ich möchte auch mit ihm reden, aber er ruft seine E-Mails so selten ab.«

»Sicher. Warte kurz.«

Er beobachtete, wie Dex ihren Vater anrief und ihn bat, sich bei Skype anzumelden. »Okay, er ist gleich da«, bestätigte Dex.

Sage klickte auf den Link, um seinen Vater zum Gruppenanruf einzuladen.

»Danke, Mann. Wie geht es dir? Was macht Ellie?«

»Es geht ihr gut. Wie hältst du die Hitze da unten aus? Vermisst du deine Klimaanlage schon?«, wollte Dex wissen.

»Ach, so schlimm ist es gar nicht. Ich arbeite mit den Kindern an einem Wandbild, und es macht einen Riesenspaß, ihnen zuzusehen. Jetzt weiß ich, warum Mom in unserer Jugend hin und wieder Kunstunterricht gegeben hat. Der Stolz der Kids ist jeden Schweißtropfen wert.«

»So ähnlich sieht Ellie die Arbeit als Lehrerin auch. Sie erzählt häufig davon, dass die jüngeren Kinder noch deutlich anspruchsloser sind als die in der Mittelstufe. Sie freuen sich noch über Kleinigkeiten, die die älteren doof finden.« Dex beugte sich näher an den Bildschirm heran. »Das ›JETZT‹ in deiner E-Mail klang dringend. Stimmt was nicht?«

»Nein, es ist alles in Ordnung. Ich wollte nur mit dir reden. Du weißt ja, dass ich immer das Gefühl hatte, in meinem Leben würde etwas fehlen? Als wäre nichts, was ich tue, bedeutungsvoll genug, um … Ich weiß auch nicht. Um wichtig genug zu sein.«

»Ja.« Dex nickte. »Darum bist du nach Belize gegangen, weil du herausfinden wolltest, was es mit diesen Hilfsorganisationen auf sich hat.«

»Genau. Ich habe hier eine Frau kennengelernt. Kate. Und, Dex, ich mag sie wirklich sehr.« *Ich liebe sie. Ich liebe sie!*

»Das ist doch super, oder nicht? Oder soll das heißen, dass du dorthin ziehen willst und wir es dir ausreden müssen?« Dex kniff die dunklen Augen zusammen. »Sag mir, was ich tun soll, und es wird erledigt.«

Sein Vater klinkte sich in den Anruf ein und sein Videobild erschien auf dem Monitor.

»Hey, Dad«, sagte Sage.

»Hallo, Junge. Ist alles in Ordnung?« In seinem Vater war stets der Vier-Sterne-General spürbar, selbst über diese große Entfernung. Er war die personifizierte Autorität, von seinen breiten Schultern über die dünnen, aufeinandergepressten Lippen bis hin zu den ernsten dunklen Augen – und er brachte Sages Herz jedes Mal zum Rasen.

»Ja, alles gut. Ich hätte gern einen geschäftlichen Ratschlag von euch. Es geht um Folgendes. Zuerst einmal musst du mir die Sache mit Kate nicht ausreden, Dex. Sie ist das Beste, was mir je passiert ist, aber aus dem Grund rufe ich nicht an. Sie leitet für AIA ein Projekt in Punta Palacia. Das Dorf ist eine sehr entlegene, kleine Gemeinde und die Häuser haben weder Wasser noch Elektrizität.« Er stellte fest, dass er sich die Erklärung besser vorher überlegt hätte, da er völlig durcheinanderkam. »Sie brauchen Frischwasserbrunnen, und die Regierung hat zwar genug Geld, aber wir reden hier von ein paar Hundert Einwohnern, daher stehen sie nicht sehr weit oben auf der Prioritätenliste.«

»Sollen wir Geld für die Brunnen spenden?«, wollte sein Vater wissen.

»Natürlich nicht. Ich habe mich noch nicht schlau gemacht, aber ich denke darüber nach, eine Firma zu gründen. Ein gemeinnütziges Unternehmen, das mit Hilfe der Kunst den Bau von Brunnen in Entwicklungsländern finanziert.«

»Ich kann dir nicht folgen«, unterbrach Dex ihn. »Wie kommt die Kunst da ins Spiel?«

»Hört euch erst alles an. Ich habe doch gute Kontakte in der Kunstszene. Meine Werke verkaufen sich für sehr viel Geld. Wenn wir etwas aufziehen, bei dem Künstler ihre besten Arbeiten stiften, die bei einer jährlichen Charity-Auktion versteigert werden, könnten wir eine Riesenmenge Geld zusammenbekommen, das ohne Umwege in den Brunnenbau fließen könnte.« Je länger er darüber redete, desto präziser wurden seine Vorstellungen.

»Du musst aber auch die Geschäfts- und Personalkosten bedenken«, wandte Dex ein.

»Genau. Darum wollte ich ja mit euch reden. Ich werde

meine Buchhalterin anrufen und sie die finanziellen Details klären lassen. Aber woran muss ich noch denken, Dex, was fällt dir spontan dazu ein?«

Wieder fuhr sich Dex mit einer Hand durch das Haar. »Da fällt mir eine ganze Menge ein, Sage, und gemeinnützige Unternehmen unterscheiden sich stark von dem, was ich aus meiner Firma kenne. Aber das Grundlegende dürfte ähnlich sein: Versicherungen, Steuern und Abgaben sowie die Geschäftskosten, also so etwas wie Büromiete, Personalkosten, Büromaterial und dergleichen. Außerdem könnte ich mir vorstellen, dass bei dem, was du vorhast, noch Unmengen internationaler Vorschriften eine Rolle spielen, von denen ich keine Ahnung habe.«

»Okay. Mein Anwalt wird auf jeden Fall mit meiner Buchhalterin zusammenarbeiten müssen, um ein brauchbares Geschäftsmodell zu entwickeln, aber ich denke, wenn wir uns auf den Brunnenbau konzentrieren und uns nicht zu viel aufbürden, könnten wir tatsächlich dazu beitragen, dass es in abgelegenen Dörfern weniger Krankheitsfälle gibt und die Lebensqualität verbessert wird.« Es gab so viel zu bedenken, dass ihm vermutlich eine schwere Aufgabe bevorstand, aber je länger er darüber redete, desto überzeugter war er davon, es wirklich durchziehen zu wollen. Das war weitaus reizvoller, als zu einem Leben zurückzukehren, das ihn nicht ausfüllte.

»Die Kinder hier stehen schon vor Sonnenaufgang auf. Sie gehen zum Fluss, holen Wasser für die Familien und sammeln im Regenwald Holz für die Öfen. Wenn es hell wird, haben sie schon mehr getan, als die Hälfte der Kinder in New York den ganzen Tag über. Danach gehen sie zur Schule und abends müssen sie das alles noch einmal machen. Die Brunnen könnten ihr Leben verändern und ich möchte dabei mithelfen.«

»Hast du in Erwägung gezogen, einer der Stiftungen Geld zu spenden, die bereits in diesem Bereich tätig ist?« Sein Vater saß mit zurückgezogenen Schultern da, drückte das Kinn an die Brust und musterte Sage mit ernster Miene. »Es gibt doch bestimmt mehr als genug, die das Geld mit Kusshand nehmen würden.«

»Ja, ich habe darüber nachgedacht, aber ihr wisst, dass ich mehr tun möchte. Jeden Monat einen Scheck schreiben reicht mir nicht. Das habe ich hinter mir und ich fühle mich dann immer noch leer.« Er sprach vor Aufregung immer schneller. »Und jetzt, wo ich die Probleme mit eigenen Augen gesehen habe, die die Promis hier verursachen – selbst wenn sie Unmengen an Geld spenden –, liegt mir an Lösungen, die nicht gleich ein Spektakel in den Gemeinden veranstalten.« Und er wollte nicht, dass sich Kate noch länger mit Menschen wie Penelope oder Clayton herumschlagen musste – falls sie sich entschloss, bei der Sache mitzumachen.

Sein Vater nickte nur, sagte aber nichts.

»Du brauchst eine gute PR-Agentur«, stellte Dex fest.

»Dann haltet ihr mich nicht für verrückt?« Sage hielt den Atem an und wartete darauf, dass sein Vater etwas sagte. Irgendetwas.

Sage sah, dass auch sein Bruder zum eingeblendeten Videobild seines Vaters hinüberschaute, und er wusste, dass Dex ebenso gespannt war wie er. Ihr Vater übte auf all seine Söhne dieselbe Wirkung aus.

»Hast du dir auch überlegt, was passiert, wenn du keinen Erfolg hast?« Sein Vater rieb sich mit seiner großen Hand das Kinn.

»Das ist bisher nur ein grobes Konzept«, erklärte Sage. »Ich habe noch nichts ausgearbeitet, aber ich rede nicht davon, mein

Leben völlig auf den Kopf zu stellen und meinen Broterwerb ganz aufzugeben. Ich werde die Arbeit im Atelier nur ein wenig zurückschrauben. Und mehr reisen.« *Und Zeit mit Kate verbringen.* »Wenn ich scheitere, mache ich finanzielle Verluste, aber ich kann mein altes Leben jederzeit wieder aufnehmen.« Allein bei dem Gedanken drehte sich ihm jedoch schon der Magen um.

»Du weißt nichts über diese Welt, Sage. Du bist nach Belize gegangen und hast etwas gefunden, das sich gut anfühlt, aber diese Idee klingt ein wenig nach einer spontanen Laune, nicht wahr?« Sein Vater sah ihn mit diesem »Jetzt mal im Ernst«-Blick an, den er aus seiner Kindheit nur zu gut kannte.

»Du hast immer gesagt, ich soll mein Bestes geben. Eingesperrt in New York und mit dem Gefühl, in Terminen und Geld zu ersticken, tue ich das aber nicht.« Sage hatte seinem Vater noch nie widersprochen, aber nun war ihm, als müsste er nicht nur für seine Wünsche einstehen, sondern auch für Kates und die der Menschen, denen sie helfen konnten. Er holte tief Luft und wusste, dass seine nächsten Worte der Wahrheit entsprachen. »Ja, es ist eine schnelle Entscheidung, aber ich habe in den zwei Wochen hier mehr Sinn für mich gefunden als woanders in achtundzwanzig Jahren. Und ja, Dad, es ist ein verdammt großes Risiko, und du hast durchaus recht, dass die Idee aus einer Laune heraus entstanden ist, aber ich empfinde bei dieser Arbeit etwas, das ich zu Hause nicht spüre, und darauf muss ich Rücksicht nehmen.«

Sein Vater nickte langsam und nachdenklich. Sages Verstand schrie: *Das reicht. Halt den Mund.* Aber irgendetwas, das aus seinem tiefsten Inneren kam und sich nicht aufhalten ließ, zwang ihn, die nächsten Worte auszusprechen.

»Du hast für dein Land gekämpft, Dad. Ich möchte für jene

kämpfen, die es nicht selbst tun können.« Das Schweigen und der Blick seines Vaters entmutigten Sage, aber er war stolz darauf, dass er für sich eintrat, und nun wartete er darauf, dass sich ein Zeichen von Anerkennung oder Stolz in den Augen seines Vaters erkennen ließ. Doch sein Vater zuckte nicht mit der Wimper und seine Miene blieb wie versteinert. *Scheiße.*

»Ich finde, das ist eine gute Idee«, sagte Dex, bevor ihr Vater Zeit für eine Erwiderung hatte. »Du suchst doch schon seit einer ganzen Weile nach etwas in der Art.«

»Danke, Dex.«

Sein Vater nickte. Ein knappes Nicken, das Sage an die unzähligen Male erinnerte, bei denen er dieses Nicken gesehen hatte und verletzt gewesen war. Das Nicken, das besagte: *Du weißt, was ich davon halte.* Ja, Sage wusste es, aber er war kein Kind mehr. Er war ein Mann und würde sich nicht länger von den Überzeugungen seines Vaters einschüchtern lassen.

Sage blickte hinter sich ins leere Café und stellte erleichtert fest, dass Makei mit dem Rücken zu ihm am Eingang stand und ihm wenigstens ein bisschen Privatsphäre ermöglichte.

»Junge. Diese Frau, Kate, was hat sie mit diesem ... Unterfangen zu tun?«, wollte sein Vater wissen.

Tief in seinem Herzen wusste Sage, dass es neben dem ernsten Mann, der ihn großgezogen hatte, noch einen anderen Menschen geben musste. Seine Eltern waren schon seit einer Ewigkeit verheiratet, und Sage hatte nicht einmal erlebt, dass sein Vater eine andere Frau nur eines Blickes gewürdigt oder etwas an ihrer Ehe bereut hatte. Er war ein harter, dickköpfiger Mann, aber auch ein guter Mensch, und obwohl Sage seine raue Art nicht mochte, respektierte er ihn, und aufgrund dessen verschwieg er ihm nichts.

»Ich will dir nichts verheimlichen, Dad. Ich mag sie sehr.«

Sprich es endlich aus. »Ich bin in sie verliebt. Ich mache das nicht ihretwegen, aber falls ich die Sache durchziehe, dann hoffe ich, dass sie mitmacht.«

Sein Vater hob das Kinn und sah Sage über den Nasenrücken hinweg an.

»Es jagt mir eine Heidenangst ein, aber …« Sage schüttelte den Kopf und sah seinem Vater in die Augen. »So ist es nun mal.« Sein Brustkorb zog sich zusammen, als er darauf wartete, dass sein Vater etwas sagte. Was auch immer.

»Liebe.« Es war keine Frage. Es war auch keine Bestätigung und der Gesichtsausdruck seines Vaters blieb unverändert.

Es war eine Aussage, aber Sage begriff sie nicht. Er hatte mit einhundert Gründen gerechnet, warum er nach der kurzen Zeit, die sie einander kannten, nicht von Liebe sprechen konnte, und allen voller Sorge entgegengesehen.

»Junge, als ich mich in deine Mutter verliebt habe, hatte ich größere Angst davor, sie zu verlieren, als sie zu lieben.«

Der aufrichtige Tonfall seines Vaters überraschte Sage.

Die Augen seines Vaters wurden sanfter, als er weitersprach. »Liebe ist etwas Seltsames, Sage. Du hast gesehen, was bei Jack passiert ist, und du hast mitbekommen, wie Dex und Ellie sich wiedergefunden haben. Wenn es eines gibt, das ich über die Liebe gelernt habe, dann, dass man nicht dagegen ankämpfen kann, wenn der Mensch, den man liebt, in sein Leben tritt. Wie sehr einen diese Person auch frustriert oder erfreut, man kann ihr schlichtweg nicht den Rücken zuwenden. Dein Herz führt dich immer zu ihr zurück.« Er rieb sich mit einer Hand über das Gesicht.

Die Worte seines Vaters stimmten Sage ihm gegenüber etwas freundlicher – sogar nach der unangenehmen Diskussion von eben.

»Da hat er recht, Sage. Es ist das mächtigste und wunderschönste Gefühl, das man sich vorstellen kann«, fügte Dex hinzu.

»Gott sei Dank. Ich dachte schon, ich verliere den Verstand.« Sage lehnte sich zurück und stieß die Luft aus. »Es macht mir solche Angst. Zugegeben, ich kenne Kate noch nicht sehr lange, aber wenn ich nicht bei ihr bin, denke ich ständig an sie. Und wenn wir zusammen sind …« *Bekomme ich nicht genug von ihr.* Er rieb sich den Nacken und wusste nicht, wie er all das beschreiben sollte, was er an Kate liebte; außerdem war es ohnehin viel zu viel. Daher beschloss er, es lieber auf die Art zu erklären, die sie von ihm kannten. »Sie lebt ihr Leben so, wie ich mir meins immer erträumt habe.«

»Du führst ein ziemlich gutes Leben.« Dex warf ihrem Vater einen schnellen Blick zu.

»Ich weiß. Ich hatte Glück. Das hatten wir alle. Es geht uns gut, aber mal im Ernst. Das Leben in New York war noch nie mein Traum. Ich wollte schon immer etwas für andere tun und dabei weiter an meiner Kunst arbeiten. Das wisst ihr doch.« Er wartete auf die Standpauke seines Vaters, dem vermutlich schon bittere Worte darüber auf der Zunge lagen, dass man seinen Lebensunterhalt verdienen und immer besser werden musste.

»Als kleiner Junge wolltest du immer im Wald leben«, begann sein Vater. »Es gab Zeiten, da dachte ich, Jack und du, ihr würdet für immer in diesem verdammten Wald verschwinden.« Dann lächelte er, was derart selten vorkam, dass es Sage die Kehle zuschnürte. »Es überrascht mich nicht, dass du eine Frau mit ähnlichen Interessen gefunden hast. Und was die Angst angeht, so kann ich dir versichern, dass es kaum etwas Angsteinflößenderes gibt, als sich zu verlieben, mein Junge. Das ist, als würde man die Waffe weglegen und unbewaffnet in die

Schlacht ziehen.«

Witzig. Genau so fühlte sich Sage, wenn er seinem Vater gegenübertrat. Er würde seinen Segen für die gemeinnützige Organisation nicht bekommen, aber darum hatte Sage ihn auch gar nicht gebeten – und er brauchte ihn auch nicht. Er hatte seinen Vater und Dex angerufen, um Informationen zu bekommen. Oder es sich jedenfalls eingeredet. Eine Erlaubnis hatte er nicht haben wollen – jedenfalls nicht bewusst –, aber er hatte einen seltenen Blick auf den liebevollen Mann werfen dürfen, von dessen Existenz er immer überzeugt gewesen war. Und das war viel mehr wert, als es eine Zustimmung zu einer geschäftlichen Angelegenheit jemals sein konnte.

Sein Vater war noch nicht fertig. »Die Person, die du liebst, wird all deine Geheimnisse kennen. Sie sieht deine Schwächen, und wenn du gut gewählt hast, wird sie sie nicht gegen dich einsetzen, sondern dir dabei helfen, der beste Mann zu werden, der du nur sein kannst.«

Da war es wieder. *Der beste Mann, der du nur sein kannst.* Sage hatte es schon eine Million Mal gehört, daher staunte er, als ihm jetzt die Tränen kamen.

Einundzwanzig

Die Bänke an der Stelle, an der Kate Sage und den anderen an ihrem ersten Tag alles erklärt hatte, waren in Mondlicht getaucht. Sie wusste noch ganz genau, wie ihr Herz einen Schlag ausgesetzt hatte, als Sage das erste Mal über den schmalen Weg auf sie zugekommen war wie eine frische Brise – nur dass er ihr den Atem geraubt hatte. Als er sie ansah, hatte sie kaum einen klaren Gedanken fassen können, und als sie jetzt nebeneinandersaßen und sich mit Luce und Caleb unterhielten, kam es ihr eher so vor, als wäre dieser Abend zwei Jahre und nicht weniger als zwei Wochen her. Sie hatte noch immer Schmetterlinge im Bauch, wenn sie Sage sah, aber nun war es anders, weil sie jetzt wusste, dass er sie küssen würde, anstatt sich auszumalen, wie es sein würde, ihn zu küssen, und auch die Ungewissheit, ob er sie überhaupt bemerken würde, war verflogen. Das, was sie jetzt empfand, gefiel ihr aus diesem Grund auch deutlich besser.

»Dürfen wir uns zu euch setzen?« Clayton hatte seine Gitarre in einer Hand und Cassidys Hand in der anderen.

Kate war nicht entgangen, dass sich Claytons Benehmen seit Sages klärenden Worten verändert hatte. Er starrte sie nicht länger lüstern an. Sie bemerkte, dass er Cassidys Platz auf der

Bank abwischte, bevor sie sich setzte, und ein Teil von ihr hoffte, dass er einfach nur mehr Interesse an Cassidy hatte und dass die Beziehung zu ihr ihn veränderte. Doch sie wusste ganz genau, dass sich kein Mann derart gravierend veränderte. Sie war bereits Zeuge geworden, wie sich Promis auf diesen Reisen so nahe gekommen waren, dass jeder felsenfest davon ausging, sie würden nach ihrer Rückkehr aus Belize heiraten, nur um dann festzustellen, dass sie gar nicht wirklich ein Paar gewesen waren. Diese lockere Moral unter den Promis hatte sie schon immer in Erstaunen versetzt – umso größer war ihr Stolz darauf, dass sich Sage wie ein Gentleman verhielt. Sie konnte sich gut vorstellen, wie verlockend es für einen Mann sein musste, jede Woche mit einer anderen schönen Frau ins Bett gehen zu können.

»Mein PR-Agent sagte, er schickt morgen zur Versammlung einen Fotografen. Cassidy und ich werden auf jeden Fall dort sein.« Clayton tätschelte Cassidys Oberschenkel und sie lächelte ihn an. Ihre dunklen Locken fielen ihr ins Gesicht und sie zappelte neben ihm auf der Bank herum und klimperte mit den Wimpern.

Selbst nach fast zwei Wochen wusste Kate noch immer nicht, was sie von Cassidy halten sollte. Die meiste Zeit benahm sich die Frau wie eine Primadonna, aber hin und wieder sah Kate ein sehr junges Mädchen aufblitzen, das deutlich jünger war. Sie wusste dank des Anmeldeformulars, dass Cassidy und sie gleich alt waren, aber wenn sie sich so verhielt wie jetzt, kam sie einem eher wie achtzehn als wie sechsundzwanzig vor.

Kate schenkte Sage ein Lächeln. »Du kommst doch auch?«

»Auf jeden Fall.«

Sage warf Clayton einen ernsten Blick zu, und Kate war sich nicht sicher, ob sie Mitleid mit ihm haben sollte, weil er sich offensichtlich große Mühe gab, sich zu benehmen. Jedenfalls in ihrer Gegenwart. Als Sage ihre Hand nahm, beschloss sie, dass es unwichtig war, was sie empfinden *sollte*. Es gefiel ihr, dass er sie beschützen wollte. Er knurrte, wenn Raubtiere in ihre Nähe kamen, und blieb stets in ihrer Nähe, um sie auf Abstand zu halten.

Sage wandte sich Caleb zu. »Ich hätte beinahe vergessen, dir auszurichten, dass Kurt an diesem Wochenende gern mit dir skypen würde. Sag mir Bescheid, wann es dir passt, dann legen wir einen Termin fest.«

Caleb sprang auf und zupfte an seiner Hosentasche herum. »Wirklich? Du nimmst mich nicht auf den Arm?«

Sage musste lachen. »Wirklich. Er ist auch nur ein ganz normaler Mensch.«

»Für dich vielleicht. Aber für mich ist er einer der großartigsten Krimiautoren, die ich je gelesen habe.« Caleb ging unruhig auf und ab. »Ich kann es kaum glauben. Kurt Remington wird mit mir reden. Danke, Sage.«

»Gern geschehen.«

»Das ist wirklich nett von dir«, stellte Kate fest. Sie arbeitete jetzt seit zwei Jahren mit Caleb zusammen und hatte noch nie erlebt, dass er so viel Zeit mit der Gruppe verbrachte. Sage hatte nicht nur herausgefunden, was er in all den Stunden trieb, die er jeden Nachmittag verschwand, sondern ihm auch noch einen Gefallen getan. Seine Freundlichkeit erstaunte sie immer wieder und gehörte zu den Dingen, die sie so an ihm liebte.

»Was hat man denn davon, Leute zu kennen, wenn man die Tatsache nicht ausnutzen kann?« Er zog sie lachend dichter an sich heran.

»Macht man das auch häufiger mit dir? Du bist schließlich ein bekannter Künstler, da wollen dich vermutlich auch ständig irgendwelche Leute treffen.« Kate fragte sich, wie sein Leben in New York wohl aussehen mochte, und sie freute sich darauf, ihn dort zu erleben. Sie war gespannt, ob er sich da anders verhielt, konnte sich jedoch nicht vorstellen, dass sein Verhalten von seiner Umgebung abhing – jedenfalls hoffte sie das.

»Das Interesse an einem Künstler ist deutlich geringer«, erklärte Sage. »In Galerien falle ich natürlich auf und werde angesprochen, aber ich bin nicht so berühmt wie Clayton oder Cassidy. Sie werden auf den ersten Blick erkannt. Ich bin eher für das bekannt, was ich erschaffe. Das kann man nicht miteinander vergleichen.«

Clayton klimperte schon eine Weile auf seiner Gitarre herum und nun sang er einen seiner Countrysongs. Cassidy und Luce wiegten sich im Takt der Musik und Sage wippte mit dem Fuß. Auch Kate schloss sich ihnen an und genoss dieses Kameradschaftsgefühl. Clayton ging zum nächsten Lied über, und die Musik und die gute Stimmung – die sie überraschte, wenn man bedachte, wie es bei der Ankunft der Promis gewesen war – sorgten dafür, dass sie sich wünschte, diese Nacht würde niemals zu Ende gehen.

»Wie ist dein Leben in New York?«, fragte sie.

Sage runzelte die Stirn. »Ganz anders als das hier.« Er trank einen Schluck Bier und stellte die Flasche zu seinen Füßen ab. Dann legte er einen Arm um sie und zog sie an sich. »Willst du die Wahrheit wissen?«

»Wenn es geht.« Sie wappnete sich für das, was er ihr wohl gleich enthüllen würde, auch wenn sie sich wunderte, dass er ihr diese Frage überhaupt gestellt hatte. Was gab es Schlimmes, dass er sie derart vorwarnen musste?

Sage drückte seine Wange gegen Kates und drehte sich von den anderen weg. »Ich verbringe sehr viel Zeit in New York damit, mich zu fragen, wie ich von dort wegkommen kann.«

Seine raue Stimme so dicht an ihrem Ohr ließ sie erschaudern.

»Ist das wahr?«, hakte sie nach.

»Absolut. Ich dachte immer, der Grund dafür wäre, dass ich ins Freie, in die Natur müsse. Aber wie ich jetzt erst begriffen habe, hat mein Herz die ganze Zeit gewusst, dass du da draußen auf mich wartest.«

Er drückte ihr einen Kuss auf den Hals und Kate war zutiefst berührt. »Das hast du schön gesagt.« *Warum zittert meine Stimme?*

Sage rückte von ihr ab und sah ihr in die Augen. »Das war nicht nur so dahergesagt. Es war Schicksal.«

Schicksal?

Clayton stimmte »Who Loves Who More« von Thompson Square an.

Luce zog Kate auf die Beine. »Komm her. Mir bleiben nur noch zwei Abende. Jetzt musst du mit mir tanzen.«

Oh Gott. Sage bleiben auch nur noch zwei Abende. Kate spürte, wie sie errötete, aber zwei Sekunden später tanzte auch Cassidy mit und Sage sah sie mit einem derart verlangenden Blick an, dass sie sich am liebsten noch verführerischer bewegt hätte. Sie unterdrückte diesen Drang nicht, ließ die Hüften kreisen und warf sich in die Brust.

Cassidy zog auch Caleb auf die Beine. Er bewegte sich wie ein Roboter mit Lampenfieber, aber seine strahlenden Augen verrieten, dass er sich amüsierte.

Im nächsten Augenblick war Sage an Kates Seite und tanzte mit lockerer Gewandtheit. Himmel, konnte er seinen heißen Körper bewegen. Kate hätte es gern einer dieser Frauen nachgetan, die mit den Händen über den Körper eines Mannes strichen, während sie über die Tanzfläche schwebten, sodass der Mann sabbernd nach mehr verlangte, aber sie wusste, dass sie bei dem Versuch nur ins Stolpern geraten würde.

»Na, das ist doch mal ein scharfer Anblick«, stellte Cassidy fest und fuhr verführerisch mit einer Hand über Sages Arm.

Kate hätte beinahe das Gesicht verzogen, als sich Eifersucht in ihr breitmachte. Doch Sage beugte sich näher zu ihr herüber und sie atmete erleichtert auf.

»Ich finde, Caleb macht das verdammt gut.« Sage nickte Caleb anerkennend zu und wandte Cassidy den Rücken zu.

Caleb bekam rote Wangen, aber Kate stellte zufrieden fest, dass er weitertanzte.

Sage legte die Hände auf Kates Hüften und drückte sich an sie, dann wurde er immer langsamer, bis sie nur noch langsam und überhaupt nicht mehr im Takt der Musik wiegten. Kate war das völlig egal. In Sages Armen und unter dem wunderschönen Nachthimmel hätte sie nicht glücklicher sein können. Während der nächsten Stunden erlaubte sie sich, die Sorgen wegen AIA und der Gemeinde, der ganzen PR und der – mehr oder weniger – angemessenen freiwilligen Helfer zu vergessen und einfach all das zu genießen, was Sage ihr zu geben hatte.

Zweiundzwanzig

Am nächsten Morgen stand Sage lange vor Kate auf und verließ leise die Hütte. Er duschte und zog sich in seiner Unterkunft an und ging dann mit dem Handy in der Hand spazieren. Die Sonne war noch nicht über den Baumwipfeln aufgegangen, doch die Luft fühlte sich bereits feucht und stickig an. Staub wirbelte unter seinen Füßen auf. Die Trockenheit rief ihm ins Gedächtnis, dass es in den letzten zehn Tagen nicht geregnet hatte, und er musste wieder an die dringend benötigten Brunnen denken. *Diese verdammte Regierung.* Er umklammerte fest das Handy und lief weiter, bis er die Biegung der Straße passiert hatte und von den Hütten nicht mehr zu sehen war. Normalerweise skypte er lieber, weil er die Menschen dann sehen konnte, mit denen er sprach, doch das war um diese Uhrzeit noch nicht möglich. Zudem hatte er ohnehin viel Geld dafür hingelegt, auch aus dem Ausland telefonieren zu können. Warum sollte er die Möglichkeit dann nicht auch nutzen? Als Erstes rief er seinen Bruder Jack an.

»Spinnst du? Es ist gerade mal halb sechs«, beschwerte sich Jack mit leiser, rauer Stimme.

»Ja, ich weiß. Entschuldige. Du musst mir einen Gefallen tun.«

»Bist du nicht noch in Belize?« Er schien etwas wacher zu sein.

Sage hörte, wie Jack aufstand, und wartete, bis er die Schlafzimmertür geschlossen hatte, bevor er weitersprach. »Hoffentlich habe ich Savannah nicht geweckt.«

»Ich bin jetzt im Nebenzimmer. Sie wird weiterschlafen. Was ist los? Geht es dir gut?«

Jack war neun Jahre älter als Sage, und obwohl er während Sages Teenagerzeit auf dem College und beim Militär gewesen war und geheiratet hatte, war er so oft wie möglich nach Hause gekommen und hatte versucht, stets Kontakt zu Sage und seinen anderen Geschwistern zu halten. Er hatte sich immer als Beschützer erwiesen und Interesse an Sages Noten, seinen Freundinnen und seinen Hobbys gezeigt – jedenfalls bis zum Unfalltod seiner Frau Linda, an dem er sich die Schuld gab. Die beiden darauffolgenden Jahre waren für die ganze Familie schmerzhaft gewesen, da Jack aus ihrem Leben verschwunden war und in den Bergen von Colorado Zuflucht gesucht hatte. Dort hatte er schließlich irgendwann seine Verlobte Savannah kennengelernt und abermals Liebe und somit den Weg zurück zu seiner Familie gefunden. Seitdem war Jack wieder der Bruder, den Sage gekannt hatte und liebte, daher hatte Sage auch nicht gezögert, ihn zu dieser unchristlichen Stunde anzurufen und um einen Gefallen zu bitten. Zwar bereute er es, vorher nicht mit Kate darüber gesprochen zu haben, aber die Idee hatte nach dem Gespräch mit seinem Vater und Dex erst im Laufe des Nachmittags langsam Gestalt angenommen. Und letzte Nacht, nachdem Kate längst eingeschlafen war, hatte sich daraus ein richtiges Konzept entwickelt. Jetzt wollte er Informationen, und zwar sofort.

»Ja, es geht mir gut. Hast du noch Kontakt zu diesem

Ingenieur, den du von früher kennst? Wie war doch gleich sein Name?«

»Craig. Ja, wieso?« Jack gähnte.

»Er arbeitet bei AMC Utilities, richtig?«

»Ich glaube schon. Warum willst du das wissen, Sage? Komm zum Punkt. Ich bin erst vor zwei Stunden schlafen gegangen.«

»Meine Freundin Kate arbeitet für AIA, die gemeinnützige Organisation, und sie setzt sich für den Brunnenbau ein, aber in einer Gemeinde mit nur wenigen Hundert Einwohnern sieht die Regierung keine Finanzierungsgrundlage.« Sage fuhr sich seufzend mit einer Hand durchs Haar.

»Ich habe schon gehört, dass du dich verliebt hast.«

Obwohl er dringend Antworten haben wollte, fragte Sage lachend: »Mom oder Dex?« In der Remington-Familie sprachen sich Neuigkeiten schnell rum.

»Siena. Sie hat mir gestern Abend eine Nachricht geschickt. Dann stimmt es also?«

Sage blieb stehen und reckte sich. *Siena?* »Ja, es stimmt. Amor hat zugeschlagen. Mich direkt ins Herz getroffen, wie man so schön sagt.« *Und ich genieße es.*

»Ja, so kann's gehen«, meinte Jack lachend. »Möchtest du mir von ihr erzählen?«

»Sie ist clever und eigensinnig. Manchmal erinnert sie mich ein bisschen an Mom, weil sie anderen helfen will und dafür alle Hebel in Bewegung setzt, aber sobald du etwas Respektloses machst, liest sie dir die Leviten.«

»Ist sie heiß?«

»Jack ...«

»Eine süße Schreckschraube? Auch okay.«

»Nein, du Blödmann. Sie ist die schönste Frau, die ich je

gesehen habe. Im Ernst. Ich sehe sie an und bekomme wie ein Teenager einen Steifen.« Die Sonne ging über den Baumwipfeln auf und Sage wischte sich den Schweiß aus dem Nacken. Der Tag würde wieder sehr heiß werden.

»Das ist gut, denn ich würde dir nur ungern sagen, dass meine Verlobte heißer ist als deine Freundin. Vermutlich ist es so, aber ich muss es dir ja nicht auf die Nase binden.«

»Ha, ha.« Sage vermisste Jack, und allein dadurch, dass er seine Stimme hörte, fühlte er sich ihm schon näher. »Hör mal, könntest du Craig vielleicht für mich anrufen, ihm sagen, wo ich bin, und ihn fragen, was es kosten würde, einzelne kleine Brunnen oder einen großen Gemeindebrunnen zu bauen?«

»Klar. Kein Problem. Wie soll ich dir die Info zukommen lassen? Per E-Mail oder soll ich anrufen?«

»Kannst du mir eine Nachricht schicken? Die Internetverbindung hier ist nicht besonders gut, aber mit dem Handy scheine ich ständig Empfang zu haben.«

»Okay, auch wenn es mir anders lieber wäre. Wann kommst du nach Hause?«

»Am Sonntag. Danke, Jack. Du rettest mir das Leben.«

»Siena war enttäuscht, dass sie nicht mit dir skypen konnte.«

»Sag ihr, sie soll sich per Handy melden. Ich hatte es die letzten Tage nicht dabei, gewöhne es mir aber jetzt wieder an.«

»Das lasse ich lieber sein. Verbring du Zeit mit Kate, solange du kannst. Ruf Siena einfach mal an, wenn du dazu kommst, damit sie sich nicht außen vor gelassen vorkommt.« Jack gähnte laut.

»Gut, dann lasse ich dich jetzt mal wieder schlafen. Hab dich lieb, Jack. Und vielen Dank.«

Sage legte auf und hinterließ seinem Anwalt eine Nachricht und erkundigte sich, was alles erforderlich war, um ein gemeinnütziges Unternehmen auf die Beine zu stellen, das sich darauf konzentrieren würde, hochwertige Kunstobjekte zu verkaufen, um aus dem Erlös den Brunnenbau in Entwicklungsländern zu finanzieren. Danach rief er gleich seine Buchhalterin an, stellte ihr dieselben Fragen und bat sie darum, sich bezüglich der finanziellen Voraussetzungen einer solchen Firma schlauzumachen. Vielleicht, nur vielleicht, konnte er diese Sache dank seiner Beziehungen, Kates Erfahrung sowie der Mithilfe einiger zusätzlicher Experten in Gang bringen. Dann würde sich Kate nie mehr Sorgen machen müssen, dass ihre ganze Arbeit umsonst gewesen war, und Sage konnte sich seinen Wunsch nach einer bedeutsamen Aufgabe erfüllen und weiterhin als Künstler arbeiten. Gut, das Unternehmen würde eine Startfinanzierung brauchen, aber so konnte er das viele Geld, das er verdiente, wenigstens einem guten Zweck zuführen. Diese Aufgabe war auch gleichzeitig seine und Kates Chance auf eine gemeinsame Zukunft, in der sie sich um die Dinge kümmern konnten, die ihnen beiden am Herzen lagen.

Auch wenn er noch so gern geblieben wäre, bis Kate auch gehen musste, hatte er am Wochenende nach seiner Rückkehr einen Termin, den er unbedingt wahrnehmen musste. Doch er hatte Kate nicht belogen, als er sagte, er würde zu viel Zeit damit verbringen, sich zu überlegen, wie er aus New York rauskommen konnte, und wenn er an die bevorstehende Ausstellung dachte, die ihn schon wieder derart lähmte, empfand er das als überaus ärgerlich. Doch er würde sie nicht absagen, denn das konnte das Ende einer Künstlerkarriere bedeuten. Außerdem ging es bei dieser Ausstellung um Künstlerfamilien und er nahm zusammen mit seiner Mutter daran teil. Er musste also hingehen.

Aber danach.

Danach hatten Kate und er hoffentlich mehr Zeit füreinander.

Diese verdammte Ausstellung. Er wollte Kate nicht verlassen. Nicht mal für eine Stunde oder für einen Tag. Eigentlich nie mehr.

Dieser Gedanke festigte seinen Entschluss nur noch mehr, der ebenso herrlich befreiend wie gefährlich riskant war. Aber Kate war die Sache wert.

Kate war auf dem Weg zur Kantine, als sie Sage endlich die Straße entlangkommen sah. Als er beim Aufwachen nicht neben ihr gelegen hatte, war ihr schmerzhaft bewusst geworden, dass er in wenigen Tagen sowieso abreisen würde. Manchmal stand er früh auf, um zu zeichnen oder zu malen, daher war sie nicht weiter verwundert gewesen, dass er nicht da war, aber als sie ihn auch in der Schule und in seiner Hütte nicht angetroffen hatte, war sie doch ins Grübeln gekommen und hatte sich gefragt, wo er steckte.

»Da bist du ja.« Er sah attraktiv und sportlich aus in seinem lockeren weißen T-Shirt und den Shorts. Seine Arme und Beine waren inzwischen goldbraun und seine Muskeln noch auffälliger als bei seiner Ankunft. Die Hitze wirkte sich bei allen negativ auf den Appetit aus. Er hätte direkt aus einem Magazin entsprungen sein können.

Sage gab ihr einen Kuss. »Entschuldige, dass ich so früh gegangen bin, aber ich wollte dich nicht wecken.«

»Ist alles in Ordnung?« Sie beäugte das Handy in seiner Hand.

Er steckte es in die Hosentasche. »Ja, ich habe Jack angerufen und noch ein bisschen herumtelefoniert.«

»Ich mag gar nicht daran denken, dass du schon so bald abreisen wirst.«

»Ich auch nicht, aber du bleibst ja auch nur eine Woche länger und kommst mich danach in New York besuchen, richtig? Du hast dich doch nicht umentschieden?« Er hielt ihre Hände in seinen und sah sie voller Hoffnung an.

»Nein.«

»Oh, oh. Das klang aber nicht sehr überzeugend. Was ist denn los?«

»Es fällt mir schwer, von hier wegzugehen, und da die Brunnenfrage noch nicht geklärt ist, kommt es mir so vor, als würde ich etwas Unerledigtes zurücklassen.« Sie fächelte sich Luft zu. »Wow, heute ist es aber wirklich heiß.«

»Ja, das ist es.« Er nahm ihr Haar im Nacken zusammen und hob es hoch. »Besser?«

»Ja.« Sie strahlte ihn an. »Danke.«

»Ich bin sehr stolz auf dich, Kate. Was auch passiert, die Menschen hier wissen, wie hart du gearbeitet hast.«

»Danke. Das weiß ich, aber ohne die Brunnen kommt es mir so vor, als wäre alles umsonst gewesen.«

»Es ist nie umsonst. Wenn du meinen Vater fragst, wird er sagen, dass nur von Bedeutung ist, wie hart man gearbeitet hat.«

Sein Blick wanderte zur Seite, und sie folgte ihm und stellte fest, dass Clayton und Cassidy gerade aus Richtung der Hütten herankamen.

»Sie scheinen sich auch verändert zu haben.« Kate schüttelte den Kopf.

»Ich weiß einfach nicht, was ich von ihm halten soll.«

»Siehst du? Selbst du traust den Promis nicht«, neckte sie

ihn.

»Nein. Ich traue *ihm* nicht, aber ich schere nicht alle Promis über einen Kamm.« Er legte ihr die Hände an die Wangen und sah sie ernst an. »Aber eines weiß ich mit Sicherheit, Kate: Ich bin gerade dabei, mich bis über beide Ohren in dich zu verlieben.«

Ich bekomme keine Luft mehr.

Er sah ihr fragend in die Augen, und sie wusste, dass sie etwas sagen sollte, aber es hatte ihr die Sprache verschlagen. Sie schluckte schwer, um nicht zu ersticken.

Sage kniff die Augen zusammen. »Habe ich etwas Falsches gesagt? War es zu früh?« Er ließ die Hände sinken, aber sie nahm sie, presste sie erneut an ihre Wangen und atmete tief ein. Als sie den Mund aufmachte, kamen zuerst keine Worte heraus, daher versuchte sie es ein weiteres Mal. »Ich auch.«

Er stieß die Luft aus und legte den Kopf in den Nacken. »Grundgütiger, ich hätte beinahe einen Herzinfarkt bekommen.«

»Ich habe mich auch in dich verliebt. Es ist nur … Das kommt alles so unerwartet.«

Er stützte die Stirn an ihre. *Himmel, wie sehr ich das liebe.*

»Ich wollte meinen Aufenthalt verlängern und zusammen mit dir abreisen, aber ich muss mich noch auf eine Ausstellung vorbereiten, die am Wochenende nach meiner Rückkehr stattfinden wird. Das ist mir heute Morgen erst wieder eingefallen.« Sie hörte die Enttäuschung in seiner Stimme, die in ihrem verkrampften Inneren widerhallte.

»Uns bleiben noch zwei Nächte. Das ist besser als nichts«, sagte sie in der Hoffnung, sich damit auch ein wenig aufzumuntern. Wie sollte sie nur ohne ihn zurechtkommen?

»Was hast du heute vor?«

»Ich werde Caleb im Krankenhaus helfen und danach zu der Besprechung ins Dorf gehen, um möglichst früh da zu sein.«

»Ich werde heute mit den Kindern das Wandbild fertigstellen, danach alles sauber machen und wegräumen und dann komme ich rüber.«

Das Wandbild. »Ich bin schon so gespannt auf das fertige Bild. Immerhin etwas, das vor meiner Abreise fertig wird. Die Kinder sind so glücklich, dass sie das mit dir zusammen machen durften, und ich bin heilfroh, dass du mich überreden konntest.«

»Ich bin froh, dass du letzten Endes doch zugestimmt hast.«

Sie gingen hinüber zur Kantine, wo sie Luce antrafen, die gerade einen Liebesroman las, den sie durch die Luft schwenkte, sobald sie sie erblickte. »Holt euch etwas zu essen und rettet mich davor, mich in einen heldenhaften Prachtkerl zu verlieben, den ich niemals kennenlernen werde.«

Kate setzte sich mit einem Teller Rührei und einer Tasse Kaffee an den Tisch. »Ich kann es noch immer nicht fassen, dass ihr bald abreist. Ihr werdet mir so fehlen.«

»Du mir auch.« Luce legte ihr Buch weg. »Komm mich besuchen, wenn du zu Hause bist, dann verbringen wir eine Woche zusammen, bevor du wieder los musst.«

Kate beobachtete Sage, der quer durch den Raum auf sie zukam, und mit einem Mal wollte sich die Vorfreude auf den nächsten Einsatz nicht mehr so richtig einstellen. Ganz im Gegenteil, sie sah ihm fast schon mit Grauen entgegen.

Luce blickte zwischen Kate und Sage hin und her und beugte sich über den Tisch. »In diesen zwei Wochen wurde deine Welt komplett auf den Kopf gestellt. Du Glückspilz.«

»Ich bin auch glücklich, aber auch ein bisschen ängstlich.«

Sage strich mit einer Hand über Kates Schulter, als er hinter ihr herging. Sie warf Luce einen Blick zu und hoffte, dass ihre Freundin das Thema wechseln würde. Luce runzelte daraufhin die Stirn.

»Habe ich die Unterhaltung über heldenhafte Prachtkerle verpasst?« Sage stellte einen Teller mit Rührei und Johnnycakes auf den Tisch und setzte sich.

»Wir haben gerade erst angefangen.« Luce grinste Kate an und zückte ihr Handy. »Sieh dir die tollen Fotos an.« Sie schob das Gerät zu Kate herüber.

Kate ging die Bilder von Sage und den Kindern vor dem Wandbild durch. »Sie sehen so glücklich aus. Und Sage, der stolze Lehrer. Die Fotos sind wunderschön. Schickst du sie mir bitte?«

»Gute Idee. Ich hätte sie auch gern«, sagte Sage. »Es gibt gar kein Foto von uns beiden.« Er holte sein Handy aus der Tasche und reichte es Luce. »Wärst du so freundlich?« Dann rutschte er mit dem Stuhl näher zu Kate und sie ließen sich lächelnd fotografieren.

»Okay, jetzt noch ein Knutschfoto«, verlangte Luce.

Kate kam der Aufforderung gern nach und drückte die Lippen auf Sages – wobei sie jedoch nicht damit gerechnet hatte, dass er sie vor Luce leidenschaftlich küssen würde. Als er sich von ihr löste, waren ihre Wangen ganz heiß und er grinste breit.

»Entschuldige. Es ging nicht anders.«

Sie stand auf und bemerkte, dass Sylvia in der Küche stand, Kate ansah und einen Kussmund machte. »Du liebe Güte.« Sie lachte auf, auch wenn es ihr eigentlich sehr peinlich war.

»Hör auf, dir Sorgen um deinen guten Ruf zu machen«, schalt Luce sie. »Ich sehe dir doch an, wie es in dir arbeitet. *Was werden sie jetzt von mir denken?*« Sie wedelte mit einer Hand vor

Kates Gesicht herum. »Ich kann dir sagen, was sie denken: *Das wurde aber auch Zeit.*«

Luce gab Sage das Handy zurück und er sah sich die Fotos an. »Danke, Luce. Die sind gut geworden.«

»Schick sie mir«, bat Kate.

»Ich habe weder deine Handynummer noch deine E-Mail-Adresse.« Sage lehnte sich auf seinem Stuhl zurück und kniff die Augen zusammen. »Man könnte fast auf die Idee kommen, dass es doch nur eine Affäre für dich ist und du danach untertauchen willst.«

»Ja, klar, und darum habe ich auch vor, dich in New York zu besuchen.«

Er reichte ihr sein Handy. »Gibst du deine Daten bitte ein? Dann kann ich dich aufspüren, falls du nicht wie versprochen auftauchst.«

»Du besuchst ihn in New York? Das ist ja super. Dann können wir uns alle treffen.« Luce leerte ihre Kaffeetasse.

Sage frühstückte schnell und stand dann auf. »Ich muss zur Schule. Wir wollen heute früher anfangen, damit ich heute Nachmittag zur Besprechung gehen kann.« Er gab Kate einen Kuss. »Frag Luce, was sie mit den Fotos vorhat.«

Kate warf Luce einen irritierten Blick zu. »Du hast etwas damit vor?«

»Vielen Dank auch, Sage.«

»Ihr PR-Leute seid immer so gerissen, da gehe ich lieber kein Risiko ein, nicht, dass du Kate noch etwas verschweigst. Bis später, Kate, und viel Glück.«

Kate sah Sage hinterher und drehte sich dann wieder zu Luce um. »Raus damit.«

»Erst du. Wovor hast du Angst?«

Kate senkte den Blick. »Vor allem. Ich glaube, ich mag ihn

viel zu sehr.« Sie sprach leiser weiter. »Ist das nur eine dieser Beziehungen, die keine Zukunft mehr hat, wenn wir nicht mehr hier sind?«

Luce verdrehte die Augen. »Du kannst wirklich nichts und niemandem vertrauen, was? Die Promis haben dich derart abgestumpft, dass du nicht mehr klar denken kannst. Sprich mir nach.« Luce nahm Kates Hand. »Ich, Kate Paletto.«

»Ich, Kate Paletto.«

»Werde nicht auf meinen Verstand hören. Ich bin kein Promijäger und Sage ist kein typischer Promi.«

Kate entzog Luce ihre Hand. »Okay, ich hab's verstanden.« Sie kaute auf der Innenseite ihrer Wange herum, um sich das Grinsen zu verkneifen. »Danke, dass du mich in die Realität zurückgeholt hast.«

»Gern geschehen. Und jetzt sieh dir die Fotos an. Konzentrier dich dabei auf das Wichtigste.« Sie schob Kate das Handy zu. »Siehst du, wie aufgeregt die Kinder sind? Sie wollen wissen, ob ihre Fotos in einer amerikanischen Zeitung abgedruckt werden, und da dachte ich …«

»Du dachtest, bringen wir das Wandbild doch mal in die Presse und sehen, was passiert.« *Selbstverständlich hast du das gedacht.*

»Warum nicht, Kate? Du verzichtest auf gutes Geld. Himmel, du sorgst dafür, dass das Geld in den Taschen von Menschen bleibt, die es nicht brauchen, und warum? Aus Stolz?«

Kate knirschte mit den Zähnen. Sie konnte es nicht leiden, wenn Luce recht hatte, und je länger sie über all das nachdachte, was Luce gesagt hatte, desto deutlicher wurde die Logik hinter ihren Worten. »Du glaubst also, durch Artikel über das Wandbild könnten wir an mehr Spenden kommen? Wie genau funktioniert das eigentlich?«

»Wieso lasse ich mich nicht einfach von AIA engagieren?« Luce strich sich die Locken aus dem Gesicht. »Sehen wir das Ganze mal aus der Sicht der Kinder. Sie sind stolz auf das, was sie für die Gemeinde gemacht haben, und wir könnten einen ganzen Artikel über Punta Palacia schreiben lassen. Über das Dorf, die Gemeinde, die Stadt und was AIA für sie getan hat. Wir zeigen den Menschen, wie es hier wirklich aussieht, damit sie es nicht länger ignorieren können. Kannst du dir Kinder aus den USA vorstellen, die vor dem Morgengrauen Wasser vom Fluss holen oder in Hängematten schlafen?«

Kate schüttelte den Kopf. »Wenn wir das tun, wiederholen wir doch nur etwas, was mir widerstrebt, oder nicht?«

»Ich habe es dir schon einmal gesagt … Du weißt, dass ich dich sehr gern habe, aber wie kannst du Einwände gegen etwas haben, das die Menschen hier brauchen? Sie benötigen Geld und Ressourcen. Dein Problem ist, dass du nicht die richtigen Freiwilligen bekommst, aber das liegt daran, dass AIA diese Gegend für die Promis aufhebt. Punta Palacia ist klein, daher macht eine Diva, die ihre Hilfe verweigert, keinen so großen Unterschied wie in einem größeren Dorf, in dem jede helfende Hand dringend gebraucht wird. Daher tut AIA, was sich im Geschäftsplan gut macht. In größeren Dörfern kommen richtige Freiwillige zum Einsatz, weil der Bedarf dort größer ist. So kurbeln sie das Marketing an.«

»Wie bitte? Du hast das alles gewusst und bist nie auf die Idee gekommen, mich mal aufzuklären?«

»Hast du dir schon mal beim Streiten zugehört? Insbesondere, wenn es um dieses Thema geht? Ich weiß wirklich nicht, wie Sage das durchhält. Der Mann bietet dir an, Punta Palacia richtig viel Geld zu besorgen, indem er das tut, was er liebt, und du wehrst es immer wieder ab. Daran sieht man mal, wie sehr der Mann dich liebt.«

Kate musste lächeln. »Findest du?« Aber sie wusste es. Sie hatte es in jedem seiner Worte gehört und in seinen Liebkosungen gespürt. Selbst die Art, wie er sie ansah, als wäre sie der schönste und wichtigste Mensch der Welt, spiegelte seine Liebe zu ihr wider. Und sie war davon überzeugt, dass ihre Liebe zu ihm ebenso offensichtlich sein musste.

Luce tat so, als würde sie die Stirn auf die Tischplatte knallen. »Für eine intelligente Frau bist du manchmal ziemlich beschränkt. Konzentrier dich, Kate. Ich reise bald ab, und wenn du hier wirklich das Ruder rumreißen willst, dann musst du ein paar Klinken putzen, und du solltest dir lieber sicher sein, dass du das auch wirklich tun willst, denn sobald sich diese Räder erst einmal in Bewegung gesetzt haben, bleiben sie so schnell nicht mehr stehen.«

»Ich kann diese Entscheidungen nicht treffen, das müssen Raymond und seine Vorgesetzten tun. In derartigen Belangen gibt es sehr viele Vorschriften zu beachten. Richtlinien zu befolgen. Das hört sich nach einer so einfachen Aufgabe an, Luce. Wo man Aufmerksamkeit bekommen kann und wie die Dörfer davon profitieren, welche Art von Freiwilligen sie bekommen. Wie konnte ich nur so blind sein?«

»Du bist nicht blind, nur vertrauensselig. AIA braucht einen Ort für die problematischen Promis. Und die Promis sind nur zu gern bereit, Probleme mit Geld zu beseitigen, erst recht, wenn es wie hier für eine gute Sache ist. Also spenden sie eine halbe Million Dollar, schießen ein paar Fotos und die Sache ist geritzt. Sofort stehen sie wieder im Fokus der Öffentlichkeit. Alle profitieren davon, abgesehen von dir und den Projekten, die mehr Aufmerksamkeit verdient hätten.«

»Ich weiß, dass du mich nur auf den Arm nehmen willst, komme aber trotzdem ins Grübeln. Schließlich bitte ich schon seit zwei Jahren darum, dass mehr echte Freiwillige hergeschickt werden, bekomme von Raymond aber immer eine Abfuhr.« Kate stand auf. »Ich muss zur Klinik.«

»Ich begleite dich. Clayton und Cassidy schlafen aus.« Sie malte mit den Fingern Anführungszeichen in die Luft, als sie *schlafen aus* sagte.

Sie räumten ihr Geschirr weg und Kate winkte Sylvia zum Abschied zu.

Sylvia warf ihr daraufhin einen Luftkuss zu, woraufhin Kate abermals errötete.

»Ich arbeite seit fünf Jahren für AIA, da sollte man doch annehmen, dass meine Vorschläge inzwischen wenigstens angehört werden.« Sie wurde zunehmend wütender. »Ich bin nicht nur sauer über das, was es im Großen und Ganzen bedeutet, denn sieh mich doch mal an. Du liebe Güte! Was bin ich denn für ein Mensch? Ich dachte, ich würde der Gemeinde helfen, indem ich fleißige Helfer herholen möchte, dabei hätte ich die ganze Zeit nur meine Denkweise ändern und mir Projekte ausdenken müssen, die mehr Geld für ihre Bedürfnisse eingebracht hätten.«

Kate machte auf dem Weg in die Klinik einen Zwischenstopp im Internetcafé und schickte Raymond eine Nachricht, in der sie das zusammenfasste, was sie mit Luce gerade besprochen hatte.

Sage traf Oscar im kleinen Lagerraum der Schule an, wo er

gerade sein Material sortierte. An der rechten Wand standen Holzregale, in denen Werkzeuge, Eimer und andere Gegenstände ordentlich aufbewahrt wurden.

»Guten Morgen.« Oscar begrüßte ihn mit einem freundlichen Lächeln.

»Hallo, Oscar. Soll ich dir ein wenig zur Hand gehen, bevor ich mit dem Malen anfange?«

»Nein danke. Das Wandbild macht die Kinder so glücklich.« Oscar nickte und warf einen Blick hinter Sage.

Als jemand an seinen Shorts zupfte, drehte sich Sage um. »Javier. Hallo, Kumpel. Was gibt's?«

»Darf ich heute malen?«

»Aber natürlich.« Sage hockte sich lachend hin, damit er mit dem Jungen auf Augenhöhe war.

Aber Javier ließ geknickt den Kopf hängen. »Ich habe Schwierigkeiten mit meinen Schulaufgaben.«

Sage runzelte die Stirn. »Hast du mit deinem Lehrer zusammengearbeitet?«

Der Junge nickte so emsig, dass ihm das Haar ins Gesicht fiel.

»Hast du dich auch angestrengt? So richtig, meine ich? Du hast nicht nur versucht, schnell fertig zu werden, damit du malen darfst?«

Javier zog die Augenbrauen zusammen und nickte erneut.

»Und du hast deinen Lehrer um Hilfe gebeten?« Sage musterte Oscar, der nur mit den Achseln zuckte.

Weiteres eifriges Nicken und ein ernstes Gesicht.

»Es ist wichtig, dass man sich Mühe gibt, Javier. Wenn du dein Bestes gegeben hast, können wir nicht mehr von dir verlangen.« Sage zerzauste ihm das Haar. »Lass uns eine Abmachung treffen. Du darfst malen, aber du musst dir weiterhin ganz viel Mühe geben, um das zu lernen, was dein Lehrer versucht, dir beizubringen. Abgemacht?«

Javier schlang die Arme um Sages Bein. »Danke, Mr. Sage! Danke!« Dann rannte er wieder ins Klassenzimmer.

Sage sah ihm hinterher und drehte sich dann wieder zu Oscar um. »Könnte ich vielleicht eine Leinwand hier lagern, an der ich bereits gearbeitet habe, Oscar? Ich lasse sie bei meiner Abreise nach New York schicken, möchte aber nicht riskieren, dass irgendetwas damit passiert.«

»Kein Problem. Ich schaffe heute Nachmittag Platz dafür. Die Kinder werden dich vermissen, wenn du weg bist.«

»Ja. Sie werden mir auch fehlen.« Sage würde alles an Belize vermissen, von der schrecklichen Hitze über das Lächeln der Kinder bis hin zu Oscars unerschütterlichem Pflichtbewusstsein. »Ebenso wie du, Oscar.«

Oscar nickte und errötete. »Kate auch. Ihr wirst du am meisten fehlen.«

Sage tätschelte ihm den Rücken. »Kate zu verlassen ist das Schwerste, was ich jemals getan habe. Ich verlasse mich darauf, dass du ein Auge auf sie hast.«

Oscar straffte die Schultern und nickte entschlossen. »Du kannst dich auf mich verlassen.«

Sage machte sich an die Arbeit. Er überließ die größeren Teile des Wandbilds den Kindern – den Sand, den Wald, die Tiere – und fügte die feineren Details hinzu. An diesem Morgen gestaltete er den Baumstamm, sorgte für zusätzliche Tiefe, malte Risse in die Borke und ergänzte schließlich einen Strang grüner Blätter, der sich über die gesamte Länge des Gebäudes erstreckte. Als die ersten Kinder aus der Tür kamen, johlte ein Junge im Teenageralter.

»Seht nur!«, rief er den anderen zu.

Allgemeines Aufkeuchen bewirkte, dass Sage von der Leiter stieg, auf der er arbeitete. Der Anblick der begeisterten Kinder, in deren Augen sich die Freude widerspiegelte, während sie zur Wand zeigten, füllte etwas in ihm aus, das schon viel zu lange leer gewesen war. *Das hat in meinem Leben gefehlt.* Er stieg von der Leiter und legte den Pinsel beiseite.

»Steht nicht einfach so rum. Schnappt euch einen Pinsel und erweckt diese Wand zum Leben«, forderte er die Kinder auf. Sofort versammelten sich alle um die Farbeimer, hockten sich hin, um die Pinsel hineinzutauchen, und liefen zur Wand, um sich begeistert ans Werk zu machen.

Ein kleines Mädchen, das etwa neun oder zehn Jahre alt sein mochte, zupfte an seinem Arm und führte ihn zu einer Stelle, an der von dem Blatt, das sie gerade gemalt hatte, ein grüner Farbtropfen langsam mitten über ein rotes Blütenblatt nach unten lief. Das Mädchen verzog betrübt das Gesicht.

»Tut mir leid«, murmelte sie mit leichtem kreolischen Akzent.

Sage tätschelte ihre Schulter. »Das ist perfekt.«

Das kleine Mädchen schaute zwischen der Wand und ihm hin und her und zog die Augenbrauen zusammen. Der Junge neben ihr verharrte und spähte neugierig zu ihnen herüber.

»Ich werde dir etwas zeigen. Darf ich?« Sage deutete auf ihren Pinsel, den sie ihm sogleich in die Hand drückte. Vorsichtig malte er den Umriss eines grünen Blatts, das vom Stiel der Pflanze, die sie gemalt hatte, nach unten hing, und verdeckte dadurch den Tropfen. »Siehst du? Es hat noch ein Blatt gefehlt und das war die perfekte Stelle dafür. In der Kunst gibt es keine Fehler. Wenn etwas tropft, ist das in Ordnung. Wir erschaffen daraus einfach etwas Neues.«

Das kleine Mädchen strahlte ihn an.

Sage gab ihr den Pinsel zurück. »Nur zu. Es ist dein Blatt. Du darfst es ausmalen.«

Während der nächsten Stunden wechselten sich die Kinder wieder beim Malen ab, und Sage half ihnen und brachte ihnen dabei etwas über glatte Pinselstriche und Schattierungen bei, aber vor allem achtete er darauf, dass die Kinder Spaß hatten. Ihm war bewusst geworden, was er alles verpasst hatte, während er endlos arbeitete und sich so intensiv auf seine Kunst konzentrierte, wo es doch so vieles gab, was er für andere tun konnte. So langsam fragte er sich, wie er überhaupt in sein früheres Leben zurückkehren sollte, nachdem er jetzt etwas kennengelernt hatte, das so viel größer und wichtiger war – und er wusste, dass es für ihn keine Rückkehr geben würde. Auf die eine oder andere Weise würde er seinen Plan mit dem gemeinnützigen Unternehmen umsetzen.

Dreiundzwanzig

Kate, Luce und Caleb hatten eine kleine Überraschung für Sage vorbereitet, um die Fertigstellung des Wandbilds zu feiern. Caleb wollte sich um die Details kümmern und den Eltern und Kindern Bescheid sagen, und sie hofften, dass derart kurzfristig wenigstens ein paar kommen würden. Weil Sage und Luce am Sonntag abreisen würden, sollte die Feier Samstagmorgen stattfinden. Als sie ihre Runden in der Klinik erledigt hatten, brannte die Nachmittagssonne sengend heiß vom Himmel, sodass Kate völlig durchgeschwitzt war, kaum dass sie an Luces Seite das Dorf erreicht hatte. Ihr war die morgendliche Unterhaltung den ganzen Tag über nicht aus dem Kopf gegangen, und inzwischen hatte sie ein besseres Bild davon, wie sie der Finanzierung im Weg gestanden hatte. Sie fragte sich aber auch zunehmend, ob sie wirklich in der richtigen Organisation tätig war. Hätte man ihre Anfragen woanders vielleicht ernst genommen?

»Ich komme mir vor wie eine Idiotin, Luce. Dabei bin ich doch eine kluge Frau. Wieso habe ich dann nicht erkannt, welche Vorteile die nervigen … unausstehlichen … egozentrischen Promis haben?«

Luce fächelte sich Luft zu. »Manchmal werden wir von

unserem Wunsch geblendet, das Richtige zu tun. Du bist in dem Glauben aufgewachsen, Geld wäre die Wurzel allen Übels oder etwas in der Art.«

»Nicht gerade die Wurzel allen Übels, aber überbewertet. Und irgendwie unnötig.«

»Deine Eltern mögen ja sehr nette Menschen sein, aber das ist doch bescheuert. Sieh dich doch mal um. Wie hat man hier Internet bekommen? Wie wurden die alten Holzfällerhütten renoviert? Wieso gibt es in den Hütten Wasser und Strom? Das kostet alles Geld.«

Ein ihr unbekannter und für die Gegend viel zu neuer Wagen holperte hinter ihnen die Straße entlang und Kates Magen zog sich zusammen. *Die Regierungsvertreter.* Die beiden Frauen gingen zur Seite, um das Auto vorbeizulassen, und wichen etwas zurück, damit sie vom aufgewirbelten Staub nicht völlig eingehüllt wurden. Während sie sich weiterhin Luft zufächelten, gingen sie auf dem Gras weiter.

»Das weiß ich, aber ich habe nicht groß drüber nachgedacht. Als Raymond sagte, wir bekämen so viel Geld wie möglich und müssten damit klarkommen, habe ich das eben getan. Es hat funktioniert und ich habe mich nie daran gestört. Gut, es ärgerte mich, dass wir nicht mehr arbeitsame Freiwillige bekamen, aber meine Arbeit hat mir nie etwas ausgemacht. Doch jetzt will ich all dem entweder den Rücken zuwenden oder es mit ganzer Kraft in Ordnung bringen. Hast du dich schon mal so gefühlt, als wolltest du weglaufen und gleichzeitig die ganze Welt verfluchen?«

»So geht es mir im Grunde genommen jeden Tag.«

Menschen aller Altersgruppen hatten sich auf der Straße und vor ihren kleinen Hütten versammelt, wo sie sich unterhielten. Die meisten Männer waren noch auf den Feldern und viele der Kinder in der Schule, aber Kate sah mehrere junge Mädchen, die regelmäßig zu Hause blieben, um ihren Müttern beim Kochen und Putzen zu helfen, sowie Kleinkinder, die noch zu jung für die Schule waren. Sie winkte einem älteren Herrn zu, der vor seiner Haustür auf einem Stuhl saß und nickend zurückwinkte.

Der Wagen, der an ihnen vorbeigefahren war, parkte am Straßenrand, und zwei Männer in kurzärmligen Hemden liefen mit riesigen Landkarten in den Händen über den grasbewachsenen Boden. Sie sahen sich mit ernstem Gesicht um und deuteten auf verschiedene Bereiche. Panik stieg in Kate auf. *Ist das möglicherweise unsere einzige Chance? Was ist, wenn sie den Antrag ablehnen und erst in ein oder zwei Jahren wieder hervorholen? Dann habe ich die Gemeinde im Stich gelassen.* Sie hätte am liebsten die Hände in die Luft geworfen und geschrien: *Warten Sie! Ich habe einen großen Fehler gemacht. Wir können das Geld für den Brunnen aufbringen. Davon bin ich überzeugt. Geben Sie mir sechs Monate und kommen Sie dann wieder.* Aber sie wäre auch gern umgekehrt, um zu den Hütten zurückzurennen, Sage zu suchen und sich endlos dafür zu entschuldigen, dass sie so verdammt dickköpfig gewesen war.

»Was denkst du? Sollen wir sie ansprechen?«, fragte Kate.

Luce zuckte mit den Achseln. »Ich kenne mich nur mit amerikanischer PR aus, hier könnten die Dinge aber anders laufen. Was hast du denn sonst immer gemacht?«

»E-Mails geschrieben. Etwa einhundert in den letzten beiden Jahren.« Kate hatte sich immer wieder für die Belange der Dorfbewohner eingesetzt, sodass der Empfänger der E-Mails vermutlich schon die Augen verdreht hatte, wann immer eine neue bei ihm eingetroffen war. »Weißt du, wo ich jetzt hier stehe und sie beobachte, wie sie das Land sondieren, als hätten sie alle Karten in der Hand …«

»Was den Tatsachen entspricht.«

»Ja, ich weiß. Aber ihnen dabei zuzusehen, macht mich wütend. Baut den verdammten Brunnen. Es ist doch ganz einfach. Sperrt die Augen auf. Erkennt, was gebraucht wird. Findet einen Weg. Tut das Notwendige.«

»Das ist der Grund dafür, dass du in deinem Job so gut bist.«

Beim Klang von Sages Stimme wirbelte Kate herum. »Sage.« Sie blickte auf ihre durchgeschwitzte Kleidung hinab.

»Soll mir das bisschen Schweiß etwas ausmachen?« Er zog sie an sich und gab ihr einen Kuss. »Hey, Luce, wie läuft's?«

»Das können wir beim besten Willen nicht erkennen. Ich vermute, einer der beiden ist der Ingenieur. Wir sind eben erst angekommen, aber sie waren auch nur ein paar Minuten früher da.«

»So hatte ich das nicht gemeint.« Sage deutete mit dem Kopf auf Kate.

»Sie hat mir von den geplanten Artikeln über das Wandbild erzählt, falls du dich darauf beziehst«, erwiderte Kate. »Ich komme mir vor wie eine Idiotin, Sage. Luces Worte ergeben Sinn. Ich denke, sie hat recht und ich lag schon seit sehr, sehr langer Zeit falsch. Du musst mich für völlig bescheuert halten, dass ich nicht jede sich bietende Möglichkeit nutze, um an Aufmerksamkeit und Geld zu gelangen.«

»Nein, ganz und gar nicht. Tatsächlich hast du meine Denkweise verändert, was ich sehr gut finde. Meine ursprüngliche Idee war, ein paar Bilder zu malen und sie in die USA zu schicken, falls du dich erinnerst. Dort sollten sie verkauft werden, damit der Erlös der Gemeinde zugutekommen kann. Aber nachdem ich mir deine Argumente angehört habe, die mir zugegebenermaßen anfangs recht konservativ erschienen, wurde mir klar, dass es einen besseren Weg gibt.«

»Ich kann dir nicht folgen«, gestand Kate.

Er zog ein Bündel Papiere aus der Gesäßtasche und glättete sie auf seinem Oberschenkel. »So viel kostet es, einen Brunnen für jede Familie hier zu bauen.« Er deutete auf eine Zahl. »Und das wäre der Preis für einen Gemeindebrunnen.« Er zeigte ihr eine andere Zahl. »Der Gemeindebrunnen ist offensichtlich kostengünstiger, daher wird die Regierung ihn eher in Betracht ziehen. Dabei wird das Wasser aus dem Boden in große Tanks gepumpt und danach übernimmt die Schwerkraft alles Weitere. In jedem Haus gibt es einen Wasserhahn, den die Ingenieure auch als Endstück bezeichnen.«

Kate hörte ihm staunend zu. Er hatte den ganzen Vormittag gemalt. Wie in aller Welt war er an diese Informationen gekommen und was hatte er damit vor?

»Ich weiß so einiges über Gemeindebrunnen, aber wie bist du an all das gekommen?« Sie deutete auf die Papiere.

»Ich habe Jack angerufen. Er hat bei seinem Ingenieursstudium jemanden kennengelernt, der damit jetzt seinen Lebensunterhalt verdient, und ihn um einen Gefallen gebeten. So viel Geld brauchen wir, damit der Gemeindebrunnen gebaut werden kann.« Wieder deutete er auf die Zahl. »Das Problem ist, dass es nicht viel mehr kostet, einen Brunnen für eine dreimal so große Gemeinde zu bauen, und aus diesem Grund tut sich die Regierung auch so schwer. Diese Leute haben nur ihr Budget im Sinn, und wieso sollten sie ein paar Hundert Menschen mit Wasser versorgen, wenn sie für etwas mehr Geld gleich eintausend versorgen können?«

»Dann stehen wir wieder ganz am Anfang?« Kate seufzte, fühlte sich besiegt und war überaus frustriert. Sie wischte sich mit einem Unterarm den Schweiß von der Stirn.

»Nein. Darauf will ich ja gerade hinaus. Du hast mich neulich mit deinem Vortrag über PR und was sie für einen Ort wie diesen bewirken kann zum Nachdenken gebracht, Luce. Die falsche PR kann dieses Dorf in ein Spektakel und einen Albtraum verwandeln. Die Menschen hier führen ein glückliches Leben, jedenfalls macht es den Anschein, und sie brauchen zwar eine bessere Versorgung, aber nicht unbedingt das Tamtam, das dazugehört. Daher habe ich mir ein paar Gedanken gemacht. Die erste Idee ist mein Favorit.« Er steckte die Papiere wieder weg.

»Es ist kein Geheimnis, dass ich mich in New York ziemlich erdrückt fühle und mit meinem Einkommen und all meinem Besitz überhaupt nichts anfangen kann. Ich bin hierhergekommen, um einen Weg zu finden, etwas zurückzugeben. Schließlich hat mir meine Kunst immerhin die Möglichkeit eröffnet, mir meinen Lebensunterhalt mit etwas zu verdienen, das ich liebe. Es ist nur der Ort, der mir auf die Nerven geht. Dabei hasse ich New York auch gar nicht, ich würde nur gern mehr Zeit in ländlichen Gebieten mit mehr Gras und Bäumen und weniger Stress verbringen. Und genau hier hat mir diese Reise einen Weg aus dem Dilemma gezeigt. Ich habe gute Kontakte in der Kunstwelt, wieso sollte ich dann nicht ein gemeinnütziges Unternehmen gründen, um Dörfer wie Punta Palacia mit Hilfe der Kunst zu unterstützen? Damit meine ich nicht, dass ich Promis herholen will. Das ist meiner Ansicht nach die falsche Taktik. Mir wäre es lieber, wenn die kleinen Gemeinden so bleiben können, wie sie jetzt sind. Unter sich. Ohne von Promis und Kameras gestört zu werden. Ich stelle mir das so vor, dass die Finanzierung in den Vereinigten Staaten geregelt wird, und wenn die Brunnen gebaut sind, gibt es auch keinen

Presserummel. Wenn überhaupt, kann ein ansässiger Fotograf ein paar Bilder machen, ohne groß darauf einzugehen, wer alles vor Ort ist, damit der Fokus da liegt, wo er liegen sollte: auf dem Brunnenbau oder der Leitung des Projektes.« Er sah sich um. »Wo stecken eigentlich Clayton und Cassidy?«

Kate und Luce schauten sich neugierig an. Da Kate so in ihren Gedanken versunken und danach in Sages Worte vertieft gewesen war, hatte sie gar nicht bemerkt, dass sich die beiden bisher nicht blicken ließen.

»Keine Ahnung«, antwortete Kate.

»Hm. Wir suchen sie später. Jedenfalls denke ich, dass wir Künstlern, die greifbare Objekte erschaffen, diese Idee schmackhaft machen können, anstatt Schauspieler und Schauspielerinnen herzuholen. Wenn wir sie dazu bringen könnten, pro Jahr vielleicht ein Kunstwerk zu spenden, könnten wir eine jährliche Versteigerung abhalten.«

Luce nickte begeistert. »Das ist brillant.«

»Eine jährliche Versteigerung? Wie soll dadurch genug Geld reinkommen, damit wir auch nur einer Gemeinde helfen können?« Kate sah, wie Luce und Sage einen Blick wechselten, der ihr zu verstehen gab, dass sie keine Ahnung hatte, um welche Größenordnung es hier ging.

»Wenn wir die richtigen Künstler für unsere Sache gewinnen können, reden wir von mehreren Millionen Dollar im Jahr, Kate. Einige der Stücke gehen für hohe sechsstellige Beträge weg. Gehen wir das Ganze richtig an, mit einer jährlichen Auktion und hochwertigen Kunstgegenständen, dann können wir sogar sehr vielen Gemeinden helfen«, erläuterte Sage.

Kate blinzelte mehrmals und wollte ihren Ohren nicht trauen. »Wie viel?«

»Millionen. Das ist brillant!« Luce zückte ihr Handy und fing an zu tippen.

»Ich wäre gern dabei«, erklärte sie. »Natürlich nur Teilzeit, um dir bei der Strategie zu helfen und die Sache bekannt zu machen.«

»Geht klar«, meinte er. »Du kennst bestimmt auch einige wichtige PR-Leute, die für gemeinnützige Organisationen arbeiten.«

»Dabei?«, wiederholte Kate. Warum kam sie gerade nicht mehr mit? Das kannte sie sonst gar nicht von sich.

»Sie möchte die Sache unterstützen«, erklärte Sage. »Was hältst du davon, Kate? Glaubst du, es könnte funktionieren?«

»Ich ... Ja. Ich bin platt.« Sie schüttelte den Kopf. »Um das alles auf die Beine zu stellen, braucht man sehr viel Geld und bestimmt auch viel Zeit, und ich mag mir gar nicht ausmalen ...«

Sage berührte ihren Arm, und als sie ihm in die Augen sah, wurde sie sofort ruhiger. Das war auch etwas, das sie an ihm liebte.

»Natürlich ist die Gründung eines gemeinnützigen Unternehmens mit Kosten verbunden, aber so teuer ist es nun auch wieder nicht. Es dauert einige Wochen, die einzelnen Schritte des Vorgangs abzuschließen, geschätzt etwa neunzig Tage, aber es kann auch schneller gehen, wenn man den richtigen Anwalt an seiner Seite hat. Danach hängt alles von uns ab. Wir können beschließen, was wir finanzieren, und uns auf die Regionen und die Brunnen konzentrieren. Es werden einige gewaltige Ausgaben anstehen. Ich habe eine Buchhalterin, die sich um die Finanzen kümmern kann und die dafür sorgen wird, dass wir alle nötigen Anforderungen erfüllen. Wir brauchen noch jemanden, der sich um das eigentliche

Unternehmen kümmert, und derjenige muss viel herumreisen, sich die Dörfer ansehen und somit sehr viel Zeit investieren, und die Ausgaben dafür müssen auch von den Verkäufen gedeckt werden – aber darum kümmert sich die Buchhalterin. Es wird keine einfache, aber eine bedeutungsvolle Aufgabe.«

Genau das möchte ich machen. Sie malte sich die Freude der Einwohner aus, wenn sie nach Punta Palacia kam und ihnen mitteilte, dass der Brunnenbau in die Wege geleitet worden war. Dann beäugte sie die beiden Herren mit ihren großen Landkarten, die über das dichte Gras gingen und gerade den Dschungel betraten. *Es wäre so eine Befreiung, sich nicht auf solche Menschen verlassen zu müssen, wenn es um die Bedürfnisse einer Gemeinde geht.* Sie wurde immer aufgeregter.

»Hältst du das alles wirklich für möglich?« Sie biss sich auf die Unterlippe und versuchte, sich keine zu großen Hoffnungen zu machen.

»Im Leben gibt es keine Garantien. Wenn wir scheitern, dann ist es eben so. Aber solange wir es nicht versuchen, müssen sich die Dörfer weiter auf das Wohlwollen von Bürokraten wie den Männern da vorn verlassen.« Er deutete auf die Stelle, an der die Männer im Wald verschwunden waren. »Es wird natürlich nicht einfach, und wir werden einige Hürden überwinden müssen, und Craig, der Ingenieur, sagte, die Genehmigungen wären nicht leicht zu bekommen, aber ich bin zuversichtlich, dass wir mit den richtigen Leuten an Bord alles bewältigen können.«

Wir? »Du sagst die ganze Zeit ›wir‹.«

Sage sah ihr tief in die Augen und wurde sehr ernst. »Ich weiß nicht, wie es mit uns als Paar weitergehen wird, Kate, aber diese Idee ist mir nur dank dir gekommen, und unabhängig davon, was aus uns wird, hatte ich gehofft, dass du dabei mitmachen möchtest.«

Was aus uns wird? »Ich …«

»Ich habe das Gefühl, dass hier gerade etwas Wichtiges passiert, und werde mal lieber da vorn warten.« Luce ging ein Stück weg, und Kate sah Sage an, während ihr eintausend Fragen durch den Kopf gingen.

Wie es mit uns als Paar weitergeht? Es fiel ihr schwer, sich auf seine Worte zu konzentrieren. Was hatte das alles zu bedeuten? Wo sollte sie arbeiten? Welche Ressourcen würden ihr zur Verfügung stehen? Sie konnte ihre Fragen nicht in Worte fassen. Sage nahm ihre Hand und mit einem Mal drehte sich wieder alles um ihre Zukunft als Paar.

»Du siehst aus, als hätte ich dir eine Heidenangst eingejagt, und vermutlich ist das auch so. Das ist jetzt eine Menge zu verarbeiten, und es ist ein gewaltiger Gedanke, der erst langsam Gestalt annimmt, Kate. Ein Gedanke, der Dörfern wie diesem die Art von Ressourcen bereitstellen kann, wie du sie dir wünschst. Sie hätten frisches Trinkwasser zur Verfügung, sodass die Kinder nicht frühmorgens schon Eimer schleppen und erschöpft in die Schule kommen müssen.« Er trat näher an sie heran und sein Blick wurde sanfter.

»Ich möchte mit dir zusammen sein, Kate, aber das bedeutet nicht, dass du an diesem Unternehmen beteiligt sein musst oder dass ich es überhaupt gründen muss. Aber es fühlt sich so an, als wäre dies der Teil meines Lebens, der mir bisher gefehlt hat. Ich besitze so viel, und das kann ich nutzen, um anderen zu helfen. Es würde mich glücklich machen, aber nichts macht mich glücklicher, als mit dir zusammen zu sein. Heute, nächste Woche, in zehn Jahren.«

Kate schluckte schwer. *Mir geht es genauso!*

»Ich bitte dich nicht, mich auf der Stelle zu heiraten,

sondern sage nur, dass ich mir diese Beziehung wünsche. Ich möchte sehen, wo die Sache mit uns hinführt – unabhängig von dem Unternehmen. Das wünsche ich mir allerdings auch. Es ist eine gute Idee, ein bedeutungsvolles Unterfangen, und es würde mir sehr viel bedeuten, wenn du daran mitarbeiten möchtest, aber wenn du dir das nicht vorstellen kannst, ist das auch in Ordnung. Du sollst nur wissen, dass ich mit dir zusammen sein will.«

»Ich möchte auch mit dir zusammen sein und sehen, wo es hinführt.« *Mehr als alles andere auf der Welt will ich mit dir zusammen sein.*

Sages Lippen umspielte ein Lächeln.

»Und ich möchte an deinen Plänen teilhaben, auch wenn ich nicht das Geringste über Unternehmensführung weiß.«

»Wir engagieren Experten, die uns beraten, und du weißt sehr wohl, wie man ein Unternehmen führt. Du machst ständig Pläne, planst Budgets, teilst Freiwillige ein. Über die Mittelbeschaffung magst du nicht viel wissen, aber das musst du auch nicht. Das kannst du lernen. Ebenso wie ich. Die PR-Agentur, die wir dafür anheuern, wird uns schon beibringen, was wir wissen müssen. Das Wichtigste ist, dass du auch an uns glaubst. Denn solange es ein ›Uns‹ gibt, können wir jedes Problem bewältigen.«

»Du hörst dich so zuversichtlich an. Hast du denn keine Angst?« *Ich mache mir vor Angst fast in die Hose.*

»Ich habe viel größere Angst davor, nicht mit dir zusammen zu sein, als vor dieser Unternehmensgründung.«

Oh Gott, ich liebe dich so sehr. Sie presste die Lippen aufeinander, um die Worte nicht auszusprechen. »Ich … Oh Sage.«

Er sah sie lächelnd an. »Ich weiß.«

Und sie wusste, dass es stimmte.

»Wir verlieben uns ineinander, und es geht so schnell, dass es völlig verrückt ist.«

Ja! Sie konnte nur nicken.

Er strich ihr den Pony aus der Stirn. »Alles wird gut. Ich habe Vertrauen in meine Gefühle, Kate, und ich spüre, wie viel dir an mir liegt. Daher mache ich mir keine Sorgen.«

»Mir liegt sehr viel an dir. Aber was ist, wenn wir scheitern? Ich habe kein Zuhause, kein Einkommen …«

»Kate.«

»Würde ich vor Ort arbeiten? Bei meinen Eltern wohnen? Bei Bedarf reisen? Wann würden wir uns sehen?« Kate war es gewohnt, jeden Aspekt ihres Lebens zu kontrollieren, aber innerhalb von gerade mal zehn Minuten hatte Sage es geschafft, ihr organisiertes Leben völlig durcheinanderzubringen. Ihr drehte sich der Magen um und ihre Nerven waren zum Zerreißen gespannt.

Er musste die Sorge in ihren Augen oder ihre zitternden Gliedmaßen gesehen haben, denn er legte ihr die Hände auf die Schultern. »Tief einatmen, Kate.«

Sie nickte und holte mehrmals tief Luft.

»Das wird sich schon alles regeln. Ich weiß, dass sich meine Kunstwerke bei einer Auktion verkaufen werden, und ich habe einige Freunde, die sich bestimmt gern beteiligen. Es ist aufregend. Sehr riskant. Aber schlimmstenfalls haben wir es versucht und unser Ziel nicht erreicht, dann sammeln wir eben die Scherben auf und versuchen es auf eine andere Weise.«

»Was ist … Was ist, wenn wir uns trennen? Dann werde ich das alles aufgeben müssen …« Sie sah sich an dem Ort um, der jetzt seit zwei Jahren ihr Zuhause war. Der Ort, den sie bereitwillig verlassen hätte, ohne zu wissen, wo sie als Nächstes hingehen würde. Was gab sie denn wirklich auf? Ihre

Selbstbestimmtheit? Die Autonomie, die sie bisher gewohnt war, gefiel ihr eigentlich gar nicht so besonders. Sie sah Sage tief in die Augen und wusste ganz genau, dass sie diesen Mann liebte.

»Zuerst einmal würde ich etwas mit dieser Tragweite niemals in Betracht ziehen, wenn ich nicht davon ausgehen würde, dass wir es schaffen. Und außerdem habe ich noch keine Frau so geliebt.« Er musterte sie fragend.

Er spricht von Liebe!

»Daher habe ich keinen Vergleich für das, was ich empfinde, und weiß nur, dass es viel mehr ist als alles, was ich kenne, und dass es mir Angst macht. Aber wenn ich bei dir bin, fühle ich mich wie ein ganzer Mensch. Ich liebe dich als Person. Ich liebe dein Herz, das größer ist als das jedes anderen Menschen. Ich liebe es, wie du für das einstehst, woran du glaubst, bei mir ebenso wie bei anderen. Du bist alles, was ich mir je wünschen könnte, Kate. Du bist stark und klug, großzügig und so unglaublich süß.« Er küsste sie. »Es gibt kein schöneres Gefühl auf der Welt, als mit dir zusammen zu sein.«

Du liebst mein Herz. Sie drückte eine Hand an seine Brust und spürte, dass sein Herz genauso schnell schlug wie das ihre. »Ich liebe dein Herz auch, Sage.«

Luces Schritte erinnerten sie daran, wo sie sich befanden. Mehrere Frauen standen mit zusammengeschlagenen Händen vor ihnen. Einige hielten sich eine Hand vor den Mund, während andere sie mit verträumtem Blick ansahen. Kate lief puterrot an.

Sage machte respektvoll einen Schritt nach hinten.

»Hey, ihr Turteltäubchen, sie kommen.« Luce deutete auf die beiden Männer, die auf sie zuhielten.

»Du schaffst das, Kate. Ich vertraue auf dich«, sagte Sage.

Reiß dich zusammen. Konzentrier dich. Wie soll ich mich nach allem, was Sage gerade gesagt hat, noch konzentrieren? Kate holte tief Luft und straffte die Schultern, während sie den Männern entgegenblickte. Das war ihre Chance.

Der größere der beiden sprach sie mit starkem kreolischem Akzent an.

»Ich bin Ivan Dawson vom Ministerium für die Entwicklung des ländlichen Raums, und das ist Paolo Hernandez, einer unserer Ingenieure. Wir ziehen in Betracht, den Bau eines Gemeindebrunnens voranzutreiben.«

Um sie herum keuchten die Einwohner auf und unterhielten sich dann leise.

»Sie ziehen es in Betracht?«, wiederholte Kate. *Das ist kein Nein. Hurra!* Sie warf Sage und Luce einen Blick zu und konnte nicht verhindern, dass sich ein Lächeln auf ihren Zügen ausbreitete.

Mr. Dawson nickte. »Ja, wir denken darüber nach.«

Kate reichte ihm die Hand. »Ich bin Kate Paletto und arbeite für Artists for International Aid. Vielen Dank. Das sind gute Neuigkeiten. Können wir Sie dabei irgendwie unterstützen?«

Mr. Dawson schüttelte ihr die Hand und kniff die Augen zusammen. »Kate Paletto?«

»Ja.«

Sein Blick wanderte zu Mr. Hernandez und wieder zu ihr. »Sie waren sehr beharrlich in Ihren Bemühungen, diesen Brunnenbau in die Wege zu leiten.«

Kate sah ihm entschlossen in die Augen, zuckte jedoch innerlich zusammen und konnte das ihrer Stimme auch anhören. »Ja, Sir.«

Er nickte knapp. »Sie sind schwer zu ignorieren.«

Sage räusperte sich und trat dicht hinter Kate, um ihr eine Hand auf die Schulter zu legen.

»Wären Sie nicht so beharrlich gewesen, dann hätten wir diesen Ort wohl nicht in Betracht gezogen.« Mr. Dawson drehte sich um und ließ den Blick abermals über die Gemeinde schweifen. »Ihre Bemühungen sind nicht unbemerkt geblieben, Miss Paletto. Ich werde dem Leiter Ihrer Organisation ein Empfehlungsschreiben zukommen lassen.«

Kate musste mehrmals blinzeln, um sich ihr Erstaunen nicht zu offen anmerken zu lassen. »Danke, Sir. Ich … Danke. Was wird in Punta Palacia als Nächstes passieren?«

»Mr. Hernandez wird seine Empfehlung abgeben, die erforderlichen Tests durchführen, und innerhalb der nächsten dreißig Tage treffen wir die endgültige Entscheidung. Vorausgesetzt, der Vorschlag wird angenommen, können wir innerhalb von sechzig Tagen mit dem Bau des Brunnens beginnen.«

Wieder keuchten alle Einwohner auf und ihre Aufregung war förmlich spürbar. Sie redeten zu schnell auf Kreolisch, als dass Kate alles verstehen konnte, aber ihre Mienen gaben ihr zu verstehen, dass ihnen gerade neue Hoffnung geschenkt worden war.

»Danke.« Beinahe wäre sie dem Mann um den Hals gefallen. »Das bedeutet allen hier sehr viel. Wenn die Empfehlung angenommen wird, werden Sie das Leben aller Einwohner verbessern. Aber das wissen Sie ja bereits. Ich kann Ihnen gar nicht genug danken. Und Ihnen danke ich, dass Sie heute hergekommen sind, Mr. Hernandez. Falls ich irgendetwas tun kann, um Ihnen zu helfen, lassen Sie es mich bitte wissen.« Vor lauter Aufregung geriet Kate ins Plappern. Sage drückte sanft ihre Schulter, und das reichte, um sie wieder zu beruhigen.

»Wir melden uns«, sagte Mr. Dawson.

Sie sahen zu, wie die Männer in ihren Wagen stiegen und zurück in die Stadt fuhren. Sobald sie nicht mehr zu sehen waren, stieß Kate die Luft aus. »Ich glaube, wir haben es geschafft.«

Bevor sie auch nur zwei Schritte gemacht hatte, umarmte Indira sie auch schon. Ihre Mutter Adela stand direkt hinter ihr und zog Kate an ihren drallen Busen.

»Danke«, sagte Indira.

»Es ist ein Wunder«, meinte Adela zu den anderen Frauen. Sie warf Kate einen Blick zu, und Kate wusste, dass Adela betont langsam sprach, anstatt vor Aufregung auf Kreolisch loszuplappern, nur damit Kate sie verstehen konnte.

So wurde Kate von einer Frau zur nächsten weitergereicht und verbrachte die folgenden zehn Minuten damit, alle Anwesenden zu umarmen. Einige flüsterten ein schnelles Gebet, andere drückten ihre Dankbarkeit aus. Kate hatte Tränen in den Augen, weil ihre harte Arbeit endlich Früchte trug und die Menschen ihr so viel Zuneigung entgegenbrachten.

Auf dem Weg zurück in die Stadt wurde ihr erst das Ausmaß dessen bewusst, was sie geschafft hatte, und dass Sage ihr seine Liebe gestanden und den Vorschlag mit dem gemeinnützigen Unternehmen unterbreitet hatte. Bisher war sie nur auf ihren Collegeabschluss und ihre Arbeit für AIA stolz gewesen. Doch das war nichts im Vergleich zu ihrer Entschlossenheit und harten Arbeit, damit Punta Palacia einen Gemeindebrunnen bekam. Während sie sich Hand in Hand mit Sage vom Dorf entfernte, wusste sie, dass sie ihn vom ersten Tag an falsch eingeschätzt hatte und dass sie sich eine gemeinsame Zukunft mit ihm gut vorstellen konnte.

Vierundzwanzig

Sage hatte zwei Dinge im Sinn, als er neben den Hütten hervortrat: Er wollte Kates Erfolg mit ihr feiern und Clayton und Cassidy zur Rede stellen. Sie hatten Kate ein Versprechen gegeben und es nicht eingehalten. Die Tatsache, dass Kate ihre Unterstützung gar nicht gebraucht hatte, war dabei völlig bedeutungslos. Ein Versprechen war ein Versprechen, und er wollte verdammt sein, wenn er zuließ, dass Clayton Kate auf diese Weise herabsetzte.

Die beiden waren gerade dabei, ihr Gepäck in einen Wagen zu verladen. Clayton trug eine verschlissene Jeans und ein weißes Oberhemd, Cassidy ein sehr enges rotes Minikleid.

»Hey, Sage, wir reisen ab«, sagte Clayton, als wäre alles in bester Ordnung.

»Wie, ihr reist ab?« Sage beäugte Cassidy, die gerade ihren roten Lippenstift nachzog.

»Ja, mein Agent hat angerufen. Ich habe am Montag einen Auftritt, und er will, dass ich ausgeruht erscheine. Wenn ich unter Jetlag leide, kann ich ja wohl kaum auftreten.«

»Hast du das Treffen heute im Dorf vergessen, Clayton?« So langsam bekam Sage eine Ahnung davon, was Kate zwei Jahre lang durchgemacht hatte.

»Nein, ich habe es nicht vergessen. Ich habe dem Fotografen abgesagt, nachdem mein Agent angerufen hat. Keine Sorge. Es ist alles geregelt.« Er wandte sich an Cassidy. »Komm, Cass. Wir sollten aufbrechen, wenn wir unseren Flug noch erwischen wollen.« Clayton reichte Sage die Hand. »Hat mich gefreut, Mann. Vielleicht sehen wir uns ja mal im Big Apple.«

Sage starrte seine Hand an. »Ist dir auch nur einmal in den Sinn gekommen, dass Kate sich auf deine Unterstützung heute verlassen haben könnte? Du weißt, wie wichtig das für sie war.«

»Mann, die Presse ist doch gar nicht aufgetaucht. Was macht das schon? Sollte ich etwa für eine Sache in der Hitze rumstehen, die mir am Arsch vorbeigeht?« Cassidy setzte sich auf den Rücksitz und Clayton schloss die Tür hinter ihr und ging um den Wagen herum.

Sage ballte die Fäuste und hätte Clayton am liebsten auf die Motorhaube gedrückt und ihm gezeigt, was Kate verdiente und wie sehr ihm die Einwohner von Punta Palacia am Herzen liegen sollten. Er kniff die Augen zusammen. »Ich wusste sofort, dass deine kleine Show gestern Abend zu gut war, um wahr zu sein.«

»Die Songs? Ach was.« Clayton deutete mit dem Kopf auf den Wagen. »Cassidy wird immer ganz geil, wenn ich ihr was vorsinge.« Er zuckte mit den Achseln.

»Dir ist es völlig egal, dass du Kate hängen gelassen hast.« *Dir werde ich's zeigen.* Er überbrückte die Distanz zwischen ihnen, und seine Muskeln zuckten, weil er sich derart zurückhalten musste, um den Mann nicht windelweich zu prügeln. In gewisser Hinsicht sah er sogar sich selbst in Clayton, weil er Kate vergessen hatte, als er in seine Kunst vertieft gewesen war, und das ärgerte ihn nur noch mehr.

Clayton lachte auf. »Es ist ja nicht so, als hätte ich mit ihr geschlafen. Und selbst wenn, wen interessiert das schon?«

Sage packte ihn am Kragen und rammte ihn gegen den Wagen.

»Hey.« Clayton kniff die Augen zusammen und starrte ihn zornig an. »Hast du noch nie jemanden hängen gelassen? Das ist mein gottverdammter Lebensstil, Mann. Ich lasse jeden hängen. Das hat nichts mit Kate zu tun.«

Sage starrte in Claytons kalte Augen und atmete schnell und schwer. *Hast du noch nie jemanden hängen gelassen? Das ist mein gottverdammter Lebensstil, Mann.* Es wäre so leicht, die Sache zu beenden. Sich dafür zu rächen, dass er Kate enttäuscht hatte, und ihn für den Kommentar über sie büßen zu lassen. Aber die Wut, die Sages Blut zum Kochen brachte, richtete sich auch gegen ihn selbst. Sage begriff, dass er Kate ebenfalls enttäuscht hatte. In jener Nacht über seinem Bild hatte er dasselbe getan wie Clayton und Cassidy heute. Er hatte sich für etwas anderes entschieden, anstatt sein Versprechen zu halten. Er hatte sie hängen lassen. Widerwillig ließ er Clayton los und trat einen Schritt zurück. Clayton taumelte von Sage weg und starrte ihn entrüstet an.

»Was soll denn der Scheiß? Hier geht es um Prioritäten, Mann. Was kriege *ich* denn für meine Bemühungen? Das ist das Einzige, was zählt.«

Sage machte halbherzig einen Schritt auf den Mann zu. Seine Muskeln brannten und ihm stand der Schweiß auf der Haut.

Clayton stieg schnell in den Wagen und knallte die Tür zu. Der Motor wurde angelassen und schon fuhren sie davon.

Verdammt noch mal. Was bin ich eigentlich für ein Heuchler? Kate mochte ihm verziehen haben, und sie hatte gesagt, sie würde ihm helfen, wenn er das nächste Mal etwas vergaß, aber was sagte das bitteschön über ihn aus? Oder über seine Gefühle zu ihr?

Das nächste Mal? Spinnst du? Sage hatte am Morgen danach gesehen, wie verletzt Kate gewesen war, als er sich bei ihr entschuldigen wollte, und obwohl sie an diesem Nachmittag zu abgelenkt gewesen war, um viel zu Claytons und Cassidys Fernbleiben zu sagen, wusste er, dass sie irgendwo in ihrem Kopf ihre Abwesenheit mit dem verknüpfte, was er getan hatte, selbst wenn sie es gar nicht bewusst realisierte.

Ach, verdammt. Er hatte nicht das Recht, Clayton Vorwürfe zu machen, wenn er selbst ähnlich handelte. Er hatte sich bei Kate entschuldigt, weil er die Zeit vergessen und sie warten gelassen hatte. *Er hatte sich entschuldigt? Meine Güte, als ob es das besser machen würde.* Die Vorstellung, dass er tatsächlich so ein Mann war, machte ihn krank. Ein Mann wie Clayton, der sich immer über andere stellte. Kate war ein viel zu guter Mensch, als dass sie sich mit einem Mann abgeben durfte, der sich ablenken ließ, anstatt für sie da zu sein, wenn er es versprochen hatte. *Das muss ich ändern.*

Ich weiß nicht, ob ich das kann.

Ich bin schon mein ganzes Leben lang so.

Kates Worte gingen ihm wieder durch den Kopf. *Sperrt die Augen auf. Erkennt, was gebraucht wird. Findet einen Weg. Tut das Notwendige.* Sages Handy vibrierte, und er sah auf dem Display, dass er eine Nachricht von Jack bekommen hatte. Er musste sich beweisen, dass er sich ändern konnte. Seine guten Absichten in die Tat umsetzen.

Sage rief Jack an. »Hi, Jack. Ich bin's.«

»Ich habe dir gerade eine Nachricht geschickt. Hast du die Informationen von Craig bekommen?«

»Ja, vielen Dank dafür. Craig war überaus hilfreich. Danke,

dass du ihn für mich angerufen hast.«

»Klar. Dafür sind Brüder doch da. Was soll dieser grimmige Tonfall?«

»Hier ist gerade einiges los. Sag mal, könntest du mir noch einen Gefallen tun? Diesmal weiß ich allerdings nicht, an wen du dich wenden kannst.«

»Worum geht es denn?« Jack wurde schlagartig ernst. Sage stellte sich vor, wie er dastand, die Beine hüftbreit auseinander, die dunklen Augen zusammengekniffen, und den Bizeps wie immer nervös zucken ließ.

»Du weißt doch, dass ich immer alles ausblende, wenn ich arbeite?«

Jack lachte auf. »Ja, das ist die Untertreibung des Jahres. Das hast du schon als kleiner Junge gemacht. Ich weiß noch, wie ich einmal Weihnachten nach Hause gekommen bin, da musst du so fünf oder sechs gewesen sein. Du hattest dich so in das Malen mit der Fingerfarbe vertieft, dass ich Mom gefragt habe, ob du taub geworden bist. Ich fing nämlich schon an, mir Sorgen zu machen.«

»Tja, daran hat sich nichts geändert, und das gefällt mir gar nicht. Ich muss irgendwie herausfinden, wie ich das abstellen kann.«

»Macht dir Kate deswegen die Hölle heiß?«, wollte Jack wissen.

»Nein, aber das muss sie auch gar nicht. Ich dachte, ich könnte mal mit einem Therapeuten reden, um vielleicht ein paar Tipps zu bekommen. Warst du nicht nach Lindas Tod eine Zeit lang bei einem Therapeuten in Behandlung?« Sage zuckte zusammen. »Entschuldige. Ich hatte das nicht so offen aussprechen wollen.«

»Schon okay. Die Einzige, die wirklich zu mir durchdringen

konnte, war Mom. Ist das zu fassen? Na ja, und Savannah, aber es war Moms Ratschlag, der mir letzten Endes geholfen hat.« Jack seufzte. »Du willst also deine *andere Welt* bezwingen. Ich hatte mich schon gefragt, ob das jemals zu einem Problem für dich werden könnte.«

»Bei dir klingt es ja beinahe so, als wäre ich ein Alien.«

»Auf gewisse Weise bist du das auch. Aber gilt das nicht für alle Künstler?«, meinte Jack lachend.

»Raus mit der Sprache, Jack. Was stimmt nicht mit mir? Ich dachte immer, das wäre eben meine Art.«

»Ach was. Das dachten wir alle.«

»Ich habe deswegen im Laufe der Jahre nicht nur eine Freundin verloren. Die Argumente kenne ich zu Genüge: Ich wäre egozentrisch, egoistisch, mir würde nichts an ihnen liegen.« Er seufzte. »Das Problem ist, dass ich ja versucht habe, mich zu ändern, aber wenn ich arbeite, bin ich völlig konzentriert. Doch jetzt *muss* ich mich verändern. Kate hat mehr verdient als eine armselige Entschuldigung, weil ich mich nicht von meiner Arbeit lösen kann.«

»Du weißt, dass ich auch geglaubt habe, ich müsste mich verändern, bevor ich Savannah begegnet bin. Hast du denn auch wirklich ernsthaft versucht, dich zu ändern?« Jacks Stimme hatte einen leicht sarkastischen Unterton, der Sage überraschte und auch ärgerte.

»Selbstverständlich. Niemand lässt sich gern sagen, er wäre ein miserabler Freund.«

»Da muss ich dir recht geben. Aber die Sache ist die, und sei jetzt nicht sauer, weil ich es ausspreche: Ich bin mir nicht sicher, dass du es wirklich versucht hast. Etwas zu ändern, dass man schon sein ganzes Leben lang macht, ist nichts, wozu einen jemand zwingen kann. Man muss es auch wollen.«

Sage verdrehte die Augen. »Ich habe versucht, mich zu ändern. Glaubst du etwa, ich entschuldige mich gern?« *Das macht keinen Spaß.*

»Nein, das glaube ich nicht. Ich denke allerdings, dass dir das, was du getan hast, wichtiger war als der Mensch, der auf dich gewartet hat.«

»Na, für diese Erkenntnis muss man jetzt kein Genie sein.«

»Ich sagte doch, du sollst nicht sauer werden. Ich könnte auch einfach auflegen, statt mit dir diesen Mist durchzukauen.«

»Tut mir leid. Ich bin einfach frustriert.« Sage lief auf und ab und versuchte, die verspannten Schultermuskeln zu lockern. »Ich will keiner sein, der sich ständig entschuldigen muss. Ich will Kate nicht in die Augen sehen und wissen, dass sie sich meinetwegen unwichtig fühlt. Kannst du mir denn nicht irgendwas Hilfreiches sagen?«

Jacks Stimme wurde ernst … und kalt. »Du wirst es schon herausfinden.«

»Das ist alles? Ich werde es schon herausfinden? Ist das alles, Jack?« *Ich bin am Arsch.* Er blickte den Weg entlang, der zu Kates Hütte führte. *Kate wird sich das nicht gefallen lassen.*

»Du hast schon mehr getan als jemals zuvor, was das Versuchen betrifft. Du hast das Problem erkannt. Du hast mich angerufen. Du wirst die Lösung schon finden. Es muss dir nur genug bedeuten, damit du sie findest.«

»Das ist nicht gerade hilfreich. Hast du denn nicht einfach die Nummer eines Therapeuten für mich oder ein Buch, das mir helfen kann?«

»Die Veränderung muss aus deinem Inneren kommen. Ich bin mit Savannah verabredet und würge dich nur ungern ab, aber vertrau mir, Bruderherz. Nichts, was ich sage, wird dich dazu bringen, dich zu ändern. Du musst es schon mehr wollen als den nächsten Atemzug. Wenn du deswegen keine Bauchschmerzen bekommst, dann wird auch nichts passieren.« Jack schwieg einen Augenblick.

Sage starrte sein Handy an und fragte sich, was in aller Welt er jetzt tun sollte.

»Alles gut zwischen uns?«, erkundigte sich Jack.

»Ja.« Sage wusste nicht, ob er Jack danken oder ihn anschnauzen sollte. *Die Veränderung muss aus deinem Inneren kommen. Ach was.* »Hab dich lieb. Wir sehen uns, wenn ich zurück bin.«

»Ich hab dich auch lieb. Und, Sage, wenn ich meinen Arsch hochkriegen kann, dann kannst du das auch.«

Das konnte Sage nur hoffen. Er legte auf, zog sein Shirt aus und warf sein Handy aufs Bett. Dann ging er wieder nach draußen, um sich mit Sit-ups und Push-ups zu quälen. *Erkenne, was gebraucht wird. Finde einen Weg. Tu das Notwendige.* Sage erkannte, dass er sich nicht länger derart in seine Arbeit vertiefen durfte. Jetzt wurde es Zeit, etwas dagegen zu unternehmen.

Kate lief in ihrem kleinen Zimmer auf und ab. Aufregung und Furcht rangen in ihr, sodass die Schmetterlinge in ihrem Bauch einen schweren Stand hatten. Sie hatte geglaubt, eine kalte Dusche würde ihre Nerven beruhigen, aber selbst frisch geduscht und in Khakishorts und einem blauen Baumwoll-Tanktop war ihr Innerstes weiterhin in Aufruhr. Sie ließ sich aufs Bett fallen, sprang sofort wieder auf und marschierte von einer Wand zur anderen. In ihrem Kopf ging sie das Gespräch mit Sage immer wieder durch. Sie war so gern mit ihm zusammen und himmelte ihn an. Aber Kate war es gewohnt zu wissen, wohin sie ihr Weg führte und was die Zukunft für sie bereithielt, selbst wenn es nur um zwei Jahre ging. Was hatte es für Auswirkungen, wenn sie zusammen mit Sage dieses Unternehmen gründete? Wie sollten sie herausfinden, ob ihre Beziehung funktionierte, wenn sie bei ihren Eltern wohnte? Sie konnte sich keine Wohnung nehmen – was war, wenn sie sich trennten und ihr nichts anderes übrig blieb, als wieder zu AIA oder einer ähnlichen Organisation zu gehen? Da konnte sie doch keinen Mietvertrag über zwölf Monate abschließen.

Und wenn du jeden Monat kündigen kannst?

Sie dachte über ihre Optionen nach. Wie sollte sie sich das in New York überhaupt leisten können? Würde sie wieder als Freiwillige arbeiten oder ein Gehalt beziehen? Sie hatte so viele Fragen und keine Antworten. Das Einzige, was sie mit Sicherheit wusste, war, dass sie mit Sage zusammen sein wollte. Aber sie wollte auch nicht davon ausgehen, dass er sie bei sich einziehen lassen würde, und sie war sich nicht sicher, ob sie das überhaupt wollte.

Sie betrachtete ihre Matratzen in dem von Fliegengitter umgebenen Bereich.

Ich möchte mit ihm zusammenleben.

Das war verrückt. Wie konnte sie nach zwei Wochen so etwas wollen? Was würden ihre Eltern denken? *Großer Gott. Was werden sie sagen, wenn ich AIA verlasse? Wie kann ich AIA überhaupt verlassen?* Es gab so viel zu bedenken, und was sollte sie tun, wenn Sage nur Tagträumen nachhing? *So ein Mann ist er nicht.* Er setzte Dinge in die Tat um.

Was ist, wenn wir nicht gut zusammenarbeiten? Möglicherweise hatte er das auch ganz anders geplant. Er war

Künstler. Sollten sie und die anderen Angestellten herumreisen und während dieser Zeit würden sie einander nicht sehen? Sie ächzte innerlich. Es gab zu viele unbeantwortete Fragen. Das war alles zu viel für sie. Sie konnte rein gar nichts planen, solange sie keine Antworten hatte, aber sie wollte Sage auch nicht drängen.

Ich bitte dich nicht, mich auf der Stelle zu heiraten, sondern sage nur, dass ich mir diese Beziehung wünsche. Ich möchte sehen, wo die Sache mit uns hinführt. Das waren seine Worte gewesen. Was hatte das zu bedeuten? Wieder war sie an dem Punkt angelangt, dass sie nicht wusste, wie sie eine Beziehung führen sollten, wenn sie nicht einmal in derselben Stadt lebten. Konnte sie an einem Ort wie New York einen Aushilfsjob finden? Und wenn ja, was sollte sie tun? In einer Suppenküche arbeiten? Bei einer anderen gemeinnützigen Stiftung anheuern? Allein die Vorstellung, in New York zu leben, machte sie schon nervös. Sie brauchte Luft zum Atmen.

Kate öffnete die Fliegengittertür, ging hinaus und holte tief Luft.

»Fühlst du dich eingeengt?« Sage kam mit einem Strauß frisch gepflückter Blumen in der einen und einer Tasche in der anderen Hand den Weg hinauf.

Sie lief ihm entgegen und sprang in seine Arme. Er fing sie auf und sie küssten sich. *Schon besser. Viel besser.* Sie rückte von ihm ab und hatte das Gefühl, endlich wieder frei atmen zu können und ruhiger geworden zu sein. »Entschuldige.«

»Kein Problem.« Er gab ihr noch einen Kuss. »Werde ich ab jetzt jedes Mal so geküsst, wenn die Aussicht besteht, dass wir die Genehmigung für einen Brunnen bekommen? Denn wenn die Antwort Ja lautet, dann sehe ich zu, dass das Unternehmen möglichst schnell steht.«

Sie rutschte aus seinen Armen auf den Boden. »Das habe ich einfach gebraucht.«

»Ich dachte, du zerbrichst dir bestimmt den Kopf und wirst halb verrückt dabei.«

»Wirklich? So gut durchschaust du mich?« *Woher weißt du das nur?*

Er beäugte sie skeptisch. »Du bist der durchorganisierteste Mensch, den ich kenne. Das, was ich heute gesagt habe, hat dein Gehirn garantiert überfordert. Es gibt keine Listen, keine Kästchen, die du abhaken kannst, nicht die geringste Ordnung.«

»Okay, offenbar kennst du mich ein bisschen.«

Er presste die Lippen auf ihre. »Ein bisschen?«

»Vielleicht sogar sehr gut. Aber es gibt auch einiges, das du nicht über mich weißt. Beispielsweise, dass ich es nicht mag, wenn ich nicht weiß, wie es weitergehen soll.« *Vielleicht weißt du es aber doch.*

»Hm-hm.« Er reichte ihr die Blumen. »Ich war heute sehr stolz auf dich.«

»Danke. Sie sind sehr schön.« Sie gingen nach oben in ihre Hütte, und sie füllte ein Glas mit Wasser und stellte die Blumen hinein. Dabei kaute sie auf ihrer Unterlippe herum. Sie konnte ihm jetzt nicht sämtliche Fragen stellen, ohne ihn zu bedrängen und zu überfordern. *Ich drehe noch durch.*

»Okay, wo soll ich hin?« Er schaute sich um.

»Wie meinst du das?«

Sage stand mit der Tasche in der Hand und einem breiten Grinsen da. »Wir sollten uns unterhalten. Möchtest du ein Bier und zur Kantine gehen? Setzen wir uns nach draußen? Wenn wir hier drin bleiben, werden wir nicht zum Reden kommen, das kann ich dir versichern. Dafür siehst du mit deinen zusammengezogenen Augenbrauen und deinem gehetzten Blick viel zu sexy aus.« Er legte ihr die Hände auf die Hüften. »Das bringt mich auf dumme Gedanken …« Wieder küsste er sie.

Küss mich noch mal. Dann geht es mir gleich viel besser.

»Dann will ich dich so lange lieben, bis du nicht mehr nervös bist.« Ein weiterer Kuss.

Oh Gott, ja.

Er ließ die Hand weiter nach unten wandern und drückte sanft ihr Becken. Kate schmolz in seinen Armen dahin, als er den Kuss vertiefte.

»Ich möchte dich streicheln, bis du dich nicht einmal mehr an deine Sorgen erinnern kannst«, raunte er ihr zu.

»Ja«, murmelte sie und seufzte. Das war einer der Punkte, in denen sie sich absolut sicher war. All die Fragen über ihren Job und ihre Wohnsituation konnten warten.

Er löste sich von ihr, und Kate zwang sich, die Augen zu öffnen. Sie streckte die Arme nach ihm aus, aber er machte einen Schritt nach hinten.

»Tut mir leid«, sagte er mit einer tiefen, erotischen Stimme, die ihre Lust nur noch weiter entfachte, und ging zur Tür. »Wir haben zu arbeiten.«

Kate sah ihm nach, wie er hinausging, und kämpfte gegen ihre Frustration an. Sie zwang sich, ihm trotz ihrer weichen Knie zu folgen, und stellte fest, dass er auf der obersten Treppenstufe saß, die Tasche neben sich und ein zufriedenes Grinsen auf den Lippen.

»War das dein schurkischer Plan, mich erst heißzumachen und dann stehen zu lassen?« Sie ließ sich neben ihm nieder.

»Nein. Mein schurkischer Plan war, dich so heißzumachen, dass du deine Sorgen vergisst. Der Rest war nur Bonus.« Er legte ihr eine Hand auf den Oberschenkel und seine Körperwärme brannte sich durch den Stoff der Shorts in ihre Haut.

Sie hob sein Handgelenk zwischen Daumen und Zeigefinger hoch und bugsierte seine Hand auf sein Bein. »Wir wollen das Schicksal ja nicht herausfordern. Ich kann nichts dafür, dass mein Körper so auf dich reagiert.«

Er legte ihr die Hände auf die Wangen und drückte ihr einen Kuss auf die Lippen. »Ich liebe dich.«

Liebe! Ich glaube, ich bin gerade zur Salzsäule erstarrt.

Er sah ihr in die Augen, als könnte er selbst kaum glauben, dass er das gesagt hatte.

Dann ließ er den Kopf sinken. »Ich kann einfach nicht anders.« Zaghaft sah er sie wieder an. »Es ist nun mal so.«

Oh ja! Ich liebe dich auch! Sie konnte kaum noch etwas hören, weil das Blut so in ihren Ohren rauschte. Das war etwas anderes als *Ich liebe dein Herz.* Es war größer – so viel größer. Kate wollte sich sein Gesicht einprägen, die Mischung aus Liebe und Sorge in seinen wunderschönen dunklen Augen, die Art, wie er sich unsicher und nervös die Hände rieb. Sie wollte sich merken, wie sich der Geruch der feuchten Dschungelpflanzen mit Sages maskulinem, erdigem Geruch vermischte und sie erschaudern ließ. Und wenn sie *Ich liebe dich auch* sagte, wollte sie vor allem tief in seine Augen schauen.

»Ich liebe dich auch, Sage.«

Er strahlte sie an, und sie spürte förmlich, wie die Liebe von ihm ausging. *Das ist es, woran ich mich immer erinnern werde. Das ist der Blick, der mir zu verstehen gibt, dass ich alles für ihn bin.*

Er nahm ihre Hände. »Kennst du das Lied ›Brave‹ von Sara Bareilles?«

»›Brave‹? Nein, ich … ähm.« *Brave? Mutig?*

»Ich muss jedes Mal an das Lied denken, wenn ich dich sehe. Darin geht es darum, dass man mutig genug sein muss, um zu sagen, was man meint. Du bist ganz allein hier, ohne deine Familie oder Freunde, die dir durch schwere Zeiten helfen und die guten mit dir feiern können, Kate. Du kümmerst dich um so viele Menschen und stellst deine Bedürfnisse in den Hintergrund. Du bist der Inbegriff der Tapferkeit.«

»Du hältst mich für tapfer?« *Das ist ein sehr ... großes Wort. Gigantisch. Ebenso gigantisch wie ›Ich liebe dich‹.*

»Sehr tapfer sogar. Du inspirierst mich.« Er zog leicht die Augenbrauen zusammen und sah sie fragend an. »Wir sind so schnell zusammengekommen, und ich war mir nicht sicher, ob ich dich verschrecke, wenn ich dir meine Gefühle gestehe, aber dann musste ich an dieses Lied denken und an dich, und mir wurde klar, dass ich ebenfalls mutig sein muss. Ich *wollte* mutig sein. Ich wollte, dass du weißt, was ich für dich empfinde. Ich liebe dich, Kate, aus ganzem Herzen.«

»Du hast mich nicht verschreckt, ganz im Gegenteil.« Sie war kurz davor, aufzuspringen und zu rufen: *Er liebt mich! Sage Remington liebt mich!*

Er gab ihr einen Kuss, einen langen, genüsslichen, unglaublichen Kuss, und Kate wusste, dass sie keine einzige Sekunde dieses Abends jemals wieder vergessen würde.

Sage hob die Tasche hoch, die er bei sich hatte. »Ich habe dir ein paar Sachen mitgebracht.«

Kate schob die Unterlippe zwischen die Zähne und war schrecklich aufgeregt. »Du liebst mich und hast auch noch Geschenke für mich? Schnell, fühl mal meinen Puls.« Sie hielt ihm das Handgelenk hin. »Bin ich schon im Himmel? Wo könntest du mir denn etwas gekauft haben?«

Er lachte leise. »Freu dich nicht zu früh. So spannend sind die Geschenke nicht. Ich habe sie zusammen mit den Sachen für das Wandbild bestellt.«

»Aber da waren wir doch noch gar nicht zusammen.« *Du hast mich da schon so sehr gemocht, dass du mir Geschenke besorgt hast?* Sie kannte die Antwort auf diese Frage, da auch sie die Verbindung zwischen ihnen sofort gespürt hatte.

»Ja, und es kommt mir vor, als wäre es schon ein Jahr her.« Er holte einen in Leder gebundenen Terminkalender aus der Tasche und reichte ihn ihr. »Ich weiß, wie sehr du dein Klemmbrett magst, aber so hast du gleich einen Tageskalender mit Platz für Notizen und alles, was du sonst noch aufschreiben willst.«

Kate fuhr mit den Fingern über das weiche Leder. Als sie die erste Seite aufschlug, hätte sie beinahe geweint, weil dort ihr Name in der oberen rechten Ecke stand. »Das ist … Sage, er ist wunderschön.«

»Freut mich, dass er dir gefällt.« Er kramte in der Tasche und nahm einen Stapel bunter Haftnotizen heraus. »Für deine Sucht.«

Kate musste lachen. »Du achtest wirklich auf jedes Detail.« Sie umarmte ihn fest. »Ich dachte schon, du hältst mich wegen der ganzen Notizen für einen Freak.«

Er zog sie noch enger an sich und flüsterte: »Ich kann es kaum abwarten, den Freak in dir kennenzulernen.«

Sie bekam eine Gänsehaut an den Armen. *Ich habe doch keinen Freak in mir, oder?* Sie war noch nie mit einem Mann zusammen gewesen, dem sie genug vertraut hätte, um irgendwelche möglicherweise in ihr lauernden Gelüste auszuleben. Aber ein Blick in Sages Augen, in denen sich sein Verlangen widerspiegelte, reichte aus, um Hitze in ihr aufwallen zu lassen. Sie vertraute ihm und sie wollte ihn – oh, und wie sie ihn wollte. *Tapfer*, hatte er gesagt. Sie nahm seine Hand und ließ sich von ihrer Lust auf ihn leiten, als sie ihn ins Haus zog.

»Aber ich wollte …«, er sah ihr zu, wie sie das Radio einschaltete, »über das Unternehmen reden …«

»Ich auch, aber …« Sie löschte das Licht.

»Und über unsere Pläne, um dir deine Nervosität zu nehmen …« Sage verstummte.

Na los, sei tapfer. »Du kannst mir die Nervosität auch ohne Worte nehmen und wir reden später.« Mit wild pochendem Herzen schloss sie die Augen und wiegte sich im Takt der sinnlichen Musik. Rasch hatte sie einen Rhythmus gefunden und ließ die Hüften und Schultern kreisen.

»Oh, Baby«, murmelte Sage heiser.

Er zog sie an sich und sie schlug die Augen auf. Mit geröteten Wangen kaute sie auf ihrer Unterlippe herum und unterdrückte die Scham, die in ihr aufstieg. Sie widerstand dem Drang, ihm die Führung zu überlassen, und schüttelte langsam den Kopf, wobei sie hoffte, verführerisch auszusehen, während ihr das lange Haar ins Gesicht fiel. Langsam rückte sie von Sage ab, tanzte sinnlich weiter und wackelte mit einem Finger.

»Oh nein, du ungezogener Junge.«

Er kniff leicht die Augen zusammen und seine Lippen umspielte ein teuflisches, gieriges Lächeln. Allein die Gewissheit, dass sie ihn erregte, stärkte ihr Selbstbewusstsein. Sie wandte ihm den Rücken zu, lupfte ihr Shirt erst auf der einen und dann auf der anderen Seite ein wenig, drehte sich wieder zu ihm um und wiederholte das Ganze, als wäre sie eine erfahrene Erotiktänzerin, was sie gleichzeitig überraschte und erregte. Während sie um ihn herumtänzelte, drückte sie ihr Becken an seins, legte ihm die Handflächen flach auf die Brust und schlängelte sich an seinem Körper entlang, was ihm ein Stöhnen entlockte. Sie zog langsam einen Träger ihres Tanktops von der Schulter, trat näher an Sage heran, rieb ihre Schulter an seiner Brust und ließ auch den anderen Träger heruntergleiten, bis ihr das Shirt über die Brüste rutschte.

»Kate«, wisperte Sage voller Begehren.

Kate blickte nach unten. Ihr Shirt hing an ihrem Brustkorb. *Ich bin wirklich schlecht in so was!* Sages Blick wanderte von ihrem Gesicht zu ihren Brüsten und verharrte dort. Sie schob die Daumen seitlich unter das Shirt, wackelte mit den Hüften und zog es sich wie einen Rock aus, um es dann um den Finger kreisen zu lassen und ihn damit zu bewerfen. Er nahm es und kam auf sie zu, als das nächste Lied begann, »Walking on Air« von Katy Perry. *Verdammt!* Kate war entschlossen, Sage weiterhin zu fesseln. Sie fand erneut ihren Rhythmus und bewegte sich im Takt der Musik. Beim Refrain wurde sie schneller und musste unwillkürlich lächeln. Danach verlangsamte sich das Tempo, und sie hakte die Daumen in die Shorts, streifte sie ab und warf sie Sage zu. Mit nichts als einem pinkfarbenen Spitzenhöschen bekleidet, nahm sie einen Schal vom Fenster und schlang ihn Sage um den Hals, um ihn damit an sich heranzuziehen.

»Hmm.« Er küsste sie und drückte das Becken gegen ihres. Kate ließ den Schal los und schob die Hände unter sein Shirt. Wieder schlängelte sie sich nach unten, schob sein Shirt hoch und drückte Küsse auf seine heiße Haut. Sage streifte sich mit einer Hand das Shirt vom Leib, wobei der Seidenschal zwischen ihnen zu Boden segelte. Kate strich mit den Fingern leicht über Sages Seite und spürte, wie seine Muskeln unter ihrer Berührung zuckten. Sie biss sich erneut auf die Unterlippe – zuvor hatte sie sich auf diese Weise auch entspannen und lockern können und zum Glück klappte es auch jetzt. Der Takt der Musik wurde langsamer und sie öffnete mit einer schnellen Bewegung den Knopf an Sages Jeans. Sein schneller Atem erregte sie nur noch mehr. Sie zog den Reißverschluss herunter, legte ihm die Arme um den Hals und drückte die Lippen auf seine. All ihre Scham und Nervosität verschwanden bei diesem Kuss. Sie leckte über seine Unterlippe, nahm sie zwischen die Zähne und zog sanft daran, was ihm ein lustvolles Stöhnen entlockte.

»Grundgütiger, Kate, du treibst mich in den Wahnsinn.«

Er griff erneut nach ihr, aber sie schüttelte den Kopf. Dann schob sie eine Hand in seine Unterhose und umfing seinen harten Schaft. Wieder streckte Sage eine Hand nach ihr aus, aber Kate fing sie in der Luft ab und zog sie zu sich heran. Sie nahm seinen Zeige- und Mittelfinger in den Mund, ließ die Zunge darum kreisen und zog sie langsam wieder heraus, woraufhin Sage noch lauter stöhnte. Als sie sich nun an seinem Körper nach unten schlängelte, zog sie ihm die Hose herunter. Sage half ihr rasch dabei und hatte sich innerhalb von Sekunden ganz entkleidet. Mit einer Hand an seiner Taille tanzte sie um ihn herum, als wäre sie eine Poledancerin und er ihr herrliches Lustobjekt.

Als sie wieder vor ihm ankam, hatte er die Augen geschlossen und den Mund leicht geöffnet, was es ihr leichter machte, nicht den Mut zu verlieren. Sie bahnte sich eine Spur aus Küssen über seine muskulösen Hüften bis zu der Einbuchtung über seinem Oberschenkel. Als sie dann mit der Zunge über seine komplette Länge fuhr, spürte sie, wie er erschauderte. Er schob die Hände in ihr Haar, ohne jedoch irgendwelchen Druck auf sie auszuüben. Es war eher, als wollte er sie berühren, während sie ihn in den Mund nahm und liebkoste. Er ballte die Fäuste in ihrem Haar, übte aber weiterhin keinen Druck aus und lenkte sie auch nicht. Ihre Verführungskünste hatten auch bei ihr Wirkung gezeigt, sie war schon unglaublich feucht. Sie arbeitete sich küssend an seinem Körper nach oben und spürte, wie seine Hände über ihre Hüften glitten. Er empfing sie mit einem zärtlichen, leidenschaftlichen Kuss und schob ihr eine Hand ins Höschen, um sie zu streicheln.

»Grundgütiger, Kate, ich explodiere gleich.« Er küsste sie noch einmal und sie konnte vor lauter Lust auf ihn kaum noch klar denken. Spielerisch drückte sie ihn in Richtung der Matratzen. Seine Augen verdunkelten sich und auf ihren Fingerzeig hin legte er sich zurück. Sie zog ihr Höschen aus und zitterte bereits vor Lust.

Oh Gott. Jeder Zentimeter ihres Körpers war angespannt und bereit. Sage streckte die Hände nach ihr aus, und sie setzte sich rittlings auf ihn und nahm ihn tief ihn sich auf, bevor sie ihn küsste. Mit einer schnellen Bewegung hatte Sage die Arme um sie gelegt und sie beide umgedreht, wobei er ein heißes, gutturales Stöhnen ausstieß, das unfassbar männlich und unwiderstehlich klang. Er stieß sich tief in sie hinein und drückte eine raue Wange an ihre, und, *oh Gott,* wie sehr sie es liebte, seine Bartstoppeln zu spüren und seinen starken Körper, wenn er die Kontrolle übernahm. Allein die sanften Küsse, die er auf ihr Ohrläppchen drückte, und sein harter Körper auf ihrem reichten schon fast aus, um sie zum Höhepunkt zu bringen.

»Du bist die heißeste Frau, die ich je gesehen habe.«

Sein Atem wehte ihr heiß auf den Hals, als er sie festhielt und sich langsam in ihr bewegte, bis jedes Nervenende ihres Körpers in Flammen zu stehen schien. Ihr Orgasmus baute sich immer schneller auf und dann war es um sie geschehen.

»Sage«, konnte sie gerade noch flüstern, bevor sie die Fingernägel in seinen Rücken bohrte, die Augen zukniff, den

Kopf in den Nacken legte und sich von ihrem unglaublichen Höhepunkt mitreißen ließ. Sage bewegte sich immer heftiger, passte sich ihrem Rhythmus an, bis sie beide Erlösung gefunden hatten.

Kate schloss die Augen, als er auf sie sank.

Es war völlig unwichtig, ob sie wusste, was morgen, nächsten Monat oder nächstes Jahr passieren würde, solange sie zusammen waren.

Fünfundzwanzig

Sage lauschte den nächtlichen Geräuschen, die aus dem Regenwald drangen, und beobachtete die Schatten, die über die Hüttenwände tanzten, während er neben Kate auf den Matratzen lag. Sie hatte ihn völlig überrascht. Seine Bemerkung über den Freak in ihr war halb im Spaß über seine Lippen gekommen, aber jedes Mal, wenn er glaubte, sie durchschaut zu haben, entdeckte er einen anderen Teil von ihr. Ob es nun die Art war, wie sie ihn liebte, wie sie die Freiwilligen und Projekte organisierte oder ihre Entschlossenheit bei ihrem Einsatz für den Brunnenbau, sie überraschte ihn immer wieder mit mehr, als er erwartet hatte.

Kates Magen knurrte und sie legte sich eine Hand auf den Bauch.

Er gab ihr einen Kuss auf die Schläfe. »Sollen wir duschen und was essen gehen? Wir könnten mit Luce noch etwas im Mondschein trinken, bevor sie abreisen muss.«

»Das würde dir nichts ausmachen?«

»Wieso sollte mir das was ausmachen? Wie alt bin ich? Sechs? Wir wetteifern doch nicht um deine Aufmerksamkeit. Ich mag Luce und sie ist deine Freundin. Es ist wichtig, dass du Zeit mit ihr verbringst.« Er war sich nicht sicher, ob sie nicht lieber unter vier Augen mit Luce reden wollte, und als sich Kate vorhin derart verführerisch vor ihm bewegt hatte, war ihm schlagartig eine Idee gekommen. Zwar hatte er sie bis jetzt verdrängen können, aber nun konnte er es kaum erwarten, sie auf die Leinwand zu bringen. »Möchtest du lieber ein bisschen Zeit mit ihr allein verbringen?«

»Das ist nicht nötig. Ich will keinen Augenblick mit dir verlieren.«

»Wir haben noch die ganze Nacht, Kate. Du siehst sie so selten, und wir reisen beide bald ab. Lass uns schnell duschen, etwas essen und ein Bier trinken, und danach gehe ich malen, während du ihr vorschwärmst, was für ein toller Liebhaber ich bin.«

Kate grinste ihn an, und er konnte sich nicht vorstellen, dass er jemals jemanden mehr lieben würde als sie.

»Wird hier jemand größenwahnsinnig?«, neckte sie ihn.

»Vielleicht. Würdest du lieber darüber reden, wie schlecht ich im Bett bin?«

Sie gab ihm einen Klaps auf den Bauch.

»Siehst du. Hab ich's mir doch gedacht. Sieh immer das Positive.« Er zog sie auf die Beine und umarmte sie. Wieder sah sie ihn an. In ihren wunderschönen blauen Augen verlor er sich jedes Mal aufs Neue. Ein Kuss, der eine Minute zu lange dauerte, die richtige Berührung, und schon würden sie ein weiteres Mal auf der Matratze landen.

»Ich liebe dich, Kate Paletto.«

»Und ich liebe dich, Sage Remington.«

Eine Stunde später hatten sie zusammen geduscht, sich angezogen und waren auf dem Weg zur Kantine, obwohl die Küche längst geschlossen hatte. Kate und Sage plünderten den Kühlschrank und schlugen sich wie die Teenager im Stehen die

Bäuche mit frischen Früchten und warmen Johnnycakes mit Butter voll. Es war kurz nach acht, und Sage dachte an das Bild, mit dem er gleich anfangen wollte. Der vertraute Adrenalinrausch toste durch seine Adern, und er rief sich ins Gedächtnis, dass er diesen Abend nicht vermasseln durfte. Er durfte sich nicht in seiner Kunst verlieren und Kate vergessen. Sie schenkte ihm ein Lächeln und steckte sich den letzten Bissen ihres Johnnycakes in den Mund.

»Du hast schon wieder diesen Blick«, stellte sie fest.

»Was für einen Blick?«

»Den ›Ich will etwas malen‹-Blick.« Sie nippte an ihrem Bier.

»Ich wusste gar nicht, dass ich so einen Blick habe.«

Kate lehnte sich an den Kühlschrank und Sage baute sich vor ihr auf, drückte ihre Beine mit den Knien auseinander und presste sich an sie. »Ich dachte, das wäre ein anderer Blick.«

»Nein, es ist eindeutig der ›Ich will malen‹-Blick. Ich kann inzwischen schon einige bei dir unterscheiden. Du hast den gierigen ›Ich will dich vernaschen‹-Blick, bei dem ich jedes Mal ganz weiche Knie bekomme.«

»Pass auf, dass du mir nicht all deine Geheimnisse verrätst.« Er senkte den Kopf und drückte ihr einen Kuss auf den Hals.

»Dann ist da der ›Komm Kate noch einen Schritt näher und ich reiß dir den Kopf ab‹-Blick.«

»So einen habe ich gar nicht.«

»Nein, natürlich nicht.« Sie verdrehte die Augen. »Vielleicht sollten wir ihn eher den ›Hände weg von meiner Frau‹-Blick nennen.«

»Okay, da könntest du recht haben.«

»Und dann ist da dieser intensive ›Ich bin in meiner eigenen Welt‹-Künstlerblick, den ich eigentlich sogar mag.«

Sages Lächeln verblasste. »An dem arbeite ich noch.«

»Er ist hinreißend. Ich habe noch keinen Menschen gekannt, der sich so auf etwas konzentrieren kann.«

Er machte einen Schritt nach hinten und fuhr sich mit einer Hand durchs Haar. »Das ist nicht hinreißend, sondern nervig. Es ist respektlos und ich werde daran arbeiten.«

»Was ist denn los?« Kate berührte seinen Arm, aber er entzog sich ihr. »Sage?«

»Bevor Clayton heute Nachmittag abgereist ist, habe ich ihm den Kopf abgerissen, weil er dich im Stich gelassen hat. Ich kann es nicht leiden, wenn jemand ein Versprechen bricht, erst recht keins, das er dir gegeben hat.« Er rieb sich den Nacken.

»Das war doch nicht so schlimm. Er wurde nicht mal gebraucht.«

»Ich weiß, dass du ihn nicht gebraucht hast, aber darum geht es auch gar nicht. Und es ist nicht in Ordnung. Ich habe ihn am Kragen gepackt und gegen den Wagen gerammt. Ich war stinksauer, aber dann ging mir auf, dass ich keinen Deut besser bin als er. Und dann … Verdammt, es fällt mir wirklich schwer, das zuzugeben. Mir wurde bewusst, dass ich so wütend auf ihn war, weil ich mich in ihm wiedererkannte. Ich habe dich an jenem Abend nicht versetzt, weil ich dich für unwichtig hielt, sondern weil ich mich in der Kunst verloren habe. Aber im Endeffekt kommt das aufs selbe hinaus.«

»Das stimmt doch gar nicht, Sage.«

Er verschränkte die Arme vor der Brust und seine Schultern und sein Nacken wirkten völlig verspannt. »So etwas darfst du nicht tun, Kate. Du kannst nicht einfach sagen, es ist okay. Ich muss für mein Handeln zur Rechenschaft gezogen werden.«

Sie zog die Brauen zusammen und schüttelte den Kopf. »Es ist doch keine so große Sache und ich kann es nachvollziehen.«

»Nein, das sollst du nicht, und ich werde etwas dagegen tun.« Er nahm sie in die Arme und drückte ihr einen Kuss auf den Scheitel. »Ich möchte dir niemals wehtun. Mir ist klar, dass es bis zu einem gewissen Grad in einer Beziehung unerlässlich ist, wenn sich Paare streiten oder uneinig sind, aber ich will nicht, dass du Ausreden für mich finden musst. Vielmehr möchte ich der beste Mann sein, den du dir nur denken kannst. Und du hast einen Mann verdient, der deine Bedürfnisse über seine eigenen stellt.« Er lehnte sich zurück und sah ihr in die Augen. »Ich möchte dieser Mann sein, Kate, daher darfst du nicht einfach alles entschuldigen. Abgemacht?«

»Aber …«

Er schüttelte den Kopf. »Kein Aber. Du sollst dich auf mich verlassen können. Immer. Ich möchte der Mensch sein, den du anrufst und der bereits den Grund für deinen Anruf kennt, bevor du einen Ton gesagt hast. Ich möchte, dass du das weißt und dass du dich darauf verlässt, und das geht nicht, wenn du damit beschäftigt bist, dir Ausreden auszudenken, weil ich zu spät oder gar nicht gekommen bin oder bis drei Uhr nachts gearbeitet habe.«

Kate seufzte, kaute auf ihrer Unterlippe herum und senkte den Blick.

»Hey, sieh mich bitte an. Das ist mein Ernst.«

Sie sah ihm in die Augen und nickte. »Das, was du gerade gesagt hast, dass ich dich anrufe und du weißt, warum … Du hast dich an etwas erinnert, das ich an unserem zweiten Tag zu dir gesagt habe.«

»Ich kann dieser Mensch sein, Kate.«

»Der bist du längst, Sage. Während wir hier stehen, habe ich mich gefragt, ob du die ganze Nacht malen oder wieder zu mir zurückkommen wirst, und du hast es gewusst.«

»Nein. Ich wusste, dass ich mich deswegen schlecht fühle. Es war reiner Zufall, dass du zur selben Zeit daran gedacht hast.« Er hob ihre Hand an seine Lippen und küsste sie. »Aber ich werde dieser Mensch sein und sogar noch mehr. Du wirst schon sehen, Kate. Ich habe noch keiner Frau gesagt, dass ich sie liebe, und ich meine es ernst. Ich kann dir mein Herz erst schenken, wenn es deiner würdig ist.«

»Du bist meiner mehr als würdig, Sage. Dann verlierst du dich halt mal in deiner Arbeit, na und?« Sie zuckte mit den Achseln, aber er sah den Schatten in ihren Augen.

»Dieser Blick gerade … Ich möchte nie wieder der Grund dafür sein. Komm, gehen wir Luce suchen. Dieses Gespräch wird viel zu ernst, und da ich dich jetzt nicht in deine Hütte tragen und lieben kann, um die Sorge in deinen Augen zu vertreiben, überlasse ich dich wenigstens einer Freundin, die viel besser dazu geeignet ist, dir all die Gründe aufzulisten, aus denen du dich nicht mit einem vergesslichen Künstler abgeben solltest.«

Sie entdeckten Luce am kleinen Tisch in ihrer Hütte, umgeben von handschriftlichen Notizen. Als Kate und Sage sie durch die Fliegengittertür begrüßten, blickte Luce auf. Ihr hing das vom Duschen noch feuchte Haar über den Rücken.

»Ich wusste doch, dass ihr irgendwann hier auftauchen würdet«, meinte sie. »Kommt rein.«

Dann deutete sie aufs Bett. »Setzt euch. Ich würde euch gern etwas zeigen.«

Kate ließ sich auf der Bettkante nieder, aber Sage beugte

sich über den Tisch und überflog die losen Blätter darauf. »Du warst aber fleißig.«

»Das kannst du laut sagen.« Sie sammelte die Seiten zusammen, griff nach Kates Bierflasche und trank einen großen Schluck. »Oh, das tut an einem so heißen Abend gut. Danke.« Dann gab sie Kate die Flasche zurück. »Ich habe über deine Idee nachgedacht, Sage, und ein paar Leute angerufen. Kennst du Shea Steele?«

Luces Augen funkelten, wie Kate es bei ihr nur selten gesehen hatte.

»Nein«, antwortete Sage.

»Sie ist eine der international am besten vernetzten PR-Agentinnen für den Non-Profit-Bereich. Was immer sie auch anfasst, wird zu Gold. Sie lebt abwechselnd in Colorado und New York, und ich habe mir die Freiheit erlaubt, sie nach ihrer Meinung zu deinem Konzept zu fragen. Sie hatte sofort einige großartige Ideen, wie es sich gut vermarkten lässt. Ihr sind auch gleich Unternehmen eingefallen, die zu Investitionen bereit wären, wenn du diesen Weg einschlagen willst, und sie hat mir auf Anhieb fünfzehn Künstler genannt, die ihrer Meinung nach interessiert wären. Du solltest sie mal anrufen, wenn du wieder zu Hause bist.« Luce kramte in den Papieren herum und breitete drei auf dem Tisch aus. Diese tippte sie nacheinander an, während ihr Blick zwischen Sage und Kate hin- und herzuckte.

»Ich habe mich außerdem über einige gemeinnützige Unternehmen schlau gemacht, die in der Kunstbranche aktiv waren und gescheitert sind. Zwar ist mir noch keins untergekommen, das etwas Ähnliches wie das versucht hätte, was du vorhast, aber diese hier habe ich mal notiert, damit du dir ansehen kannst, was bei ihnen schiefgelaufen ist.«

»Danke, Luce. Das sind sehr wichtige Informationen.« Sage griff nach den Seiten, überflog sie und reichte sie an Kate weiter.

»Dann wird es also ernst und wir ziehen das wirklich durch?« Zwar wusste Kate das bereits, aber so mit Sage und Luce hier zu sitzen und festzustellen, dass Luce sich schon richtig reingehängt und so viel über die Idee nachgedacht hatte, war gewissermaßen eine Bestätigung. Ihre ernsten Mienen bestätigten es überdies.

»Wenn weder mein Anwalt noch meine Buchhalterin stichhaltige Gründe nennen, die dagegen sprechen, oder es als Geldverschwendung ohne wirklichen Nutzen bezeichnen – was nicht passieren wird, wie wir ganz genau wissen –, dann gehen wir es an. Sobald ich den Schritt gemacht und mich über den Brunnenbau informiert hatte, wusste ich, wie viel Gutes wir für die Menschen erreichen können.«

»Ihr macht das nur meinetwegen.« Kate blickte zwischen Luce und Sage hin und her.

Sage fuhr sich seufzend mit einer Hand durchs Haar und rieb sich den tätowierten Nacken.

Kate musterte ihn und erkannte schnell, was in ihm vorging. »Das ist ein neuer Blick, der besagt ›Mist, ich wurde durchschaut‹.«

»Das, was du gesagt hast, hat mich erst auf die Idee gebracht, Kate, daher muss ich dir zustimmen, dass ich mich vor allem deinetwegen schlaugemacht habe. Solltest du jedoch glauben, ich tue all das, um meine Freundin in meiner Nähe zu haben, als eine Art verrücktes Geschenk oder aus einer Laune heraus, dann irrst du dich. Für diese Sache braucht man sehr viel Hingabe, man muss viel herumreisen, und am Anfang stehen einige Investitionen an. Ich habe meine Leute beauftragt, sich mit allen Einzelheiten vertraut zu machen, und wir werden sehen, was sie zu sagen haben.« Er trank einen Schluck Bier und stellte die Flasche auf den Tisch.

»In New York gehe ich vor die Hunde. Ich arbeite Tag und Nacht, weil ich nicht weiß, was ich sonst tun soll. Ausgehen? Mich unter die Reichen und Schönen mischen? Ich sagte ja, dass ich viel darüber nachdenke, wie ich dort rauskommen kann, und mich ansonsten in meiner Arbeit vergrabe. Und ich möchte etwas zurückgeben.« Er ging auf und ab.

Luce zog die Füße auf den Stuhl, damit er an ihr vorbeikommen konnte.

»Ich bin auf der Suche nach Antworten hergekommen, Kate, und ich habe eine gefunden. Ich liebe meine Arbeit und verdiene Unmengen an Geld damit. Aber einen Scheck in einen Umschlag zu stecken und einer Stiftung zu schicken, macht mich nicht glücklich. Ich will etwas für andere tun. Ich will etwas bewirken, die Javiers, Oscars und Sylvias der Welt kennenlernen und ihnen helfen, die Ressourcen zu bekommen, die sie benötigen, um gesund zu bleiben und ein besseres Leben führen zu können, denn das ist es, was zählt. Dieser Kontakt mit den Menschen, denen ihre Familien und ihr einfaches Leben wichtig ist, zählt so viel mehr als der zu Leuten, die in teuren Restaurants essen und über eine eigene Fahrzeugflotte verfügen.«

»Wow, ihr beide seid wirklich füreinander geschaffen«, stellte Luce fest.

»In den Augen anderer habe ich alles. Ein schönes Stadthaus in Greenwich Village, genug Geld, um mir alles leisten zu können, was ich haben will, und ein riesiges Studio, in dem ich sogar wohnen könnte. Aber ich war vollkommen leer, Kate. Abgesehen von meiner Familie war nichts von Bedeutung, und ich bin sehr froh, dass ich sie habe. Aber dann kam ich her und habe dich kennengelernt.« Er setzte sich neben sie. »Ich habe gesehen, was die Menschen hier brauchen, und es hat mir die Augen geöffnet. Du hast mir die Augen geöffnet. Und dann habe ich mich in dich verliebt und …«

»Verliebt? Verliebt! Hey, hey, was höre ich denn da?« Luce schlug mit den Handflächen auf den Tisch und starrte Kate an.

»Das wusstest du doch längst. Du hast zu mir gesagt, dass er mich liebt, lange bevor er mir seine Liebe gestanden hat.« Kate schlug sich eine Hand vor den Mund. »Ups.«

Sage lachte los. »Bin ich so durchschaubar?«

»Wie ein Kind, das hinter dem Eiswagen herrennt«, erklärte Luce grinsend.

»Red weiter. Du hast dich in mich verliebt … und dann?« *Sag es noch mal. Du hast dich in mich verliebt. Ich kann es gar nicht oft genug hören.*

»Dann habe ich mich in dich verliebt und festgestellt, dass du es warst, die mir gefehlt hat. Du und dein großzügiges Herz und dein Wunsch, anderen zu helfen. Dein Fleiß, deine Entschlossenheit und dein Tatendrang. Es wäre dein Tod, wenn ich dich bitten würde, nach New York zu ziehen und mit mir in diesem Betondschungel zu leben. Wenn man jemanden liebt, dann will man demjenigen helfen, der bestmögliche Mensch zu sein. Ich möchte dir helfen, deine Träume umzusetzen, statt sie zu vergessen, und wenn das bedeutet, dass du für AIA oder eine andere Organisation arbeitest, dann machst du das und ich begleite dich auf den Reisen, so oft ich kann. Aber wenn wir gemeinsam ein gemeinnütziges Unternehmen aufbauen und reisen können, um dank unserer Beziehungen und unseres Reichtums anderen zu helfen, dann ist das sogar noch besser.«

Großer Gott, es ist wirklich wahr. Es wird Realität. Sie nahm seine Hand, da sie ihn spüren musste. Er war in allem so zuversichtlich, auch ohne jedes Detail kennen oder sich auf den Erfolg verlassen zu müssen. Sie bezog Kraft aus seiner Stärke.

»Okay«, sagte sie leise.

Er fuhr fort, als hätte er sie nicht gehört. »Du hast mir geholfen, das fehlende Puzzleteil zu finden. Ich brauche eine Verbindung zur Natur. Das weiß ich schon, seit ich laufen kann, aber mir war bisher schleierhaft, was ich gegen dieses an mir nagende Gefühl tun soll, das mir sagt, ich müsste noch mehr machen. Ich habe nach einer Möglichkeit gesucht, mehr tun und gleichzeitig meine Kunst schaffen zu können, weil das ein Teil von mir ist, ohne den ich den Verstand verlieren würde.«

Luce stützte das Kinn auf eine Handfläche und sah ihn verträumt an. »Ich glaube, ich habe mich gerade in dich verliebt.«

»Hey!«, fauchte Kate. »Finger weg von meinem Mann.«

Sage wandte sich Luce zu, aber Kate drehte seinen Kopf wieder zu sich. »Okay, ich habe es verstanden. Du tust es nicht meinetwegen, aber ich habe dir geholfen, den richtigen Weg zu finden. Das ist gut. Es gefällt mir.«

Er runzelte die Stirn. »Ja?«

»Ja. Ich möchte das *wirklich* tun.«

Er stützte die Stirn an ihre. »Gott sei Dank«, flüsterte er. »Ich dachte schon, du hättest es dir anders überlegt.«

Luce seufzte. »Das ist ja besser als ein Liebesroman. Aber wagt es ja nicht, es jetzt gleich hier auf meinem Bett zu treiben.«

»Luce!« Kate lachte los.

»Das war eine ziemlich lange Rede«, stellte Sage fest. »Aber mir ging in letzter Zeit auch viel durch den Kopf. Es tat gut, das mal alles rauszulassen.«

»Belize bewirkt die seltsamsten Dinge bei den Menschen.

Wenn du wieder in New York bist, wirst du dich fragen, wer du die letzten Wochen eigentlich gewesen bist.« Luce griff nach Kates Flasche und trank einen Schluck.

Sage stand auf. »Ich habe mich eindeutig verändert, doch das hat eher was mit Kate als mit Belize zu tun. Dann lasse ich euch beide jetzt mal allein, damit ihr euch über Liebesromane, das Unternehmen oder das, was ich gerade gesagt habe, unterhalten könnt.« Er gab Kate einen Kuss auf die Wange. »Ich verspreche dir, dass ich später noch vorbeikomme.« Dann sah er Luce an. »Du bist unglaublich, Luce. Danke für all das. Ich finde, wir sind ein gutes Team. Wenn ich wieder in New York bin, reden wir weiter darüber. Bis dahin muss ich noch ein Bild malen und eine Frau umgarnen.«

Kate sah ihm hinterher, und sobald er außer Hörweite war, rutschte sie näher an Luce heran und flüsterte verschwörerisch: »Mein Prachtkerl hat auch eine sanfte Seite und ich bin bis über beide Ohren in ihn verliebt.« Sie ließ sich nach hinten auf die Matratze fallen und breitete die Arme aus.

»Als ob mir das entgangen wäre.« Luce leerte Kates Bierflasche. »Bedeutet das, dass wir uns in New York jetzt öfter sehen?«

Kate setzte sich auf. »Das kann ich dir nicht sagen.« Sie lachte auf. »Ich habe nicht die geringste Ahnung. Es gibt kein Detail, an dem ich mich festhalten oder um das ich herum planen kann, nur meine Gefühle für ihn. Er hat mir Haftnotizen geschenkt.«

Luce kicherte. »Oh, wie romantisch.«

»Es ist romantisch«, widersprach Kate. »Er hat sie zwei Tage nach unserem Kennenlernen aus den USA bestellt. Bevor wir uns auch nur geküsst hatten. Und einen in Leder gebundenen Terminkalender. Mit meinem Namen darin.«

»Okay, vergiss die Helden aus den Liebesromanen. Die fliegen nur mit der Heldin nach Paris und schenken ihr Diamanten.«

»Als Heldin würde ich keinen Tag durchhalten, aber er ist eindeutig mein Held.«

Sechsundzwanzig

In der Schule war es still, nur das Geräusch von Sages Atem und das leise Tupfen des Pinsels auf die Palette war zu hören. Das Licht im Klassenzimmer war nicht ideal, doch die Alternative, im Mondlicht zu malen, wäre zwar entspannender gewesen, für die Bilder, die Sage festhalten wollte, jedoch nur bedingt geeignet. Er arbeitete mit gleichmäßigen und ruhigen Pinselstrichen. Die Szene in seinem Kopf stand ihm so klar und deutlich vor Augen, als würde sie sich gerade vor ihm abspielen. Er stellte sich Kate vor, in einem kurzen bunten Kleid, das ihre schmale Gestalt locker umspielte, umgeben von üppigen Grün-, Braun-, Gelb-, Rot- und Orangetönen, wie sie sich den Weg durch wild wuchernde Pflanzen bahnte, während der Unentdeckte Strand hinter ihr zurückblieb. Das Wasser, nur einige Nuancen heller als ihre Augen, und der Himmel wachten über sie.

Sage krümmte den Rücken, während er sich auf ihre Augenbrauen konzentrierte, die sich in den Augenwinkeln bogen, so schmal gezupft und hinreißend. Ihre Lippen bereiteten ihm einige Probleme. Vor seinem inneren Auge sah er sie als perfekt geschwungen, die Unterlippe etwas voller als die Oberlippe, den Mund leicht geöffnet. Aber wenn er länger nachdachte, spürte er ihre volle Oberlippe an seiner, und er wusste, er würde das, was er fühlte, mit ins Bild bringen müssen, wenn er Kates Essenz wirklich einfangen wollte, selbst wenn es auf den ersten Blick falsch erschien. Er wählte die Pinsel sorgfältig aus und konzentrierte sich auf die Schattierungen und die Schatten in ihren Mundwinkeln.

Als er zu ihrem Kinn kam, musste er einen Schritt zurücktreten. *Ihr wunderschönes Kinn.* Dieses niedliche Grübchen, das ihr Gesicht sanfter erscheinen ließ, wenn sie aufgebracht war. Er konnte sich gut vorstellen, dass sie dank dieses Grübchens noch immer jugendlich aussehen würde, selbst wenn sie alt und grau geworden war und ihr Gesicht Falten bekommen hatte. Nichts wünschte er sich sehnlicher, als bei ihr zu sein, wenn sie nach Jahrzehnten in den Spiegel schaute und feststellte, dass sie ihr gemeinsames Leben genossen hatten. Er malte ihr Kinn und ihre Kinnlinie, während ihm der Schweiß auf der Stirn stand. Ohne nachzudenken, zog er sich das Shirt aus und ließ es neben sich auf den Boden fallen. Stunden vergingen wie Minuten, während er seine Leidenschaft für Kate in ihr Abbild einfließen ließ.

Kate. Er liebte sie so sehr. Vielleicht sollte er dieses Bild als Überraschung für sie behalten. Er konnte sich ihr gemeinsames Leben gut ausmalen, sich eine Zukunft mit ihr vorstellen. Bei dem Gedanken sah er auf die Uhr. *Fast Mitternacht.* Er würde sie nicht wieder enttäuschen. Nachdenklich legte er den Pinsel hin und trat einen Schritt zurück. Seine Atmung ging jetzt etwas schneller, wo er wusste, dass er mit dem Malen aufhören musste. Aber er hatte es Kate versprochen. Es wäre so leicht, den Pinsel einfach wieder in die Hand zu nehmen und noch drei oder vier Stunden zu arbeiten, bis er zufrieden war mit dem Aussehen ihrer Wangenknochen und dem Lichteinfall auf ihrer kecken Nase. Dann griff er doch wieder zum Pinsel. *Vielleicht noch ein paar Striche. Nur das Grübchen noch ein bisschen ausarbeiten.* Er dachte an das frustrierende Telefonat mit Jack. Veränderungen mussten aus dem Inneren kommen. Das wusste er selbst, aber, verdammt noch mal, was er wirklich brauchte, war ein Mensch, der ihm den Pinsel aus der Hand nahm und verlangte, dass er jetzt ging.

Er zog noch einige Pinselstriche und rundete ihr Kinn ein wenig ab. Jacks Stimme hallte durch seinen Kopf. *Ich denke allerdings, dass dir das, was du getan hast, wichtiger war als der Mensch, der auf dich gewartet hat.* Er verharrte mitten in der Bewegung.

Abermals legte er den Pinsel beiseite und trat von der Leinwand weg – auch wenn ihn jeder Nerv seines Körpers zu dem Bild zu drängen schien. Bilder des üppigen Regenwalds, den er so gern malen wollte, blitzten wie Filmschnipsel vor seinem inneren Auge auf und vermischten sich mit der Angst, dass er die feinen Details, die sein Bild erst richtig zum Leben erwecken würden, vergaß, wenn er die Verbindung unterbrach, diesen Augenblick der Inspiration verlor. Er ballte die Fäuste und in seinem Inneren entfachte ein Kampf mit seinem Herzen, das ihn zwingen wollte, aufzuräumen und zu Kate zu gehen.

Dieser Moment. Er war das Einzige, dessen sie sich sicher sein konnten. Die Zukunft war eine Hoffnung, ein Traum. Er dachte an Jack und Linda. Jack hatte nie damit gerechnet, sie zu verlieren. Er hatte geglaubt, sie würden sich wiedersehen, sobald sie vom Einkaufen zurück war. Er hatte nicht gewusst, dass sie von der Straße abkommen und in seinen Armen den letzten Atemzug tun würde.

Sages Hände fingen an zu zittern. Er knirschte mit den Zähnen bei der Erinnerung an die Verzweiflung seines Bruders.

An Jacks leeren Blick und seinen verlorenen Lebenswillen. Sage trug seine Pinsel zum Waschbecken und schrubbte sie automatisch sauber. Er dachte daran, wie er seinen ältesten Bruder nach dem Unfall in den Arm genommen und gespürt hatte, dass in ihm alles anders war, diese Benommenheit, die ihn verzehrte und sich wie eine eiskalte Decke um ihn legte.

Nachdem er alles gereinigt hatte, trug Sage das Bild in Oscars Lagerraum und hinterließ ihm eine Nachricht. Er hob sein T-Shirt vom Boden auf und ging über das dichte Gras zu den Hütten hinüber, um kurz in seiner Unterkunft Halt zu machen. Ohne die Matratze wirkte der Raum leer und verlassen. Er nahm sich Kleidung für den nächsten Tag mit, sah auf seinem Handy nach, ob eine Nachricht eingetroffen war, und stellte erstaunt fest, dass sich Rush gemeldet hatte. *Rush?* Sage las die Nachricht schnell durch. *Entschuldige, dass ich das vor Kate gesagt habe. Wusste nicht, dass es so ernst ist. Freue mich für euch.* Sage schüttelte den Kopf, weil sich Neuigkeiten in seiner Familie so schnell rumsprachen.

Er antwortete: *Schon okay. Sehen wir uns, wenn ich zurück bin?*

Rush antwortete sofort, was Sage nicht überraschte. Sein Bruder liebte das Nachtleben ebenso wie das Skifahren. *Auf jeden Fall.*

Sage schrieb schnell noch: *Okay. Schalte das Handy jetzt aus; ignoriere dich nicht.*

Er schaltete das Handy aus, warf es in seinen Koffer und machte sich auf den Weg zu Kates Hütte.

Das Licht brannte, als er dort eintraf, und Kate lag schlafend im Bett. Sie trug eines seiner T-Shirts und hatte gleich beide Kissen belegt. Er genoss es sehr, zu ihr *nach Hause* zu kommen, und die Erkenntnis, dass er bald abreisen würde, lastete schwer auf ihm. Zu gern wäre er länger bei ihr in Belize geblieben oder hätte sie mit nach New York genommen, aber beides war nicht möglich. Dies war eine der Situationen, in denen sich die Worte seines Vaters als hilfreich erwiesen. *Sei ein Mann, Junge. Tu, was du tun musst.* Sage putzte sich die Zähne, wusch sich das Gesicht und zog sich bis auf die Boxershorts aus, um sich dann ganz vorsichtig, um Kate ja nicht zu wecken, neben sie zu legen. Auf einmal wusste er ganz genau, was Jack mit *Ich denke allerdings, dass dir das, was du getan hast, wichtiger war als der Mensch, der auf dich gewartet hat* gemeint hatte, denn er war davon überzeugt, dass es mit Kate an seiner Seite nichts gab, was er nicht bewerkstelligen konnte.

Sie drehte sich auf die Seite und kuschelte sich an ihn. Er legte ihr einen Arm um die Taille und sie seufzte zufrieden.

»Du bist da«, murmelte sie schläfrig.

»Immer.«

Siebenundzwanzig

Es war völlig unwichtig, dass sie sich eine Stunde lang geliebt hatten oder dass Caleb genau zum verabredeten Zeitpunkt vorbeigekommen war, um Sage zu entführen, damit Kate zusammen mit Luce zur Schule gehen und die Überraschungsparty vorbereiten konnte. Es war auch unwichtig, dass Sages Lieblingsvogel, ein Tukan, an diesem Morgen direkt vor der Fliegengittertür gesessen hatte, als wollte er ihnen zu verstehen geben, dass alles gut werden würde, oder dass ihre Freundin sie auf dem Weg zur Schule drückte und ihr all die richtigen Dinge sagte, damit sie sich besser fühlte. *Es sind doch nur ein paar Tage. Du siehst ihn bald wieder. Er wird dich ebenso vermissen. Du wirst hier so viel zu tun haben, dass die Zeit wie im Flug vergeht.* Nichts davon machte einen Unterschied, weil Kate die Stunden vor Sonnenaufgang nur an Sages bevorstehende Abreise hatte denken können und gegen den sich anbahnenden Liebeskummer angekämpft hatte.

»Soll ich mir einen Grund ausdenken, aus dem ich noch bleiben muss?«, fragte Luce, als sie bei der Schule angekommen waren.

»Nein, ich möchte, dass er bleibt, aber das geht nicht. Trotzdem danke für das Angebot. Das ist sehr lieb von dir. Ich stehe nur irgendwie gerade ziemlich neben mir.« Mehrere Kinder kamen auf sie zu gerannt und sprachen so schnell auf sie ein, dass Kate ihre ganze Kraft aufbringen musste, um ein Lächeln aufzusetzen und sich zu konzentrieren, damit sie das meiste mitbekam. Sie beugte sich zu einem kleinen Mädchen mit Zöpfen hinunter.

»Ja, Schatz. Mr. Sage wird auch gleich kommen.«

Sylvia, die in ihrem blauen Kleid und mit dem breitkrempigen Hut wunderschön aussah, hatte »Fry Jacks« gemacht – frittierte Teigstücke, auf die Honig geträufelt wurde – sowie Johnnycakes, Rührei, Reis und Bohnen, und alles stand auf einem langen Tisch bereit und war zum Schutz vor Insekten abgedeckt worden.

»Kommt dein Mann auch gleich?«, wollte Sylvia von Kate wissen.

Mein Mann. Gleich kommen mir die Tränen. Fang nicht an zu weinen. Bloß nicht weinen!

Luce tätschelte ihr den Rücken und flüsterte: »Das passt gar nicht zu dir.«

Das wusste Kate selbst. Sie durfte nicht vor den Kindern die Fassung verlieren, nein, sie musste sich zusammenreißen. Daher schluckte sie ihre Traurigkeit herunter und zwang sich zu einem Lächeln. »Ja, er wird bald hier sein. Das sieht großartig aus, Sylvia. Danke für deine Mühe.«

»Gern geschehen. Er ist ein sehr netter Mann«, erwiderte Sylvia mit starkem Akzent. »Die Kinder werden ihn vermissen.« Sie zwinkerte Kate zu. »Du wirst ihn auch vermissen. Keine Sorge. Ich passe auf, dass du einen vollen Magen hast. Das hilft.«

Kate bezweifelte, dass sie einen Bissen herunterbekommen würde. »Danke.«

Javier zupfte an Kates Shorts. »Miss Kate, sie kommen!«

Luce versammelte die Kinder und stellte sich mit ihnen auf, während Kate die Eltern zu sich rief; danach ließ sie Sage nicht mehr aus den Augen. Ihr Blick wanderte über sein unrasiertes, unglaublich attraktives Gesicht und das Lächeln auf seinen Lippen. Ein Lächeln, das sie schon jetzt vermisste, obwohl er doch hier vor ihr stand. Er trug ein Tanktop, sodass man seine muskulösen Schultern und Arme gut erkennen konnte, während der Stoff an seinem Sixpack klebte, und als sie den Blick endlich abwenden konnte, stand er auch schon vor ihr.

»Da war aber jemand raffiniert«, sagte er mit verführerisch sanfter Stimme.

»Wir müssen dich und die Kinder doch feiern.«

Als er ihr eine Hand an die Taille legte und ihr einen Kuss auf die Wange gab, schloss sie kurz die Augen und widerstand dem Drang, ihm die Arme um den Hals zu legen und ihn wieder und wieder zu küssen. Das Jubeln der Kinder holte sie in die Realität zurück und verhinderte, dass sie etwas tun konnte, was ihr später peinlich wäre.

»Komm mit. Sie sind ganz aufgeregt.« Sie nahm seine Hand und sie gingen zu den anderen. Die Eltern unterhielten sich auf Kreolisch, und Kate bemerkte, dass sie ganz langsam und bedächtig sprachen, als sie sich nacheinander bei Sage bedankten.

Er umarmte jeden und achtete darauf, den Eltern stets etwas Positives über ihren Nachwuchs zu sagen. In den beiden Wochen hatte er ihre Stärken und Schwächen schon recht gut herausgefunden. Das gehörte auch zu den Dingen, die Kate so an ihm liebte.

»Geht es dir besser?« Luce strich Kate das Haar über die Schulter.

»Ja. Entschuldige, dass ich vorhin so rumgejammert habe.« Sie beobachtete, wie Sage Javier hochhob und umarmte, und ihre Traurigkeit wich nach und nach Dankbarkeit. Er hatte den Kindern in diesen zwei Wochen so viel gegeben, da durfte sie den heutigen Tag nicht in Selbstmitleid versinken. Heute würden sie feiern, was er geschafft hatte, und sie hatten beide einen vollen Terminplan. Außerdem war diese Party auch ein Geschenk. Eine Stunde, um mit der Gemeinde zusammenzukommen und jedem für das zu danken, was er getan hatte.

»Komm mit. Ich würde dir gern was zeigen.« Luce nahm Kates Hand und zog sie in Richtung Schule.

Kate lächelte Sage im Vorbeigehen zu. Er widmete sich gerade zusammen mit mehreren Kindern einem Berg Fry Jacks und amüsierte sich prächtig.

Luce blieb neben dem Wandbild stehen. »Ich möchte, dass du dir zwei Sekunden Zeit nimmst und dich umsiehst. Du hast mir mal erzählt, dass bei deiner Ankunft selten mehr als zehn Kinder pro Tag in die Schule gekommen sind.«

Kate erinnerte sich daran. Damals war ihr die Schule leer und kalt vorgekommen.

»Das ist dir zu verdanken, Kate. Du hast mit den Eltern gesprochen und betont, wie wichtig Bildung für die Kinder ist. Du hast diese Gemeinde dazu gebracht und etwas erreicht, was sonst niemals geschehen wäre.«

Unwillkürlich musste Kate lächeln.

»Und jetzt sieh dir das Wandbild an. Dreh dich um.«

Kate kam der Aufforderung nach. Das Bild sah wunderschön aus und bewirkte, dass das Gebäude lebendiger und fröhlicher wirkte.

»Du hast zwar nicht mitgemalt, aber die Erlaubnis dazu

gegeben und alles in die Wege geleitet. Und diesen Kindern, die gerade um Sage herumscharwenzeln, hast du in so vielerlei Hinsicht geholfen. Bitte rede dir niemals ein, dass das, was du tust, unwichtig wäre. Deine Bemühungen waren für diese Gemeinde von großer Bedeutung. Und sie werden auch noch für viele andere wichtig sein.«

»Oh, Luce.« Die Tränen, die sie so lange zurückgehalten hatte, brachen sich jetzt doch Bahn, und sie nahm Luce in die Arme. »Wenn ich nach New York ziehe, kann ich nur hoffen, dass du mich nicht so schnell leid bist.«

»Machst du Witze? Es wird ein Heidenspaß, diese Romanze mit eigenen Augen sehen zu können.« Luce lächelte und drehte Kate an der Schulter zu Sage um.

»Hi«, sagte Sage.

»Hi.«

»Ich kann es noch immer nicht glauben, dass du das geschafft hast.« Sage blickte zu den Kindern hinüber, die auf dem Schulhof herumliefen. »Ich bin so stolz darauf, dass ich Teil dieser Gemeinde sein durfte, wenn auch nur für zwei Wochen.«

»Das habe ich nicht allein geschafft. Caleb und Luce haben mir geholfen und Sylvia hat gekocht. Alle haben mit angefasst.« Sie schaute zu den Kindern hinüber. »Sie werden dich garantiert nie vergessen, und aufgrund des wunderschönen Wandbilds werden wir wohl einmal im Jahr herkommen müssen, um die Stellen auszubessern, die vom Regen und den Elementen beschädigt wurden.« Sie hatte schon seit einiger Zeit den Wunsch, zurückzukehren und alle wiederzusehen, und das schien ihr die perfekte Ausrede zu sein.

Sage legte ihr einen Arm um die Schultern. »Baby, wir können wiederkommen, wann immer du willst. Und es wäre doch sehr romantisch, wenn wir einmal im Jahr in deiner Hütte unterkommen könnten?« Er beugte sich näher zu ihr und raunte ihr ins Ohr: »An den ersten Ort, an dem wir miteinander geschlafen haben.«

Kate spürte, wie ihr das Blut in die Wangen schoss. Sie warf Luce einen Blick zu, die sich glücklicherweise gerade mit Sylvia unterhielt.

Er drehte ihren Kopf mit dem Zeigefinger zu ihr zurück. »Hey, es ist meine Aufgabe als dein Partner, dein Liebhaber und wer weiß, was ich eines Tages noch sein werde, dich zu ermutigen, dir deine Träume zu erfüllen, und dir dabei zu helfen, und genau das habe ich auch vor. Wir werden unser Leben damit verbringen, etwas zu bewirken.«

Kate verharrte bei dem *wer weiß, was ich eines Tages noch sein werde.*

»Das hast du bei mir geschafft, Kate. Ich wusste nie, wie ich die Leere in meinem Leben ausfüllen sollte, und du hast mich überrascht und es mir gezeigt.« Er strich ihr mit einem Finger über die Wange. »Ich weiß, dass du heute Morgen sehr traurig warst. Ich habe es auch gespürt. Zwar kann ich nichts daran ändern, dass wir uns einige Zeit nicht sehen werden, aber ich kann dir versprechen, dass man dich mir schon mit Gewalt entreißen muss, wenn ich dich danach erst wieder in den Armen halte.«

Sage trat auf sie zu, und als er sie umarmte, konnte Kate Sylvia und Luce hinter ihm sehen und musste lachen.

»Sind meine Umarmungen witzig?«, fragte er.

»Nein, aber das da.« Sie deutete hinter ihn auf Luce und Sylvia, die einen Kussmund machten.

Sage warf ihnen beiden einen Luftkuss zu, als ein kleines Mädchen um die Ecke kam, seine Hand nahm und ihn zu einigen älteren Kindern zog, die vor dem Wandbild standen.

Er rief Kate über die Schulter zu: »Hör auf, dich zu fragen, was eines Tages sein wird. Das merkst du dann schon.«

»Du glaubst, du würdest mich durchschauen«, erwiderte sie mit einem Hauch von Sarkasmus in der Stimme. *Und das entspricht anscheinend der Wahrheit.* Dann musterte sie ihn und die Kinder und war davon überzeugt, die glücklichste Frau der Welt zu sein.

Nach der Feier gingen Kate und Luce ins Dorf, um ein paar Fotos zu machen, während Sage und Caleb zur Skype-Verabredung mit Kurt unterwegs waren. Caleb steckte die Hände in die Taschen seiner Shorts und zog sie zum vierten Mal in ebenso vielen Minuten wieder heraus.

»Nervös?« Sage musste sich ins Gedächtnis rufen, dass Caleb Kurt vergötterte. Dabei sollte er doch inzwischen an die Reaktion anderer Menschen auf seine Geschwister gewöhnt sein. Siena wurde überall von Männern angestarrt und Rush konnte sich kaum vor Frauen retten. Olympische Skifahrer waren anscheinend so etwas wie Wintergötter, mochten sie auch noch so scharfzüngig sein. Aber Kurt war Schriftsteller und stand somit nicht so in der Öffentlichkeit, und er war auch nicht auf Publicity aus, sondern blieb wie Sage lieber für sich. Während Sage seine Zeit am liebsten in seinem Studio verbrachte, hielt sich Kurt in seinem Schreibzimmer auf, das zugegebenermaßen beneidenswert war. Man hatte auf drei Seiten einen herrlichen Blick auf die Berge, und die bequemen, einladenden Möbel würden selbst die nervöseste Person dazu bringen, sich dort mit einem guten Buch verkriechen zu wollen. Im Gegensatz dazu wirkte Sages Studio vermutlich eher kalt und leer auf jeden außer ihn. Die Wände und der Fußboden des großen offenen Raums bestanden aus Beton, weil er sich bei der Arbeit nicht auch noch Gedanken über mögliche Verschmutzungen machen wollte, und man sah kaum mehr als Farbflecken, diverse Haufen aus Metall und Lehmklumpen.

Caleb steckte die Hände wieder in die Taschen. »Ja. Ich bin nervös. Wärst du es nicht auch, wenn du mit beispielsweise Vincent van Gogh sprechen könntest?«

»Klar, vor allem, weil er tot ist.« Sage wollte Caleb nicht in Verlegenheit bringen, sich jedoch bei ihm bedanken. »Das war echt toll, was du alles für die Party gemacht hast. Vielen Dank dafür. Ich habe mich sehr gefreut.«

Caleb blickte zu Boden. »Das war doch gar nichts.«

»Doch, es war etwas, und es hat mir sehr viel bedeutet. Kate auch.« Er legte Caleb einen Arm um die Schulter und spürte, wie der Mann erstarrte. »Hör mal, falls du je etwas brauchen solltest, entweder hier oder nach deinem Einsatz, ruf mich einfach an. Jederzeit.« Er mochte Caleb und wollte ihm zeigen, dass seine Freundschaft ernst gemeint war und er sich auf ihn verlassen konnte.

»Danke.«

Als sie sich dem Café näherten, ließ Sage den Arm sinken. »Das ist mein Ernst. Wir müssen unbedingt unsere Kontaktinformationen austauschen. Keine Sorge, ich schreibe höchstens mal eine E-Mail oder Nachricht. Und ich will unbedingt dein Buch lesen, wenn es fertig ist.«

Sage winkte Makei zu, als sie das Café betraten. »Hi, Makei. Wie geht es dir heute?«

Nach und nach breitete sich ein Lächeln auf Makeis Zügen

aus, während er von seinem Stuhl am Tresen aufstand. Er trug ein buntes Baumwollhemd, das ihm besser passte als die anderen, in denen Sage ihn zuvor gesehen hatte, und ihn jünger aussehen ließ. Sage wurde bewusst, dass Makei kaum älter als Jack sein konnte, obwohl er sich wie ein alter Mann bewegte.

»Gut, danke«, antwortete Makei. »Internet?«

»Ja, bitte, und zwei der köstlichen Papaya-Smoothies, bitte.« Sage und Caleb setzten sich an die Bar und Makei fummelte auf der anderen Seite des Tresens herum.

»Wo ist Kate heute?«, erkundigte sich Makei. Er stellte den Monitor auf den Tresen und legte die Tastatur vor Sage. Dann begann er, die Smoothies zuzubereiten.

»Sie ist ins Dorf gegangen.« Sage meldete sich an und versuchte es dreimal, bis er endlich eine Verbindung hergestellt hatte. Er konnte Caleb zuliebe nur hoffen, dass sie nicht sofort wieder abbrechen würde. »Wie lange bleibst du noch in Punta Palacia, Caleb?«

Caleb zupfte am Saum seines T-Shirts. Er bewegte den Kopf nach rechts und links, als wollte er sich vor einem Boxkampf locker machen. Da sein bleistiftdünner Hals den Kragen nicht mal ansatzweise berührte, vermutete Sage, dass er dies eher aus Nervosität machte.

»Ich bin mir nicht sicher. Eigentlich sollte ich noch weitere sechs Monate hier bleiben, weil es ein Problem bei der Neuzuweisung gegeben hat, aber vielleicht bleibe ich sogar noch länger, wenn man mich lässt.«

Sage entging nicht, dass Caleb anscheinend nichts von der möglicherweise bevorstehenden Schließung der Station wusste.

Makei servierte ihnen ihre Smoothies und sie bedankten sich. Danach setzte er sich an einen Tisch, faltete die Hände im Schoß und blickte zur Tür.

Bevor er Kurts Namen in seiner Skype-Kontaktliste anklickte, drehte sich Sage noch einmal zu Caleb um. »Kurt ist ein Mensch wie du und ich, vergiss das nicht, okay? Wahrscheinlich eher einer wie du als wie ich. Er ist ein guter Mensch und nicht besonders redselig. Vermutlich wird er nicht viel sagen, aber so ist er nun mal. Du kannst ihn fragen, was immer du willst, und lass dich von seiner Schweigsamkeit ja nicht abschrecken.«

Caleb nickte.

»Kann's losgehen?«

»Ja.«

Sage klickte die Nummer an, und sie beobachteten, wie sich der Kreis auf dem Bildschirm drehte. Schon war der perfekt frisierte Kurt zu sehen, und Caleb wirkte auf einmal so aufgeregt wie ein Kind, das dem Weihnachtsmann gegenüberstand – wenn der Weihnachtsmann denn ordentlich gebügelte weiße Poloshirts trug und vor einer Fensterwand saß.

»Sie müssen Caleb sein«, sagte Kurt mit seiner gleichmäßigen, freundlichen Stimme.

»Ja. Danke, dass Sie sich die Zeit nehmen, mit mir zu reden.« Calebs Hände zitterten. Sage bemerkte, wie er sie unter die Oberschenkel schob.

»Gern. Sage sagte, Sie schreiben ein Buch. Erzählen Sie mir davon.«

Es kam Sage seltsam vor, Kurt als Schriftsteller und nicht als Bruder zuzuhören. Kurt war in der Familie schon immer der Beobachter gewesen. Er nahm seine Umgebung sehr genau wahr, und wenn sich Sage große Mühe gab, bildete er sich ein, sehen zu können, wie sich sein Bruder mental Notizen machte, die er in einem seiner Thriller verwenden konnte. Kurt begann keine Unterhaltungen. Er war derjenige, der nickte, hier und da ein Wort einstreute, ansonsten aber lieber unsichtbar blieb. Ein Zuschauer. Sage genoss es, diese weniger introvertierte Seite von ihm zu sehen.

»Es ist ein Thriller, der hier in Belize spielt. Mehrere Dorfbewohner werden ermordet, und keiner weiß, warum …«

Sage hörte sich die Beschreibung des düsteren Thrillers an, an dem Caleb arbeitete, und er konnte sich nur schwer vorstellen, dass der ruhige, introvertierte Caleb ein Buch über einen Mörder schrieb, der im Dschungel herumlief und Dorfbewohner tötete. Allerdings hatte er auch Kurts Persönlichkeit nie mit seiner Tätigkeit als Thrillerautor in Verbindung bringen können. Während er seinem Bruder lauschte, der über Handlungsbögen, glaubhafte Morde und die Details sprach, die Leser abschreckten oder faszinierten, fragte sich Sage, ob es irgendein geheimes Gen gab, über das nur Thrillerautoren verfügten. Vielleicht waren sie so schweigsam, weil sie im Kopf stets den perfekten Mord planten.

Mit diesem Gedanken im Kopf ging er nach draußen. Die Sonne schien ihm heiß ins Gesicht, als er sich vor dem Café auf eine Bank setzte. Er dachte über dieses tief sitzende Bedürfnis zu malen nach, das ihn letzte Nacht beinahe am Aufhören gehindert hatte, und wie stark und verzehrend dieser Drang gewesen war und wie schrecklich sich seine Angst angefühlt hatte, diese Inspiration zu verlieren. Aber er hatte es geschafft. Er hatte den ersten Schritt getan, um seinen tranceartigen Zustand zu verändern, und obwohl er nicht sicher war, dass ihm das jedes Mal gelingen würde, war es immerhin ein Anfang. Jack hatte recht gehabt. Es lag nicht daran, dass Sage nicht dazu in der Lage war, sich zu ändern. Er war einfach nicht motiviert genug gewesen, es wirklich zu versuchen. Nun wurde ihm bewusst, dass Jack damals aus genau diesem Grund so lange in den

Bergen von Colorado verschwunden gewesen war – bevor er Savannah kennenlernte, hatte es für ihn keinen Grund gegeben, sich nicht mehr zu verstecken.

Hätte sich Sage in New York nicht so eingeengt gefühlt, hätte er nicht unbedingt dort rausgemusst, hätte er nie von AIA erfahren, dann hätte er Kate auch nie kennengelernt. Und wenn er Kate nie kennengelernt hätte, wäre er noch immer in seiner Unentschlossenheit darüber gefangen, wie er seinem Leben mehr Bedeutung verleihen konnte. Er hätte das Gefühl nicht gekannt, jemanden derart zu lieben. Ja, das Schicksal hatte in ihrer beider Leben eindeutig eingegriffen, entschied er. Wie war es auch anders möglich? Und wie sollte er morgen von hier abreisen können?

Zwanzig Minuten später trat Caleb beschwingt ins Freie. »Das war unglaublich. Dein Bruder ist unglaublich. Vielen Dank, Sage. Ich kann dir gar nicht sagen, wie viel mir das bedeutet.«

Sage verdrängte jeden Gedanken an seine Abreise. »Ja?«

»Wow, ich bin so motiviert, weiterzuschreiben. Ich kann dir gar nicht sagen, wie großartig es war, mit jemandem zu reden, der versteht, was es heißt, völlig in der Welt des Schreibens abzutauchen.« Caleb schien neue Zuversicht gewonnen zu haben, er hielt den Kopf hoch erhoben, die Schultern straff und seine Augen funkelten.

»Das ist ja super.« *Der versteht, was es heißt, völlig in der Welt des Schreibens abzutauchen.* Vielleicht waren Kurt und er ja doch nicht so verschieden. Sage wäre am liebsten für die nächsten vierundzwanzig Stunden mit Kate abgetaucht.

»Er hat mir von einer Autorenkonferenz erzählt, auf die er als Redner eingeladen ist. Ich kann leider nicht hingehen, aber wow. Es muss wirklich unglaublich sein, daran teilnehmen zu können. Dein Bruder ist so cool. Du bist echt ein Glückspilz.«

Sage fühlte sich gerade nicht besonders glücklich, aber aus anderen Gründen als den von Caleb genannten. Seine Brüder und seine Schwester unterstützten einander immer, auch wenn sie sich zwischendurch immer wieder piesackten. Er fragte sich, wie es für Kate sein musste, als Einzelkind aufgewachsen zu sein. Daran konnte er nichts ändern, aber er wollte dafür sorgen, dass er ab jetzt immer für sie da war.

Achtundzwanzig

Kate und Luce ließen sich auf dem Rückweg Zeit. Sie hatten sehr viele Fotos mit den Einheimischen geschossen, und Kate fiel es immer schwerer, ihre Traurigkeit zurückzuhalten. Da Luce und Sage so bald abreisen würden, wollte sie mit beiden so viel Zeit wie möglich verbringen.

»Ich werde es also wirklich tun. Denkst du, ich mache einen Fehler?«, fragte Kate.

»Mit Sage?« Luce hatte ihr Haar mit einer Spange hochgesteckt, aber die Feuchtigkeit machte sich bemerkbar, indem sich lauter kleine Löckchen rings um ihr Gesicht kringelten.

»Nein. Mein Herz sagt mir, dass er der Richtige ist.«

»Absolut. Ich habe dir gleich bei unserer Ankunft gesagt, dass er die Ruhe in Person ist, habe dir aber nicht erzählt, dass er auch ein Mann ist, der in wichtigen Angelegenheiten zur Tat schreitet. Sobald ich deine Reaktion auf ihn bemerkt hatte, wollte ich nicht, dass du den Eindruck gewinnst, ich würde euch verkuppeln.« Sie wischte sich den Schweiß von der Stirn. »Du weißt schon, die Dinge sollten sich von allein entwickeln und so. Aber er ist bekannt dafür, kein Freund der Presse zu sein und öfter mal freiwillig in Suppenküchen oder ähnlichen

Einrichtungen zu arbeiten. Ich kenne seine PR-Agentur und er lässt nie eine Presseerklärung über seine guten Taten herausbringen. Hätte ich geglaubt, er wäre nicht dein Typ, wäre ich früher mit der Sprache rausgerückt.« Luce hakte sich bei Kate unter. »Und was machst du jetzt für einen Fehler? Was liegt dir auf der Seele?«

»Danke, dass du mir all das nicht schon früher erzählt hast, sonst hätte ich ihn ja richtig angehimmelt.«

»Als ob du das nicht auch so gemacht hast«, neckte Luce sie.

»Ach, sei still.« Kate wusste selbst, dass sie Sage seit dem ersten Augenblick angehimmelt hatte, aber sie war der Ansicht gewesen, dies am Anfang gut versteckt zu haben. »Ach, ich weiß auch nicht. Er will ein ganzes Unternehmen gründen, weil ich diesen Job mache. Ist es verrückt, dass ich überhaupt darüber nachdenke, bei ihm einzusteigen? Ich weiß nichts darüber, wie man ein Unternehmen führt, und je länger ich darüber nachdenke, desto unruhiger werde ich. Bei AIA weiß ich wenigstens, was mich erwartet. Meine Reisen werden von anderen geplant, meine Arbeit ist vorherbestimmt und die Risiken sind begrenzt. Na ja, abgesehen von den gesundheitlichen.« Sie seufzte.

»Und bei Sage hast du nichts Konkretes in der Hand.«

»Genau. Aber bei AIA habe ich Sage nicht.«

»Das stimmt doch gar nicht. Er hat dir gestern Abend gesagt, dass du im Grunde genommen machen kannst, was immer du willst. Arbeite für AIA oder zieh woanders hin, und er kommt dich besuchen, so oft er kann. Du musst das nicht als endgültige Entscheidung sehen, Kate. Die Frage lautet nicht, ob du mit Sage zusammenarbeiten und eine Beziehung führen möchtest oder nicht. Vielmehr musst du dich fragen – und ich setze hier mal voraus, dass du dir eine Beziehung mit ihm wünschst, weil du das gerade gesagt hast –, wo dich die Arbeit am glücklichsten machen würde. Für mich hört es sich so an, als wäre Sage so oder so Teil deines Lebens, jedenfalls solange du das willst.«

Kate seufzte. »Das Einzige, worin ich mir sicher bin, ist, dass ich Sage will. Das steht eindeutig fest. Und ich werde am glücklichsten sein, wenn wir zusammenarbeiten und das aufbauen, was er plant. Es ist perfekt. Übrigens ist er gestern Abend noch vorbeigekommen und hat nicht wieder beim Malen die Zeit vergessen.« *Sag mir einfach, ich soll aufhören, mir Sorgen zu machen, und mit ihm glücklich sein. Ich wünschte nur, er würde nicht abreisen. Ich wünschte, ich hätte nicht ständig das Bedürfnis, auf alles vorbereitet sein zu müssen. Ich wünschte … Ich wünschte, ich könnte in diesem Augenblick bei ihm sein.*

»Natürlich.« Luce blieb am Weg zum Unentdeckten Strand stehen.

»Ich habe keine Ahnung, wie er es geschafft hat, sich aus diesem tranceartigen Zustand zu lösen, in den er dann immer verfällt, aber ich bin froh, dass es ihm gelungen ist. Er gibt sich solche Mühe, das Richtige zu tun.«

»Die Frage ist nur, wie verletzt du sein wirst, wenn er es zum fünfzehnten Mal nicht schafft.«

»Manchmal bist du eine richtige Spielverderberin. Ich dachte, du wärst im Team Sage?« Kate blickte die Straße zur Schule entlang. »Würde es dir etwas ausmachen, wenn wir uns noch mal das Wandbild ansehen?«

»Wo immer du hingehst, gehe ich auch hin. Übrigens bin ich absolut im Team Sage. Insbesondere, nachdem ich gestern Abend mit anhören durfte, wie er dir sein Herz zu Füßen gelegt hat. Aber ich kenne dich. Du willst immer alles planen, während er vor allem seinem Bauchgefühl folgt. Was nichts

Schlechtes ist. Immerhin kannst du davon ausgehen, dass er keinen komplizierten Plan ausheckt, um dich reinzulegen. Der Mann kann seine Gefühle nicht verbergen.«

Kate erinnerte sich an die hervortretenden Venen und die Wut in Sages Augen, als er Clayton gegen den Baum gedrückt hatte, und wie erschrocken sie gewesen war, als sie diese Seite an ihm zum ersten Mal mitbekommen hatte. Nachdem sie erfahren hatte, dass dies nur zu ihrem Schutz gewesen war, hatte sie eine ganz andere Art von Schreck empfunden. Sie war geschmeichelt und fasziniert gewesen, aber auch erstaunt, dass er ebenso schnell Gefühle für sie entwickelt hatte wie sie für ihn.

Sobald sie das Wandbild sehen konnte, blieb Kate wie angewurzelt stehen. »Sieh es dir an. Ist das nicht unglaublich?« Beim Anblick des fertigen Bilds empfand sie ebenso Freude wie Traurigkeit. Es war auch ein Zeichen dafür, dass er bald nicht mehr da sein würde.

»Der Mann beherrscht sein Handwerk.«

Und nicht nur das.

»Und du kannst damit leben, wenn er nicht zum Abendessen auftaucht? Wirklich?«

»Wenn er mir mit Absicht aus dem Weg geht, werde ich sauer«, gab Kate zu. »Aber er hat gesagt, ich dürfte keine Ausreden gelten lassen, sondern muss ihn zur Rede stellen, wenn er mich vergisst. Ich finde das bewundernswert. Wie viele Männer würden so etwas schon sagen? Er ist ein guter Mensch, Luce. Ich bin davon überzeugt, dass er der Richtige für mich ist. Das spüre ich. Aber wir müssen noch so viele Details klären. Wo soll ich wohnen? Was werde ich tun? Wann können wir uns sehen, wenn ich bei meinen Eltern wohne? Er wollte gestern Abend über all das mit mir reden, aber ich habe ihn stattdessen verführt.«

»Du hast ihn verführt? Gut gemacht.« Luce folgte Kate über den grasbewachsenen Boden zur Schule. Sie stellten sich in den Schatten eines großen Baums und bewunderten das Wandbild. »Manchmal denke ich, es muss schwer sein, in deiner Haut zu stecken, aber wenn ich wie jetzt diese Liebe in deinen Augen sehe und daran denken muss, dass du in deiner perfekten, abgeschiedenen Hütte nur wenige Minuten von einem wundervollen Strand entfernt wohnst, dann würde ich gern mit dir tauschen.«

Kate schnappte nach Luft. »Wieso denkst du, es wäre schwer, ich zu sein?«

»Weil ich zwar für meine Arbeit auch alles planen muss, da meine Klienten es gewohnt sind, das alles für sie erledigt wird, aber würde ich mich Hals über Kopf in einen Mann wie Sage verlieben, der mir meinen Traumjob anbietet und all die Liebe, die ich mir nur erträumen kann, dann wäre es mir völlig egal, ob in meinem Leben je wieder etwas planbar wäre. Es kann nicht leicht sein, derart im eigenen Kopf zu leben und jeden Aspekt seines Lebens genau organisieren zu müssen.« Luce drehte sich wieder zur Straße um. »Komm mit. Ich ertrage die Hitze nicht länger.«

Auf dem Weg zur Straße dachte Kate darüber nach, wie schnell sie sich in Sage verliebt hatte und wie reserviert sie im Bus auf dem Weg hierher gewesen war. Wie ihr Herz bei jedem Blick zu ihm jedes Mal gerast hatte und wie sie bei ihm auf einmal alles andere vergessen konnte.

»Mache ich mir zu viele Sorgen?«

Luce zuckte mit den Achseln. »Woher soll ich das wissen? Ich könnte nie so leben wie du. Es würde mich verrückt machen, alle paar Jahre umziehen zu müssen. Ich verreise gern, aber ich habe auch gern ein Zuhause, verstehst du? Einen Ort, an den ich zurückkehren kann, wo ich denke: ›Gott sei Dank bin ich wieder zu Hause.‹«

»Er hat mich nicht gefragt, ob ich ihn heirate und sesshaft werde. Vielmehr wollen wir herausfinden, was aus unserer Beziehung werden kann und ob wir gut zusammenarbeiten. Was ist, wenn die Zusammenarbeit ein Fehler ist? Diese Frage stelle ich mir ständig.« Sie hatte romantische Bilder im Kopf, auf denen sie lesend im Studio saß, während Sage arbeitete, und sie gemeinsam zu den Dörfern reisten, in denen sie den Einwohnern tatsächlich helfen konnten, aber im nächsten Augenblick war sie bereits besorgt, ob sie diese ständige Nähe aushalten würden. Sie hatte mit angesehen, wie ihre Eltern ihr ganzes Leben lang zusammenarbeiteten und reisten, und sie schienen zwar glücklich zu sein, waren aber auch hin und wieder gereizt oder stritten sich.

»Du musst mit ihm reden. Ich hatte nicht den Eindruck, dass er abgesehen vom Beisteuern der Kunstwerke viel mit dem Unternehmen zu tun haben wird. Er ist nicht gerade ein guter Verhandlungspartner oder Geschäftsmann. Du hast doch gehört, dass er sagte, er würde für all das Experten einstellen. Er ist ein kluger Mann und er liebt dich.« Luce blieb am Straßenrand stehen und holte tief Luft. »Für kurze Zeit bin ich sehr gern hier. Zu Hause starre ich nur Wolkenkratzer an und es stinkt nach Abfall«, meinte sie lachend.

»Wenn das Unternehmen scheitert, stehen mir andere Optionen offen, aber …«

Luce beäugte sie erwartungsvoll.

»Ich möchte so gern mit Sage zusammen sein. Ich liebe ihn, Luce.« Sie seufzte verträumt. »Er ist so …«

»Heiß?«

Kate lachte auf. »Das auch, aber …«

»Einfühlsam? Reich? Sexy? Ein guter Liebhaber? Stark? Ein toller Beschützer? Such dir was aus. Du darfst mich jederzeit unterbrechen.«

»Er ist so ... gut. Er ist so warmherzig, Luce. Ich kann spüren, was für ein guter Mensch er ist, und der ganze Rest ist bloß ein Bonus.« *Und was für ein wundervoller Bonus. Was soll ich nur machen, wenn er nicht mehr da ist?*

Sage hatte den ganzen Nachmittag an seinem Bild gearbeitet, während Kate und Luce im Dorf waren. Allerdings konnte er ihre Rückkehr kaum erwarten. Er wollte Zeit mit ihr verbringen, jede Sekunde bis zu seiner Abreise. Die ganze Zeit über hatte er erwartet, dass sie über das Unternehmen sprechen wollte – und, ja, auch über ihre Zukunft und das, was sie beide wollten. Er hatte das Thema einhundert Mal anschneiden wollen. Dass er sie verlassen musste, machte ihn unruhig. Jedes Mal, wenn er ihre Hütte betrat, erinnerten ihn die Haftnotizen und der Kalender voller Aufgaben daran, wie organisiert Kate ihren Alltag anging. Er wollte ihr diesen Trost bieten, auch wenn er die Details selbst noch nicht ganz genau kannte.

Als er jetzt zu Kates Hütte kam, ging sie gerade eine ihrer Listen durch. Bevor er die Fliegengittertür öffnete, beobachtete er sie eine Minute lang verzückt. Es würde über eine Woche dauern, bis sie sich wiedersahen, und er versuchte zwar, in ihrer Gegenwart stark zu sein, aber immer, wenn er sie sah, graute ihm vor den Tagen, an denen er auf sie verzichten musste.

»Wie läuft's?«

»Gut. Ich gehe gerade noch einmal durch, was ich alles vor

meiner Abreise erledigen muss. Irgendwie kann ich es kaum glauben, dass meine Zeit hier fast um ist.« Sie sah ihn mit traurigen Augen an. »Und ich kann es noch viel weniger fassen, dass du morgen abreist.«

»Ja. Darüber sollten wir reden.« Sage legte ihr eine Hand auf die Schulter und ihr Lächeln verblasste. Er hatte sich so daran gewöhnt, jeden Morgen neben ihr aufzuwachen, mit ihr zu frühstücken und sie nachmittags wiederzusehen, dass er sich kaum vorstellen konnte, wie er es eine Woche überleben sollte, sie nicht zu sehen.

»Sollen wir unseren letzten gemeinsamen Nachmittag am Strand verbringen?«, schlug er vor. Bei der Erinnerung, wie sie sich dort geliebt hatten, wurde ihm ganz heiß. Er räusperte sich, um sich wieder unter Kontrolle zu bekommen.

Kate stand auf. »Gute Idee.«

»Wo gehst du hin?«

»Meinen Bikini holen.«

»Verdammt.«

»Ich habe nicht gesagt, dass ich ihn anbehalten werde«, erklärte Kate lachend.

Eine Stunde später lagen sie auf dem heißen Sandstrand. Sage rieb Kates Rücken genüsslich mit Sonnencreme ein und genoss es, sie so zu liebkosen, während er sich jeden Zentimeter ihres Körpers einprägte.

»Muss ich wirklich morgen schon abreisen?« Er wünschte sich sehnlichst, nicht bei dieser Ausstellung erscheinen zu müssen. Wie gern wäre er bei Kate geblieben, bis sie ebenfalls aufbrechen musste, um mit ihr zusammen nach Hause zurückzukehren. Er stellte die Sonnencreme beiseite und nahm ihre Hand, als sie sich aufsetzte und näher an ihn heranrutschte.

»Ja, das frage ich mich auch ständig.«

»Es wird die Hölle, so weit von dir entfernt zu sein«, gab er zu.

»Allerdings. Ich habe mich so an dich gewöhnt, dass ich nach deiner Abreise jedes Mal, wenn ich zur Schule komme oder an deiner Hütte vorbeigehe, nach dir Ausschau halten werde.« Sie senkte den Blick. »Und wenn ich abends zu Bett gehe. Ich weiß nicht einmal mehr, ob ich allein noch schlafen kann.«

»Wie geht es weiter, Kate?« Er sah, wie sie tief Luft holte und sie langsam wieder ausstieß, und fragte sich, ob sie ebenso nervös war wie er.

»Ich reise eine Woche nach dir ab und werde als Erstes meine Eltern besuchen. Danach …«

»Wie lange möchtest du bei ihnen bleiben, bevor du zu mir kommst?« *Einen Tag? Zwei? Eine Woche?* Er hoffte, dass sie seine Verzweiflung nicht spüren konnte.

Sie kaute auf ihrer Unterlippe herum. »Keine Ahnung. Vielleicht ein paar Tage?«

Er atmete erleichtert aus. »Hast du schon darüber nachgedacht, wie viel Zeit du mit mir verbringen möchtest?«

»Ich denke jede Sekunde darüber nach.«

Sie bekam rote Wangen und er nahm sie in die Arme. »Ich auch.«

»Wie lange soll ich dich denn besuchen?«

»Für immer.«

Sie strahlte ihn an. »Nein, ernsthaft.«

»Das meine ich ernst.« Er hatte sich das ständig durch den Kopf gehen lassen und festgestellt, dass ihre gemeinsame Zeit nicht begrenzt sein durfte. Es fiel ihm schon jetzt schwer, sie zu verlassen, da wollte er das Ganze in wenigen Wochen nicht erneut durchmachen müssen.

»Du willst, dass ich … bleibe?«

»Das wünsche ich mir mehr als alles andere auf der Welt. Bis du meiner überdrüssig bist.«

»Wirklich? Das wünsche ich mir auch. Ich möchte dich nicht schon wieder verlassen. Würde es dir etwas ausmachen, wenn ich dich meinen Eltern vorstelle?«

»Ich möchte sie kennenlernen, ebenso wie deine Freunde und jeden, der dir wichtig ist. Du darfst mich vorstellen, wem immer du willst, und ich möchte, dass du meine Familie triffst, auch wenn ich ein bisschen Angst habe, dass sie dich in die Flucht schlagen könnte.«

Sie musste lachen. »Ich versuche, mich damit abzufinden, dass ich nicht weiß, wie es weitergeht, und dass ich keine festen beruflichen Pläne habe, aber ich befürchte, das gelingt mir nicht sehr gut. Ich habe eine Heidenangst vor der Zukunft. Du hast zwar eine Idee, aber noch gibt es nichts Greifbares, und ich möchte dich nicht ausnutzen, wenn ich dich besuche.«

»Mich ausnutzen? Machst du Witze?«

»Nein.«

Ihre ernste Stimme hätte ihn nicht überraschen sollen, tat es aber trotzdem.

»Ich hatte immer einen Job und ein Ziel und ich kann nicht einfach bei dir bleiben und den ganzen Tag rumgammeln. Ich wüsste gar nicht, was ich mit mir anfangen soll.«

»Kate.« Er zog sie auf seinen Schoß und legte sich ihre Beine um die Taille. »Lass uns über das gemeinnützige Unternehmen reden. Das ist wichtig. Ich werde dich ganz fest in den Armen halten, damit keiner von uns der Unterhaltung aus dem Weg gehen kann.« Er schlang die Arme um sie. »Ich habe E-Mails von meinem Anwalt und von meiner Buchhalterin bekommen und sie halten es beide für durchführbar. Aber ich bin kein

Geschäftsmann, ich bin Künstler. Ich vertraue darauf, dass sich mein Anwalt, meine Buchhalterin und wen immer wir für die Geschäftsführung einstellen, um alles kümmern. Wenn du zustimmst und einsteigst, was ich doch sehr hoffe, dann würdest du festlegen, was du machen willst, und daran werden wir unsere Arbeit ausrichten. Vorausgesetzt, wir sind zusammen – und das will ich mehr als alles andere, wie du hoffentlich weißt.«

»Ja, das weiß ich.«

»Gut. Du bedeutest die Welt für mich, Kate.« Er streichelte ihre Schulter. »Entschuldige. Ich bin vom Thema abgekommen. Wenn du reist, werde ich auch reisen. Ich möchte an allem teilhaben, aber ich bin kein Geschäftsführer. Ich bin der Mann, der das erschafft, was das Geld einbringt. Und du bist die Frau, die herausfindet, wo Hilfe gebraucht wird, und alles mit den Gemeinden regelt, denke ich – es sei denn, du siehst das anders.«

»Ist das dein Ernst? Damit würde ein Traum für mich in Erfüllung gehen. Aber kannst du einfach aufbrechen und für unbegrenzte Zeit verreisen? Die Koordination mit den Behörden vor Ort wird einige Zeit in Anspruch nehmen und auch der eigentliche Brunnenbau oder andere Projekte sind zeitaufwendig.«

»Genau das ist es, was mir vorschwebt, und ich möchte es mit dir zusammen machen. Ich werde es einrichten. Die ganze Sache hat mich dazu bewogen, mein Leben auf den Prüfstand zu stellen. Ich lebe in Greenwich Village, weil es praktisch ist, aber ich kann es nicht ausstehen. Es ist mir zuwider. In kleinen Dosen ist es natürlich schon toll, keine Frage, aber hier bei dir zu sein, Zeit mit jemandem zu verbringen, der dieselben Dinge schätzt wie ich und der sich ebenso gern im Freien aufhält, das ist einfach unglaublich. Mir ist, als wären wir vollkommen im

Einklang, und ich bin zu einhundert Prozent mit Herz und Seele dabei.«

Kate konnte sich nicht erinnern, sich jemals im Leben so sehr etwas gewünscht zu haben. Die Hoffnung, die sich in Sages Augen widerspiegelte, brachte ihr Herz zum Schmelzen, und obwohl sie große Angst hatte, wusste sie, dass die Beziehung zu Sage das Risiko wert war.

»Okay. Ja! Tun wir es!« *Großer Gott!*

Er nahm sie in die Arme und küsste ihre Lippen, ihren Hals, ihre Wangen. »Ich bin so glücklich«, murmelte er immer wieder. »Ich kann es kaum abwarten.«

»Mir geht es genauso.« Kate zitterte am ganzen Körper. Aber es war ein gutes Zittern, das sie genoss. Ein hoffnungsvolles Zittern. Allerdings würde sie noch immer mit ihren Eltern und Raymond reden müssen. *Ach herrje. Raymond. AIA.*

»Was ist?« Sage musterte sie fragend.

»Was soll ich Raymond sagen?«

»Ich würde es mit der Wahrheit versuchen«, schlug Sage vor.

»Ja, genau. *Hey, Raymond, ich gründe ein anderes gemeinnütziges Unternehmen, um Entwicklungsländern zu helfen.*« Sie verdrehte die Augen.

»Ja, genau so. Man weiß nie, wann Unternehmen mal zusammenarbeiten müssen, Kate. Überleg doch mal: Es könnte durchaus passieren, dass wir eine ihrer Missionen unterstützen. Wir machen nichts Illegales, sondern etwas Gutes.«

Sie legte den Kopf auf seine Schulter und atmete seinen

Geruch ein. »Du bist immer so zuversichtlich.«

»Ich bin mir dieser Sache sicher und dass ich mit dir zusammen sein will.«

»Ich auch.«

»Wenn du ein Ziel brauchst, auf das du dich in New York konzentrieren kannst, dann sollten wir einige Zeit für die genaue Planung des Unternehmens investieren. Überleg dir, in welchen Gegenden du gern aktiv werden möchtest, mach dir Gedanken über die Reisen und alles andere. Ich möchte so viel wie möglich in trockenen Tüchern haben, damit du dich besser fühlst.«

Kate stieg von seinem Schoß und setzte sich neben ihn. »Stört es dich, dass ich immer alles planen will?«

Sage lachte auf. »Würde es mich stören, dann würden wir diese Unterhaltung jetzt nicht führen. Dann wäre ich überhaupt nicht in deinem Bett gelandet und ich würde das hier niemals tun.« Er zog sie an sich und küsste sie innig.

»Das werde ich vermissen«, sagte sie verträumt.

»Ich auch.« Er stand auf und reichte ihr die Hand, um ihr aufzuhelfen. »Ich mag gar nicht daran denken, dass ich eine Woche ohne dich verbringen muss, bevor du nach Hause kommst.«

Nach Hause. Das gefiel ihr.

»Was ist, wenn deine Familie mich nicht mag?«

»Was ist, wenn deine Eltern mich nicht leiden können?« Er beäugte sie skeptisch.

»Albern, was?« Sie seufzte.

»Wir können beide gut mit Menschen umgehen. Wieso sollte man uns da nicht mögen? Komm, gehen wir spazieren, dann können wir über all das reden, was geklärt werden muss, damit du beruhigt bist.«

Sie gingen am Ufer entlang und ließen das warme Wasser um ihre Füße schwappen.

»Caleb weiß nicht, dass AIA die Station hier möglicherweise aufgibt. Solltest du das ihm gegenüber vielleicht erwähnen?«, fragte Sage.

»Noch nicht. Ich muss erst mit Raymond über alles reden. Noch hoffe ich, dass sie hierbleiben, und ich denke, wenn ich ihm Luces Vorschläge unterbreite, könnte das hilfreich sein.« Der Wind frischte auf und sie drehte sich zum Wasser um. »Das ist so romantisch. Allerdings ist es nicht immer so. Während meiner Zeit in Albanien war es so kalt, dass uns die Wasserrohre eingefroren sind.«

»Hat es dir da ebenso gut gefallen wie hier?«

»Ja. Mir geht es nicht darum, wie schön die Gegend ist. Es kann an jedem Ort schön sein. Mir ist wichtig, was ich tue und wie sehr meine Arbeit den Menschen hilft. In Albanien habe ich mit einem Unternehmen zusammengearbeitet, um den Mitarbeitern effizientere Arbeitsweisen beizubringen. Das wurde benötigt, also habe ich es gemacht.«

»Hast du dort auch mit Kindern gearbeitet?« Er führte sie weiter ins warme Wasser.

»Jeder von uns hatte noch ein Projekt unabhängig von unserer anderen Aufgabe. Ich habe einen Umweltklub für Kinder geleitet und ihnen alles übers Recycling beigebracht. Zum Abschluss meiner Zeit dort haben wir in einer großen Aktion den Park gereinigt und ganz viele Fotos davon geschossen. Das hat großen Spaß gemacht.«

Sage drehte sich zu ihr um und musste aufgrund der Sonne die Augen zusammenkneifen. Er grinste schief. »Glaubst du, du könntest es aushalten, mehrere Monate im Jahr an einem Ort zu leben und nur für bestimmte Projekte zu reisen, anstatt zwei

Jahre am Stück an einem entlegenen Ort zu wohnen?«

Sie bohrte die Zehen in den weichen Meeresboden. »Ganz bestimmt.« *Solange ich anderen helfen und Zeit mit dir verbringen kann, ist alles möglich.*

»Du musst mir versprechen, dass du mir Bescheid sagst, wenn du etwas brauchst oder dich eingeengt fühlst. Ich möchte nicht, dass du dich je eingeschränkt fühlst«, fügte er ernst hinzu.

»Okay.«

»Das ist mein Ernst, Kate. Ich habe viel darüber nachgedacht und das ist eine große Veränderung für uns beide. Ich habe mir auch überlegt, wenn das mit dem Zusammenleben gut funktioniert«, er zog sie an sich, »wovon ich ausgehe, dann könnten wir vielleicht aus der Stadt rausziehen und uns an einem Ort niederlassen, der uns besser gefällt. Uns irgendwo ein Stück Land kaufen mit einem kleinen Haus, einem Studio, in dem ich arbeiten kann, und was immer du dir wünschst.«

Sie schnappte nach Luft. »Du denkst wirklich weit voraus. Ich mache mir Sorgen, dass du mich in New York vielleicht nicht mehr so reizvoll finden und lieben wirst.«

Seine Miene verfinsterte sich. »Darüber machst du dir allen Ernstes Sorgen?«

Sie zuckte mit den Achseln. »Hier ist es romantisch. Für dich ist es wie ein Urlaub. Dein wirkliches Leben ist weit, weit weg, aber was passiert, wenn deine Termine und deine Arbeit dazukommen? Was ist, wenn du mich … dort … anders siehst?«

Er mahlte mit dem Kiefer und Kate hielt den Atem an. *Scheiße. Scheiße. Scheiße. Wieso habe ich das nur gefragt?*

»Für mich ist es völlig egal, wo wir uns sehen, ob hier, in New York, Pennsylvania oder Paris. Es würde keinen Unterschied machen. Ich sehe dich, Kate.« Er trat vor sie, und als sie seine Brust an ihrer spürte, machten sich die Schmetterlinge in ihrem Bauch wieder bemerkbar.

»Ich liebe dich, Kate. Die Person, die du bist, verändert sich nicht, nur weil wir uns an einem anderen Ort befinden.«

»Ich … Aber …«

»Was?« Er strich ihr eine Haarsträhne aus dem Gesicht.

Ich liebe dich so sehr.

»Sag es mir.«

»Ich hab einfach Angst. Ich wünsche mir mehr als alles andere, mit dir zusammen zu sein, und ich möchte an dem Unternehmen, das du planst, beteiligt sein, aber ich bin nichts Besonderes, und du gehst zurück in eine Welt, in der du so bekannt bist und ich …« *Großer Gott, ich wusste nicht mal, dass ich solche Angst habe.*

Er nahm sie in die Arme und hielt sie fest. »Ich bin der, den du hier vor dir hast. Ich bin der Mann, den du kennst. Du hältst mich für etwas Besonderes, weil du mich liebst. Und das gefällt mir, aber in New York ist es meine Kunst und nicht ich, die Aufmerksamkeit erregt. Und das ändert nichts an meiner Person.« Er lehnte sich zurück und sah ihr in die Augen. »Außerdem mache ich mir ebenfalls Sorgen, dass du mich nicht mehr interessant findest, wenn du unter so vielen Männern wählen kannst.«

»Ja, genau.« Sie lachte leise.

»Erkennst du, wie albern das ist? Darum solltest du auch keine Angst haben, ich könnte dich nicht mehr wollen. Es hat achtundzwanzig Jahre gedauert, dich zu finden, da lasse ich dich ganz bestimmt nicht so schnell wieder gehen. Und jetzt lass uns nicht länger über unsere Sorgen reden, sondern über das, was wir uns wünschen. Erzähl mir, was du dir für unser Unternehmen vorstellst.«

»Ich? Ist das nicht dein Baby?«

»Nein, es ist unseres. Und ich möchte wissen, was du denkst. Du hast die Erfahrung, ich habe die Träume.«

Unseres. Wieso habe ich nur so ein Glück? »Ich bin der Ansicht, wir sollten uns vor allem auf sauberes Wasser konzentrieren, weil sich so auch Krankheiten verhindern lassen, aber wenn wir ohnehin Brunnen bauen, können wir vielleicht auch gleichzeitig ein Projekt für die Kinder anbieten, zumindest in der Zeit, die wir für den Brunnenbau vor Ort sind.«

Sie machten sich auf den Rückweg zum Strand.

»Die Idee mit dem Projekt für Kinder gefällt mir. Wie sieht es mit der Zeit aus? Wäre es okay, wenn wir, keine Ahnung, einen Monat im Vierteljahr unterwegs sind?«

»Ja, ich denke schon. Du brauchst bestimmt auch Zeit zum Arbeiten und so könnten wir viermal im Jahr etwas bewirken. Etwas sehr Wichtiges.«

Dieser Spaziergang mit Sage hatte eine sehr beruhigende Wirkung auf sie. Allein dadurch, dass sie über das sprachen, was sie tun wollten, sah Kate dem ganzen Unterfangen schon deutlich gelassener entgegen. Aber an Sages Seite konnte sie ohnehin alles bewältigen. Kate stellte schmunzelnd fest, dass er immer zuerst an ihre Bedürfnisse dachte und nicht an seine eigenen, was sie wieder zum Thema New York zurückbrachte. »Sage?«

»Ja?«

»Wie bist du so, wenn du nicht hier bist? Wie ist dein Leben in New York?«

Er blickte lächelnd auf sie herab. »Mein Leben in New York.« Dann seufzte er, als wollte er eine lange Geschichte erzählen. »Nach dem Aufstehen trainiere ich meist oder gehe laufen, danach arbeite ich eine Weile in meinem Studio. Wenn ich eine Ausstellung habe, gehe ich natürlich dort vorbei. Manchmal treffe ich mich mit Kunden, die ein Kunstwerk bei mir in Auftrag gegeben haben. Ich besuche sie zu Hause oder in ihrem Büro. Meist arbeite ich mehrere Abende die Woche, manchmal bis lange nach Mitternacht, wenn ich mitten in einem Projekt stecke. Hin und wieder gehe ich mit Dex was trinken, wenn wir beide in der Stadt sind.« Er zuckte mit den Achseln. »Das ist alles nicht besonders aufregend. Ab und zu lädt uns unsere Mom zum Mittag- oder Abendessen ein, und wir versuchen, uns alle dort zu treffen.«

Sie schwieg eine Weile und dachte über seine Antwort nach. Er arbeitete mehrmals die Woche bis nach Mitternacht? Wie sollte das funktionieren? Wann würden sie sich sehen?

»Möchtest du wissen, wie mein Leben aussehen wird, wenn wir zusammenwohnen?«

»Ja.« Sie wusste noch immer nicht, wie sie überhaupt in sein Leben hineinpassen sollte, und war demzufolge sehr zurückhaltend.

»Wahrscheinlich würde sich nicht viel ändern, abgesehen davon, dass ich auf ein gemeinsames Frühstück hoffe und dass wir abends hin und wieder spazieren gehen.« Er blieb stehen und legte ihr die Hände an die Taille. »Ein gemeinsames Mittagessen ist Pflicht, nur um ganz sicher zu gehen, dass das mit uns nicht nur eine Affäre ist. Ach ja, und ich werde versuchen, vor Mitternacht aus dem Studio zu kommen, falls du noch was mit mir vorhast.«

Sie lachte auf. »Du bist echt ein Blödmann.«

Er hob sie hoch und lief mit ihr ins Wasser. »Was bin ich?«

Sie schlang die Arme um seinen Hals und stützte die Stirn an seine. »Du bist der heißeste und süßeste Mann, der mir je begegnet ist, und ich möchte mit dir frühstücken und zu Abend essen. Und ich erwarte, dass du mir nachts zur Verfügung stehst. Und ich möchte mit deinem Bruder etwas trinken gehen.«

»Und?«

Und was? Ihr fiel nichts mehr ein und sie schüttelte den Kopf.

Er schwang die Arme, als wollte er sie ins Wasser werfen. Sie klammerte sich an ihm fest.

»Und was?«, stieß sie lachend hervor. Sie wusste nicht, was sie noch sagen sollte, damit er sie nicht ins Wasser warf, daher drückte sie die Lippen auf seine und küsste ihn leidenschaftlich und wild. Er legte die starken Arme fester um sie und rückte ihre Beine an seiner Taille zurecht. Mit der untergehenden Sonne im Rücken und Sages Wärme an der Brust wurde sie auf einmal ganz ruhig. Auch wenn sie nicht wusste, was in einem Tag, einem Monat, einem Jahr passieren würde, wollte sie doch jede wundervolle Sekunde mit Sage genießen. Er legte ihre Handtücher unter einen Baum und küsste sie, bis sie keinen klaren Gedanken mehr fassen konnte.

»Eine Woche ist zu lang«, stellte er fest und fuhr mit den Lippen über ihre Schulter, während er ihr das Bikinioberteil auszog.

Dann fuhr er mit seiner großen Hand über ihren Brustkorb und Kate erschauderte am ganzen Körper. Der Blick, mit dem er sie musterte, war derart begierig und voller Liebe, dass sie ihn einfach an sich heranziehen und abermals küssen musste, bevor ihr noch die Tränen kamen, weil sie wusste, dass er morgen um diese Zeit nicht mehr da sein würde. Seine Hand wanderte weiter nach unten und er streifte ihr auch das Bikinihöschen ab. Sie hob das Becken an, damit er den dünnen Stoff beiseiteschleudern konnte, und schon hatte er sich auch die

Badehose ausgezogen und sich zu ihr gelegt.

Er stützte sich auf die Ellbogen, sodass ihre Lippen nur noch wenige Zentimeter voneinander entfernt waren, drückte seine Wange an ihre und flüsterte: »Mach dir keine Sorgen. Liebe mich und lass dich von mir lieben. Ich werde immer für dich da sein und dich nie im Stich lassen.«

Oh Gott. »Das weiß ich.« Ihr kamen die Tränen, als er in sie eindrang und sie eins wurden. Sie liebte ihn so sehr, sie liebte alles an ihm, und als sie die Arme um ihn legte und die Augen schloss, ging ihr vor Liebe beinahe das Herz über. Als er die Stirn gegen ihre stützte, schlug sie die Augen wieder auf.

»Ich liebe dich so sehr, Kate.«

Sie machte den Mund auf, um etwas zu erwidern, aber er bewegte sich langsam und füllte sie so vollkommen aus, dass ihr der Atem stockte. Die Worte gingen in ihrer Liebe verloren. Sie spürte, wie ihr eine Träne über die Wange lief, die er mit dem Daumen wegwischte.

Sofort verharrte er. »Tue ich dir weh?«

Sie schüttelte den Kopf, weil sie vor lauter überwältigenden Gefühlen noch immer keinen Ton herausbrachte. »Nein. Ich liebe dich.«

Er küsste ihren Hals und hielt sie fest. Während sich ihre Körper im Einklang bewegten, küsste er sie und liebte sie, bis sie den Höhepunkt erreichte, bis sie die Lippen von seinen lösen musste, um nach Luft zu ringen. Sie kam seinen kraftvollen Stößen entgegen, hob das Becken an und wollte mehr von ihm. Es war einfach nicht genug, und so krallte sie sich in seinen Rücken, in seine Hüften, an jede Stelle, an die sie herankam, bis er keuchte, die Luft zwischen den zusammengebissenen Zähnen einsog und ihren Namen in die Nachtluft hinausschrie. Er erschauderte am ganzen Körper, als er kam. Danach lagen sie mit rasendem Herzen und nach Luft schnappend da.

»Vergiss mich nicht, wenn wir getrennt sind«, flüsterte sie, auch wenn sie genau wusste, dass das nicht passieren würde.

»Wir werden nie getrennt sein. Ich lasse mein Herz einfach hier bei dir.«

Neunundzwanzig

Kate erwachte am Sonntagmorgen an Sages Brust, umschlungen von seinem Arm, und ihre Körper waren perfekt verschmolzen. Sie wagte es nicht, sich zu bewegen. Sage würde in wenigen Stunden abreisen, und ein kleiner Teil von ihr dachte, wenn sie ganz still blieb und er nicht aufwachte, dann würde er vielleicht nicht weggehen. Sie lag mit geschlossenen Augen da, atmete seinen Geruch ein und versuchte, sich einzuprägen, wie sich sein Bein unter ihr anfühlte und seine Muskeln, die unter ihrem Gewicht zuckten. Dabei lauschte sie auf seine Atmung, die ganz gleichmäßig und beruhigend war, ganz anders als während der Nacht, als sie sich erst am Strand und dann noch einmal hier geliebt hatten. *Eine Woche ist nicht so lang.* Es kam ihr wie eine Ewigkeit vor.

Er holte tief Luft, sodass sich seine Brust hob und somit auch ihr Kopf. Kate hielt den Atem an und hoffte, dass er noch ein bisschen weiterschlief. Sobald er wach war, mussten sie noch so viel erledigen, und sie wollte gar nicht daran denken. Sie warf einen Blick zum Nachttisch hinüber, auf dem unzählige Haftnotizen klebten. Zum ersten Mal überhaupt konnte sie deren Anblick nicht ausstehen, da sie die dummen kleinen Dinger an all das erinnerten, was mit Sages Abreise zu tun hatte.

Hütte putzen. Bettzeug waschen. Für den nächsten Freiwilligen vorbereiten.

Den nächsten Freiwilligen.

Sie sah Sage nicht einmal mehr als Freiwilligen, denn er war so viel mehr. Wem wollte sie denn etwas vormachen? Er war alles für sie.

Er rührte sich, legte den Arm fester um sie, zog sie zu sich und gab ihr einen Kuss aufs Haar, bevor er überhaupt die Augen aufschlug. Kate seufzte. *Du wirst mir so fehlen.*

»Wenn ich die Augen zulasse, können wir dann einfach so tun, als müsste ich nicht gehen?«, fragte er.

Kate bekam nur ein trauriges Stöhnen heraus.

»Komm her.« Er brachte sie dazu, sich auf ihn zu legen, und schlug die Augen auf. »Du bist so wunderschön.«

Er küsste sie und es schnürte Kate die Kehle zu. Wie war das nur möglich? Sie hatte es zwei Jahre ausgehalten, ohne ihre Eltern zu sehen. Sie hatte ihre wenigen Collegefreunde problemlos zurücklassen können. Selbst bei Luce, die ihr in diesen zwei Jahren ans Herz gewachsen war, musste sie nicht weinen, wenn sie wieder abreiste. Aber in den letzten beiden kurzen Wochen hatte sie sich so in Sage verliebt, dass sie den Schmerz kaum ertragen konnte.

»Hey«, flüsterte er und strich ihr das Haar aus dem Gesicht. Er hielt sie eng an sich gedrückt in den Armen, während ihr die Tränen über die Wangen liefen und auf seine Brust tropften. »Es ist doch nur eine Woche. Die ist schneller vorbei, als wir gucken können, und dann wachen wir wieder nebeneinander auf.«

Sie nickte. »Ei… eigentlich sind es ein paar Tage mehr. Ich … ich reise in einer Woche ab, besuche aber dann erst meine Eltern.« *Ach, es ist so schrecklich.* Es wäre ihr falsch vorgekommen, nicht zuerst bei ihren Eltern vorbeizuschauen, auch wenn sie lieber mit Sage zusammen sein wollte. Aber eigentlich wollte sie sowieso immer bei ihm sein.

»Wir halten das auch ein paar Tage länger aus. Wir schaffen alles, solange wir wissen, dass wir bald wieder zusammen sind.«

Kate wusste, dass er recht hatte, aber es tat dennoch weh. Sie lagen noch einige Zeit so da, und Kate war dankbar dafür, dass Sage sie nicht drängte oder sich über sie lustig machte, weil sie ihn schon vermisste, bevor er überhaupt weg war.

Sie duschten zusammen und zogen sich schweigend an. Sage bewegte sich vorsichtig um sie herum, berührte ihren Arm, wenn sie an ihm vorbeiging, und umarmte sie, wenn ihr die Tränen kamen. Als er ihre Hütte verließ, hatte er Tränenspuren auf dem weißen T-Shirt. Er trug dieselbe braune Cargohose wie bei seiner Ankunft und Kate hätte am liebsten die Zeit zurückgedreht. Seine Tasche hatten sie am Vorabend schon gepackt, und während Kate danach Luce geholfen hatte, hatte Sage seine Leinwände eingepackt, die er sich nach Hause schicken lassen wollte. *Nach Hause.* Etwas Wunderbares war innerhalb der letzten vierundzwanzig Stunden passiert: Sages Haus war in ihrem Kopf auf einmal zu ihrem Zuhause geworden. Sie konnte nicht genau bestimmen, wann dieser Übergang passiert war, aber sie war erleichtert, dass etwas Tröstliches die an ihr nagende Unsicherheit ersetzt hatte.

Sie holten gerade Sages Gepäck aus seiner Hütte, als Luce die ihre in einem hellen Baumwollrock und einem Tanktop verließ. Ihr blondes Haar lag ihr glatt und glänzend am Kopf, frisch gekämmt und wieder perfekt für die Stadt frisiert. Zum ersten Mal seit zwei Wochen war sie auch wieder geschminkt; ein eindeutiger Hinweis darauf, dass sie in ihr wirkliches Leben zurückkehrte.

»Geh ruhig zu Luce«, sagte Sage. »Mir ist gerade aufgefallen, dass ich etwas in deiner Hütte vergessen habe. Ich bin gleich wieder da.«

Kate nickte nur, da sie sich noch immer nicht ganz unter Kontrolle hatte, und sah ihm hinterher.

»Überlegst du, ob du ihn die kommende Woche in deiner Hütte verstecken sollst?«, rief Luce ihr zu.

Kate seufzte. »Schön wär's.«

»Du siehst ihn in einer Woche. Das ist nicht so lange hin.« Luce legte einen Arm um Kate. »Kommst du zurecht?«

»Mir bleibt nichts anderes übrig. Das ist ganz schön albern, was? Er war gerade mal zwei Wochen hier, und ich benehme mich, als wären wir schon Jahre zusammen.«

»Es ist überhaupt nicht albern. Das nennt man die Flitterwochenphase. Du weißt schon, wenn sich Paare mit großen Augen anschmachten und nicht die Finger voneinander lassen können.«

Kate konnte darauf nicht mal mit einem Witz reagieren, weil es der Wahrheit entsprach.

Der Wagen fuhr auf das Gelände und Kate kamen schon wieder die Tränen. *Verdammt.* »Du wirst mir so fehlen.« Kate umarmte Luce fest.

»Du mir auch. Ich hatte sehr viel Spaß, trotz Penelopes Wutanfällen.«

»Ich auch.«

»Du besuchst mich doch in New York?«

»Es sieht ganz danach aus, als würde ich bald dort wohnen, insofern ...«, begann Kate.

»Du wirst dort wohnen? Wirklich?« Luce sah sie fragend an.

Kate grinste und wischte sich die Tränen aus den Augenwinkeln. »Ich denke schon. Er hat mich gebeten, bei ihm einzuziehen, und ich kann mir auch gar nicht vorstellen, ihn jemals wieder zu verlassen, Luce.«

»Oh, Kate!« Luce umarmte Kate so fest, dass sie kreischte. »Das ist ja großartig! Dann können wir uns viel öfter sehen. Ich werde euch bei eurem Unternehmen unterstützen und Shea wird dir gefallen.« Sie nahm ihre Taschen und ging zum Wagen.

»Ich bin schon ganz aufgeregt. Auch nervös, aber eher voller Vorfreude. Nur schade, dass ich nicht schon mit euch zurückfliegen kann.« Kate entdeckte Sage, der den Weg von ihrer Hütte entlangeilte. Als er zu ihr trat und sie an sich zog, breitete sich ein Lächeln auf ihren Lippen aus.

»Alles in Ordnung?«, erkundigte er sich.

»Ja.«

»Sie wird sich die Augen ausweinen, sobald wir weg sind, aber nur meinetwegen, Sage, also bilde dir ja nichts ein«, neckte Luce ihn.

Kate legte ihm die Arme um die Taille und drückte den Kopf an seine Brust.

»Sie wird uns beide vermissen«, erklärte er.

Nachdem das Gepäck eingeladen war, umarmte Kate Luce erneut und stellte erleichtert fest, dass Luce dabei ebenfalls schniefte. *Geteiltes Leid ist halbes Leid.*

»Wartet!« Javiers Stimme kam mit Caleb im Schlepptau angelaufen. »Mr. Sage!« Er sprang mit einem Blatt Papier in der Hand in Sages Arme und umarmte ihn. »Sie werden mir fehlen.«

Sage legte die Arme um ihn und drückte Javier an sich. »Hey, mein Freund. Ich werde dich auch vermissen. Du musst gut auf Miss Kate aufpassen, versprichst du mir das?«

Javier nickte emsig.

Kate konnte den nächsten Tränenschwall nicht zurückhalten, als sie Sage und Javier so zusammen sah. Sie wischte sich rasch die Wangen ab und fragte sich, ob dieser ganze Schmerz irgendwann aufhören würde.

»Ich habe etwas für Sie.« Javier reichte Sage das Blatt Papier. Sage sah es sich rasch an und schenkte Kate ein zärtliches Lächeln, woraufhin sie sich hinüberbeugte und sofort wieder weinen musste.

Javier deutete auf die Zeichnung. »Das sind Sie, das ist Miss Kate und das bin ich. Sehen Sie? Ich habe die Augen so gemalt, wie Sie es mir gezeigt haben.«

»Darf ich das behalten, Javier?«, fragte Sage. »Du bist schon ein richtiger Künstler. Eines Tages werde ich es anderen zeigen und sagen: ›Seht ihr, ich kannte Javier schon, bevor er berühmt geworden ist.‹«

Javier riss vor Stolz die Augen auf. »Berühmt?«

»Wenn du dir Mühe gibst, dann kannst du auch berühmt werden.« Sage zwinkerte Kate zu.

Als Luce in den Wagen stieg, ging das letzte bisschen gemeinsame Zeit zu Ende. Sage setzte Javier ab und tätschelte seinen Kopf. »Danke, Javier. Versprich mir, dass du fleißig lernst und immer freundlich bist, denn du bist der netteste Junge, den ich kenne.«

»Versprochen.« Javier zupfte an seinem blauen T-Shirt und blickte zu Boden. Im nächsten Augenblick hatte er sich auch schon an Sages Bein geklammert. »Ich hab Sie lieb, Mr. Sage.«

Kate hätte es ihm am liebsten nachgemacht.

Sage hob ihn noch einmal hoch, umarmte ihn fest und gab ihm einen Kuss auf die Wange. »Ich hab dich auch lieb, Javier, aber jetzt muss ich mich noch von Miss Kate verabschieden. Du weißt ja, wie Mädchen sind.«

Javier kicherte und nickte, als wüsste er genau, was Sage meinte. Kate wusste, dass der Junge alles getan hätte, was Sage verlangte, genau wie sie. Diese Wirkung hatte er nun mal auf andere.

Sage wandte sich zuerst Caleb zu. »Schreib fleißig weiter, Caleb. Ich möchte die Geschichte lesen, wenn sie fertig ist. Wir bleiben in Kontakt. Wenn deine Zeit hier um ist, kommst du nach New York und lernst Kurt persönlich kennen.«

Caleb wollte ihm die Hand schütteln, aber Sage umarmte ihn. »In meiner Familie umarmt man sich, also gewöhn dich besser daran.«

Kate entging nicht, wie sich Caleb versteifte, aber seine strahlenden Augen verrieten ihr, wie viel ihm die Umarmung und das Angebot bedeuteten. Dann wandte Sage sich ihr zu und sie musste schon wieder weinen. Sie konnte sich nicht daran erinnern, wann sie zuletzt so viele Tränen vergossen hatte. Sage drückte sie fest an sich.

»Du zitterst«, raunte er ihr ins Ohr.

Sie nickte.

»Es tut mir so leid. Ich wünschte, ich könnte hier bei dir bleiben. Wir telefonieren jeden Abend, okay?«

Sie hörte, dass seine Stimme brach, und als sie ihm in die feuchten Augen sah, schluchzte sie nur noch erbitterter. »Das kostet doch ein Vermögen.«

»Darum habe ich mich bereits gekümmert. Du hast jetzt auch einen Auslandsvertrag. Der gilt auch für Nachrichten, du kannst also jederzeit anrufen oder mir schreiben, wenn du möchtest.«

»Aber ... wie?«

»Sagen wir einfach, Luce kann dich sehr gut nachmachen. Sei ihr nicht böse. Ich habe sie dazu gezwungen.« Er grinste sie an.

Sie warf Luce einen Blick zu, die die Hände hob. »Du solltest dein Passwort ändern. Erinnerst du dich, dass dein Handy bei meinem letzten Besuch defekt war? Als dein neues kam, hast du mir erzählt, das Passwort wäre ›Unentdeckter Strand‹.«

Ein Glück, dass ich das getan habe. »Unfassbar, dass du dir das gemerkt hast. Danke, Luce.« Sie klammerte sich an Sages Handgelenke. »Ich … ich liebe dich.«

Er legte ihr die Hände an die Wangen, was sie so sehr mochte, und zog die Augenbrauen zusammen. »Ich liebe dich auch, und wenn du nach New York kommst, werden wir jeden Tag zusammen sein. Mach dir bitte keine Sorgen. Wir klären alle Details und unser gemeinsames Leben wird wundervoll sein.«

Sie nickte, weil sie wusste, dass er jedes Wort ernst meinte, und konnte nur hoffen, dass er recht hatte. Er gab ihr noch einen ausgiebigen, verlangenden Kuss – einen Kuss, der ihr verriet, wie sehr er sie vermissen würde und wie sehr er sie liebte. Damit raubte er ihr den Atem und wie immer verschwand auch ihre Unruhe. Als er sich von ihr löste und die Stirn an ihre stützte, schloss sie die Augen und prägte sich ein, wie er sich anfühlte.

»Behalte dein Handy in der Nähe. Ich rufe an, sobald ich in New York bin.«

»Okay«, flüsterte sie. Sie hielten sich an den Händen, bis er im Wagen saß, und dann kletterte sie noch einmal auf seinen Schoß und küsste ihn. »Entschuldige, ich …«

»Du liebst mich«, sagte er und erwiderte ihren Kuss. »Jetzt müssen wir aber los, sonst verpassen wir noch unseren Flieger.«

Sie zog die Augenbrauen hoch. »Du bringst mich auf eine

Idee.«

Caleb nahm ihre Hand, was sie überrascht, aber auch dankbar annahm. Sie brauchte irgendetwas, woran sie sich festhalten konnte.

»Ich liebe dich, Kate«, sagte Sage noch einmal und schloss die Tür. Er warf ihr durch das Fenster noch einen Kuss zu, und sie versuchte gar nicht erst, die Tränen aufzuhalten.

»Soll ich dich in den Arm nehmen?«

Kate sah Caleb durch ihre tränenverschleierten Augen an und wusste, wie schwer es ihm gefallen war, ihr das anzubieten. Er beäugte sie besorgt, und es war offensichtlich, dass er das nur ihr zuliebe tat. Doch ihr blieb nichts anderes übrig, wenn sie sich nicht auf die Knie werfen und wie ein Kleinkind mit den Fäusten auf den Boden trommeln wollte.

Caleb stand stocksteif da und ließ die Arme schlaff herunterhängen, während sie sich an seiner Schulter ausweinte. Javier tätschelte ihr den Rücken, und Kate versuchte um seinetwillen, sich zusammenzureißen, gab es jedoch nach einigen Minuten auf. Schließlich machte Caleb es Javier nach und tätschelte sie ebenfalls, woraufhin Kate lachen musste – *Gott sei Dank*. Endlich löste sie sich aus seinen Armen.

Sie blickte zu den Staubwolken über der Straße hinüber, die sich gerade wieder legten. Sage war fort und sie hatte noch eine Menge zu erledigen.

»Alles in Ordnung?«, fragte Caleb.

»Ja. Danke. Ich gehe kurz in meine Hütte, komme aber bald zu dir.« Sie kniete sich neben Javier auf den Boden. »Wir schaffen das schon, Javier. Ich bin froh, dass du hergekommen bist, um dich von Sage zu verabschieden.«

»Es tut mir leid, dass Sie traurig sind. Aber meine Tante sagt, wenn Menschen weg sind, haben wir sie trotzdem in unserem Herzen.«

Kate musste an Javiers Mutter denken. Wenn der Junge es schaffte, über den Verlust seiner Mutter hinwegzukommen, dann konnte sie ja wohl eine Woche ohne Sage überleben. Ihr blieb einfach nichts anderes übrig.

»Deine Tante ist eine sehr kluge Frau.«

Ihr Zimmer kam ihr so leer und kalt vor. Sage hatte seine Matratze am Vorabend in seine Hütte zurückgebracht, und als sie auf die einsame Matratze in dem von Fliegengitter umgebenen Bereich hinabblickte, bemerkte sie, dass etwas unter der Bettdecke lag. Sie schlug die Decke zurück und musste schon wieder weinen. Als sie die vertraute Verpackung aus Leinen hochhob, fragte sie sich, wie er ihr das hatte besorgen können, was ihr hier am meisten fehlte. *Das, was ich dachte, das mir am meisten fehlt.* Nun fehlte ihr Sage noch viel mehr. Sie wickelte das Stardust-Notizbuch aus, strich mit den Fingern über den weichen Ledereinband und löste dann das dünne Lederband. Das Buch war voller Blätter aus recyceltem Künstlerpapier in verschiedenen Farben und Strukturen. Sie hob es an die Nase und atmete den ledrigen Geruch ein, um danach die erste Seite aufzuschlagen. Eine Nachricht in einer geschwungenen, leicht nach rechts geneigten Handschrift prangte auf der ersten Seite.

Kate, meine Liebste,

du hast gesagt, dies hätte dir in Belize am meisten gefehlt. Bei der Bestellung habe ich mich gefragt, wie es wohl sein muss, von dir vermisst zu werden. Jetzt weiß ich es, und die Gewissheit, dass du mich liebst, wird mir dabei helfen, die kommende Woche zu überstehen. Ich hoffe, du spürst meine Liebe zu dir ebenso deutlich wie ich deine. Ich vergöttere alles an dir und kann es kaum erwarten, dich wieder in meinen Armen zu halten. Ich habe mir die Freiheit erlaubt, dir eine Liste mit Punkten zu erstellen, die du nach deiner Abreise aus Belize erledigen musst.

1. *Eltern besuchen*

2. *Bei Sage einziehen*

3. *Menschen auf der ganzen Welt helfen (mit Sage an deiner Seite)*

4. *Glücklich bis an dein seliges Ende leben*

Ich liebe dich und werde dich immer lieben

Dein heldenhafter, real existierender Prachtkerl Sage

Kate drückte sich das Notizbuch an die Brust, holte dann ihr Handy unter den Papieren auf dem Tisch hervor und schrieb Sage eine Nachricht.

Danke für die einzige Liste, die ich jemals wirklich brauchen werde.

Seine Antwort kam wenige Augenblicke später. *Danke für die einzige Liebe, die ich jemals brauchen werde.*

Dreißig

Luce hatte recht behalten. Sage war nun seit fast einer Woche wieder in New York und er fühlte sich noch immer anders. Der Lärm der Stadt war zu laut, der Gestank bereitete ihm Übelkeit und sein Stadthaus kam ihm ohne Kate an seiner Seite leer vor. Er telefonierte jeden Morgen und jeden Abend mit Kate, und zwischendurch schrieben sie sich Nachrichten, trotzdem vermisste er sie so sehr, dass es ihm fast wie Phantomschmerz vorkam. Doch er musste nur noch wenige Tage durchhalten, und wenn sie ihre Eltern besucht hatte, würde sie endlich wieder bei ihm sein. *Ein paar Tage stehe ich noch durch.* Meist blieb er lange wach und arbeitete in seinem Studio, sodass er sich wie ein Zombie vorkam. Aber das war besser, als im Bett zu liegen und an Kate zu denken, bis er vor lauter Sehnsucht keine Luft mehr bekam.

Er war um drei Uhr früh ins Bett gegangen, und jetzt war es neun, er saß im Büro seines Anwalts und bereute es, nicht mehr Kaffee getrunken zu haben.

»Sie sehen gar nicht gut aus.« Marshall Taybor war ein Mittfünfziger mit mehr grauem als schwarzem Haar, durchdringenden dunklen Augen und dichten Augenbrauen.

»Ich bin auch ziemlich müde.« *Und so einsam wie niemals*

zuvor, was echt übel ist.

Marshall legte den Kopf schief und kniff die Augen zusammen. »Bitte sagen Sie mir, dass es nicht an Drogen, Alkohol oder etwas in der Art liegt.«

»Sie sind seit vier Jahren mein Anwalt. Hat es in dieser Hinsicht jemals Grund zur Besorgnis gegeben?«

»Nein, aber man weiß nie. Es sind schon bessere Männer als Sie dem Pulver oder der Flasche zum Opfer gefallen und haben so gut wie alles verloren.« Marshall lehnte sich in seinem Ledersessel zurück und verschränkte die Arme. Er spielte jeden Morgen um fünf Uhr Racquetball, was er seinen Klienten stets unter die Nase rieb, und selbst in seinem Anzug war sein durchtrainierter Körper gut zu erkennen.

Sage seufzte. »Das ist es nicht, Marshall. Können wir einfach anfangen?«

»Haben Sie es eilig? Gut. Hier ist der Papierkram.« Marshall schob Sage einen Stapel Papiere über den Schreibtisch zu.

Sage spürte, dass Marshall ihn beobachtete, während er alles durchging.

»Es ist alles da. Sobald Sie ein Direktorium ernannt haben, können wir den Gesellschaftsvertrag aufsetzen, die Statuten festlegen, die notwendigen Steuerunterlagen zusammenstellen und dergleichen.« Marshall beugte sich vor. »Möchten Sie mich in die Hintergründe einweihen? Warum investieren Sie Zeit und Energie in so etwas, wenn Sie doch einfach einen Scheck für eine wohltätige Stiftung ausstellen könnten, die bereits in diesen Gebieten tätig ist?«

»Weil es etwas ist, das ich tun möchte.« Sage blickte auf und sah, wie sein Anwalt die Hände hob.

»Was meinen Sie damit? Ihnen ist doch bewusst, dass damit sehr viel Verwaltungsaufwand einhergeht? Jemand muss sich um das Ganze kümmern. Wenn Sie wirklich international aktiv werden wollen, dann geht das nicht ohne Reisen. Wird sich das nicht auf Ihre Arbeit und ihr Leben auswirken?«

Sage legte die Papiere auf den Tisch. »Das weiß ich alles, Marshall. Hatten Sie je das Gefühl, dass Sie mehr tun wollen? Mehr geben? Dass Sie anderen ein besseres Leben ermöglichen möchten?«

»Dafür sind Scheckbücher da.«

Sage lachte auf. »Ja, für die meisten Menschen vermutlich schon.«

»Als Sie mir letztes Jahr erzählt haben, dass Ihnen in Ihrem Leben etwas fehlt, dachte ich, das wäre nur eine Phase, die wieder vorbeigeht.«

Sage erinnerte sich noch gut an das Gespräch. Er hatte sich mit Marshall über mögliche Investitionen unterhalten und ihn gefragt, wie andere Menschen in seiner finanziellen Lage der Gesellschaft etwas zurückgaben. »Ja, ich weiß noch, dass Sie gesagt haben, ich soll mir eine gute Frau suchen und anderen Leuten die Sorgen überlassen.« Er nahm die Papiere und stand auf. »Jetzt habe ich beides gefunden, eine gute Frau und eine Methode, etwas zu tun.« Er gab Marshall die Hand.

»Ah, das erklärt die Ringe unter Ihren Augen. Wieso haben Sie das nicht gleich gesagt, dann hätte ich mir keine Sorgen machen müssen.«

»Weil es so mehr Spaß macht.« Sage öffnete die Tür. »Danke für alles, Marshall.«

»Melden Sie sich, wenn Sie bereit sind, dann leite ich alles in die Wege. Und, Sage?«

»Ja?«

»Wenn Sie mich fragen, braucht die Welt mehr Menschen wie Sie.«

»Ich tue nichts, was Sie nicht auch tun könnten.«

Marshall lehnte sich in seinen Sessel zurück und nahm seinen Stift in die Hand. »Das stimmt, aber Sie opfern etwas, wozu die wenigsten bereit sind: Ihre Zeit und zumindest am Anfang sehr viel Geld.«

Als Sage das Büro verließ, fühlte er sich in seiner Entscheidung nur noch gestärkt. Er nahm sein Handy aus der Tasche und schrieb Kate: *Wie wollen wir unser kleines Unternehmen eigentlich nennen?*

Kates Nerven waren zum Zerreißen gespannt. Sie skypte jetzt seit zwanzig Minuten mit Raymond. AIA zog sich nicht aus Punta Palacia zurück. Sie hatte nur aufgrund der schlechten Internetverbindung etwas nicht verstanden. AIA hatte einige Finanzierungsprobleme und musste das Projekt mit den Prominenten aus diesem Grund weiterführen. Diese Promis spendeten sehr viel Geld, aber da Kate wusste, dass einige damit nur eine bessere Presse bekommen wollten, ärgerte sie das ungemein. Zudem zählte ihr Raymond seit zehn Minuten lauter Gründe auf, warum es ein Fehler war, bei AIA aufzuhören.

»Du weißt, was ich von alldem halte, Raymond. Wir reden jetzt seit zwei Jahren darüber, und ich denke, ich bin bereit für eine Veränderung.«

»Aber du kannst doch auch an einem anderen Einsatzort arbeiten und eine Station mit richtigen Freiwilligen und ohne Promis leiten. Du arbeitest jetzt seit fast fünf Jahren für uns, Kate. Du bist eine unserer besten Mitarbeiterinnen.«

Sie hörte die Aufrichtigkeit in seiner Stimme und

Schuldgefühle stiegen in ihr auf.

»Wir haben dir noch keinen neuen Einsatzort zugewiesen. Du kannst dir einen aussuchen«, flehte Raymond.

Ihr fielen Tausende von Orten ein, an die sie gehen wollte. An denen sie etwas erreichen konnte. Sehr viel sogar. Aber keiner davon war es wert, von Sage getrennt zu sein.

»Wie kannst du etwas, das du kennst, für ein Unternehmen aufgeben, das noch nicht einmal existiert, Kate? Was ist, wenn der Kerl dich hängen lässt? Du kennst ihn gerade mal zwei Wochen. Das ist nicht sonderlich lange. Du weißt doch, wie so was läuft. Wie man fern der Heimat auf einmal Dinge mit anderen Augen sieht. Woher willst du wissen, ob ihr euch unter anderen Umständen immer noch so gut versteht?«

Wow. Wieso weiß er genau, wie er an meine Ängste appellieren kann? Sage hatte sie zwar beruhigen können, aber …

»Was sagen deine Eltern dazu?«

Sie wollte ihre Eltern als Nächstes anrufen. Noch wusste sie nicht genau, was sie ihnen sagen sollte. Sie hatte vorgehabt, erst alles mit AIA zu klären und ihnen dann zu versichern, dass sie sich in ihrer Entscheidung nicht beirren ließ.

Während sie noch über Raymonds Worte nachdachte, bekam sie eine Nachricht von Sage.

Wie wollen wir unser kleines Unternehmen eigentlich nennen?

»Kate?«

Sie sah wieder auf den Monitor.

»Wie wäre es, wenn ich dir verspreche, dass du nie wieder mit Promis zu tun haben wirst? Ich schicke dich an keinen dieser Orte, versprochen. Du bekommst es sogar schriftlich.«

Wie oft hatte sie in den letzten beiden Jahren darum gebeten? Fünfmal? Zehnmal?

Da kam auch schon die nächste Nachricht von Sage.

Was sagst du zu Hydration Through Creation (HTC)? Habe gerade die Unterlagen beim Anwalt abgeholt. Bald ist es geschafft. Du fehlst mir.

Kate umklammerte das Handy so fest, dass ihre Fingerknöchel weiß anliefen, während ihr zwei Dinge klarwurden.

»Kate?«

Sie sah Raymond an. Fünf Jahre lang hatte sie diesem Mann vertraut. Sie hatte ihn zwei Jahre lang um genau die Veränderungen angefleht, die er ihr jetzt anbot. *Zwei Jahre lang* hatte er ihr erzählt, er würde sein Möglichstes tun. Zwei Jahre lang hatte er ihr erklärt, warum sie die Prominenten überhaupt brauchten. *Zwei gottverdammte Jahre lang!* Wieder blickte sie auf ihr Handy herab. Sie kannte Sage jetzt seit zwei Wochen. *Seit vierzehn Tagen.* Und in diesen vierzehn Tagen hatte sie nie um etwas bitten müssen und doch mehr bekommen, als Raymond ihr je hatte geben wollen. Sage hatte sie nicht erst mit ihrem Weggang drohen müssen, damit er den Bedarf erkannte, und er hatte auch ohne eine Drohung das Richtige getan. Er tat es, weil er sich von seinem guten Herzen leiten ließ. Aus diesem Grund liebte sie ihn auch so sehr. Es war das Herz eines Mannes, bei dem sie wusste, dass sie ihm in jeder Hinsicht vertrauen konnte.

Raymond musterte sie besorgt. Sein Schnurrbart zuckte nervös.

»Du warst größtenteils sehr gut zu mir, Raymond, aber es geht leider nicht. Dies war mein letzter Einsatz für AIA. Ich habe mich entschieden.« Sie beendete das Gespräch und musste aufstehen, um etwas von dem Adrenalin in ihren Adern loszuwerden. Als sie sich umdrehte, blickte Makei zu ihr auf, und sie merkte, wie sich ein Lächeln auf ihren Zügen ausbreitete.

»Ich liebe ihn, Makei. Sage, den Mann, der mich begleitet

hat, um das Internet zu benutzen. Ich liebe ihn. Ja. Ich liebe, wer er ist. Ich liebe das, was er sich für sein Leben wünscht. Und ich werde es tun. Ich werde mir nicht länger selbst im Weg stehen. Ich werde mir keine Sorgen wegen irgendwelcher Listen und möglicher Probleme machen. Ich werde die Gelegenheit beim Schopf packen und sehen, was passiert!« Sie umarmte ihn, wobei er ebenso stocksteif dastand, wie Caleb es getan hatte. »Entschuldigung«, murmelte sie und ließ ihn los.

Makei musterte sie amüsiert. »Und das ist dir neu?«

Sie musste lachen. »Na, irgendwie schon.«

Er schüttelte den Kopf und klopfte sich mit einer Hand auf die Stelle über dem Herzen. »Ich habe diese Liebe schon gesehen, als ihr zum ersten Mal zusammen hereingekommen seid, Kate.«

»Was … wirklich?« Sie dachte an ihren ersten Besuch mit Sage im Internetcafé. Wie Sage sie vor den Monitor gezogen hatte, damit sie mit seiner Mutter sprechen konnte, und an dieses Kribbeln – und die Verärgerung. Sie rieb sich den Nacken, wo er sie berührt hatte, und setzte im Kopf die Puzzleteile zusammen. Jeder begierige Blick, jedes Mal, wenn sie sich zurückgezogen hatte, sein Blick im Bus auf der Fahrt hierher. Es waren zu viele Augenblicke, als dass sie sie zählen konnte. Ja, sie glaubte, dass Makei ihre Liebe zu Sage so früh schon erkannt hatte. Sie war nur selbst zu blind dafür gewesen. Mit so etwas hatte sie einfach nicht gerechnet.

»Stimmt«, sagte sie und ging hinaus.

Sie schrieb Sage: *Du hast nicht auf meiner Liste gestanden!*

Während sie langsam zurückging, bekam sie auch schon eine Antwort: *Muss ich mir Sorgen machen, dass du zu viel getrunken hast?*

Lachend erwiderte sie: *Wenn du in den ersten Tagen schon*

auf meiner Liste gestanden hättest, dann hätte ich die Zeit besser genutzt. Vergiss es. Nicht weiter wichtig. Der Name gefällt mir. Ich liebe dich.

Einunddreißig

Hydration Through Creation. Der Name war ihm beim Verlassen von Marshalls Büro an diesem Tag eingefallen, *Wasserversorgung durch Kunst.* Sage hatte Shea Steele angerufen, die PR-Spezialistin, die Luce ihm empfohlen hatte, und sie würden sich am kommenden Tag treffen. Nach und nach kam alles zusammen, und zum ersten Mal seit vielen Jahren hatte Sage das Gefühl, auf dem richtigen Weg zu sein. Genau das hatte er gebraucht, einen Weg, auf dem er etwas zurückgeben und bewirken konnte. *Und ich habe Kate gebraucht.*

Du liebe Güte. Er hatte nicht einmal gewusst, dass er sich nach einer Beziehung sehnte, erst recht nicht danach, jede Sekunde mit einer Frau zusammen zu sein. Seine Gefühle für Kate hatten ihn völlig überrascht. Jetzt stand er vor der Leinwand, die einige Tage nach seiner Heimkehr angekommen war, und verlor sich in der Darstellung von Kate in dem lockeren Kleid. Seitdem es angekommen war, hatte er jeden Abend den Dschungel um sie herum vervollständigt, den Ort, an dem ihre Liebe begonnen hatte. In der letzten Nacht war der Strand hinter ihr fertig geworden, und die Erinnerung an ihr Liebesspiel im warmen Sonnenschein hatte bewirkt, dass er sie noch mehr vermisste.

Das Klingeln seines Handys holte ihn aus seinen Gedanken. Es war Siena.

»Warum ist meine kleine Schwester denn so spät noch wach? Brauchen Models nicht ihren Schönheitsschlaf?«

»Ha, ha. Ich war mit meiner Freundin Willow aus, und da fiel mir deine Nachricht von vorhin wieder ein, dass ich in der Galerie auf dein Handy aufpassen soll, und ich dachte, ich rufe einfach gleich an. Ich wusste ja, dass du noch auf bist.«

Er hatte beschlossen, Siena bei der Ausstellungseröffnung sein Handy anzuvertrauen, damit er ja keine Nachricht von Kate verpasste. Wenn er gerade ein Interview gab oder sich mit potenziellen Käufern unterhielt, konnte Siena ihn hinterher über eine Nachricht von Kate informieren. Seine Schwester hatte ohnehin ständig ihr Handy in der Hand, daher würde sie auch verstehen, wie wichtig es für ihn war, dass sie Kates Anrufe und Nachrichten mitbekam. Bei ihren Worten musste Sage lachen.

»Woher wusstest du, dass ich noch nicht im Bett bin?«

»Machst du Witze? Erinnerst du dich nicht mehr an Dex und Jack? Als sie ganz frisch mit Ellie und Savannah zusammen waren, hatten wir doch alle den Eindruck, sie würden niemals schlafen. Inzwischen bin ich überzeugt davon, dass man Tag und Nacht nur an diesen einen Menschen denken kann, sobald man sich verliebt hat.«

»Höre ich da etwa Eifersucht raus?«

»Auf keinen Fall. Ich bin ein viel zu großer Kontrollfreak, als dass ich meine Gedanken derart von jemandem bestimmen lassen würde. Übrigens, schön, dass du wieder da bist. Ich kann es kaum erwarten, dich zu sehen. Und ich nehme dein Handy sehr gern, aber was soll ich machen, wenn du beschäftigt bist und sie anruft, weil es irgendein Problem mit ihren Reiseplänen gibt? Soll ich dir dann Bescheid sagen? Ich dachte, das sollten wir vorher klären.«

So weit hatte Sage noch gar nicht gedacht. »Ich hoffe ja, dass es keine Probleme geben wird, aber falls doch … gib mir ein Zeichen, wenn ich gerade mit einem Käufer spreche, und ich entschuldige mich, aber wenn ich gerade interviewt werde, dann sag ihr, dass du mir alles ausrichtest. Was hältst du davon?«

»Klingt gut. Macht es dir etwas aus, wenn ich mit ihr rede? Mom durfte sie ja immerhin schon mal sehen.«

»Ha, das ist jetzt aber doch Eifersucht.« Er lachte auf, da er wusste, wie sehr Siena es hasste, beim Klatsch und Tratsch innerhalb der Familie nicht mitreden zu können.

»Ach, sei still. Wenn du die Frau liebst, dann werde ich sie mir ja wohl mal ansehen dürfen.«

»Aber sicher. Rede ruhig mit ihr. Du wirst sie mögen.« *So wie ich.*

»Wann lernen wir sie kennen?«

Sage betrachtete erneut das Bild und wünschte sich, die richtige Kate bei sich zu haben. »Sie reist morgen aus Belize ab und wird ein paar Tage bei ihren Eltern bleiben. Danach kommt sie hierher. Wahrscheinlich ist sie dann Montag oder Dienstag da, aber keine Sorge, ihr bekommt sie schon zu Gesicht.«

»Ich bin schon so gespannt! Und ich freue mich darauf, dich morgen zu sehen. Ich komme etwas früher, dann haben wir noch ein bisschen Zeit für uns.«

Sage fiel auf, dass Siena ebenso gut organisiert war wie Kate, und er konnte sich gut vorstellen, dass sich die beiden Frauen rasch anfreunden würden. *Vielleicht teilen sie sich sogar die Haftnotizen.*

»Ich glaube, außer Kurt werden morgen alle da sein«, fuhr Siena fort. »Er war sich nicht sicher, ob er es schafft.«

Zu den Dingen, die Sage an seiner Familie am meisten liebte, gehörte, dass sie einander immer unterstützten. Vor seiner Abreise nach Belize hatten sie mit einer Überraschungsparty den Release von Dex' neuestem hochgelobtem PC-Spiel gefeiert und trotz ihrer vollen Terminkalender war jedes Familienmitglied aufgetaucht.

»Super. Ich freue mich auch darauf, dich zu sehen. Und danke, dass du mir mit meinem Handy hilfst.«

Sage legte auf und blieb vor dem Bild stehen. Er konnte beinahe Kates Hände spüren, mit denen sie die Blätter zur Seite schob. Sie hatte ein Bein mitten im Schritt angehoben, das andere anmutig nach hinten ausgestreckt. Das kurze Kleid bedeckte kaum ihre wundervollen Oberschenkel. Er hatte eine Ewigkeit gebraucht, um ihre schönen blauen Augen richtig hinzubekommen, und als er das Gemälde nun kritisch musterte, stellte er fest, dass er ihre Lippen perfekt getroffen hatte. Dabei erinnerte er sich an ihr erstes Lächeln an jedem Morgen, wenn sie zusammen aufgewacht waren und sie stets zu denken schien: *Oh gut. Du bist noch da.* Er liebte die Art, wie sie direkt im Anschluss an dieses Lächeln seufzte und sich dann an ihn kuschelte, diesen Augenblick der Gewissheit, wenn sie sich durch und durch entspannte. Himmel, er vermisste sie so sehr. Er sah auf die Uhr. In Belize war es schon nach Mitternacht. Sie würde tief und fest schlafen. Er stellte sich vor, wie sie all ihre Listen für den nächsten Morgen bereitgelegt hatte, damit sie beim Aufbruch zum Flughafen nichts vergaß. Lächelnd dachte er an die bunten Haftnotizen an der Wand, ihrem Waschbecken und sogar dem Spiegel. Er würde den ganzen Nachmittag und Abend bei der Ausstellung beschäftigt sein, aber er musste ihre Stimme einfach noch mal hören – obwohl sie sich bereits vor einigen Stunden Gute Nacht gesagt hatten. *Nur ganz kurz.*

»Hi.«

Ihre süße, verschlafene Stimme brachte ihn zum Schmunzeln. »Du fehlst mir so sehr.«

»Du fehlst mir auch. Ich bin erst vor zwanzig Minuten ins Bett gegangen.«

Er hörte es rascheln, als ob sie sich hingesetzt hätte. »Warum so spät?«

»Ich musste mich vergewissern, dass ich nichts vergessen habe. Außerdem musste ich noch eine Liste für morgen umschreiben.«

»Das liebe ich so an dir«, murmelte er lächelnd.

»Meine Neurose?«

Als er hörte, dass sie auch lächelte, wurde ihm ganz warm ums Herz. »Deine organisierte Art. Ich wollte nur noch mal deine Stimme hören, da ich morgen den ganzen Tag bei der Ausstellung sein werde.«

»Das weiß ich, und wie ich dir vorhin schon sagte, wird alles gut gehen. Ich wünschte, ich könnte dabei sein.« Sie gähnte, und Sage wusste, dass er sie schlafen lassen musste.

»Schlaf jetzt weiter. Ich liebe dich, Kate. Schickst du mir eine Nachricht, wenn du bei deinen Eltern angekommen bist, damit ich beruhigt bin?«

»Ich würde lieber mit dir reden als schlafen. Ja, ich sage dir Bescheid, aber du hast doch vorhin selbst gesagt, dass du während der Ausstellung vermutlich gar nicht auf dein Handy gucken wirst.«

»Ich habe Siena gebeten, das für mich zu übernehmen und mir Bescheid zu sagen, wenn du dich meldest. Ansonsten mache ich mir nur den ganzen Nachmittag Sorgen.«

Er freute sich so über das Bild, dass er überlegte, ob er ihr davon erzählen sollte. Sie hatte es in Belize nicht zu Gesicht bekommen und eigentlich wollte er sie damit überraschen. Nun, wo es fertig war und ihr so ähnlich sah, hatte er vor, es morgen mit zur Ausstellung zu nehmen. Ihm gefiel der Gedanke, dass sie dadurch irgendwie in seiner Nähe war. Er wollte es selbstverständlich nicht zum Verkauf anbieten, aber er konnte es der Welt zeigen, bevor er es über seinen Kamin hängte, damit sie es bei ihrem Besuch bewundern konnte.

»Okay, dann melde ich mich. Ach, das habe ich dir ja noch gar nicht erzählt: Es gab ein kleines Besetzungsproblem und Caleb wird vorerst meinen Posten übernehmen.«

»Er ist ein recht schweigsamer Kerl. Kommt er damit zurecht?«

»Tatsächlich freut er sich sogar darüber. Ich denke, es wird ihm guttun. Es macht ganz den Anschein, als stecke in ihm noch mehr, als man ihm ansieht, und ich glaube, du hast ihm ein wenig dabei geholfen, aus seinem Schneckenhaus herauszukommen.«

Sage freute sich für Caleb, aber er hatte noch eine viel dringendere Frage. »Das ist schön. Sag mal, ich will dich nicht unter Druck setzen, aber hast du mit deinen Eltern gesprochen? Weißt du schon, wann du zu mir kommst?« Vor lauter Nervosität konnte er nicht mehr still stehen bleiben.

Sie gähnte abermals. »In zwei oder drei Tagen. Ich weiß es genau, wenn ich erst einmal bei ihnen bin.«

Noch zwei oder drei Tage. Wieso kam ihm das wie eine Ewigkeit vor? Und warum blieb Kate so gelassen, während er bereit war, alle Hebel in Bewegung zu setzen, damit sie sich schneller sehen konnten? Er wusste, dass er überreagierte. Was machten die paar Tage schon aus?

»Okay. Ich kann es kaum erwarten, dich zu sehen.«

»Sie sind so froh, dass wir beide dieselbe Vision haben und anderen helfen möchten. Und sie wollen dich unbedingt kennenlernen. Ich habe ihnen gesagt, dass wir versuchen werden, sie am Wochenende zu besuchen. Was sagst du dazu?«

»Das können wir gern tun. Wir können mit dem Zug fahren oder fliegen, was dir lieber ist. Aber jetzt schlaf weiter, und viel Spaß bei deinen Eltern.« Er ließ den Blick über die Betonwände seines Studios schweifen. Früher war dies für ihn der perfekte Rückzugsort gewesen, aber jetzt kam ihm alles kalt, leer und verlassen vor. Kate konnte gar nicht schnell genug bei ihm sein.

Zweiunddreißig

In der Galerie herrschte reger Betrieb und das seit zehn Uhr. Joanie Remington war entspannt wie eh und je und beantwortete in einem weiten Baumwollrock und einer langärmligen schwarzen Bluse vor einer ihrer Skulpturen die Fragen einer Fernsehreporterin. Sie hatte eine ungezwungene Art und war sehr talentiert. Sage beobachtete, wie sie das Interview führte, als hätte sie ihr Leben lang nichts anderes gemacht, dabei verbrachte sie nur sehr wenig Zeit in der Öffentlichkeit. Er war sehr stolz auf sie. Da er entweder mit Kunden sprach, für Pressefotos posieren oder Interviews geben musste, hatte Sage bisher kaum eine Atempause gehabt. Daher war er nur zu froh, seiner Mutter das Rampenlicht überlassen und kurz verschnaufen zu können.

»Sie plant das schon seit Wochen, weißt du.«

Sage straffte die Schultern und stellte sich etwas gerader hin, als er die Stimme seines Vaters hörte, wie er es schon tat, seit er sich erinnern konnte. James Remington trug einen dunklen Anzug und ein gestärktes weißes Oberhemd und sah formell und bedeutend aus. Aber eigentlich sah sein Vater immer formell und bedeutend aus. Autoritär. Sage blickte auf seine dunkle Hose und das lockere Leinenhemd herab. Es dauerte immer einen Augenblick, bis er hinter die raue Schale seines Vaters geblickt hatte, auf die er stets etwas kratzbürstig reagierte, und sich daran erinnerte, dass sich darunter ein liebevoller Mann verbarg, der das nur anders zum Ausdruck brachte als die meisten Menschen.

»Ich bin sehr froh, dass wir diese Ausstellung zusammen auf die Beine gestellt haben. Obwohl ich das schon so lange mache, ist es meine erste Ausstellung mit Mom.«

»Ich glaube, du hast da eine vergessen.« Sages Vater wandte den Blick nicht von seiner Frau ab. »Deine Mutter hatte eine Ausstellung in der Mason Gallery, als du noch ein Kind warst – du musst sieben oder acht gewesen sein. Damals bist du schon jahrelang im Studio um sie herumgeschlichen. Sie hat dich und deine Kunstwerke einfach mitgenommen.« Er drehte sich mit vielsagender Miene zu Sage um. »Sie war sehr stolz auf dich. Das waren wir beide.«

Sage war gerührt über dieses seltene Kompliment. »Daran erinnere ich mich. Ich war an diesem Nachmittag unglaublich stolz.« Sage wäre am liebsten hinaus in den kühlen Oktobernachmittag gegangen und hätte die erstickende Menschenmenge hinter sich zurückgelassen, aber es sah nicht danach aus, als würde er bald eine Pause machen können. Er fragte sich, ob sich Kate wohl inzwischen gemeldet hatte.

»Hast du Siena gesehen?« Er sah sich nach seiner Schwester um.

»Sie wollte mit Dex einen Happen essen gehen, müsste aber gleich wieder da sein. Jack und Savannah sind da. Sie sind bei dem Gemälde von Kate.«

Sage verspannte sich. Dies war das erste Mal seit seiner Rückkehr, dass sein Vater Kate erwähnte. Er wartete darauf, dass sein Vater noch etwas über das Bild sagte. Über das gemeinnützige Unternehmen. Oder allgemein darüber, dass Sage in seinem Leben etwas verändern wollte.

»Dann gehe ich sie mal begrüßen.«

Die entschiedene Hand seines Vaters auf seinem Arm hielt ihn zurück. Sage blickte auf die Hand des Mannes hinab, der ihn großgezogen hatte. Nie hatte er die Hand gegen eines seiner Kinder erhoben. Sage blieb wie angewurzelt stehen.

»Warte.«

Ein Wort. *Ein Befehl.* Sage holte tief Luft und verschränkte die Finger, damit er die Hand seines Vaters nicht von seinem Arm nahm und eine Szene machte. Er mahlte mit dem Kiefer und konzentrierte sich auf seine Mutter, die soeben das Interview beendete.

»Dieses Unternehmen. Der Brunnenbau. Ich würde gern wissen, was dich dazu bewogen hat.« Sein Vater nahm die Hand herunter, starrte jedoch weiter stur geradeaus.

Auf einmal war Sage wieder achtzehn und rang nach den richtigen Worten, um seinen Vater davon zu überzeugen, dass er sich nicht für das Militär eignete, wo James Remington wenigstens eins seiner Kinder sehen wollte. Jack war schließlich zu den Special Forces gegangen, aber erst nach einem Studium an einem College seiner Wahl, womit er seinen Vater enttäuschte, weil er die Militärakademie in West Point nicht einmal in Betracht gezogen hatte. James Remington hatte Sage und seine anderen Kinder nicht auf dieselbe Weise zum Militär gedrängt wie Jack, aber es hatte immer in der Luft gestanden. Aber Sage war von klein auf Künstler gewesen und neigte eher dazu, Regeln zu übertreten, anstatt sie zu befolgen. Insofern wäre das Militär ein großer Fehler gewesen, und Sage glaubte, dass sein Vater das tief in seinem Inneren auch verstanden hatte.

Jetzt war er jedoch keine achtzehn mehr, und als er sich zu

seinem Vater umdrehte, machte sich ein neues, ungewohntes Gefühl in ihm breit. Er hatte vor, zusammen mit Kate einen wichtigen Schritt in ihre gemeinsame Zukunft zu wagen, und musste sich seinem Vater gegenüber als der selbstsichere, intelligente Mann präsentieren, der er war. Doch die Galerie war vermutlich nicht der richtige Ort für eine derartige Diskussion.

»Lass uns draußen reden, Dad.«

Sein Vater zog die Augenbrauen zusammen und warf Sages Mutter noch einen Blick zu, die mit einem herzlichen Lächeln auf den Lippen auf dem Weg zu ihnen war. Ihr Blick zuckte zwischen Sage und seinem Vater hin und her und ihre Mundwinkel sackten nach unten. Sie runzelte die Stirn und musterte ihren Mann ebenso fragend wie ernst. Sage ließ den Kopf hängen und sein Magen zog sich zusammen. Eigentlich wollte er doch nur Siena suchen und sich vergewissern, dass Kate gut angekommen war, und nun musste er sich mit dieser überflüssigen Diskussion herumschlagen, die sein Vater ihm unbedingt aufzwingen wollte.

Je eher er die Sache hinter sich hatte, desto besser. Es war offensichtlich, dass er seinem Vater ohnehin nicht entkommen konnte. *Zum Teufel damit.* Er stellte sich aufrecht hin, lockerte seine Muskeln und wappnete sich für das Gespräch. »*Hydration Through Creation*, kurz HTC. So soll das Ganze heißen.«

»Warum genau willst du das machen?«

Sein Vater hielt seinen Blick fest.

Sage kam sich vor, als müsste er einem Feind gegenübertreten. Er trat näher an seinen Vater heran und senkte die Stimme. »Ich würde das lieber woanders besprechen, aber wenn es unbedingt sein muss … All das hier ist toll, Dad, aber ich will mehr erreichen. Ich möchte auf bedeutsame Weise etwas im

Leben anderer bewirken. Ich will erleben, wie hart die Welt für manche ist, und dann etwas dagegen unternehmen.« Die Worte sprudelten nur so aus ihm heraus. Er spürte die Hand seiner Mutter auf seinem Arm, konnte den Blick jedoch nicht von seinem Vater abwenden. »Wir sind gar nicht so verschieden, Dad. Unsere Persönlichkeiten mögen unterschiedlich sein, ja, sogar grundverschieden, aber du willst, dass ich ein guter Mann bin. Und ich möchte in jeder Hinsicht ein guter Mann sein. Laut deiner Definition ist ein guter Mann stark, verantwortungsbewusst und engagiert. Genau das bin ich, nur nicht in einem Bereich, den du für wichtig erachtest.«

Sein Vater machte den Mund auf, um etwas zu erwidern, aber Sage kam ihm zuvor, da er den Zorn, der ihm das Atmen erschwerte, nicht mehr aufhalten konnte.

»Ich bin all das, was du mich zu sein gelehrt hast, interessiere mich jedoch nicht für die Politik, sondern für die Menschen. Du hast mich gelehrt, für das einzutreten, woran ich glaube, und genau das tue ich.«

»Sage«, sagte seine Mutter.

Sage spürte, wie sich seine Nasenflügel aufblähten und wie sich sein Kiefer verkrampfte. Noch immer starrten sein Vater und er sich mit ähnlich wütender Miene an.

»Sage«, wiederholte seine Mutter etwas beharrlicher.

»Gleich«, fauchte er. »Nur zu, Dad. Lass es raus. Hier und jetzt. Vor all diesen Leuten.« Als sein Vater nichts erwiderte, tat Sage das Undenkbare: Er nahm den Arm seines Vaters und zog ihn zu dem Raum, in dem das Bild von Kate an der Wand hing. *Genese*, hatte er es genannt. *Eine Erweckung.* Kate hatte ihn in vielerlei Hinsicht erweckt, von der Liebe, die sie in ihm hervorrief, bis hin zu ihrer Hilfe beim Navigieren in den verwirrenden Gefilden seines Lebens. Er spürte den Widerstand seines Vaters, ließ jedoch nicht locker, sondern straffte die Schultern und sah das Bild an.

»Und ich mache es zusammen mit ihr.«

Sein Vater blickte zwischen dem Bild und Sages Hand auf seinem Arm hin und her. Er löste Sages Finger von seinem Ärmel und sah sich um, aber keiner der Umstehenden schien Notiz von ihnen zu nehmen.

»Junge, ich würde vorschlagen, du holst jetzt erst mal tief Luft.«

»Du würdest …« Sage fuhr sich mit einer Hand durchs Haar.

»Ich habe nicht nach dem Unternehmen gefragt, weil ich mich mit dir streiten will, sondern weil ich lange mit Jack darüber gesprochen habe.« Er blickte quer durch den Raum und nickte Jack und Savannah zu.

Wie hatte er seinen eins dreiundneunzig großen Bruder und Savannahs langes feuerrotes Haar übersehen können? *Mann?* *Warum musstest du mit ihnen darüber reden?*

»Du hast recht, Sage. Das, was du in Belize zu mir gesagt hast, und das, was Jack mir über dich erzählt hat, ist bei mir angekommen. Ich habe für unser Land gekämpft. Das war nicht meine Entscheidung. Es wurde von mir erwartet.« Wieder starrte er zu Jack hinüber. »Jack hat mich dazu gebracht, mir dich und dein Leben mal genauer anzusehen. Zwischen uns gibt es keine großen Unterschiede, mein Junge, jedenfalls nicht in den wichtigen Belangen.«

Sage atmete so schwer, dass er die Worte seines Vaters nur schwer verarbeiten konnte. Er warf Jack einen Blick zu, der mit verschränkten Armen dastand, die kräftigen Beine hüftbreit auseinander, und Sage zunickte.

Das hast du für mich getan.

Jack hatte die Beziehung zu seinem Vater nach zwei schweren Jahren gerade erst wieder ins Lot gebracht und nun war er für Sage in die Bresche gesprungen. Und ebenso, wie Jack für Sage einstand, war Sage bereit, sich und Kate zu verteidigen.

»Ich bin nicht so risikobereit wie du, Sage.«

Die Stimme seines Vaters klang ruhig und ausgeglichen – völlig anders als der raue, herablassende Tonfall, mit dem Sage gerechnet hatte – und verunsicherte ihn zutiefst.

»Soll das ein Witz sein? Du hast dein Leben riskiert.« Sage schüttelte den Kopf und war völlig verwirrt.

»Das stimmt, aber nur, weil es von mir erwartet wurde. Und danach war ich der Mann, zu dem ich geworden war. Du veränderst dein ganzes Leben. Riskierst alles. Dein Einkommen, deine Lebensweise, deine Gesundheit. Du tust das aus Herzensgüte, und du bist sogar bereit, mir aus diesem Grund zu widersprechen. Du bist stärker und mutiger, als ich es jemals sein könnte.«

Auf einmal war Sage, als würde sämtliche Luft aus seiner Lunge entweichen. *Stärker? Mutiger?* Der Blick seines Vaters wurde sanfter, seine Miene entspannter.

»Ich bin sehr stolz auf dich, Junge.«

Sage schnappte nach Luft. »Du ...« Er hatte sein ganzes Leben darauf gewartet, von seinem Vater so anerkannt zu werden, wie er war. Achtundzwanzig Jahre lang hatte er die Luft angehalten, wenn sein Vater auf ihn zugekommen war. Er spürte, wie etwas über seinen Rücken glitt. *Eine Hand.*

Du bist stolz auf mich.

»Ich war schon immer stolz auf dich. Auf den Jungen, der so rücksichtsvoll und großzügig war, ebenso wie auf den Mann, zu dem du herangewachsen bist.«

Immer.

Sage wusste nicht, was er sagen sollte. Er war völlig durcheinander. Sein Blick wanderte von seinem Vater zu Kates Bild. *Kate. Oh, Kate. Bist du gut zu Hause angekommen?* Er bemerkte aus dem Augenwinkel, dass Jack auf ihn zukam. Die Hand in seinem Rücken verschwand und er sah erneut zu Kates Bild. *Du fehlst mir so sehr.*

Die Stimme seiner Mutter drang zu ihm durch. »Schatz?«

Sein Vater blickte nach links.

»Mr. Remington?« Eine junge blonde Reporterin hielt ein Mikrofon auf Hüfthöhe und sah ihn mit ihren blauen Augen erwartungsvoll an.

Sage versuchte, ein Lächeln aufzusetzen, aber es gelang ihm nicht, weil es ihm derart die Kehle zuschnürte.

»Wir würden gern mehr über dieses Bild erfahren. *Genese.* Hätten Sie Zeit für uns?«

Genese. *Das Bild von Kate. Kate. Verdammt. Wo steckt denn Siena? Ich brauche mein Handy. Nein. Ich muss gehen. Ich muss Kate finden.*

Er räusperte sich und fand seine Stimme wieder. »Geben … geben Sie mir bitte eine Minute.«

Sie nickte und entfernte sich ein Stück.

Sage zermarterte sich das Gehirn, was er seinem Vater sagen sollte. *Ich habe mein ganzes Leben darauf gewartet … Endlich siehst du mich so, wie ich wirklich bin. Warum zum Henker hat das so lange gedauert?* Weil sich all das nicht richtig anfühlte, umarmte er ihn einfach. Er spürte die breite Brust seines Vaters, seine kräftigen Arme, die ihm stets Sicherheit gegeben hatten, selbst die Art, wie er ihm den Rücken tätschelte, fühlte sich anders an. *Nein, es fühlt sich nicht anders an. Es hat sich schon immer so angefühlt. Ich war nur zu dickköpfig, um es zu erkennen.*

Da fand er auf einmal die richtigen Worte und er löste sich von seinem Vater und sah ihm in die dunklen Augen.

Er war derselbe Mann, der er immer gewesen war, und nun sah sein Vater irgendwie anders aus. Sanfter. Gütiger. »Danke, Dad.«

Sein Vater nickte. Eine knappe Kopfbewegung, nichts weiter. Er sagte keinen Ton. Das musste er auch nicht. Er hatte Sage bereits etwas geschenkt, worauf dieser sein Leben lang gewartet hatte.

»Alles okay?«

Beim Klang von Sienas Stimme drehte er sich um. »Gott sei Dank. Gib mir mein Handy«, knurrte er, ohne es überhaupt zu merken.

»Ist ja gut.« Siena kramte in ihrer Handtasche herum.

Jack legte Sage eine Hand auf die Schulter. »Beeindruckendes Bild, Sage.«

Als er »Danke, Jack« erwiderte, bedankte er sich damit auch für alles, was Jack getan hatte, und als Jack seine Schulter drückte, wusste Sage, dass sein Bruder es verstanden hatte.

»Dafür sind Brüder doch da.« Jack nickte ihm zu.

Sage sah auf das Handydisplay. Keine Nachricht von Kate. »Ich muss hier raus.« Er hatte keinen Plan, aber er kannte die Adresse von Kates Eltern und ihre Telefonnummer, und das musste reichen. Sage wusste nur, dass er lange genug gewartet hatte. Diese Ausstellung war wichtig, aber nicht so wichtig wie Kate.

»Du kannst nicht gehen«, raunte Siena ihm entrüstet zu. »Du musst noch ein Interview geben. Meine Freundin Jordan wartet schon.« Sie deutete auf die blonde Reporterin.

Sage warf seinem Vater einen Blick zu, der seiner Mutter in einer seltenen Zuneigungsbekundung einen Arm um die

Schultern gelegt hatte. Kam das wirklich so selten vor oder hatte Sage einfach nur immer seine rauere Seite stärker zur Kenntnis genommen? Die blonde Reporterin trat auf seine Mutter zu und Sage verdrängte diesen Gedanken. Er bemerkte, dass Rush und Kurt hereingekommen waren, und winkte ihnen zu.

»Ich muss Kate anrufen. Sie soll Mom oder Rush interviewen. Rush mag doch jeder. Oder sie soll mit Kurt sprechen. Sie haben es alle verdient, dass über sie berichtet wird. Kate hätte schon vor zwei Stunden landen müssen. Ich kann nicht bleiben. Ich muss den nächsten Zug erwischen.« *Den Zug? Oh ja, den Zug!* Wieso stand er hier eigentlich in einer Galerie herum, wenn er doch bei Kate und ihren Eltern sein könnte?

»Da ist er ja. Ich wusste doch, dass wir ihn finden.« Dex und Ellie betraten händchenhaltend den Raum.

»Hi, Dex, Ellie. Tut mir leid, aber ich muss los …« Sage ließ den Blick über seine Familie schweifen, die hier war, um ihn und seine Mutter zu unterstützen, doch er konnte nur an Kate denken. »Ich kann nicht bleiben.«

»Was? Wieso nicht?« Dex sah in Jeans und Oberhemd sehr adrett aus, und als Sage sah, dass Dex und Ellie sich an den Händen hielten, vermisste er Kate nur umso mehr.

»Ich kann keine zwei oder drei Tage mehr warten. Ich muss sie –«

Dex und Ellie traten beiseite und gaben den Eingang frei. Es dauerte eine Sekunde, bis Sage begriff, dass er nicht träumte. Kate stand in einem langärmligen marineblauen Minikleid in der Tür, zog die Augenbrauen zusammen und blinzelte mehrmals schnell.

Sage kamen die Tränen und er stieß die Luft aus. »Kate.«

Jack nahm Kate die Koffer ab, und Sage registrierte erst jetzt, dass sie ihr Gepäck dabeihatte. Kate kaute auf ihrer

Unterlippe herum und hatte ganz rote Wangen und feuchte Augen. Sage machte zwei große Schritte, dann lagen sie sich in den Armen.

»Du hast mir so gefehlt«, flüsterte er an ihrer Wange. Im nächsten Augenblick küsste er sie auch schon. Sämtliche Emotionen der vergangenen Woche schnürten ihm den Brustkorb zu. Er bekam kaum noch Luft. Sie war hier. Endlich war sie bei ihm. Er musste ihr in die Augen sehen.

»Du bist hier.«

»Ich konnte nicht mehr warten.« Sie zitterte am ganzen Körper, als sie sich an ihn klammerte.

»Du fühlst dich so gut an.« Er küsste sie erneut und war sich nur beiläufig der Menschen bewusst, die sich um sie versammelten, der Kamerablitze und des Gemurmels. Ihm war völlig egal, was die Leute dachten. Seine Welt war endlich in Ordnung – möglicherweise zum ersten Mal überhaupt.

Als sie sich voneinander lösten, atmeten sie beide schwer und strahlten, als hätten sie gerade im Lotto gewonnen. Sage legte Kate einen Arm um die Taille und zog sie an sich.

»Du bist so wunderschön. Was ist mit deinen Eltern?«

»Sie kommen am Wochenende her. Ich wollte nicht länger warten, sondern dich sehen …« Sie zuckte mit den Achseln und sah so hinreißend aus, dass Sage sie noch einmal küssen musste.

Kate blickte sich um und senkte rasch den Kopf. Sage merkte erst jetzt, dass sich um sie herum eine Menschentraube gebildet hatte: Seine Angehörigen umringten sie, dahinter standen Fremde, Reporter mit Fotoapparaten und andere, die sich Notizen machte.

Er teilte allen mit: »Das ist meine Freundin Kate.«

Jordan, die blonde Reporterin, übertönte die anderen: »Ist sie der Schwerpunkt von *Genese*?«

»Sie *ist* die Genese«, korrigierte Sage sie.

Kate bemerkte das Bild erst jetzt und keuchte auf. Sie schaute Sage erstaunt an. »Wann ...?«

»Ich habe es in Belize begonnen und hier fertiggestellt. Es kommt in unser Wohnzimmer.« *Unser Wohnzimmer.*

»Mr. Remington, würden Sie uns jetzt einige Fragen beantworten?« Jordan kam auf ihn zu.

Sage nahm Kates Hand und nickte stolz. »Jetzt bin ich zu allem bereit.«

»Komm mit.« Siena legte einen Arm um Kate und führte sie aus der Menge, die sich um Sage und sie gebildet hatte, nachdem er von Jordan und zwei anderen Reportern interviewt worden war.

Savannah nahm Kates anderen Arm und Ellie ging neben ihnen her. Da sowohl Siena als auch Savannah um einiges größer waren als Kate, fühlte sie sich zwischen ihnen sehr unscheinbar. Sie wollte Sage nicht verlassen, aber als sie über die Schulter blickte, stellte sie fest, dass er noch eine Weile beschäftigt sein würde. *Oje, reißen sie mir jetzt den Kopf ab, weil ich Sages Ausstellungseröffnung torpediert habe?* Aber sie hatte nicht länger warten können. Nach Sages Anruf am Vorabend hatte sie ihn einfach sehen müssen. Daher hatte sie ihre Eltern angerufen, für die Liebe anscheinend ebenso wichtig war, wie anderen zu helfen, was Kate nie zuvor aufgefallen war, und ihren Flug umgebucht. Ein Blick in die herzlichen, aufgeregten Mienen der Frauen gab ihr jedoch zu verstehen, dass sie nichts Schlimmes zu erwarten hatte. Sie sahen einander an, als könnten sie es kaum erwarten, den neuesten Klatsch zu hören.

Dabei wusste Kate nicht einmal, wie das ging. *Weiß ich das? Großer Gott. Ich bin der Klatsch. Sie wollen Einzelheiten über mich und Sage erfahren.* Aus irgendeinem Grund fühlte sie sich nach dieser Erkenntnis besser und fast so, als würde sie dazugehören. Als sie sie jedoch in ein Zimmer im hinteren Teil der Galerie brachten und zwischen Savannah und Ellie auf eine Couch setzten, während Siena mit verschränkten Armen und skeptischer Miene vor ihr stehenblieb, wurde Kate ganz mulmig zumute. *Oh Gott, sie sieht mich an, als könnte sie mich schon jetzt nicht leiden. Ich habe die Situation völlig falsch eingeschätzt.*

»Dann wusste Sage nicht, dass du kommst?«, fragte Siena.

»Nein.« *Verdammt.*

»Und du bist auf direktem Weg von Belize hierhergekommen?« Siena musterte Kate mit zusammengekniffenen Augen.

Kate nickte.

»Hast du sein Gesicht gesehen?« Ellie nahm Kates Hand und drückte sie. »Ich habe Sage noch nie so glücklich gesehen.«

»Du hast Mumm.« Siena hockte sich vor Kate und legte ihr eine Hand aufs Knie. »Das ist ein echt weiter Weg, was wenn er …? Ich weiß auch nicht. Es hätte so viel schiefgehen können.«

»Jetzt hör aber auf, Siena. Du bist der totale Stimmungskiller.« Savannah starrte sie empört an. Sie warf sich das lange Haar über die Schulter und legte einen Arm um Kate. »Hör nicht auf sie. Das war sehr romantisch.«

Siena hasst mich. Sie kann mich nicht ausstehen.

»Ich bin ein Stimmungskiller? Oh nein! Bitte entschuldige, Kate.« Sienas Blick wurde sanfter und mit einem Mal sah man die Ähnlichkeit zwischen ihr und Sage. »Ich finde es wundervoll, was du gemacht hast, aber ich weiß nicht, ob ich so mutig gewesen wäre. Ganz im Ernst. Wow! Als er dich geküsst hat, ist mir die Luft weggeblieben.«

Kate atmete erleichtert auf. »Ich musste einfach herkommen.« Sie sah die anderen Frauen an und begriff, dass sie sich umsonst Sorgen gemacht hatte. Trotz ihrer wenigen Freundinnen kannte sie diesen Blick, den Frauen aufsetzten, wenn sie auf weitere Details brannten. »Mir ist bewusst, dass es sehr schnell gegangen ist, und ich weiß, dass ihr mich überhaupt nicht kennt …«

Savannah nahm sie in den Arm. »Wir lernen dich schon noch kennen. Du gehörst jetzt zur Familie. Sage sagte, du ziehst bei ihm ein.«

Kate spürte, wie sie errötete. »So lautet der Plan. Ich bin ziemlich nervös. Schließlich habe ich noch nie lange in der Stadt gelebt und ich will sein Leben nicht durcheinanderbringen. Und ich will ihn auch sicher nicht ausnutzen, ganz bestimmt nicht.«

»Kate, stopp, krieg dich wieder ein! Niemand denkt so etwas über dich. Wenn du kein guter Mensch wärst, dann hätte sich Sage nie in dich verliebt.« Siena sah Savannah und Ellie an. »Nicht wahr?«

»Korrekt. Sage kann in das Herz eines Menschen hineinsehen«, fügte Savannah hinzu.

»Er hat den Röntgenblick«, bestätigte Ellie lachend. »Und mach dir keine Sorgen, dass du sein Leben durcheinanderbringst. Die Remington-Männer sind mit die robustesten auf der Welt.«

»Na, die Braden-Männer sind auch nicht zu verachten«, warf Savannah ein und warf sich das Haar über die Schulter.

»Das erzählt man sich«, meinte Ellie, »aber ich habe bisher noch keinen kennengelernt.«

»Wer sind denn die Braden-Männer?«, erkundigte sich Kate.

Die anderen tauschten einen Blick. »Entschuldige, da müssen wir dir noch einiges erklären«, sagte Siena. »Savannahs Nachname lautet Braden und sie hat fünf unglaublich attraktive und verdammt süße Brüder. Es besteht überhaupt kein Zweifel daran, dass die Bradens starke Männer sind. Sie sind auf einer Ranch aufgewachsen, also kann man sie nicht direkt mit den Remingtons vergleichen. Aber Rex ist der männlichste Cowboy, den ich je gesehen habe.« Siena seufzte.

»Aber seine Lebensgefährtin Jade würde jeder Frau den Hintern versohlen, die ihm zu nahe kommt, also denk gar nicht erst daran, es zu versuchen«, ergänzte Savannah.

»Jedenfalls unterscheidet sich Sage stark von meinen anderen Brüdern«, erklärte Siena. »Er war immer ernster und hat viel mehr über das Leben nachgedacht. Ich bin sehr froh, dass er jemanden gefunden hat, der an dieselben Dinge glaubt wie er. Er hat uns alles über *Hydration Through Creation* erzählt, und er freut sich sehr auf die Arbeit und auf dich, Kate. Das tun wir alle. Wir freuen uns so für euch.«

»Wirklich?« Sie war unfassbar erleichtert.

»Oh ja! Bevor es Savannah und Ellie gab, war ich mit meinen Brüdern allein. Kannst du dir vorstellen, wie es gewesen ist, mit all diesen Jungs in einem Haus aufzuwachsen?« Siena verdrehte die Augen.

»Ich schon«, sagte Savannah. »Ich liebe meine Brüder, aber es gibt nichts Besseres, als Schwestern zu haben. Ich habe Schwägerinnen und Siena und Ellie, die … nun ja …« Savannah sah von einer zur anderen, beugte sich zu Kate vor und flüsterte: »Das ist ein Geheimnis, über das ich noch nicht sprechen darf.«

Das aufgeregte Funkeln in Savannahs grünen Augen war ansteckend. »Ein Geheimnis?« *Ein Geheimnis!* Es war

Ewigkeiten her, dass ihr eine Freundin ein Geheimnis anvertraut hatte. Himmel, es war Ewigkeiten her, dass sie Freundinnen gehabt hatte. Die Herzlichkeit, die Savannah, Siena und Ellie ausstrahlten, umgab sie wie ein Kokon, und ihre Nervosität fiel von ihr ab. Kate hatte das Gefühl, auf einer Pyjamaparty gelandet zu sein, die sie nie mehr verlassen wollte.

»Savannah! Habt ihr endlich ein Datum festgelegt?« Siena sprang auf.

»Ich darf noch nicht drüber reden. Ich habe Jack versprochen, nichts zu sagen, bevor er nicht mit seiner Mom gesprochen hat.«

»Seine Mom weiß bereits Bescheid.«

Sie drehten sich alle um, als sie Joanie Remingtons Stimme hörten. »Macht ihr hier ein Damenkränzchen mit unserem Neuzugang, ohne mich einzuladen?« Sages Mutter strahlte Savannah an. »Jack hat es mir gerade erzählt und ich freue mich sehr.«

Savannah stand auf und umarmte sie. »Ich freue mich auch wahnsinnig. Und ich bin so aufgeregt. Ich wollte es euch sofort erzählen, nachdem wir uns auf ein Datum geeinigt hatten, aber er wollte es dir persönlich sagen.«

»Ich bin froh, dass er es getan hat, aber jetzt …« Joanie legte einen Arm um Siena, und Ellie zog Kate auf die Beine und legte ihr einen Arm um die Schultern, während sich die Frauen zusammendrängten. »Jetzt müssen wir einen Junggesellinnenabschied planen!«

Kate fand die Wärme in dem Blick, den Siena und Savannah austauschten, und die Art, wie Siena Ellies Hand nahm, so schön. Sie war noch nie zuvor Teil einer so eingeschworenen Gruppe von Frauen gewesen, und als Joanie Kates Hand nahm, verspürte sie eine so große Sehnsucht, ebenfalls dazuzugehören, dass sie schlucken musste.

»Kate.« Joanies Stimme klang ganz sanft, als sie Kates Hand tätschelte. »Sage hat mir so viel von dir erzählt. Ich wusste schon beim ersten Skypen, als ich dieses Glänzen in den Augen meines Sohnes sah, als er dich vor die Kamera zerrte und uns vorgestellt hat, dass er dir sein Herz geöffnet hatte. Hoffentlich können wir ein bisschen Zeit miteinander verbringen und uns näher kennenlernen.«

Nicht weinen. Nicht weinen. Jetzt wusste sie, warum Sage so ein guter Mann war. Wie hätte es auch anders sein können, wenn er inmitten von so viel Liebe aufgewachsen war? »Ich … ich freue mich schon darauf.« *Mehr, als du dir vorstellen kannst.*

Dreiunddreißig

Sage hatte seit seiner Rückkehr aus Belize von diesem Moment geträumt. Er schloss die Tür seines Stadthauses auf und öffnete sie weit, dann drehte er sich zu Kate um und ihm stockte kurz der Atem. Er konnte kaum glauben, dass sie wirklich hier bei ihm war, ihn unter ihren dichten Wimpern ansah und ein schüchternes Lächeln auf den Lippen hatte.

»Willkommen zu Hause.«

»Zu Hause.«

Er nickte. »Unser Zuhause.« Mit seiner Hand an ihrem Rücken gingen sie hinein. Sage trug ihr Gepäck in den Flur und beobachtete, wie ihr Blick über das blaue Sofa voller bunter, nicht zusammenpassender Kissen, den ledernen Fernsehsessel und den Bücherstapel dahinter wanderte. *Die hätte ich noch wegräumen können.*

Kate machte einen Schritt und fuhr mit einer Hand über das Treppengeländer aus Kirschbaumholz, das in die erste Etage führte, in der sich auch die Küche befand. Ein großer Esstisch stand auf einer Galerie über dem Wohnzimmer. Sie nahm Sages Hand und ging mit ihm zum Kamin, wobei sie die Pflanzen auf den eingebauten Bücherregalen links daneben anschaute, deren Blätter an den Regalen herunterhingen.

»Mir ist nach meiner Rückkehr aufgefallen, dass ich sie vermutlich zurückschneiden sollte. Sie könnten beinahe aus dem Dschungel stammen, nicht wahr?«

»Mir gefallen sie.« Sie nahm einen Bilderrahmen vom Kaminsims und holte tief Luft.

»Das ist eines der Fotos, die Luce beim Frühstück gemacht hat. Erinnerst du dich?«

Sie nickte und fuhr mit einem Finger über ihre strahlenden Gesichter. »Du hast es bereits entwickeln und rahmen lassen.«

»Und zwar alle. Einige sind oben, manche vergrößert, und ein paar stehen im Schlafzimmer.«

»Oh, Sage. Wie schön, dass du das gemacht hast.« Sie legte die Arme um ihn und drückte ihre Wange an seine.

Sie fühlte sich so gut an. *Du hast mir so gefehlt.* »Das Gemälde von dir kommt über den Kamin, wenn es dir nichts ausmacht.«

Kate sah sich abermals im Wohnzimmer um und entdeckte die Glastüren, durch die man in den Garten gelangte. Dann erst bemerkte sie die Glasscheiben, die den hinteren Teil des Raumes überdachten, sodass er fast wie ein Gewächshaus wirkte.

»Sage«, sagte sie staunend und ging auf die Türen zu. »Das ist ja unglaublich.«

Er nahm eine Fernbedienung vom Wohnzimmertisch und drückte auf einen Knopf. Sofort wurde der Garten von Bodenlampen erhellt und Kate keuchte erneut auf. »Du verbringst bestimmt Stunden da draußen.«

»Davon bin ich anfangs ausgegangen, aber irgendwie kam ich nie dazu.« Er legte von hinten die Arme um sie und drückte ihr einen Kuss auf den Hals. »Aber das wird sich jetzt ändern.«

Sie drehte sich zu ihm um, und er küsste sie, bis er sich

nicht mehr daran erinnern konnte, dass es eine Zeit ohne Kate gegeben hatte. Als sie sich voneinander lösten, sah sie ihn voller Liebe und Verlangen an, die seinen Gefühlen in nichts nachstanden. Jacks Worte gingen ihm wieder einmal durch den Kopf: *Dir war das, was du getan hast, wichtiger als der Mensch, der auf dich gewartet hat.* Allerdings war sich Sage sicher, dass er dank Kate Zeit für all die Dinge finden würde, die er schon immer hatte tun wollen und nie getan hatte. Und ganz oben auf seiner Liste stand, dass er sie lieben wollte, wie sie noch nie geliebt worden war.

Danksagung

Ich danke meinen Fans und meinen Freunden, die mich stets unterstützen und mich beim Schreiben inspirieren. Mir macht das Schreiben ebenso großen Spaß wie Ihnen das Lesen, daher schreiben Sie mir bitte weiterhin E-Mails und Nachrichten über die Sozialen Medien. Ich freue mich immer, von Ihnen zu hören.

Mein besonderer Dank gilt Russell Blake, dem ich *Punta Palacia*, den Namen von Sages und Kates fiktiver Welt, verdanke, sowie Monica Hulke Abraham, die an einem Facebook-Wettbewerb teilgenommen und mir den perfekten Namen für Sages Unternehmen geliefert hat: *Hydration Through Creation*. Ferner danke ich Rebecca Lipman, die mir von ihren Erfahrungen beim Friedenscorps berichtet hat. In Bezug auf AIA habe ich mir in der Geschichte sehr viele Freiheiten erlaubt, und diese Änderungen spiegeln nicht etwa ein falsches Verständnis, sondern eher ein kreatives Bedürfnis wider.

Die Unterstützung der Mitglieder vom Team *Pay-It-Forward*, der Blogger-Gemeinde, von Kathleen Shoop und meinen »Schwestern« vom *World Literary Café* lässt sich gar nicht in Worte fassen. Ich bin euch so dankbar. Es ist ein Segen, derart warmherzige Freundinnen zu haben, die mich immer unterstützen.

Auch mein Redaktionsteam erstaunt mich immer wieder. Ein riesiger Dank geht an Kristen Weber, Penina Lopez, Jenna Bagnini, Juliette Hill und Marlene Engel sowie an mein deutsches Team Anna Wichmann, Rabea Güttler und Judith Zimmer. Außerdem danke ich meiner Coverdesignerin Natasha Brown sowie Clare Ayala für ihre endlose Geduld und ihre großartigen Ratschläge.

Ich habe ein unglaublich arbeitsreiches Jahr hinter mir und konnte mich nur auf meine Arbeit konzentrieren, weil meine Familie mich in jeder Hinsicht unterstützt und versteht. Vielen Dank! Ich liebe euch mehr als Schokolade (auch wenn ich um jedes Snickers kämpfen werde). Euch gehören mein Herz und meine Bewunderung.

Lesen Sie hier einen Auszug aus dem nächsten Band!

Herzen in Flammen

Die Remingtons

LOVE IN BLOOM – HERZEN IM AUFBRUCH

Eins

Fünfzehn Zentimeter Neuschnee bedeckten die Straßen. Obwohl sich die Scheibenwischer hektisch hin und her bewegten, konnte Cash Ryder kaum ein paar Meter weit sehen. Er war in dem Geländewagen unterwegs, den er sich von seinem Kumpel Tommy geliehen hatte. Die Straßen schienen menschenleer, aber er wusste, dass bei einem Sturm wie diesem unmittelbar außerhalb seiner Sichtweite fünfzig Autos fahren konnten. Es war, als sei New York vom Schnee verschluckt worden, und Cash fragte sich, mit wie vielen Unfällen die örtliche Feuerwehr wohl zu kämpfen hatte. Als Feuerwehrmann hatte er alles gesehen, von übermütigen Teenagern, die gegen Bäume schlitterten, bis hin zu Truckern, die nicht rechtzeitig bremsen konnten und sich unaufhaltsam über Autos schoben, die vor ihnen auf dem Glatteis zusammengestoßen waren. Cash war gerade aufgebrochen, als der Sturm wie aus dem Nichts aufgezogen war. Er wollte zu seinem ältesten Bruder Duke, der nicht weit von New York lebte. Etwas Abstand von der Stadt würde ihm guttun. Verdammt, etwas Abstand vom Leben wäre noch besser. Ein Abend bei seinem Bruder war ihm wie die perfekte Gelegenheit erschienen, alles hinter sich zu lassen. Er hatte ihn einige Wochen nicht gesehen. Bei ihrem letzten

Zusammentreffen war Cash aufgewühlt und gereizt gewesen und hatte Duke und alle anderen, die ihm über den Weg liefen, mit einer giftigen Wut angegriffen, die ihn selbst überrascht hatte. Glücklicherweise war Duke nicht nachtragend. Er verstand, dass man von einem Moment auf den anderen aus der Bahn geworfen werden konnte, auch wenn man meinte, auf alle Eventualitäten vorbereitet zu sein. Und Cash wusste, dass sein Bruder immer für ihn da sein würde.

Er biss die Zähne zusammen, als die Erinnerung an jenen Tag wie die Endlosschleife eines schlechten Films in seinem Kopf vorbeizog. Die Erinnerung an jenen tragischen Tag, der ihm den Boden unter den Füßen weggezogen hatte. Sein Puls raste, sein ganzer Körper fühlte sich auf einmal eiskalt an. Trotz der winterlichen Temperaturen sammelten sich Schweißtropfen auf seiner Stirn. *Mist. Ich kam nicht an ihn ran.* Auf Anraten seines Chefs hatte Cash eine Therapie gemacht und versuchte nun, sich mit dem letzten und schwierigsten Mantra zu beruhigen, das die Therapeutin ihm mit auf den Weg gegeben hatte und das sie für das wichtigste hielt – und das er kaum zu denken vermochte. *Es war nicht meine Schuld.*

Bremsspuren im frisch gefallenen Schnee rissen ihn aus den schmerzhaften Gedanken. Es waren nicht einfach nur Bremsspuren, sondern tiefe Furchen, als wäre ein Auto zur Seite gerutscht. Er fuhr langsamer, reckte den Hals und blinzelte in die wirbelnden Schneeflocken. *So ein Mist. Offensichtlich frische Spuren. Und offensichtlich führen sie über die Felskante.* Leise fluchend lenkte er den Wagen auf die Standspur, stellte den Motor ab und zog sich seine Skimaske über Kopf und Mund, bevor er den Reißverschluss an seinem Parka schloss. Er holte sein Handy hervor, wählte die Notrufnummer und meldete den Unfall. Dann streifte er dicke Handschuhe über und griff nach der Notfalltasche, in der sich eine Erste-Hilfe-Ausrüstung, Werkzeug zum Zertrümmern einer Glasscheibe und andere nützliche Sachen befanden, ohne die er nie aus dem Haus ging. Schließlich stapfte er hinaus in den Schneesturm.

Siena Remingtons Zähne klapperten, während sie sich mit dem Airbag abmühte, der ihr gegen die Brust drückte. *Okay. Okay. Beruhige dich.* War das nicht der Schlüssel zum Überleben? Ruhig bleiben? Das Herz schlug ihr bis zum Hals, ihre Rippen schmerzten nach dem Aufprall. Sie versuchte sich zu orientieren, aber außer einer weißen Schneewüste konnte sie nichts sehen. Das Auto neigte sich nach rechts, und sie wusste nicht, ob sie sich an einem Felshang oder auf festem Boden befand. Sie hatte niemanden auf den Straßen gesehen, als sie vor zehn Minuten von der Fahrbahn gerutscht war. Sie hatte ihrer Freundin Willow nicht einmal gesagt, dass sie unterwegs war. *Oh Gott.* Ihr Handy klingelte. Sie suchte den Boden mit den Augen ab. *Verdammtes Telefon.* Sie hatte nicht einmal die Hand danach ausgestreckt, als es während der Fahrt klingelte. Nur einen kurzen Blick hatte sie darauf geworfen, eine Sekunde lang oder vielleicht auch zwei, und da war es auch schon passiert: Ihr Auto schlidderte von der Straße auf den Abhang zu. Jetzt war das blöde Telefon nicht zu sehen. *Und ich werde hier draußen sterben, mitten in diesem verdammten Nirgendwo. Mist. Mist. Mist.*

»Hey, alles in Ordnung?«

Die tiefe Stimme eines Mannes drang in ihre angstvollen Gedanken. »Ja! Helfen Sie mir. Bitte!« *Oh, Gott sei Dank.*

»Machen Sie schnell. Bitte, beeilen Sie sich.« Sie zerrte ihre Mütze aus der Tasche und zog sie sich tief über beide Ohren. Sollte sie aus dem Auto steigen und sich dem dichten Schneetreiben aussetzen? Noch nie war ihr derart kalt gewesen.

Eine behandschuhte Hand schob den Schnee von der Windschutzscheibe, dann spähte ein Augenpaar ins Innere des Wagens. Siena zuckte erschrocken zusammen, doch dann fiel ihr ein, dass sich jeder vernünftige Mensch bei diesem Wetter dick einmummeln würde. Ihr Herz schlug schneller, als sie die Skimaske anstarrte, die fast sein ganzes Gesicht bedeckte. Nur der Bereich um seine ernsten, dunklen Augen war frei. *Sexy dunkle Augen voller Sorge. Lieber Himmel, was fantasiere ich mir denn da zusammen?*

»Bitte helfen Sie mir.« Sie versuchte verzweifelt, den Sicherheitsgurt zu lösen.

»Tut Ihnen irgendetwas weh? Sind Sie verletzt?«

Vorsichtig bewegte Siena Beine und Arme. »Nein, ich glaube nicht.«

»Gut. Ihr Auto neigt sich zur Seite.« Durch die Skimaske und die Glasscheibe klang seine Stimme gedämpft. »Im Moment ist es stabil, aber wenn ich diese Tür aufmache, könnte es ins Rutschen geraten, deshalb möchte ich, dass Sie so schnell wie möglich rauskommen. Können Sie Ihren Sicherheitsgurt lösen?«

Sie zerrte an dem Gurtschloss. »Ja. Ja, ich denke, das geht.« *Oh Gott. Bitte hol mich hier raus. Das Auto neigt sich zur Seite?* »Der Wagen könnte ins Rutschen geraten? Dann könnte ich also den Berg hinunterrutschen?« Tränen stiegen ihr in die Augen.

Er sah sich um, dann blickte er wieder durch das Fenster. »Ich glaube nicht. Sie befinden sich an einer ziemlich flachen

Stelle. Haben Sie den Sicherheitsgurt gelöst?«

»Ja. Moment mal, Sie *glauben* nicht? Was ist, wenn das Auto doch rutscht? Bin ich nah am Abgrund? Großer Gott, ich will nicht sterben.«

Seine Augen verengten sich. »Beruhigen Sie sich«, sagte er im Befehlston.

Siena biss die klappernden Zähne zusammen.

»Ich bin Feuerwehrmann. Ich kann Sie rausholen, aber Sie müssen ruhig bleiben. Schaffen Sie das?«

Sie nickte. *Ein Feuerwehrmann. Gott sei Dank. Beeil dich, beeil dich.*

Die Fahrertür schien keine Probleme zu bereiten. Er öffnete sie langsam, und dann legte sich sein kräftiger Arm um ihre Schulter. »Okay, ich hab Sie. Schieben Sie jetzt die Beine aus dem Auto. Sind Sie sicher, dass Sie nicht verletzt sind?«

Dass sie nicht mehr allein war, gab ihr ein Gefühl der Sicherheit. Als sie jedoch aus dem Auto stieg, rutschte sie auf dem steilen Abhang aus und griff nach dem Ersten, das sie zu packen bekam – nach ihm. Sie klammerte sich an den dicken Parka des Mannes, als er sie vom Auto wegzog und beide Arme um sie legte. Ihre Beine begannen zu zittern. Vielleicht hatten sie auch die ganze Zeit gezittert und sie hatte es einfach nicht gemerkt.

»Alles okay, ich halte Sie fest.« Seine Stimme klang beruhigend.

Er hielt sie gut fest. Sein Körper war so groß, dass sie in seinen Armen verschwand. Sie wollte etwas sagen, aber sie zitterte so sehr, dass sie kein einziges Wort hervorbrachte. Stattdessen nickte sie stumm und senkte den Blick, damit ihr der Schnee nicht in die Augen wirbelte.

»Da oben müssen wir hin.« Er wies auf die Straße. »Die

Rettungsmannschaft müsste bald hier sein, aber ich möchte Sie auf jeden Fall zu meinem Wagen bringen, damit Sie sich aufwärmen können.«

Der Schnee fiel so dicht, dass sie die Straße auf dem Kamm des Hügels kaum erkennen konnte. Ihre schicke Burberry-Jacke schützte sie kaum vor der Kälte, die ihr in die Knochen kroch. Sein maskuliner Duft drang durch ihre Angst, als er seinen Körper an ihren drückte, und die Geborgenheit seiner Arme und seine erdige Wärme wirkten tröstlich. Sie kletterte den Abhang hinauf, er folgte dicht hinter ihr. Jedes Mal, wenn sie strauchelte, stützte er sie.

»Gleich haben Sie es geschafft. Gut so.«

Sie klammerte sich an seine Ermutigung wie an eine Rettungsleine.

»Prima, weiter so. Lassen Sie sich Zeit. Ich bin bei Ihnen.«

Als sie die Straße erreicht hatten, richtete sie ihre ganze Aufmerksamkeit auf die Scheinwerfer seines Wagens. *Sicherheit. Ich bin in Sicherheit.* »So, sehen wir zu, dass Sie in den Truck kommen.«

Die Spuren ihres Autos waren fast völlig unter Neuschnee begraben. Wenn er nicht gekommen wäre, säße sie wahrscheinlich immer noch da unten.

»Da… danke«, brachte sie mühsam hervor. Seine Stimme klang so fürsorglich, so ganz anders als bei den Männern, mit denen sie normalerweise zu tun hatte. Sie hätten sich nie in einen Schneesturm gewagt, um sie zu retten. Sie hatte diese Art von Männern satt. Weil sie hübsch war, behandelten sie sie wie ein Dummchen, das leicht zu haben war. Sie wollte geliebt und geschätzt werden, wollte umworben werden. Sie wollte nicht zum Abendessen ausgeführt werden, während ihr Gegenüber ganz selbstverständlich davon ausging, dass sie später im Bett landen würden. Sie wollte nicht mit eleganten Restaurantbesuchen und teuren Geschenken umgarnt werden. Sie wollte einen Mann, der sie so ansah, wie ihre Brüder ihre Freundinnen oder Verlobten ansahen. Ihre Brüder würden sich ein Bein ausreißen, um die Frauen in ihrem Leben zu retten, egal, wie riskant die Rettungsaktion auch sein mochte. *Eine richtig romantische Liebesgeschichte. Ja, das ist es, was ich will.* Und was könnte romantischer sein, als von einem geheimnisvollen Fremden mitten in einem Schneesturm gerettet zu werden? Sie erlaubte sich, einen Moment lang zu träumen und die Tatsache aus ihren Gedanken zu vertreiben, dass sie fünfzehn Meter einen Abhang hinuntergerutscht und fast erfroren war. Als sei der Unfall es wert gewesen. Als hätte das Schicksal seine Hand im Spiel gehabt. Der Mann ließ Siena in seinem Truck auf dem Beifahrersitz Platz nehmen, und sie sah, wie sein Blick dunkler, ernster wurde. Dann kletterte er hinter das Steuer und drehte seufzend die Heizung auf.

Sie zog ihre dünnen Lederhandschuhe aus und hielt ihre bloßen Hände vor das Gebläse. »Ahh. So ist es schon viel besser.« Das Zittern ließ allmählich nach. »Danke, dass Sie mir geholfen haben.«

Er sah sie an. »Ich muss noch einmal raus, meine Tasche holen. Ich habe die Notrufzentrale verständigt, also sollte die Rettungsmannschaft bald kommen. Sie bleiben hier, okay?« Er stieg aus dem Truck, ohne Sienas Antwort abzuwarten. Jetzt, da sie außer Gefahr war, landete sie mit einem Schlag wieder in der Realität. Sie hätte vor über einer Stunde bei den Eltern ihrer Freundin Willow ankommen sollen. *Verdammt.* Sie musste Willow anrufen. Froh über die Wärme wartete sie auf die Rückkehr ihres Retters. Zwanzig Minuten später fragte sie sich, wo er so lange steckte. Eigentlich konnte sie selbst den Abhang hinunterklettern und ihr Handy holen, statt ihm alles zu überlassen. Außerdem fiel ihr ein, dass sie ja auch ihre eigene Tasche brauchte. Schließlich war sie nicht verletzt, und jetzt, wo sie wusste, dass sie nicht sterben würde, hatte sie nicht mehr so viel Angst. Siena zog sich die Handschuhe wieder an und stapfte durch den dicken Schnee zum Straßenrand. Mittlerweile bereute sie ihren spontanen Entschluss. Zitternd vor Kälte spähte sie über die Felskante, konnte den Mann aber nirgendwo entdecken.

»Ich habe Ihnen gesagt, Sie sollten im Truck warten.« Seine strenge Stimme kam aus dem Nichts. »Die Sichtweite geht gegen null. Wenn jetzt ein Auto kommt, könnte es Sie umbringen.«

Sie versuchte, ihn in dem Schneetreiben auszumachen.

»Hier bin ich.« Er kletterte mit einer Tasche auf dem Rücken über die Felskante auf die Straße. »Ist Ihnen eigentlich nicht klar, wie gefährlich diese Wetterbedingungen sind?« Er packte sie am Arm und zog sie zum Truck zurück.

Er ist so verdammt sexy, selbst wenn ich nicht mal sein Gesicht sehen kann. Aber auch verdammt reizbar. Keine Ahnung, was er für ein Problem hat, aber du schlägst ihn dir besser aus dem Kopf.

Ihr Herz schien allerdings anderer Ansicht zu sein und hämmerte wie wild gegen ihre Brust. Siena entwand sich seinem Griff. »Ich muss meine Handtasche holen.«

»Die hole ich.«

»Ich brauche mein Handy.«

Er öffnete die Tür des Trucks, schob sie hinein und nagelte sie mit seinem dunklen, sexy Blick auf dem Sitz fest. »Nehmen Sie meins.« Sie sah auf seine dicken Handschuhe, einer auf ihrem Oberschenkel, der andere auf ihrem Arm, sodass sie keine Chance hatte, auszusteigen. Angst durchflutete sie. Sie kannte ihn nicht und hatte seiner Stärke nichts entgegenzusetzen. War er möglicherweise gar kein Feuerwehrmann? Sie holte tief Luft. Wenn er nicht gekommen war, um zu helfen, warum hatte er sie dann allein im Wagen gelassen? Hätte er sie nicht eher in die nächstbeste Höhle geschleift, um über sie herzufallen?

Das ist doch Unfug. Natürlich ist er hier, um zu helfen.

Sie schob die Gedanken beiseite und folgte ihrer Intuition. In seinen Augen war etwas, das ihr Vertrauen einflößte, auch wenn sie es nicht gewöhnt war, dass ihr jemand sagte, was sie tun sollte. Siena war eines der gefragtesten Models in New York. Männer überschütteten sie mit Geschenken und stellten wer weiß was an, um sie auf sich aufmerksam zu machen. Eigentlich mochte sie es nicht, von ihren wohlhabenden Bewunderern so umschmeichelt zu werden, aber es war doch um Längen besser als mit diesem verkniffenen Retter vor ihr. Sie senkte den Blick auf seine breiten, kantigen Schultern und konnte fast die Alarmglocken in ihrem Kopf hören, die »Achtung, heißer Mann im Anmarsch« signalisierten.

Unter diesem Parka verbirgt sich ein Prachtexemplar von Körper. Sie begann wieder zu zittern, aber sie wusste nicht, ob es an der Kälte lag oder an den Gedanken, die ihr durch den Kopf gingen. Wieder suchte ihr Blick nach seinen unglaublich sexy Augen. *Sieh weg. Sieh einfach weg.*

Mit gerunzelter Stirn musterte er ihr Gesicht ebenso eingehend wie sie seins. Die Fürsorglichkeit, die sie zuvor gesehen hatte, war verschwunden und hatte etwas Härterem, Kälterem Platz gemacht.

»Wie heißen Sie?« Seine Stimme klang rau.

Sie nahm ihre Mütze ab und sah ihn herausfordernd an.

»Siena Remington.« *Ja, du hast richtig gehört. Die Siena Remington.* Ihr überheblicher Gedanke war bei ihm allerdings vergeudet. An seinem Blick erkannte sie, dass er keine Ahnung hatte, wer Siena Remington war.

»Nun, Siena Remington, ich bin Cash Ryder. Ist Ihnen nicht in den Sinn gekommen, Ketten auf Ihre Reifen aufzuziehen? Oder vielleicht ganz auf die abendliche Fahrt zu verzichten?« Er zog sich die Mütze vom Kopf und sein schmutzigblondes Haar fiel ihm in die Stirn. Es streifte seine Wimpern und ließ ihn weniger abweisend erscheinen, während er seinen Blick über ihren zitternden Körper schweifen ließ.

Wieder schlug ihr Herz schneller. Er müsste sich die Haare schneiden lassen und sich rasieren, und sie wünschte, er hätte seine Mütze nicht abgenommen. Wenn nicht so deutlich zu erkennen war, wie heiß er aussah, konnte sie seiner herablassenden Art viel besser Paroli bieten.

»Oder konnten Sie es kaum erwarten, Ihre neue Designerjacke auszuführen?« Er grinste.

Wütend setzte sie ihre Mütze wieder auf. »Es ist ein Mietwagen.« Auf keinen Fall war sie meilenweit von zu Hause fast gestorben, nur um dann von einem Mann gerettet zu werden, der aussah wie Bradley Cooper und einen Komplex hatte, so groß wie der von Charlie Sheen.

»Und warum sind *Sie* in diesem Mistwetter unterwegs?« Sie saß zitternd im Truck, während er wie ein Fels im Freien stand und sich kleine Schneeberge auf seinen Schultern bildeten. *Natürlich steht er draußen. Diese ganze Wut in seinem Blut hält ihn wahrscheinlich warm.* Wieder runzelte er die Stirn. »Ich wollte meinen Bruder besuchen.« Er schüttelte den Kopf. »Hat es Sie nicht stutzig gemacht, als Sie den ganzen Schnee gesehen haben?«

»Ich hatte ja keine Ahnung, dass es so übel werden würde. In der Stadt war es nicht so schlimm.« Sie glitt vom Sitz und baute sich vor ihm auf. Lieber Himmel, war er riesig. Und so nah, dass sie seine Oberschenkel an ihren spüren konnte.

Er sah sie scharf an. »Wo gehen Sie hin?«

»Ich gehe spazieren.«

Er packte ihren Arm. »Oh nein, das werden Sie nicht tun. Ich habe nicht Ihren Arsch gerettet, damit Sie an Unterkühlung sterben oder von einem Auto überfahren werden.« Er legte einen kräftigen Arm um ihre Taille und hob sie zurück in den Wagen. Er sah sie an: »Machen Sie die Tür zu.«

»Nein.«

»Sie wollen also unbedingt in der Kälte sterben?«

Sie presste die Lippen zusammen. »Ich werde nicht das hilflose Mädchen spielen, damit ein großspuriger Feuerwehrmann mit meiner Rettung prahlen kann.«

Sie wischte sich den Schnee von der Jeans, der durch die offene Wagentür geweht war. Verdammt, es war kalt. Und er war so verdammt heiß und solch ein Idiot, dass sie ihn küssen und gleichzeitig ohrfeigen wollte.

Er beugte sich in den Truck und sein Gesicht war nur ein paar Zentimeter von ihrem entfernt. Seine Augen wurden fast schwarz, und ein Grinsen breitete sich auf seinen Lippen aus.

Siena konnte kaum atmen. Sie versuchte, die Hitze wegzublinzeln, die in Wellen von ihm ausging.

»Ich mache jetzt die Tür zu«, sagte er in verführerischem Ton, als hätte er gesagt: Ich kann es kaum erwarten, jeden Zentimeter von dir abzulecken.

Sie wünschte, ihre Zähne würden endlich aufhören zu klappern, obwohl das wahrscheinlich nicht so sehr mit der Kälte zu tun hatte, sondern eher mit ihrer Nervosität. »Ich rufe …« Mist. Wen könnte ich anrufen? »Ich rufe meine Brüder an. Einer von ihnen kann mich abholen.«

»Ich habe dem Rettungsdienst schon Bescheid gesagt, aber ich glaube, heute Abend wird das Telefon bei denen keine Sekunde still stehen.« Er presste seine schönen Lippen zu einem schmalen Strich zusammen und beugte sich wieder zu ihr. »Sie würden jemand anderen dazu bringen, unter diesen Umständen herauszufahren und sein Leben zu riskieren, obwohl ich schon hier bin, stimmt's?«

Ja! Nein! Mann, wieso klingt das so egoistisch? Frustriert warf sie sich im Sitz zurück, starrte missmutig geradeaus und wappnete sich für die Fahrt zu ihrer Wohnung, die wahrscheinlich alles andere als angenehm werden würde.

Ende des Auszugs

Wenn Ihnen die Vorschau gefallen hat, können Sie *Herzen in Flammen* gleich bei Ihrem Online-Buchhändler bestellen und weiterlesen!

Neu bei »Love in Bloom – Herzen im Aufbruch«?

Neben den Remingtons gibt es in der Reihe »Love in Bloom – Herzen im Aufbruch« noch einige weitere Serien. In allen Büchern der Reihe finden Sie eine abgeschlossene Geschichte, die auch für sich allein gelesen werden kann. Figuren aus den einzelnen Serien und Büchern der weitverzweigten »Love in Bloom – Herzen im Aufbruch«-Familie tauchen immer wieder auch in den anderen Bänden auf. So verpassen Sie nie eine Verlobung, Hochzeit oder Geburt.

Wenn Sie mögen, lernen Sie doch auch die anderen Serien der Reihe kennen! Eine vollständige Liste aller auf Deutsch erschienenen und geplanten Bücher gibt es am Ende des Buches und unter dem folgenden Link finden Sie noch weitere Informationen:
www.MelissaFoster.com/Herzen-im-Aufbruch

Auf Melissas Reader-Goodies-Seite gibt es Serien-Checklisten, Familienstammbäume, Lesereihenfolgen und mehr zum Download (in englischer Sprache):
www.MelissaFoster.com/RG

Love in Bloom – Herzen im Aufbruch

Für noch mehr Vergnügen lesen Sie die Bücher der Reihe nach.
Sie werden in jedem Band bekannte Figuren wiederfinden!

Die Snow-Schwestern

Schwestern im Aufbruch
Schwestern im Glück
Schwestern in Weiß

Die Bradens (Weston, Colorado)

Im Herzen eins – neu erzählt
Für die Liebe bestimmt
Freundschaft in Flammen
Wogen der Liebe
Liebe voller Abenteuer
Verspielte Herzen
Ein Fest für die Liebe (Hochzeits-Geschichte)
Nachwuchs für die Liebe (Savannahs & Jacks Baby)
Happy End für die Liebe (Hochzeits-Geschichte)

Die Bradens (Trusty, Colorado)

Bei Heimkehr Liebe
Bei Ankunft Liebe
Im Zweifel Liebe
Bei Rückkehr Liebe
Trotz allem Liebe
Bei Aufprall Liebe

Die Bradens (Peaceful Harbor)

Geheilte Herzen
Voller Einsatz für die Liebe
Liebe gegen den Strom
Vereinte Herzen
Melodie der Liebe
Sieg für die Liebe
Endlich Liebe – ein Braden-Flirt

Die Remingtons

Spiel der Herzen
Im Dschungel der Liebe
Herzen in Flammen
Herzen im Schnee
Liebe zwischen den Zeilen

Die Bradens & Montgomerys
(Pleasant Hill and Oak Falls)

Von der Liebe umarmt
Alles für die Liebe
Pfade der Liebe
Wilde Herzen

…

Entdecken Sie Melissa Fosters Bücher auch auf:
www.MelissaFoster.com/Herzen-im-Aufbruch

9 781948 868518